Maria Venturi

LA STORIA SPEZZATA

Biblioteca Universale Rizzoli

ISBN 88-17-11432-4

prima edizione Superbur: marzo 1993
quattordicesima edizione Superbur Narrativa: febbraio 2001

Alle mie figlie,
che mi hanno insegnato ad amare

PARTE PRIMA

Chiara

I

Chiara aprì gli occhi passando come sempre, istantaneamente, dal sonno alla veglia. Guardò l'ora: le lancette fosforescenti segnavano le sei e diciannove e allargavano una macchia di luce verdastra nella stanza ancora immersa nel buio. Si sollevò lentamente, per non disturbare Marco, e appoggiò la schiena sulla testiera del letto.

La sveglia sarebbe suonata alle sette. Le piaceva restarsene a poltrire senza pensare a nulla, ascoltando il respiro lento di suo marito e i rumori della strada che cominciava a risvegliarsi.

La saracinesca della forneria si sollevò sferragliando; il motore freddo d'un camioncino diede qualche strappo e partì, seguito dallo scoppiettare d'un ciclomotore. Poco dopo, nella villetta di fronte, qualcuno alzò una tapparella e si udì il pianto acuto d'un bambino. Forse un neonato che esigeva la prima poppata del mattino.

Con cautela, trattenendo il respiro, Chiara sollevò le mani verso il seno e le allargò a coppa, esercitando una lieve pressione con le dita. Era ancora indolenzito e, così le parve, un po' più turgido della sera prima. Nove giorni di ritardo, e da tempo immemorabile non era più successo. Forse era incinta. Si sentì pervasa da una felicità così acuta che ne fu quasi spaventata.

È semplicemente un ritardo e non devo farmi illusioni, si costrinse a pensare con diligenza. L'attesa d'un figlio, frustrata da otto anni, stava diventando un'ossessione, e soltanto se si fosse rilassata e avesse smesso di pensarci ogni giorno avrebbe avuto qualche possibilità. Glielo andava ripetendo il ginecologo e lei stessa lo sapeva bene: ci aveva anche discusso la tesi, sulla psicopatologia dell'infertilità. Ma era stato sei anni prima, quando era soltanto vagamente inquieta e non ancora ossessionata per la gravidanza che non si annunciava.

La sua era con tutta probabilità una sterilità psicologica. Nella sua mente di concreta ed equilibrata ventottenne si era formato un blocco che "vietava" al suo apparato riproduttivo di funzionare.

Oppure tra lei e Marco esisteva una incompatibilità elettiva? Ultimamente era stata avanzata anche questa ipotesi: la causa inafferrabile e senza scampo. Si curvò sul marito e, dopo nove anni, provò la stessa sensazione di incredulità e orgoglio che aveva provato al primo risveglio. Quell'uomo meraviglioso era suo. E aveva scelto lei.

Com'è possibile, si chiese scrutandolo amorosamente, che esista tra noi una qualsiasi incompatibilità? Ci piace parlare e abbracciarci, ci piacciono gli stessi libri e le stesse persone e soprattutto ci piaciamo reciprocamente.

«Sono pazzo di te e voglio sposarti. Ora, subito» le aveva detto nove anni prima. Si conoscevano da tre mesi appena. Lei frequentava il primo anno di psicologia, a Padova, ed era in pensione dalla signora Egle, un'anziana vedova senza figli che adorava chiacchierare, cucinare e fare la chioccia. Le aveva parlato spesso di Marco, il nipote pazzo che aveva piantato la facoltà di medicina per occuparsi di "calze, profumi e biscottini".

Una sera Marco era arrivato da Milano per trovare la zia. Per prima cosa le fu chiaro il suo stravagante lavoro: faceva il creativo in un'agenzia di pubblicità. E alla fine della serata le fu chiaro che si era praticamente presa una cotta per quel ragazzone un po' tarchiato, dai capelli rossicci e gli occhi ridenti come quelli di un bambino.

Il sabato dopo ritornò a trovarla comunicandole con grande semplicità che per tutta la settimana non aveva fatto che pensare a lei. Dopo tre mesi, undici incontri e una sola impacciata notte d'amore trascorsa in una pensioncina di Venezia, le aveva chiesto di sposarla. L'agenzia in cui lavorava l'aveva assunto con uno stipendio fisso e una percentuale del 5 per cento su tutti i contratti che avesse procurato personalmente: non c'era alcun motivo di aspettare.

«Potrò anche mantenerti all'università fino alla laurea» aveva precisato con tono ostentatamente munifico. E poi, scoppiando a ridere: «Conto molto su quel 5 per cento, però ho bisogno di un incentivo».

In tutti questi anni non ci siamo mai delusi, Chiara pensò. Ci siamo amati e sorretti, capiti e incoraggiati. Da quattro anni Marco dirigeva con successo un'agenzia propria e i debiti con le banche erano stati quasi totalmente pagati. Siamo stati reciprocamente all'altezza delle nostre aspettative, pensò ancora. Oppure no? Oppure la sua sterilità lo aveva mortificato e deluso?

Indossava un boxer a minuscoli rombi bianchi e blu il giorno in cui si sottopose al primo esame, quello dello sperma. E poi c'era stato il dosaggio ormonale. E poi ancora la biopsia testicolare, e infine il post coital test. Tutto a posto, non dipendeva da lui se il bambino non arrivava. L'aver inutilmente costretto Marco a quella squallida serie di indagini, volonterosa e imbarazzata cavia, non fece che accrescere i suoi sensi di colpa.

Ma ora, forse, tutto sarebbe stato dimenticato. Nove giorni di ritardo, e il seno sempre più turgido, e quei sottili, deliziosi crampi al basso ventre... Non fece in tempo a costringersi a non sperare: il fischio intermittente della radiosveglia la riportò alla realtà della giornata che stava per iniziare. Una bella giornata perché, alla sua fine, il ritardo sarebbe cresciuto.

«Ehi, hai sognato un terno secco?» Marco rise. Si era svegliato e aveva i capelli spettinati e il pigiama sgualcito, come se fosse uscito da un corpo a corpo con un sonno profondo. «Hai la faccia raggiante» constatò spingendo una mano verso la sua coscia.

«E tu hai la faccia lubrica di un maniaco.»

«In effetti ti violenterei molto volentieri, ma alle nove un cliente mi aspetta. Il grande vantaggio dei maniaci è che possono pensare solamente a quello e vanno pazzi per le sveltine.»

Lui no, invece. Nell'amore, constatò per la milionesima volta Chiara, suo marito metteva un diligente e appassionato trasporto. Era un creativo senza fretta, gli piaceva esplorare il suo corpo come se, dopo nove anni, fosse ancora un pianeta pieno di zone sconosciute.

Adesso le stava accarezzando un fianco, gli occhi socchiusi e le labbra appena incurvate in un sorriso. «Sbaglio, o ti sei un po' arrotondata?» indagò.

Quell'osservazione la emozionò. Forse tra pochissimo tempo

avrebbe davvero cominciato ad arrotondarsi. Gli si strinse contro facendosi largo tra le sue braccia. «Marco... e se questo mese fossi rimasta incinta?» si sorprese a dire.

Lo sentì irrigidirsi. «Avevamo deciso di non parlarne più e *non voglio* che se ne parli più.» Il suo tono era duro. «Siamo una coppia senza figli e, ti piaccia o no, è in questa prospettiva che dobbiamo programmare la nostra vita.»

«Ma non saresti felice di avere un figlio?»

«Se arrivasse, ne sarei certamente felice. Ma se non arriva, sono felice lo stesso. È te che volevo, e mi basti. Voglio bastarti anch'io.»

«Sai bene che è così, Marco» protestò.

«No, non lo so affatto. A volte mi fai sentire una specie di stallone. È umiliante fare l'amore con la consapevolezza che la tua donna desidera una sola cosa, essere fecondata. Io mi annullo in te, e tu sei lì concentrata a cercare la posizione migliore perché i miei maledetti spermatozoi raggiungano il tuo maledetto ovulo. Questo letto è diventato una specie di palestra per ginnastiche riproduttive. Dove sono finiti abbandono, tenerezza, piacere?» Si interruppe di colpo, e l'interrogativo restò gelidamente sospeso.

«Non sapevo che fossi tanto infelice» Chiara riuscì a dire dopo un tempo che le parve lunghissimo.

«Non lo sono affatto. Ma se non ti libererai dalla paranoia d'un figlio lo diventeremo molto presto. Tutti e due.» Marco era furioso, adesso.

«Scusami. Mi dispiace.»

«Amare significa non dover dire mai mi dispiace» sogghignò.

Chiara provò un sollievo enorme vedendo che nel suo sguardo era comparsa un'ombra del familiare sorriso. «Mi dispiace davvero che tu abbia questa impressione» disse. «Io... io ti amo con molta tenerezza e con molto abbandono.»

Marco le diede un buffetto sulla gota. «Bene, l'argomento è proprio chiuso. E adesso giù dal letto, è tardissimo.»

Avrebbe voluto dirgli molte altre cose e, soprattutto, essere abbracciata e rassicurata. Invece suo marito si diresse in gran fretta verso il bagno e dopo pochi istanti si udì lo scrosciare della doccia. Si raggomitolò su se stessa con un brivido che non era di freddo. Per la prima volta qualcosa era rimasto in sospeso tra loro, e si sentiva spaventata e avvilita. Avrebbe dovuto dirgli del ritardo e spiegargli che era un figlio *suo* che voleva. Soprattutto avrebbe voluto fargli capire quanto lo amava.

Ma non ne aveva avuto la possibilità. Al rumore della doccia era subentrato, ora, il ronzio del rasoio elettrico. Chiara allungò una mano verso la vestaglia, la infilò e si diresse verso la cucina. Alzò le tapparelle, preparò la moka e la mise sul gas. Spremette due arance, stese la tovaglietta sul tavolo, spalmò di miele due fette biscottate: i soliti gesti che, però, quella mattina compì con una meticolosità quasi scaramantica, spaventata all'idea di aver dato tutto per scontato.

Marco potrebbe smettere di amarmi, pensò, e io ritrovarmi in questa grande cucina senza nessuno per cui apparecchiare, spalmare, spremere. Il senso di desolazione fu scacciato da una improvvisa e confusa euforia a cui si lasciò andare con sollievo, senza chiedersene il perché. Ma lo sapeva: era per *quel* pensiero, per il ritardo di nove giorni, per una speranza che dentro di lei era ormai certezza.

Si infuriò con se stessa per l'isterica determinazione con cui si impediva di abbandonarsi alla felicità. Sono diventata autopunitiva e castrante, pensò, ed è un gran bel risultato dopo una laurea in psicologia e due anni di analisi. Sono incinta e la nostra vita sta per cambiare, voglio pensarci e abbandonarmi senza paura a questa gioia.

Sentì l'euforia infiltrarsi in ogni fibra del suo corpo. «Marco, la colazione è pronta» chiamò.

Comparve, come ogni mattina, avvolto nell'accappatoio e con i rossi capelli gocciolanti. Spostò la sedia rumorosamente e allungò una mano verso le fette biscottate. «Da quattro sono diventate due. Vedo che mi hai messo a stecchetto» rise. Lo scontro di un quarto d'ora prima sembrava dimenticato.

«Non voglio un marito obeso, e in questi ultimi mesi sei debordato!»

«Solo due chili» lui puntualizzò. «Colpa di tutti i panini-lunch che ho dovuto sorbirmi in agenzia.» In quei giorni aveva appena terminato due campagne, la prima per una serie di prodotti da forno e la seconda per un'utilitaria che era stata studiata su misura per l'utenza femminile; ed entro la fine dell'anno avrebbe dovuto consegnare al cliente la story-board d'un nuovo profumo che sarebbe stato lanciato l'autunno dell'anno dopo.

«Quando potrai concederti un po' di tregua?» Chiara chiese versandogli il caffè.

«Non prima di un anno, spero. In questo momento la Marco Zambiasi è l'agenzia sulla cresta dell'onda e debbo approfittarne per consolidare l'immagine e acquisire nuovi clienti» precisò addentando l'ultimo morso di fetta biscottata. Gettò un'occhiata all'orologio e si alzò. «Vado a vestirmi, sono in ritardo. A mezzogiorno...»

«Mangi un panino al volo e non torni a casa,» rise lei «superfluo precisarlo.»

«Quel che mi piace di te» replicò allegramente «è che non sei la solita moglie lamentosa e rompiscatole.»

È perché scarico su me stessa tutte le frustrazioni e l'aggressività, avrebbe voluto rispondere. «Spero di piacerti per qualche altra cosa» disse invece in tono volubile.

Lui si avvicinò e la prese per le spalle. «Adoro tutto di te, sei la donna dei miei sogni» sussurrò in tono quasi solenne, sfiorandole il collo con un bacio. «E tu che programmi hai?»

«Ho un sontuoso invito a colazione da Paolo al Savini, e nel pomeriggio sono nello studio dalla Valsecchi.» Voleva spiegargli che l'amica psicologa le aveva passato due nuove pazienti sue, ma non fece in tempo.

«Dopo dieci anni Paolo non demorde ancora, eh?» Marco osservò. C'era una sfumatura di irritazione nel suo tono scherzoso e lei, vergognandosi, se ne sentì lusingata.

A trentacinque anni Paolo Lusardi era ancora scapolo e talvolta gli capitava di chiedersi quanto diversa avrebbe potuto essere la sua vita se quella lontana sera, a Padova, Chiara non gli avesse confessato tra un boccone di pizza e l'altro di essersi innamorata. «Ci sposiamo fra tre settimane» aveva aggiunto.

Lui si era sentito, in ugual misura, sbalordito e offeso. «E l'università? E i tuoi buoni propositi? E tua madre?» era sbottato.

«Continuerò a studiare. Quanto a mia madre è inferocita, ma mi sono innamorata e deve farsene una ragione» aveva replicato con una certa solennità facendo cenno alla cameriera di portarle un'altra pizza.

Era uno scricciolo tenerissimo e famelico, ricordò ora Paolo, e a quei tempi si era preso una cotta fulminante per lei. Non aveva mai più incontrato una ragazza così spontanea e felice e, allo stesso tempo, determinata e testarda. Fuori corso da due anni, era stato praticamente costretto da Chiara a rimettersi in carreggiata con gli esami. E se oggi era un promettente aiuto ortopedico, con concrete prospettive di un primariato, forse lo doveva proprio alle strapazzate di lei.

Per un paio d'anni si erano perduti di vista, poi un incontro casuale li aveva rimessi in contatto e quando, dopo la specializzazione, si era trasferito a Milano, avevano preso a frequentarsi regolarmente. Chiara lo considerava il suo migliore amico, ma lui onestamente non poteva dire altrettanto: c'era qualcosa più dell'amicizia nella sottile eccitazione che provava ogni volta che la sentiva per telefono o la incontrava. Tuttavia per lui non c'era alcuna speranza: benché detestasse ammetterlo, Marco Zambiasi gli piaceva e gli sembrava l'uomo giusto per Chiara.

La scorse da lontano. Era appena entrata al Savini e stava sfilandosi la pelliccia. Vide un cameriere indicare verso di lui e due anziani signori voltarsi a guardarla mentre raggiungeva il suo tavolo alla destra della sala.

Chiara era la sola donna piccola, considerò, che riuscisse a non passare inosservata: forse perché camminava sempre a testa alta, con una involontaria aria di alterigia che la faceva apparire intoccabile.

«Ciao, regina» la salutò alzandosi e deponendole un fraterno bacio sulla gota. «Ti trovo in splendida forma.»

«*Sono* in ottima forma» lei puntualizzò sedendosi. Vista da vicino, l'alterigia spariva e spuntava la monella con il caschetto di riccioli corvini che le incorniciavano il viso e facevano risaltare il celeste chiarissimo degli occhi.

«Quando ti deciderai ad assumere l'aspetto di una brava signora?» Paolo chiese. Era, in effetti, identica a come l'aveva conosciuta quasi dieci anni prima.

«Quando diventerò mamma. Presumo fra meno di otto mesi» Chiara annunciò destinandogli un raggiante sorriso.

«E me lo comunichi soltanto adesso? Questa è una notizia straordinaria! Cosa dice il ginecologo?»

«Per la verità non l'ho ancora visto. Gli telefonerò oggi per fissare un appuntamento. Ormai il ritardo è di nove giorni.»

Sul volto dell'uomo apparve un'espressione perplessa. «Non hai fatto un test di gravidanza? Il solo sintomo è...»

«Sono sicura di essere incinta» lei lo interruppe «e comunque farò anche il test.»

Paolo accolse con sollievo l'arrivo del cameriere. «Cosa prendiamo, cara?» Poteva guadagnare tempo e riordinare le idee.

«Un branzino ai ferri con insalata. Non vorrei assumere subito un aspetto matronale.»

«Lo stesso per me» Paolo disse. «E ci faccia portare del Soave.» Poi, quando rimasero soli, osservò con circospezione: «Nove giorni non significano molto, Chiara...».

«Per me sì. Ho il ciclo regolarissimo. E non intendo assolutamente farmi smontare da te.»

«Marco che cosa dice?»

«Nulla, perché non gliel'ho ancora detto. Tu sei il primo a saperlo» Chiara disse dolcemente, per farsi perdonare lo scatto di un momento prima.

«Ne sono lusingato. Però potrebbe essere un falso allarme, e prima di brindare a champagne preferirei che tu avessi la certezza del contrario. E con questo l'argomento è chiuso. Cosa mi racconti del tuo lavoro? Sempre schiava della grande sacerdotessa?»

«La Valsecchi è una grande psicanalista» si adombrò «e dimostra una enorme fiducia in me mettendomi a disposizione il suo studio e passandomi dei pazienti suoi.»

«Con il piccolo particolare che le parcelle le incassa lei e a te passa solo gli spiccioli. Quando ti deciderai ad aprire uno studio e a esercitare in proprio? Hai tutte le carte in regola per farlo.»

«Non so fino a che punto può essere rassicurante una analista di neppure ventotto anni. E inoltre non mi sento ancora pronta. La Valsecchi è una maestra eccezionale e mi permette di far pratica: se non avessi lei alle spalle, sarei presa dal panico.»

«E va bene, archiviamo anche questo argomento. Da qualche tempo parlare con te è come addentrarsi in un terreno minato» rise Paolo.

Chiara lo fissò con occhi inquieti. « Do davvero questa impressione? Sono proprio diventata suscettibile e intollerante? »

« Chi altri te l'ha detto? »

« Mio marito. Da qualche tempo abbiamo spesso dei battibecchi e lui sostiene che piglio fuoco per tutto. Forse sono davvero diventata isterica. » Lo fissò di nuovo. « Ti sono spuntati dei fili bianchi » notò senza alcun nesso.

« I prossimi sono trentasei. Punto molto sul fascino delle tempie grigie. Ma non è di me che voglio parlare. Chiara, il tuo guaio è che non ti valuti abbastanza per... »

« Te l'hanno mai detto che rassomigli a Richard Gere? »

« Non ti valuti abbastanza per capire quanto sei straordinaria. Pensi che soltanto un figlio possa renderti meritevole d'amore, e siccome non l'hai ancora avuto ti senti una nullità. E ti comporti come se realmente lo fossi. »

« Il problema non si pone più » tagliò corto Chiara « perché sono incinta. » Nei suoi occhi brillava una luce quasi d'esaltazione, e Paolo per la prima volta provò pena per lei.

Erano arrivati i branzini, adesso, e cominciarono a mangiare in silenzio. Fu, a dispetto di tutto, una colazione malinconica, e molto breve: alle due e un quarto era già finita.

II

Tolta la gonna, Chiara si sfilò velocemente la biancheria e poi andò a distendersi sul lettino. Ursi, il ginecologo, la stava aspettando con la mano destra sollevata e già infilata nel guanto. Venti dicembre, ventidue giorni di ritardo e la conferma del laboratorio: era incinta.

Allargò le gambe, per la prima volta senza alcun disagio, e sentì le dita di Ursi introdursi con delicatezza nella vagina. Mentre la esplorava, teneva la testa sollevata e leggermente spostata verso l'esterno del lettino, il volto assorto e fisso nel vuoto.

Ma, stavolta, a Chiara parve di scorgervi un che di soddisfatto. Oppure era lei che si sentiva rilassata e sicura e non irrigidiva più i muscoli del collo per scrutare ansiosamente il suo sguardo?

Le dita leggere lo strinsero di colpo come una tenaglia e lei non poté trattenere un piccolo gemito.

«Abbia pazienza un istante» Ursi disse. La presa si allentò e, mentre si sfilava il guanto, finalmente la guardò negli occhi. Sorrideva: dopo le altre innumerevoli visite non era mai successo. «Tutto bene,» annunciò «non dovrebbero proprio esserci problemi. Le prescrivo subito un'analisi delle urine e del sangue, e tra un paio di settimane faremo anche un dosaggio ormonale.»

«Devo stare a letto? Usarmi dei riguardi particolari?»

Ursi sorrise di nuovo. «Assolutamente no! Gliel'ho detto, è tutto a posto. Eviti soltanto di strapazzarsi e di stare a lungo in automobile. Per il resto può continuare la vita di sempre: non mi passi dalle angosce della lunga attesa alle ipocondrie della gravidanza» raccomandò.

Me ne guarderò bene, Chiara si ripromise uscendo dallo studio. E ora che non esisteva più alcun dubbio, poteva finalmente dirlo a Marco. Provò a immaginare le sue reazioni: dapprima l'avrebbe duramente ripresa, pensando al solito falso allarme. Ma lei, per tutta risposta, gli avrebbe mostrato l'analisi con quel "Positivo" timbrato a tutte maiuscole. Dall'incredulità Marco sarebbe passato allo stupore, dallo stupore a un'esplosione di felicità.

Amore mio, gli disse mentalmente, so quanto hai aspettato anche tu questo bambino e quanto ti è costato fingere che non te ne importasse niente. La sua voce lontana: *"C'è però un solo ostacolo alle nostre nozze"*.

"Quale?" lei aveva domandato con improvviso panico.

"Voglio una rumorosa e insopportabile schiera di figli. Adoro fare il patriarca. Se non la pensi allo stesso modo, dimmelo ora o mai più."

Guardò l'orologio: mezzogiorno. Non poteva aspettare fino a sera per dirglielo, tra poco Marco avrebbe fatto un breve intervallo e lei decise, d'impulso, di raggiungerlo subito in agenzia. Si diresse verso la Panda, che aveva fortunosamente parcheggiato dietro piazza Diaz, e a un certo punto si accorse che stava correndo.

Se è una bambina la chiameremo Caterina, pensò rallentando, e se è un maschio Andrea. Le venne quasi da ridere ricordando tutti i nomi che in quei lunghi anni di attesa aveva scelto e poi scartato. C'erano stati via via Sabina e Luca, Simona e Pietro, Lucia e Michele, Gilda e Matteo... E ognuno di loro aveva avuto un volto e un grandioso destino. Ma, anche, un'esistenza brevissima che durava lo spazio di un'illusione. Quando ricominciava a sperare, i volti e i nomi cambiavano.

Ho vissuto anni di profonda infelicità, Chiara pensò sentendo le lacrime pungerle gli occhi. E ora che l'incubo era finito, per la prima volta realizzava l'enormità di ciò che aveva sopportato. Ma come aveva fatto, Marco, a sopportare la donna ipersensibile e dolente che lei era diventata? Basta, basta, basta, si ordinò drizzando le spalle e accelerando, di nuovo, il passo.

Nel tergicristallo della Panda era infilata una multa per divieto di sosta: le parve una specie di simbolica penalità per ciò che aveva inflitto a se stessa e al suo matrimonio, e si ritrovò a ridere con un improvviso scoppio di allegria, pensando a quanto piccola fosse la penale che doveva pagare e quanto enorme la felicità che ora il destino le elargiva.

L'agenzia di Marco era all'inizio di via Salvini, subito dopo l'arco. Vi si diresse lentamente, senza lasciarsi innervosire dal labirinto dei sensi unici e delle deviazioni, godendo del benessere che le aveva permeato ogni fibra del corpo. Fu ridicolmente delusa trovandosi di fronte a un semaforo verde senza il solito budello di auto. E si accorse che non aveva alcuna fretta di arrivare. Stava vivendo un momento magico, tutto suo. Tra poco Marco avrebbe saputo, e subito dopo avrebbe dovuto telefonare a sua madre e a sua sorella. E poi a sua suocera e alla zia Egle.

Entro sera la notizia che lei aspettava un bambino sarebbe stata nota a tutti. E tutti ne avrebbero parlato e gioito: ciò le parve, assurdamente, una specie di rapina, come se per essere felici parenti e amici avessero dovuto attingere a una felicità tutta sua. Di fronte all'ultimo semaforo, ancora verde, frenò bruscamente e una utilitaria, dietro di lei, strombazzò con irritata disapprovazione. Giallo, rosso, di nuovo verde. Chiara ripartì, svoltò a destra e infilò la Panda nello scivolo che portava al parcheggio sotterraneo dell'agenzia.

Anziché chiamare l'ascensore, salì a piedi fino al primo piano. Mancavano cinque minuti all'una e Bea, una delle segretarie, le disse che Marco era ancora in riunione. «Vuole attendere nel salottino?»

«No, lo raggiungo» disse sfilandosi la pelliccia e posandola su uno sgabello. Automaticamente Bea si alzò e l'appese all'attaccapanni. Dirigendosi verso la sala delle riunioni Chiara si sentì seguita dal quell'occhiata incuriosita e vagamente ipercritica che tutte le ragazze d'ufficio rivolgono alla moglie del capo.

Marco era seduto a un'estremità del lungo tavolo rettangolare e stava accendendosi una sigaretta.

Vedendola non mostrò alcuna sorpresa, quasi fosse una visita consueta. E invece, Chiara si disse, è da quasi sei mesi che non venivo più qui. I quattro uomini e le due giovanissime ragazze che erano riuniti con Marco, lo staff dei creativi, accennarono ad alzarsi, ma lei li fermò. «Continuate pure,» disse «passavo da queste parti e ne ho approfittato per mangiare un panino con voi.»

Ancora una volta Marco sembrò trovare naturalissima la cosa. Le venne incontro, la baciò affettuosamente su una gota e le spostò una sedia. «Mettiti qui con noi, ne abbiamo ancora per una mezz'ora. Come psicologa puoi esserci utile: ci stiamo chiedendo che cosa spinge una donna all'acquisto di un nuovo profumo.»

«Dovreste ormai saperlo» rise Chiara «visto che negli ultimi quattro anni ne avete lanciati una mezza dozzina.»

«Il nodo sta qui» Marco spiegò seriamente. «Ogni nuovo profumo deve avere un'immagine e una magia proprie, diverse da quelle di tutti gli altri. E bisogna inventargliele, affinché una donna sia irresistibilmente attratta all'acquisto.»

Una delle due ragazze, Chiara notò, indossava una giacca con l'inconfondibile tocco di Armani. Fu lei a parlare, ora: «Proprio qui ci eravamo arenati. Su quali meccanismi bisogna far leva per sollecitare la fantasia e stimolare la voglia di novità?».

«Tra le donne e il profumo» Marco intervenne «esiste uno strano rapporto per certi versi simile a quello di coppia. Il profumo è come un marito. Alcune donne sono d'istinto rigorosamente monogame, e tra loro e l'abituale fragranza esiste un legame quasi carnale, fatto di rassicurazione e amore. Altre donne, invece, sono volubili e infedeli. Amano magari il marito-profumo, ma non sanno resistere alla tentazione della novità, all'eccitazione dell'avventura.»

Adesso fu uno degli uomini a prendere la parola. «Noi stiamo cercando, appunto, di costruire il fascino della trasgressione. Deve essere sottile e magico, tale da far crollare le resistenze delle fedelissime e travolgere allegramente le grandi peccatrici.»

Chiara rise. «Avete dimenticato le donne come me, quelle che di norma non usano profumi. Irriducibili "zitelle" con un Ph che in pochi minuti trasforma la fragranza più raffinata in un dolciastro odorino da barbiere.» Poi, facendosi di colpo seria: «Le vostre argomentazioni sono suggestive, però secondo me bisognerebbe fare un passo indietro. Prima di dare per scontato che tra donne e profumo esista un rapporto amoroso, dovreste chiedervi come nasce questo rapporto, *perché* nasce, quali meccanismi lo hanno fatto scattare».

«Potresti spiegarti meglio?» Marco chiese interessato.

Chiara si sentì eccitata ed euforica. Da quanto tempo non esercitava più la mente, non si concentrava più su idee creative, non pensava ad altro che a quel figlio che non arrivava? Si accorse, sbalordita, che aveva completamente dimenticato la ragione per cui era venuta lì e la sua euforia stranamente crebbe. Sono uscita dal tunnel della paranoia, si disse, sono guarita, guarita, guarita.

Aggrottò i sopraccigli nello sforzo di ritrovare il filo del discorso. Poi, spalancando gli occhi azzurrissimi su quelli sempre più attenti di Marco, spiegò: « Io credo che nessuna donna acquisterà mai un profumo se non ama se stessa. Il profumo è come... come una carezza di superfluo». Si interruppe cercando con cura le parole. E dopo qualche istante proseguì: « Intendo dire che non è indispensabile. È qualcosa in più, l'atto estremo di un amore che ha una gioiosa voglia di esprimersi, di scintillare, di sedurre. È su questo amore che secondo me bisogna puntare, più che sulla trasgressione di cui parlavate».

La stavano guardando tutti, ora, visibilmente interessati a ciò che andava dicendo. La seconda ragazza approfittò della breve pausa per osservare: « Non sempre profumarsi significa amarsi. Spesso, al contrario, sono le donne insicure e complessate a ricorrere al profumo, quasi volessero nascondervi dentro se stesse».

Chiara sorrise. « In fondo stiamo dicendo la stessa cosa: risvegliare l'amore è essenziale, anche e soprattutto per questo tipo di donna. » Si interruppe di nuovo. « Ha già un nome, questo profumo? » chiese poi inseguendo un'altra idea che stava confusamente prendendo corpo.

« No » rispose Marco. « È un profumo che sarà messo sul mercato da un'industria cosmetica e non da uno stilista: perciò manca la magia intimidatoria della firma famosa ed è più difficile costruirgli un'immagine. »

« Ma anche più facile » osservò il giovanottone biondo seduto alla destra di Marco. « A parte che si avverte un certo fastidio per l'intimidazione, sempre meno magica, della grande firma, l'industria ci offre maggiore libertà e spazi. »

« Sono d'accordo con lei » disse Chiara. « E a questo punto perché non iniziate dalla ricerca del nome? Vi sarà più facile partire da lì per sviluppare poi tutte le motivazioni d'acquisto. Io insisto: puntate sull'amore. »

«*Amore* non sarebbe un brutto nome» disse quasi tra sé il giovanottone di prima.

«Troppo scontato e popolare. La vendita punta su un target molto alto: il flacone piccolo di eau de toilette costerà al pubblico 150 mila lire» intervenne Marco con un tono autoritario che sua moglie non gli conosceva.

«Rimangio tutto quello che ho detto!» disse allegramente Chiara, per scacciare un improvviso disagio di cui non riusciva ad avvertire la causa. «Escludo che una donna in grado di spendere 150 mila lire per una boccetta di acqua di colonia possa avere dei problemi con la vita o con se stessa.»

«Non è detto» sogghignò il più anziano del gruppo, un uomo sulla cinquantina, tempie grigie, occhiali di tartaruga e impeccabile giacca di tweed. «Come Cristina Onassis insegna,» aggiunse «ricchezza e felicità non sempre sono conseguenti.»

«La boccetta è stata disegnata da Migneco» annotò Marco professionalmente. «L'idea non è inedita né mia, ma se non altro fa immagine e contribuisce a giustificare il prezzo. A questo punto, comunque, proporrei un intervallo aggiornando eccezionalmente la seduta per le quindici e trenta.»

«Niente panini-lunch?» s'informò Chiara.

«No. Ci hai dato dei suggerimenti degni d'attenzione e ti sei meritata una vera colazione con me. Scegli tu dove.»

Le due ragazze furono le prime a lasciare la riunione, seguite dai quattro colleghi. «E allora,» chiese Marco quando restarono soli «dove ti porto?»

«Se l'idea non ti sembra troppo scontata e... terra terra,» lei gli fece il verso «ti proporrei un romantico spuntino a casa. Dovrei parlarti.» Un ristorante, per quanto silenzioso e intimo, non era il luogo migliore per dargli quella notizia.

Il pensiero del figlio che aspettava riesplose causandole un'ondata di euforia che quasi le fece chiudere gli occhi. Era come se, rimasta acquattata dentro di lei per quasi un'ora, la felicità si fosse ricaricata e rinnovata.

Marco la scrutò con aria incerta. «Ti senti bene? Qualcosa non va?»

«No, no. Al contrario, sto benissimo. E va tutto bene. Ma ne parleremo a casa» disse in fretta prendendolo per un braccio. Bea le porse la pelliccia e aprì la porta.

Abitavano in zona Fiera, in via Alberto Mario. Una strada ombreggiata e tranquilla che non sembrava neppure appartenere a Milano con le sue case basse e le villette affondate nel verde. La loro era su due piani, con un mini-parco sul retro e un grande terrazzo a cui si accedeva dal soggiorno. Marco l'aveva ereditata, quando ancora faceva il liceo, dall'omonimo nonno, che l'aveva fatta costruire attorno al 1910.

Era stata affittata a lungo a una coppia di artistoidi squattrinati e sciattoni che pagavano l'affitto con cronico ritardo e avevano due figli più distruttivi di Attila. Quando l'avvocato era finalmente riuscito a liberarla dagli inquilini, la villa era in condizioni disastrose: intonaci scrostati e pieni di buchi, sanitari lesionati e inservibili, finestre e porte sgangherate. Tuttavia Chiara ne era stata conquistata a prima vista. Era la metà di febbraio, e agli inizi di marzo lei e Marco si sarebbero sposati. Ricordava ancora, nove anni dopo, quella sensazione di *déjà vu* che aveva provato aggirandosi per le grandi stanze: era come se stessero aspettando lei, come se fino a quel momento lei non avesse aspettato altro che ritrovarsi lì.

«È una casa... cordiale» aveva spiegato a Marco, che invece si guardava attorno facendo un desolato inventario dei danni. E quel senso di cordialità, quel complice rapporto d'amore con la casa di via Alberto Mario non l'avrebbe più abbandonata. In poco più di un mese muratori, falegnami e idraulici avevano riportato la villetta all'antico splendore. La ristrutturazione era stata il dono di nozze dei genitori di Marco, e sua madre le aveva regalato i grandi divani bianchi del soggiorno e l'antico tavolo in noce della zona pranzo, con sei sedie d'epoca, miracolosamente uguali.

Il regalo di Salvatore Fiume, che era stato il migliore amico di suo padre, fu un gioioso olio: pennellate di fuoco ritraevano quella che a Chiara sembrava la più felice delle donne, semiallungata in un abbandono apparentemente passivo che era invece un'ardente e partecipe offerta di vita.

Da quanto aveva smesso di guardarla, quasi fosse invidiosa di quello slancio che in lei si era spento? Chiara se lo chiese appena entrò in soggiorno, osservando il quadro, e i mobili, e le piante, e i muri come per riallacciare una familiarità da troppo tempo smarrita. Mi ero perduta nella mia casa e in me stessa, si disse, subito pentendosi per quel soprassalto di retorica.

« E allora, » Marco le venne alle spalle « qual è il menu della casa? E che cosa dovevi dirmi di così importante? »

Chiara si girò. Forse dovremmo sederci e bere qualcosa, pensò abbassando gli occhi. Forse sarebbe meglio se glielo dicessi stasera, noi due soli e senza l'agenzia che lo aspetta. Forse...

Inghiottì. Alzò gli occhi. « Marco, aspetto un bambino. Ho fatto l'analisi e il ginecologo, stamattina, me l'ha confermato » precisò in fretta. Non sopportava di leggere nel suo sguardo l'insofferenza e il dubbio.

« Ne sei sicura? » Marco chiese con voce neutra come se non avesse sentito quel che lei gli aveva appena detto.

« Sì, il ginecologo me l'ha confermato stamattina » ripeté pazientemente. Aveva di nuovo abbassato gli occhi. Perché si sentiva, all'improvviso, così svuotata e triste? Ma tutto si dissolse nel preciso istante in cui sentì le braccia di Marco circondarla e stringerla con impetuosa dolcezza.

« Oh, Marco, ho tanto aspettato... »

« Non parlare, amore. Vorrei che questo istante durasse per sempre. »

Stretta contro di lui, ebbe l'impressione di sentire il suo cuore martellare furiosamente. « Ti amo tanto » gli disse pianissimo.

« Anch'io. Dopo nove anni, sono ancora pazzo di te. E... »

« Che cos'ho di tanto straordinario? » lo interruppe, beata.

« Sei chiara come il tuo nome. Il mio luminoso punto fermo, il più strepitoso successo della mia vita. E adesso mi darai un figlio. Vorrei una bambina identica a te. È l'idea di aver procreato un essere *tuo* che mi rende orgoglioso, lo capisci questo? Della paternità in sé non m'importa, non ho mai avuto la smania di perpetuarmi nell'eternità. »

« La bambina avrà una paurosa crisi d'identità quando si accorgerà che esiste solo in funzione di sua madre... » lei scherzò, commossa.

« Se farà il suo dovere, nascendo con i riccioloni neri e gli occhi celesti come i tuoi, avrà un'opzione in più sul mio cuore. Chiara, che cosa ha detto il ginecologo? Va tutto bene? »

« Pare di sì. Secondo lui il solo pericolo è che adesso io entri nella paranoia della gravidanza, atteggiandomi a mammina fragile e malaticcia. »

Marco gettò un'occhiata all'orologio. «Devo correre in ufficio e darci sotto» disse. «Voglio prendermi dieci giorni di vacanza, io e te soli in un posto qualunque purché sia molto romantico e non troppo lontano.» L'aveva deciso in quel momento.

«Ma non hai ancora mangiato,» protestò lei «aspetta che ti faccio almeno un sandwich.»

«È tutto quello che sai dirmi, dopo che ti ho proposto una vacanza d'amore?»

È un uomo meraviglioso, Chiara pensò gettandogli le braccia al collo. «Che vacanza d'amore potrebbe offrirmi un marito denutrito e stressato?» scherzò.

«*Touché*. Vada per il sandwich. Però per stasera esigo un pranzetto coi fiocchi e almeno sei proposte alternative per la nostra vacanza. Va' in qualche agenzia e informati. Potremmo partire il 26 o il 27 dicembre, cosa ne dici?»

«Dico che va benissimo. Nel pomeriggio devo comunque uscire: mia madre e mia sorella non sanno ancora che sono incinta, e voglio dirlo a voce anche ai tuoi.»

«È il tuo momento di gloria» Marco rise. «Ti aspetta un trionfale giro per raccogliere ovazioni e doni.»

E Chiara, che si stava avviando in cucina, si girò a guardarlo. Il suo rosso e lentigginoso ragazzo dalla faccia onesta e i piccoli grandi occhi che sprigionavano tenerezza e allegria. Cosa sarebbe stata la sua vita, se non lo avesse incontrato? La sola ipotesi le sembrò terrificante.

Lucia Basile era rimasta vedova a 42 anni con due gemelle di 10, Chiara e Giovanna. Nata in una famiglia agiata e borghese, figlia unica di un medico professionalmente affermato e umanamente gelido, aveva incontrato, quasi trentenne, uno scrittore squattrinato ma ricco di ottimismo e di sogni. Lo aveva sposato compiendo la sola ribellione e la prima scelta autonoma della sua vita.

Non se ne era mai pentita, benché fosse toccato a lei assumersi ogni responsabilità concreta, compresa quella di mantenere prima lui e poi le gemelline. Ragazza di famiglia coccolata e sprovveduta, si era ritrovata a fare la governante e l'infermiera, arrotondando le entrate con notti di veglia ad anziani ammalati e corse affannose da una casa all'altra per fare iniezioni a domicilio. Ma né la stanchezza fisica, né l'ottocentesca disapprovazione dei genitori, che avevano rotto i ponti con lei, erano bastate a spegnere il suo entusiasmo. Le bastava rientrare a casa, vedere il suo Giacomo alzarsi dal tavolino e correre ad abbracciarla, per ritrovare fiducia ed energia. Mai si era pentita del suo "folle colpo di testa", come era stato definito.

Dopo dieci anni di dattiloscritti ammonticchiati, spediti e respinti, Giacomo era riuscito a veder pubblicato il primo romanzo. Ma aveva avuto appena il tempo di condurre la moglie e le figlie in un lussuoso ristorante a brindare con vero champagne: due mesi dopo un infarto l'aveva stroncato. Quella perdita apparve, a Lucia, un'enorme e inaccettabile ingiustizia. Il suo amore per la vita sembrò andarsene con lui. Per qualche tempo diventò amara e irritabile, scettica e senza slanci. Poco dopo la morte di Giacomo moriva anche il padre, più temuto che amato, di lei. E la provvidenziale eredità, che per legge non era stato possibile sottrarle, aveva se non altro risolto ogni problema economico.

Lucia conobbe di nuovo il conforto d'una bella casa e tutte le comodità del benessere: e poté smettere di lavorare. Ciò le permise di dedicarsi totalmente alle gemelle: poté finalmente accompagnarle a scuola, sedersi a tavola con loro, preparare loro da mangiare, seguire i loro giochi.

L'impatto con il ruolo di madre a tempo pieno fu, agli inizi, traumatizzante. Inorridita, Lucia si accorse che Chiara e Giovanna erano cresciute come due selvagge, senza disciplina né orari. Per anni avevano giocato in cortile e per strada, unendosi ai ragazzi del quartiere, mangiando quando avevano fame, lavandosi quando se ne ricordavano, facendo i compiti quando avevano esaurito ogni voglia di scatenarsi e giocare.

La giovane vedova si votò al recupero delle figlie con zelo da missionaria e un amore esasperato da giganteschi sensi di colpa. Divenne esigente e autoritaria, apprensiva e querula. Ma aveva brevi cedimenti che si manifestavano con slanci di tenerezza e abbracci quasi spaventati. Chiara imparò ben presto ad amare quella sua madre così stravagante e diversa da tutte le altre madri e a volte si scopriva a essere protettiva e persino materna con lei, nonostante la piccolissima età.

L'altra gemella, invece, pur adorando Lucia, continuò a darle del filo da torcere. Era testarda e irriducibilmente selvaggia. Fisicamente identica alla sorella, era talmente diversa da lei che la rassomiglianza finiva con lo sparire. Crescendo, poi, se ne perse ogni traccia. Gio' si reinventava ogni giorno, oggi bruna corvina domani rossa fiammeggiante, troppo creativa per adottare un'immagine definitiva di sé: così che passava dallo stile monellaccio a quello di raffinata vamp a seconda dell'estro e dei suoi idoli del momento.

Era, delle due, la più forte, ma Chiara non si era mai sentita oppressa; né, tantomeno, la invidiava. Aveva al contrario un trasporto quasi adorante per la gemella. La difendeva, la ammirava, copriva le sue malefatte. E Giovanna la amava con il medesimo trasporto, ammirandone a sua volta la volontà, il senso della disciplina, l'enorme capacità d'amore.

Mentre parcheggiava la sua auto e si dirigeva verso la vecchia casa di famiglia, in viale Caldara, Chiara non poté fare a meno di ricordare il lontano pomeriggio in cui aveva annunciato senza esitazione che aveva conosciuto un ragazzo e intendeva sposarlo subito. Superato lo sbigottimento, sua madre era diventata una furia. L'aveva insultata e supplicata, minacciata e impaurita. Fino a quando, svuotata d'ogni forza, non si era lasciata cadere, semisvenuta, su una poltrona. Chiara era rimasta a guardarla, paralizzata dal terrore ma irremovibile. Era stata Gio' a correre in cucina, prendere una brocca d'acqua e rovesciarla sulla faccia della madre. «Tua sorella vuole sposare uno sconosciuto senza arte né parte...» aveva singhiozzato rinvenendo.

Mani sui fianchi e tono sfrontato, Gio' aveva replicato allegramente: «Forse il tuo Giacomo era diverso?».

«Non bestemmiare! Tuo padre era un uomo eccezionale, unico!»

«Ma soltanto tu l'avevi capito. Perché non vuoi concedere a Chiara lo stesso atto di fede?»

Chiara era entrata nell'atrio, ora, e aspettava l'ascensore. A differenza di lei, Giovanna non mostrava alcuna fretta di sposarsi. Aveva molti amici («amanti», come mamma Lucia sottolineava con tono scandalizzato e dolente), ma evidentemente nessuno ai suoi occhi meritava l'olocausto di una entusiasmante libertà. E liberamente viveva, benché avesse continuato ad abitare con la sua apprensiva, umorale e sempre più pazza madre.

La ama forse più di me, Chiara pensò; e riesce a proteggerla, a provocarla e a farla ridere come a me non è mai riuscito.

Fu lei, Gio', ad aprirle la porta. Aveva i capelli, attualmente lunghissimi e color bianco luna, avvolti in un turbante di spugna, e il volto ricoperto da una maschera all'argilla. «Entra in punta di piedi e taci» l'accolse. «Mami si è appena appisolata: pare che da un mese non riesca a chiudere occhio. Insonnia da stress, afferma.»

«È sottinteso che a stressarla sei tu...» sussurrò Chiara divertita.

«Brava, hai indovinato. Per premio preferisci un caffè, un tè o qualcosa da sgranocchiare?»

«Quello che vuoi tu. Stavi preparandoti per uscire?»

«No, è un'operazione di restauro conservativo. Ma anche professionale: sto provando sulla mia pelle una nuova maschera che, a detta di quelli del laboratorio, dovrebbe far miracoli.»

Giovanna era capo dell'ufficio di pubbliche relazioni di una importante azienda cosmetica e inondava la sorella di rossetti, mascara, matitoni e cremine trascurando il particolare che non si truccava quasi per nulla.

E adesso le stava infatti dicendo: «Ho dei campioni di rossetti che s'intonano a meraviglia coi tuoi occhi. A proposito, che crema stai usando? Hai una pelle smagliante».

«Ormoni... di produzione propria» replicò lei con un sorriso allusivo. «Sono incinta.»

«Oh...» La sorpresa di Gio' durò meno di quell' "oh" strozzato. La prese per la vita e la sollevò in aria con un urlo a tutta gola, trascinandola poi in un vorticoso mulinello.

«Ssst, la mamma dorme» tentò di divincolarsi Chiara.

«E chi può dormire, con questo fracasso?» Lucia era apparsa sulla soglia e vi si arrestò fissando le figlie con aria di aperta disapprovazione. «Grazie della visita,» disse rivolgendosi a Chiara «è da una settimana che non ci fai questo onore.»

«Chiara è incinta. Aspetta un bambino» annunciò Giovanna issando di nuovo la gemella.

«Oddio...»

«Mami, non svenire.»

«E me lo dite solo oggi? Già, io sono sempre l'ultima a sapere.» Lucia aveva le labbra strette e il mento eretto dei momenti più neri, quelli in cui si sentiva ferita nella sua sensibilità di madre perfetta.

«È che l'ho saputo solo oggi. Per l'esattezza stamattina» precisò Chiara.

Le labbra della donna si distesero e il mento si abbassò istantaneamente. Gli occhi le si erano riempiti di lacrime. «È una notizia bellissima. Chissà come sarà contento Marco.» Rimosse l'antica ostilità, aveva finito per amare visceralmente quel suo unico genero che, a suo dire, le ricordava tale e quale il povero Giacomo. E quando Gio' le ricordava che un tempo l'aveva definito «uno sconosciuto senza arte né parte» le dava, indignata, della visionaria.

«Marco è felice, naturalmente» disse Chiara. «E subito dopo Natale partiremo per una vacanza.»

«Non strapazzarti! Non fare la solita pazza! Una donna incinta deve essere prudente!» Lucia sbottò con foga.

Era l'unica persona che, parlando, riuscisse a far sentire i punti esclamativi. Quando erano piccole, le gemelle ne ridevano.

«Il ginecologo dice che va tutto bene» spiegò Chiara «e che devo vivere normalmente. La gravidanza non è una malattia, e tu dovresti saperlo: aspettavi due gemelle e hai sgobbato fino al settimo mese.»

«Io avevo bisogno di lavorare e tu no. A differenza di Giacomo, Marco ha avuto successo da giovane e non ti fa mancare nulla!»

«Mami, non stiamo partendo per una vacanza di lavoro. Vogliamo riposarci e stare un po' insieme.»

«Mmm. Fate voi. Ricorda però che i ginecologi sono ottimi chirurghi ma pessimi medici. Le levatrici di una volta avevano cento volte più buonsenso di loro. Mangiare e riposare, questo devi fare se non vuoi perdere la salute o, il cielo ne guardi, il bambino. Giovanna, preparaci un buon tè. E per carità togliti quella schifezza dalla faccia!»

III

Tutto esaurito. Non esisteva un solo posto libero, su un aereo o in un albergo, e Chiara pellegrinò fino all'antivigilia di Natale da un'agenzia all'altra. Partita con programmi grandiosi, alla fine avrebbe accettato qualunque località e qualunque mezzo di trasporto. Niente da fare: sembrava che mezza Italia stesse mettendosi in volo per assaltare il mondo.

In tutte le agenzie le spiegarono che fine ottobre era il termine massimo per poter pianificare e scegliere un soggiorno di fine anno. Ma non sempre con la medesima gentilezza: accanto a impiegate collaborative e apparentemente dispiaciute, ne trovò altre sussiegose e villane che la trattarono come se fosse una pazza: senti questa, crede che ci sia ancora qualche posto libero.

Fu Marco a risolvere il problema, e per un colpo di fortuna. Alla vigilia di Natale un cliente giunse all'ultimo appuntamento dell'anno con un'ora di ritardo: i suoceri erano arrivati da Zurigo senza alcun preavviso, scombinandogli la giornata e le programmate vacanze a Selva di Val Gardena con la moglie. Sempre per fortuna, non aveva ancora disdetto le prenotazioni: così che Marco propose di telefonare all'hotel, avvertendo che al giorno stabilito, anziché i coniugi Mueller sarebbero arrivati i coniugi Zambiasi.

L'idea entusiasmò Chiara. Anche se era una sciatrice più prudente e meno abile della gemella, amava la montagna, soprattutto d'inverno. Nulla la riempiva di beatitudine come lasciarsi portare in alto da una seggiovia attraverso i silenzi di canaloni innevati, mentre distese di abeti scivolavano accanto a lei. E quando discendeva dalle piste, provava un senso di inebriante libertà: erano i soli momenti in cui si sentiva padrona del suo corpo. Poteva guidarlo, lanciarlo, curvarlo, raddrizzarlo e, anche, lasciarsi andare fiduciosamente.

Tuttavia Marco si fece promettere che quell'anno non avrebbe sciato: al massimo le avrebbe concesso una breve discesa, e in una pista facilissima. Ma le rassicurazioni non valsero a tranquillizzare la madre di Chiara.

«Avresti bisogno di caldo, e non del gelo dei duemila metri» borbottò la signora Lucia, sorda alla precisazione che Selva superava appena i millecinque. Come ogni anno, la sera della vigilia la famiglia di Chiara era stata invitata a casa dei genitori di Marco. Si ritrovavano tutti insieme nel grande soggiorno addobbato coi festoni dorati, il tradizionale ramo di vischio e l'abete rilucente. Dopo la cena, ciascuno offriva e riceveva doni: pacchetti infiocchettati e avvolti nella carta natalizia, spesso accompagnati da un bigliettino spiritoso, sempre oggetto di sorprese, ringraziamenti, abbracci.

Un clima festoso che quell'anno fu ancora più festoso. «Il prossimo Natale» disse innalzando il bicchiere il padre di Marco «la nostra famiglia sarà più numerosa. E brindo fin d'ora al mio nipotino che, anche se non si vede ancora, è già tra noi.»

Chiara corse ad abbracciarlo, scacciando la commozione. Mentre con la signora Teresa, sua suocera, non era mai riuscita a stabilire un rapporto di autentico affetto, voleva profondamente bene a papà Zambiasi. Era il padre che avrebbe voluto avere: spiritoso ed estroverso, rassicurante e affettuoso. Quel che Chiara si chiedeva era se avesse mai conosciuto la felicità accanto a una donna superficiale ed egocentrica come la moglie. Né capiva come, da una madre così, fosse potuto nascere un uomo come Marco.

Teresa disapprovò senza mezzi termini la vacanza in Val Gardena. «Sono sicura che è un'idea tua» disse alla nuora. «Senza contare che quest'anno avevamo deciso di andare a passare la notte di San Silvestro e il Capodanno, tutti insieme, a Montecarlo.»

«Quella sì sarebbe stata una strapazzata» intervenne Marco. «E comunque potrete andarci senza di noi.» Tacitò ogni possibilità di replica mettendo in mano alla madre un pacchetto. «Aprilo,» ordinò «contiene un mio folle pensiero per te.»

Era una spilla in oro bianco e zaffiri ridisegnata secondo un vecchio modello, ma l'esplosione di gioia di Teresa si smorzò non appena vide che Marco ne aveva regalata una simile alla suocera. «Sei davvero fortunata, Lucia, ad avere un genero come mio figlio» commentò con un'acidità che non si curò neppure di nascondere.

«E tu no?» intervenne pronto il marito. «Forse che una nuora come questo nostro scricciolo si trova ogni giorno?»

Chiara avrebbe voluto abbracciarlo di nuovo, ma si trattenne: Teresa considerava un affronto personale anche il *feeling* che si era creato tra suocero e nuora. E proprio per non urtare la sua suscettibilità, da anni Chiara e Marco si scambiavano i veri regali, sempre dissennatamente costosi, quando rientravano a casa. Un supplemento di vigilia tutto loro, che spesso si protraeva sino all'alba. Ufficialmente, quell'anno, Marco le regalò un foulard delle Fendi e Chiara ricambiò con una cravatta di Krizia. All'una e trenta la festa finì. Il giorno dopo papà e mamma Zambiasi sarebbero andati a pranzo dalla cugina di lei, Chiara e Marco in viale Caldara, da Giovanna e Lucia. Anche quella era un'abitudine che faceva ormai parte dei rituali natalizi.

Partirono per Selva alle sei e mezzo del 26 dicembre. Era una mattina gelida, ma il cielo ancora buio era punteggiato di stelle. Si preannunciava una bellissima e scintillante giornata, Chiara pensò caricando l'ultima sacca nel bagagliaio della Volvo.

Le strade erano semideserte e raggiunsero la tangenziale in meno di un quarto d'ora. Poco dopo imboccarono il casello dell'autostrada. Marco era un guidatore impaziente e veloce. "Brillante", a detta di sua madre; piuttosto imprudente, pensava invece Chiara. Quella mattina, però, non superò mai i 130. Fecero la prima sosta all'autogrill di Erbusco, nei pressi di Brescia, per bere un caffè. Poco dopo aver imboccato la Verona-Bolzano, Chiara fu presa da un attacco di fame e si fermarono di nuovo. Divorò due fette di strudel e Marco dovette trascinarla via quasi a forza da una torta di mandorle che stava adocchiando con aria languida.

«Non è fame, è cupidigia» la rimproverò scherzosamente quando furono di nuovo in macchina.

«E che differenza fa? Ammiro i viziosi, c'è qualcosa di eroico nel loro vivere smodatamente.»

«Senti senti. Da quando in qua la mia morigerata mogliettina è diventata la paladina degli smoderati?»

«Da quando ho saputo di essere incinta» Chiara replicò seriamente. «È come se fossi stata catapultata in un mondo in cui non esistono sensazioni e sentimenti sfumati. Amo la gente, sto meravigliosamente bene con me stessa, annuso l'aria e la sento piena di profumi, il cibo ha un sapore nuovo. E vorrei assaporare tutto, pigliare tutto...»

Marco staccò una mano dal volante e cercò la sua. Gliela strinse. «C'è un posticino anche per me, in tutto questo?»

«Il posto più grande. Ti sento addosso, dentro, come una parte viva del mio corpo. Se mi staccassero da te potrei morire dissanguata. Come vedi, anche nel mio amore c'è qualcosa di smodato! E il bambino che aspetto ne fa parte. Mi sconvolgeva l'idea che un legame come il nostro fosse sterile, senza vita.»

Marco le strinse le dita. «Non lo era, Chiara. Sono felice di avere un figlio, ma quel che provo per te è un'altra cosa. È un amore che ha sempre vissuto di vita propria.»

«A volte mi chiedo» Chiara disse quasi a se stessa, socchiudendo gli occhi, «come ho potuto suscitare in te un sentimento tanto profondo. Non sono poi una donna così eccezionale.»

«Ma sei eccezionalmente rispondente al mio ideale di donna: lo capii da quando ti vidi per la prima volta, dalla zia Egle. Sei un'armatura d'acciaio delicatamente rivestita di sensibilità e calore umano. Una fragile ragazza capace di sostenere i pesi più enormi senza lasciarsi piegare. Non è da tutte, tesoro.»

Avevano superato Trento, adesso, e ai lati della strada si distendevano grandi campi di meli. Chiara ne sentì l'aspro-dolce del succo e la bocca le si riempì di saliva: non capì se era voglia o nausea. Appoggiò la testa e respirò a fondo. Si sentì subito meglio.

«Vuoi che ci fermiamo? Prima di Bolzano c'è un altro autogrill.»

A Marco non sfuggiva niente, lei pensò. «No, grazie, sto bene» lo rassicurò.

Da Bolzano a Chiusa, Chiara si appisolò. Quando riaprì gli occhi Marco aveva già imboccato la statale che si arrampicava verso Selva.

Arrivarono poco prima di mezzogiorno. L'albergo era il Tyrol e aveva, più che l'aria di un hotel, quella di una vecchia e solida casa tirolese. La loro stanza era calda e accogliente, con le pareti rivestite di legno, le poltrone fiorite e due lindi piumoni sul letto. Dalla lunga finestra entrava la luce gialla del sole: sembrava la cornice d'un quadro, con la catena di cime bianche che si stagliavano contro il cielo.

«Vuoi fare un riposino? C'è ancora tempo, per scendere a colazione» Marco disse cingendole le spalle con un braccio.

«No, vorrei disfare le valigie e mangiare prestissimo: così avremo tutto il pomeriggio per uscire e fare un giretto.»

«Non voglio che ti stanchi. Staremo qui dieci giorni, e abbiamo tutto il tempo per oziare e girare.»

«Ma io non voglio affatto che tu faccia l'ozioso accompagnatore! Ti piace sciare, e qui ci sono piste fiabesche: guai a te se non vai. Nel frattempo io gironzolerò per conto mio. E non è escluso che qualche mattina infili anch'io gli sci. Campetti facili e piste baby» lo prevenne.

«Alla luce della tua improvvisa smodatezza, non mi fido affatto. Chi mi assicura che, lasciata sola, non ti butti a capofitto giù dal Sasslong?»

«Devi credermi sulla parola. E adesso, invece di star qui a cianciare, aiutami a sistemare la nostra roba. Sono o no una fragile donna incinta bisognosa d'aiuto?»

Anche il 27 fu un'azzurra e scintillante giornata. Chiara dovette insistere a lungo per convincere Marco ad andare a sciare senza di lei. «Non voglio averti tutto il giorno incollato addosso» a un certo punto sbottò esasperata. «Mentre tu ti fai un paio di discese, io mi siederò in un bar, leggerò i giornali, farò un giro per il paese. Diamine, non siamo mica in simbiosi!»

Sia pure con riluttanza, Marco si lasciò convincere. Quando si ritrovarono, alle tredici e trenta, lui aveva il volto rosso di sole e un'espressione rilassata e felice. «Il Sasslong è una pista stupenda e io sono stato all'altezza. Non mi sono affatto arrugginito» constatò.

Da quella mattina la loro breve separazione divenne un rituale: lui andava a sciare e lei lo aspettava in paese. Dopo il Sasslong, Marco scoprì il Cir e il Ciampinoi, con un entusiasmo che lo riempì di rimorso.

E alla mattina dell'ultimo dell'anno finalmente le elargì la munifica concessione: «C'è una pista, quella della Selva, che puoi fare anche tu. Ovviamente con me. Forza, sci a spalla e partiamo!».

Era, in effetti, una pista di un paio di chilometri con una pendenza molto dolce e senza alcuna difficoltà. Chiara, discendendo ritrovò la familiare sensazione di libertà e di abbandono. Era in armonia col suo corpo, col paesaggio, con Marco: e c'era qualcosa di assurdamente inquietante in quello stato d'animo di assoluta perfezione.

Festeggiarono in albergo l'arrivo dell'anno nuovo. Allo scoccare della mezzanotte Marco accostò il bicchiere al suo. «Alla vita» disse con voce grave, gli occhi dolcissimi che cercavano quelli di lei. «Non voglio chiedere niente né augurare niente. Lasciamo fare alla vita. Non mi sono mai sentito così fiducioso e protetto.»

«Nemmeno io» sussurrò Chiara scoppiando all'improvviso in singhiozzi. «Non farci caso, ti prego, non spaventarti. Sono soltanto troppo felice.»

Marco si curvò su di lei e le prese il viso tra le mani. «Non sopporto di vederti piangere. Non piangere più, ti prego.»

«E io non sopporto questo tuo sguardo triste. È passata, scusami.» Poterono finalmente brindare. E poi ballarono. E poi, allacciati, salirono nella loro stanza. Appena a letto, Chiara piombò in un sonno profondo. Lui se la raccolse contro e restò a lungo sveglio.

Il 5 gennaio, alla vigilia della partenza, fecero il famoso giro del Gruppo Sella.

Aiutato da una cartina e dai suggerimenti d'un cameriere che apparteneva al soccorso alpino, Marco aveva studiato l'itinerario più facile, quello che prevedeva i tratti più sicuri e brevi da percorrere con gli sci.

Partirono dal paese con la funivia e scesero, sci ai piedi, verso il Pian de Gralba aggirando il costone del Ciampinoi. Da qui raggiunsero il Passo Sella dapprima in seggiovia e poi con la sciovia del Sassolungo. E infine iniziarono la traversata della "città di pietre", in uno scenario di travolgente maestosità. La pista si snodava attraverso i massi che si erano formati ai piedi del Sassolungo, con dolci salite alternate a brevi discese.

Marco stava dietro alla moglie e non la perdeva d'occhio un istante. Si sentiva un incosciente averla portata fin lassù, anche se Chiara sciava con estrema prudenza e non dava alcun segno di stanchezza. Il sole aveva dato una luce dorata al suo viso, e dalla berretta le sbucavano riccioli spettinati da monella. Di tanto in tanto si fermava per ammirare, incantata, il paesaggio.

Avrebbe voluto salire fino al Belvedere del Pordoi, ma a questo punto Marco si impuntò. «Non se ne parla neppure. Ora raggiungiamo il ristorante Lupo Bianco, mangiamo un boccone, ci rosoliamo al sole e poi riprenderemo la via del ritorno. Come escursionista incinta, hai già avuto il tuo bell'exploit.»

Erano le cinque del pomeriggio e cominciava a imbrunire quando ritornarono al Tyrol. Fecero una doccia e poi prepararono le valigie per il mattino dopo. Alle diciannove e trenta scesero per la cena e, dopo, andarono a prendere un caffè in paese. Il cielo si era rannuvolato e tirava aria di neve, ma le strade illuminate, piene di vetrine, di bar e di gente che andava e veniva, davano come l'impressione di un caldo salotto.

Entrarono in un piccolo caffè e si sedettero a un tavolo d'angolo. Chiara si sentiva piacevolmente stanca, la testa svuotata da un languido torpore. «Sono ubriaca di neve e paesaggi» disse. «È stata una vacanza bellissima.»

«Bellissima» ripeté Marco. «E l'idea che tra due giorni dovrò ributtarmi nella mischia mi ripugna.»

«Credevo che il tuo lavoro ti piacesse da impazzire!»

«Perché *sono* pazzo. Ricordi Rosati, quel mio capo che otto anni fa, nel bel bello del successo, mollò tutto e si trasferì in una vecchia cascina della Valtellina a fare il pittore?»

«Non esistono tracce dei suoi quadri» insinuò Chiara.

«L'ho rivisto per caso un paio di mesi fa. Pingue e felice, con la faccia lustrata da arietta frizzante e formaggi di malga. Forse i veri saggi sono quelli come lui...»

Chiara lo interruppe, scandalizzata. «Più che saggi, mi sembrano pateticamente velleitari e retrò! Lasciamo le malghe ai veri montanari: quelli che si alzano alle quattro e sgobbano fino a sera e il latte se lo mungono di persona. Non quelli che, ristrutturata la baita, vi portano i lussi e le nevrosi della città e giocano a fare i signori della montagna.»

L'arrivo della cameriera costrinse Chiara a una pausa. Marco ordinò un caffè, lei una cioccolata con panna.

«Però Rosati aveva l'aria realmente felice» osservò Marco quando rimasero di nuovo soli.

«Come tutte le persone che sono riuscite a realizzare la loro nevrosi preferita» Chiara ribadì implacabile.

«E la mia, secondo te, qual è?» chiese lui divertito.

«Non ne hai. Sei un sano, ambizioso e disciplinato figlio della civiltà del benessere.»

Tornarono in albergo alle ventidue. Tutta la stanchezza di Chiara sembrava, di colpo, sparita. Si sentiva lucida e sveglia mentre, avvolta nel piumone, aspettava che Marco uscisse dal bagno per venire a letto.

Comparve a torso nudo e in slip. «Hai messo il mio pigiama in valigia» annotò, più che chiedere. Aveva le spalle larghe, lo stomaco piatto e un corpo solido e virile, sua moglie pensò guardandolo. Si sentì percorrere da una breve fitta di eccitazione mentre lui s'infilava nel letto.

Allungò una mano e lo accarezzò. Lui si rannicchiò contro di lei, stringendosela contro. «Dormiamo, amore. Domattina dobbiamo partire prestissimo, se non vogliamo trovare le code in autostrada.»

«Marco, sono una... brava amante?»

«Oh oh, cosa ti viene in mente, adesso?»

«Rispondimi, per piacere. Fisicamente ti appago? Mi trovi desiderabile?»

Lui la scostò e le depose un bacio sulla fronte, ridacchiando. «Direi proprio di sì. E io, sono desiderabile?»

«A volte vorrei che tu fossi meno... meno dolce e rispettoso. Non sono una fragile madonna» sussurrò, accarezzandogli il petto e scendendo lentamente con dita che sembravano di fuoco.

«A quanto pare sei una ninfomane scatenata! È una scoperta molto piacevole» Marco rise sollevandosi sui gomiti e fissandola teneramente.

«Aspetta,» lo respinse quando fece per raccoglierla sotto il suo corpo «lascia che ti guardi, che ti tocchi.» Lo costrinse a rimettersi sul dorso e si inginocchiò sopra di lui baciandogli la bocca, il collo, i capezzoli. Poi scese giù, giù, e prese tra le labbra il suo pene palpitante eccitata dal respiro ansimante di lui.

«Voglio baciarti anch'io» Marco sussurrò. L'antica dolcezza sembrava sparita. C'era possesso e urgenza, e forza nella stretta delle braccia che la strappavano dal suo corpo e la rimettevano a schiena in giù. Ma non c'era più fretta nei leggeri ed estenuanti colpi d'ala che frugavano dentro di lei come lingue di fuoco. Ebbe quasi paura di quel piacere che l'aveva accesa tutta, così acuto da sembrare una sofferenza. Ma le mani di Marco, strette come una morsa sui suoi fianchi, le impedirono di ritrarsi. E si lasciò andare a quell'incendio, illanguidita e gemente.

Quando Marco finalmente si sollevò, cercando imperiosamente la sua bocca, aveva i capelli madidi di sudore e il viso adorante. « Ti amo » le disse.

« Anch'io, amore. Prendimi. Prendimi subito. » Penetrò in lei lentamente, ma ben presto fu incapace di controllarsi. Il ritmo era diventato frenetico, ora, colpi di sciabola che sembravano frantumarle il corpo in mille scintille. Non si era mai sentita così annullata in lui, non capiva più dove lui cominciava e lei finiva. Erano diventati un corpo solo, e in quella fusione c'era luce, fuoco, estasi. Era come se fossero penetrati, insieme, nel centro della vita.

E insieme, con un grido liberatorio e quasi impaurito, raggiunsero l'orgasmo. Restarono per qualche minuto silenziosi e allacciati. Fu Marco a muoversi per primo; si sollevò su un gomito e la guardò. « Non ti ho mai desiderata tanto » disse quasi a se stesso. Lei fece cenno di sì, di sì. Le veniva quasi da piangere.

A un certo momento lui sembrò ricordare qualcosa di molto importante. « Dov'è la mia busta nera da bagno? » chiese.

« In bagno, presumo » Chiara rispose perplessa.

Marco scese dal letto con un balzo e tornò dopo pochi istanti. Teneva in mano un piccolo astuccio. Si sedette sul bordo del materasso, accanto a lei, e glielo porse. « Il mio regalo di Natale. L'ho tenuto apposta per questa sera, perché la partenza fosse meno triste. »

Chiara lo aprì. Era una veretta di piccoli diamanti lucenti e perfetti.

« Leggi nell'interno » lui ordinò. E mentre lei leggeva, spiegò: « C'è scritto Benedetta. Il nome della nostra attesa e meravigliosa bambina ».

« E se sarà un maschio? » Chiara chiese.

« Va bene lo stesso. Perché benedetta sei anche tu. »

IV

Ventun marzo, primo giorno di primavera. Marco era andato in agenzia da oltre due ore, ma Chiara era ritornata a letto e benché fossero ormai le dieci, se ne stava lì impigrita e senza alcuna voglia di alzarsi. Ventun marzo. La nascita di Benedetta era prevista tra cinque mesi circa, e ormai era una presenza visibile. Chiara si posò una mano sul grembo e ne accarezzò la morbida curva, con quella sensazione di stupore e di dolcezza che l'accompagnava da settimane.

A volte aveva l'impressione di sentire Benedetta muoversi, ma era, appunto, solo un'impressione. Troppo presto. Era invece una certezza quel suo ventre che andava arrotondandosi giorno dopo giorno, quella sua languida pigrizia, quei colpi di sonno che le piombavano addosso nei momenti più imprevedibili della giornata.

Dovrò decidermi a comperare degli abiti premaman, pensò sollevandosi sui cuscini. «Approfittane per dare una ravvispata al tuo amorfo guardaroba» l'aveva strapazzata Gio'.

Sua sorella aveva sempre disapprovato la sua mancanza di fantasia. «Più che uno stile casual,» la rimproverava «hai un modo casuale di comperarti i vestiti: ti basta che siano di tinte neutre e di taglia giusta!»

E pensare, rise Chiara tra sé costringendosi ad alzarsi, che sono sempre stata convinta di essere una rigorosa e raffinata trentenne! Infilò le pantofole e andò a spalancare la finestra. Gli alti rami della quercia che troneggiava in mezzo al prato sembrarono augurarle il buongiorno. Il vento della notte aveva lucidato l'aria. Siepi, piante e alberi erano ancora irrigiditi nel letargo invernale, ma presto tutto si sarebbe riempito di germogli e di fiori. La vita era pronta a esplodere e Chiara già avvertiva qualcosa di fremente in quella spoglia rigidità.

Inspirò a pieni polmoni e si distaccò a malincuore dalla finestra.

Alle undici e mezzo aveva appuntamento col ginecologo, per una visita di controllo, e aveva promesso a Giovanna che per le tredici sarebbe passata a prenderla in ufficio e avrebbero fatto colazione insieme. In meno di mezz'ora fu pronta e andò in cucina per farsi un caffè.

Angelica, la donna a ore che divideva con sua madre, era già arrivata. Era organizzata ed efficiente come un robot: entrava con le sue chiavi e cominciava a riordinare e a sfregare in gran silenzio. A renderla "umana" erano alcune piccole irriducibili manie, tipo quella di sbatacchiare i tappeti senza pietà e non andare mai a rispondere al telefono. Le rare volte in cui era costretta a farlo, rispondeva con un villano «chi parla?» e poi scarabocchiava il nome su un bigliettino: regolarmente frainteso o storpiato, così che né Chiara né Marco riuscivano mai a capire chi li aveva chiamati.

«Lei beve troppi caffè,» Angelica l'apostrofò ora «lo dice anche sua madre.» Quel che diceva la signora Lucia, per lei era vangelo.

«Da un paio di settimane, soltanto tre al giorno» replicò Chiara.

«Sempre troppi. La macchinetta è nello scolapiatti, l'ho appena lavata.» Intendeva prendere le distanze dal suo "vizio", se voleva un caffè che se lo facesse da sola, oppure sottolineare che non era il primo che quella mattina Chiara beveva?

Evitò di indagare, tanto più che Angelica, detta la sua, era tornata a spolverare in soggiorno. E stava trascinando il vecchio Kashan alla finestra quando lei, già in pelliccia, la salutò. Nonostante fosse iniziata la primavera, l'aria era ancora gelida. Chiara, chiudendo il cancello, ebbe un brivido di freddo. Sentiva una specie di gelo nelle ossa, e non passò neppure dopo che, avviata la Panda, accese al massimo il riscaldamento.

Il professor Ursi non era ancora arrivato, ma lei era giunta all'appuntamento con dieci minuti di anticipo. Nel salottino erano sedute altre due donne in attesa: incinte come lei. Una, a giudicare dal pancione, doveva essere quasi al termine. Fatto un cenno di saluto, si sedette a sua volta e prese, a caso, una rivista illustrata. Ma era deconcentrata e non aveva alcuna voglia di leggere. Ripensando a tutte le attese che per anni aveva fatto in quello stesso salottino provò una fitta di autocompassione. Non poteva sopportare la vista di una donna incinta, allora, e di tanto in tanto si scopriva a scrutare i loro pancioni con struggimento e invidia.

E qualche volta l'invidia sconfinava con l'astio. Erano consapevoli del grande miracolo che era avvenuto nel loro corpo? Probabilmente no, davano tutto per scontato senza sapere quanto irto potesse essere il tragitto che spermatozoo e ovulo dovevano percorrere prima di incontrarsi e senza conoscere l'umiliazione e l'impotenza di analisi, indagini, esami.

A volte non riusciva a capacitarsi che l'incubo fosse finito, come adesso: e, accorgendosi dell'espressione di perplessità con cui le due donne la stavano guardando, si rese conto che, perduta nei suoi amarissimi ricordi, le aveva a sua volta fissate con astiosità. Imbarazzata, abbozzò un sorriso. E in quel momento, scusandosi, Ursi si affacciò all'uscio dello studio. La signora col pancione era la prima, e sparì assieme a lui. Uscì dieci minuti dopo e toccò all'altra. Doveva essere attorno al quarto mese, valutò Chiara. Riprese in mano la rivista, la aprì a caso e si soffermò su uno splendido servizio sui nuovi tailleur.

Le venne improvvisamente voglia di comperarne uno. Magari due. Se Giovanna poteva accompagnarla, quel pomeriggio stesso, perché no?

Anche la seconda signora uscì. Toccava a lei, adesso, e Ursi l'accolse con un sorriso che le parve particolarissimo. «Tutto bene?» chiese.

«Spero proprio di sì!» Liberatasi dalla biancheria, salì sul lettino e allargò le gambe aspettando senza ansia né fretta che lui la visitasse.

Lo fece con grande delicatezza e la solita espressione concentrata. Poi sfilandosi il guanto e dandole un affettuoso colpetto sul fianco, Ursi disse: «Tutto bene. Il collo è ben chiuso e l'utero normalmente sviluppato... Aspetti a scendere, devo misurarle la pressione. Ottantacinque la minima, centoventi la massima. Bene anche qui. Possiamo rivederci fra un mesetto circa.

Finito il ciclo delle iniezioni che le avevo prescritto la volta scorsa, io non lo ripeterei».

«Non è il caso che faccia una seconda ecografia?»

«Il mese prossimo» disse Ursi. «Stia tranquilla, lei è una donna sana e la sua gravidanza sta procedendo nel migliore dei modi.» Mancavano venti minuti all'una quando lasciò lo studio. L'ufficio di Gio' era in via Ripamonti e sarebbe arrivata puntualissima all'appuntamento.

Accadde alle due della notte tra il 25 e il 26 marzo, senza alcun sintomo premonitore. Marco era tornato poco dopo mezzanotte da una cena di lavoro e si era addormentato quasi subito. Lei, come da qualche tempo le succedeva quando veniva svegliata, non era più riuscita a prendere sonno.

Alle due si alzò, senza accendere la luce, e scivolò lentamente in cucina per bere un bicchiere di latte caldo. Aprì il gas, mise il latte nel bollitore e si sollevò verso l'armadietto per prendere un bicchiere. Fu in quel momento che sentì qualcosa di umido e caldo scorrerle fra le gambe. Si arrestò con la mano per aria, pensando, sulle prime, che le si fossero rotte le acque. Ma, anche se il suo cervello si rifiutava di registrare l'orribile sospetto, era appena entrata nel quinto mese e non poteva trattarsi di questo. Scossa da un tremito convulso, corse in bagno.

Il pigiama era rosso di sangue. Credette di urlare, ma si accorse che la voce le era rimasta strozzata in gola. Devo stare calma, si ordinò. Una piccola perdita non è necessariamente un segno d'aborto. Ma sentì un nuovo flusso caldo e umidiccio e, contemporaneamente, avvertì la fitta acuta d'un crampo. Si aggrappò al lavabo battendo i denti.

Dio ti prego, non togliermi questa creatura, implorò. Adesso le fitte si susseguivano come se fosse un travaglio. Le mani premute sul basso ventre, incespicando, Chiara corse verso la stanza da letto, accese la luce e si buttò su Marco, scuotendolo.

«Chiara... che cosa c'è?»

«Portami subito all'ospedale. Ho... ho un'emorragia.» Le sembrò di vederlo impallidire. «Chiamo un taxi» disse balzando giù dal letto. Gli ci vollero due minuti per infilare i pantaloni e le scarpe. Strappò quasi, dall'armadio, un soprabito e lo gettò sulle spalle di Chiara. «Stai calma, ti prego.» La prese per le spalle e si avviò con lei verso la porta. Stava per richiudere quando tornò indietro di corsa. Lo sentì formare un numero, attendere qualche istante e parlare concitatamente. Con chi?

Glielo disse sorreggendola e guidandola verso il cancello. «Ho avvertito Ursi. Arriverà subito, forse lo troveremo già al Fatebenefratelli. Ha detto di non agitarti, di stare tranquilla.»

Quelle parole suonarono sinistramente ridicole. Il taxi arrivò in quel momento e Chiara vi si infilò mordendosi le labbra. «Sto molto male» balbettò.

«Cerca di rilassarti, amore. Tra dieci minuti saremo in ospedale.»

Il medico del pronto soccorso capì al volo. «Minaccia d'aborto» disse a Marco, come se fosse la cosa più naturale del mondo.

«Il ginecologo di mia moglie, Ursi, è stato avvertito e sarà qui da un momento all'altro.»

Arrivò venti minuti dopo, quando Chiara era già stata portata in una piccola stanza a due letti, gli occhi chiusi e una sensazione di paralizzante gelo. Non aveva più paura, né dolore, né speranza. Si sentiva come morta.

«Si può tentare ancora qualcosa» Ursi disse. La voce giungeva come da lontano. L'udì dare un ordine alla caposala, sentì due mani che la toccavano, e poi qualcosa di freddo la sfiorava in mezzo al petto. Di nuovo la voce lontanissima di Ursi. E poi quella di Marco. E poi qualcuno che le cercava il braccio e vi infilava qualcosa.

Alle sei del mattino, quando emerse da un sopore profondo e pieno di incubi, vide il volto ansioso di Marco e distolse gli occhi. Non poteva sopportare la sua delusione e la sua pietà.

Vide il flacone di una flebo sospeso accanto a lei e le gocce di liquido bianco scendere attraverso la cannula nelle sue vene. Si guardò il braccio. L'ago era fermato da un cerotto.

«Stanno cercando di salvare il bambino» Marco sussurrò seguendo il suo sguardo. «C'è ancora qualche speranza.»

«No» disse Chiara, sobbalzando al suono duro della sua stessa voce.

«No... che cosa?» La fissava incerto.

«Non ci sono più speranze.» Il sogno era finito. Era tutto

finito, per sempre. E lei era stanchissima. Così stanca che non riusciva neppure a provare dolore.

Al mattino del 27 marzo, ventotto ore dopo il ricovero, la portarono in sala operatoria per il raschiamento. Al pomeriggio del 29 fu dimessa.

«Ora sappiamo che non esiste alcun impedimento all'instaurarsi di una gravidanza» le aveva detto Ursi congedandola. «Quel che è successo è un piccolo incidente che purtroppo si verifica spesso tra le primipare, ma non pregiudica affatto la possibilità di maternità successive. Tra un anno al massimo, scommettiamo?, lei tornerà qui a partorire.»

Non voglio vederlo mai più. Non vorrò mai più avere un figlio, Chiara pensò con odio uscendo dal suo studio.

Si inferocì quando, poco dopo essere tornata a casa, sentì Marco telefonare alla sua segretaria pregandola di disdire tutti gli appuntamenti perché si sarebbe preso tre giorni di ferie.

«Non ho bisogno di niente!» strillò. «Non trattarmi come una fragile malata, sto benissimo!»

«Io no, invece. Ho bisogno di te. Ho bisogno di stare con te.»

«Voglio stare sola. Se ti levi dai piedi mi fai un piacere.» L'espressione del volto di Marco, addolorato e supplice, accrebbe sadicamente la sua furia. «Tornatene in ufficio, hai capito? Sparisci. Sciò. Aria.»

Restata sola, mise la sicura alla porta, staccò il telefono e andò in bagno. Si spogliò e fece una doccia. Dall'armadio guardaroba prese un paio di jeans e una vecchia maglietta e li infilò. Poi raccolse i capelli dentro un foulard e andò in cucina. Estrasse alcuni sacchi dello sporco dal ripiano sotto il lavello e andò nella stanza che era stata destinata a Benedetta: già pronta per accoglierla.

Si impedì di provare qualsiasi sentimento. Metodicamente, con gelida furia, staccò i poster, svuotò i cassetti, fece una palla del trapuntino e infilò tutto nei sacchi dello sporco. Ma non bastava: la stanza aveva ancora un'aria accogliente e viva.

Smontò il lettino e con un calcio ne spinse i pezzi verso un angolo. Strappò le tende dalle finestre, trascinò i mobili ammonticchiandoli in un altro angolo, buttò nel sacco l'abat-jour di porcellana bianca a forma di coniglietto e, con un colpo di scopa, ruppe il lampadario.

Si fermò ansimando: ecco, adesso poteva andare. Si sedette in mezzo alla stanza, raccolse la testa tra le mani e cominciò a cullarsi piano, su e giù i gomiti puntati sulle ginocchia e la testa sempre più vuota, sempre più vuota...

Qualcuno stava picchiando alla porta, sempre più forte. Chiara capì che si era addormentata. Dalla finestra entrava ormai la luce bluastra della sera. I colpi alla porta continuavano, alternati al suono perentorio del campanello.

«Dove diavolo ti eri cacciata? Stavo telefonando al pronto intervento.» Era sua sorella. Senza un filo di trucco, lei registrò, e con la stessa faccia pietosa di Marco.

«Mi ero appisolata. Che cosa vuoi?» Chiara domandò facendola passare a malincuore.

«Come sarebbe "che cosa voglio"? Sono venuta a vedere come stai. La mamma è mezza morta di spavento, sono due ore che il tuo telefono dà occupato.»

«Sto bene. Benissimo.»

«Uhm, non direi. Hai una faccia che fa spavento. Come mai sei qui sola?»

«Marco aveva del lavoro urgente» Chiara disse vigliaccamente «e non è potuto restare a casa.»

«O l'hai buttato fuori? Comunque adesso sono qua io. Cielo, che faccia» Giovanna ripeté.

«Sono uscita tre ore fa dall'ospedale, nel caso te ne fossi scordata.»

Sbalordita, Chiara vide la gemella scoppiare in singhiozzi e sentì le sue braccia cingerla con insospettabile dolcezza. «Ala, so che cosa provi. Sono disperata anch'io.»

Il vecchio diminutivo dell'infanzia, la tentazione di lasciarsi andare al conforto di quell'abbraccio, abbandonandosi a un pianto liberatorio. Gio' l'aveva sempre difesa, protetta, rassicurata. Ma quella tentazione era un lusso che Chiara non poteva, non *doveva* concedersi. La vita l'aveva condannata per qualche oscura colpa, e a lei non restava che scontare. Fino in fondo e da sola.

Si ritrasse rigidamente. «Gio', in questo momento ho bisogno soltanto di restare per conto mio. Dillo anche alla mamma, ti prego. Passerà.» Barava, cercava di essere persuasiva.

Ma Gio' non abboccò facilmente come sperava. «Star qui a rimuginare non è il modo migliore perché *passi*. Devi uscire, parlare, reagire. E soprattutto capire che potrai avere un altro figlio. Anche la mamma, ricordi?, ebbe un aborto. E tre mesi dopo era incinta di noi due.»

«Io non voglio un altro figlio.»

La Gio' battagliera riemerse impetuosamente. «Fin da bambina hai avuto un'insopportabile attitudine per i ruoli eroici. Andavi pazza per i film lacrimosi, gli orfanelli, i cani azzoppati, i mendicanti. E immagino che ora starai felicemente sguazzando nella parte della povera ragazza a cui il destino vieta di diventare madre!»

«Non posso proibirti di pensarlo» fece Chiara. «E adesso che mi hai tanto gentilmente consolata puoi anche ritornare a casa.»

«Posso fare qualcosa per te, oltre a riattaccare il telefono?» Giovanna chiese dirigendosi verso la porta e fermandosi per posare il ricevitore sulla forcella.

«Solo andartene» Chiara replicò con un sinistro sorriso. Giovanna non aveva fatto in tempo a uscire che il telefono squillò.

Era Marco. «Tua sorella è ancora lì?» chiese subito. «Come stai?»

«Bene, grazie.» Evidentemente era stato lui a pregare Giovanna di venire in via Alberto Mario. La stavano trattando come una sottosviluppata o una pazza. «E mia sorella se n'è già andata.»

«Tra un'ora al massimo sono a casa.»

«Non scapperò» replicò riattaccando.

Dieci minuti dopo il telefono squillò di nuovo. Era sua suocera.

«Ma tu vivi attaccata al telefono» esordì. «Sono quasi tre ore che cerco di parlarti.»

«Voleva qualcosa?»

Le parve di vedere, al di là del filo, la faccia offesa della madre di Marco. «Che domande, sei appena uscita dall'ospedale e volevo sapere come stai.»

«Bene, grazie.» Chissà, pensò Chiara con allegria cattiva, se esiste un dischetto con questa frase. Potrei collegarlo al telefono a mo' di segreteria telefonica ed evitarmi il fastidio di ripetere tre volte all'ora quanto sto bene.

«Non è successo niente di così drammatico» le stava dicendo la signora Teresa. «E poi sai bene che mio figlio ti adora: anche se non potrai avere un bambino, se ne farà una ragione.»

Chiara avvertì un istinto omicida. «Suo figlio è un uomo superiore, straordinario» disse con voce di miele.

«Puoi ben dirlo. Tieniti su, mi raccomando. È pericoloso per noi donne lasciarsi andare.»

Devo sentirmi in pericolo?, Chiara si chiese tre quarti d'ora dopo quando Marco tornò a casa e si bloccò sull'uscio come avesse visto un fantasma. Aveva i jeans ricoperti di polvere e il foulard di sghimbescio sulla testa; la maglietta si era lacerata sulla manica destra.

«Come diavolo ti sei conciata?» lui osservò infine.

«Mi sono... lasciata un po' andare» rise lei. Doveva essere una ben povera risata per far comparire sulla faccia del marito quell'espressione di perplessità.

«Sono tornato prima, così preparerò io la cena.»

«Sei davvero gentile.»

«La gentilezza non c'entra affatto. Mi preoccupo per te perché ti voglio bene.»

«Più precisamente mi adori, come dice tua madre.»

«Infatti è così.» Si sfilò il soprabito e si diresse verso la cucina.

Chiara gli andò dietro. «E se non potrò avere figli te ne farai una ragione. Anche questo lo dice tua madre.»

Marco si girò e la prese per le spalle. «Senti bene quel che ti dico *io*. Quello che da anni ti sto ripetendo: di avere un figlio non mi importa niente. È te che ho sposato, è *con te* che voglio vivere.»

«Se ben ricordo, sognavi una schiera di invadenti e scatenati marmocchi.»

«È possibile. Ma questo molto prima di scoprire che tu potevi bastarmi. E con ciò, spero, l'argomento è chiuso.»

La stessa frase di quella lontana mattina in cui, svegliandosi, aveva avuto la certezza di essere incinta. E la stessa voce infuriata, la stessa faccia ostile. Oh, sì, Chiara pensò, l'argomento è chiuso davvero questa volta.

Quando, molto più tardi, andarono a letto e lui le passò un braccio attorno alle spalle, Chiara si scostò istintivamente raggomitolandosi all'estremità del letto. Affondò la testa nel cuscino. Avrebbe tanto voluto piangere, ma anche questo era un lusso che non poteva concedersi.

« Buona notte, amore » Marco le disse con voce triste.

V

Era un giugno caldissimo. Insopportabilmente caldo, Chiara pensò senza riuscire ad aprire gli occhi, e chiedendosi che diavolo di ora fosse. Si sentiva i capelli bagnati di sudore, e un doloroso cerchio le stringeva la testa. Dalla cucina arrivò il ronzio di un elettrodomestico, poi udì il piccolo colpo di un armadietto delicatamente richiuso e molto tempo dopo, così a Chiara parve, dei passi leggeri che si avvicinavano alla porta della sua stanza.

«Signora, le ho portato il caffè. Io vado, è mezzogiorno.» Era Angelica, e nella precisazione dell'ora si avvertiva una nota di scoperta polemica.

Ma Chiara non si curò di raccoglierla. La mattinata volgeva ormai al termine e, dormendo, si era risparmiata molte ore di un'altra orribile giornata.

«Non beve il caffè, signora?»

«Posi pure il vassoio, Angelica, grazie.»

«Un'ora fa ha telefonato da Londra il signor Marco.»

«Ha lasciato detto qualcosa?»

«No, voleva solo salutarla. Richiamerà stasera per dirle se torna venerdì oppure sabato.»

«Bene. Vada pure, Angelica, è tardi.» Si decise a muoversi soltanto quando la porta si chiuse alle spalle della donna. Finalmente sola. Sollevandosi sui cuscini, allungò una mano verso la tazzina. Il caffè aveva un sapore amarissimo. O era la sua bocca a essere amara e impastata? Il cerchio attorno alla testa si era fatto ancora più stretto, e scendendo dal letto Chiara barcollò. Corse zigzagando verso il bagno, sollevò il coperchio del water e vomitò sentendosi la faccia in fiamme.

Fece per risollevarsi, ma l'aspro odore di quel che aveva rimesso le causò una nuova ondata di nausea. Vomitò ancora, e poi ancora. Lo sforzo le aveva riempito gli occhi di lacrime. Tirò l'acqua, aprì la finestra e si soffermò davanti allo specchio. Aveva la faccia gonfia e due borse bluastre sotto agli occhi, osservò senza alcuna emozione. L'involucro somigliava all'interno, e dentro lei stava ben peggio.

Si sciacquò il viso e andò in cucina. Sciolse due alkaselzer in mezzo bicchier d'acqua e dopo aver bevuto si sedette, aspettando che il cerchio si allentasse. Mezzogiorno e quaranta, e un intero pomeriggio da affrontare. La consapevolezza di dover arrivare fino a sera le parve una fatica spaventosa. E l'alkaselzer non si decideva a fare effetto.

Cautamente, come se in lei esistessero due persone e una non volesse far sapere all'altra quel che stava facendo, aprì il frigorifero e allungò una mano verso la bottiglia di vodka. La visione dello scomparto vuoto la lasciò per un attimo a bocca spalancata, come una bambina che la mattina della Befana trova la calza vuota. *Doveva* esserci, la sera prima aveva lasciato la bottiglia piena a metà. Allo stupore era subentrata la rabbia.

Forse era stata Angelica a buttarla nella spazzatura, a quella lì non sfuggiva niente e ci godeva a umiliarla e a vederla infelice. La rabbia crebbe fino a toglierle il respiro. Ma all'improvviso ricordò che alle due di notte si era svegliata e, non riuscendo a riprendere sonno, si era alzata per buttar giù un altro sorsetto.

Era stata lei a finire la vodka, Angelica non c'entrava nulla. E poi, Chiara si disse dirigendosi verso il ripostiglio, nessuno poteva sapere che lei beveva, in quanto provvedeva personalmente a mettere le bottiglie in un sacco e a buttarle poi nella pattumiera.

Con un sospiro di soddisfazione si curvò ed estrasse una bottiglia nuova da un ripiano ben mimetizzato dietro l'aspirapolvere e i sacchi dello sporco. Tornò in cucina, stappò la vodka, e ne versò una generosa dose nel bicchiere. Chiara, trasparente, purissima vodka! Aveva iniziato con il whisky, tre mesi prima. Era stato il whisky a farle scoprire quanto leggere e persino euforiche potessero essere le ore se soltanto gli davi un piccolo aiuto.

Ti sono grata, amico, ridacchiò riempiendosi di nuovo il bicchiere, ma sono stata costretta a tradirti. Ho trovato un amico più... discreto e... e puro di te. Sollevò il bicchiere. Adorava, della vodka, la limpida assenza di colore e, persino, di sapore. Era come bere sorsate di acqua e di fuoco, come bere... la vita. Non aveva sensi di colpa né si sentiva una sporca ubriacona.

Va meglio, comincio a sentirmi bene, pensò riempiendosi il bicchiere per la terza volta. L'ultima, eh, Chiara?, le raccomandò l'altra Chiara, brontolona e vigile. Certo, l'ultima, stai tranquilla. Chi dice che l'alcol appanna le idee? Io, quando bevo, mi sento lucidissima. Guido persino meglio l'auto. Ti voglio persino più bene, sai?

L'una e dieci. Sai cosa ho deciso, Ala? Ora ci facciamo un piccolo pisolino e poi andiamo in centro a far spese. Vestiti, tanti bei vestiti, sei contenta? Dobbiamo tenerci su. È un fatto di volontà e... e di intelligenza. Si sentì molto intelligente, e molto eccitata, quando riuscì a far scivolare bicchiere e bottiglia sotto il tavolo e a versarsene un ultimo goccetto senza che l'altra Chiara se ne accorgesse.

Si svegliò alle tre del pomeriggio, sul divano. Non ricordava di essere passata dalla cucina al soggiorno, ma il mal di testa se n'era andato e si sentiva come avvolta in una nuvola di bambagia, piacevolmente rilassata e protetta. Aveva mangiato o no, prima di addormentarsi? Non ricordava neppure questo, ma non aveva alcuna importanza, visto che non aveva fame.

Stava andando in bagno per fare una doccia e vestirsi, quando squillò il telefono. Era la Valsecchi, la "sacerdotessa", come Paolo Lusardi la chiamava, e voleva solo dirle che al mattino dopo, alle dieci, una nuova paziente l'aspettava in studio.

«Ci sarò. Grazie.»

«È una ragazza di sedici anni che ha avuto dei grossi problemi in seguito a un incidente d'auto. Ha subìto tre interventi chirurgici e non riesce ancora a camminare bene. Tu sei molto giovane e molto sensibile, sono certa che potrai darle un grosso aiuto.»

Era davvero così? E lei era una simulatrice tanto abile da riuscire a far credere a una donna come la Valsecchi di essere «molto giovane e molto sensibile»? Si sentiva in realtà lontana anni luce dai tortuosi monologhi che era costretta ad ascoltare. E di tanto in tanto, durante l'analisi, avvertiva anche una pericolosa ostilità per le pazienti. I loro problemi le sembravano artificiosi; la soluzione era lì, lampante, ma loro preferivano narcisisticamente perdersi nel labirinto delle parole anziché vedere la luce in fondo al tunnel.

Le capitava spesso di parlare con le pazienti, e anche di interromperle, per dar loro dei suggerimenti pratici e scontati. Ma questo non piaceva alla Valsecchi, che un paio di volte l'aveva anche ripresa con fermezza.

« Ma è semplice buonsenso! » si era difesa lei.

« Tu non sei la parente saggia o l'amica d'infanzia, ma l'analista: e l'analista non può accelerare le tappe né, tantomeno, imporre decisioni o scelte. Il suo compito è mettere il paziente in condizione di decidere e scegliere da solo, dopo averlo liberato da quello che lo blocca o lo rende ostile a se stesso. E per capire di che cosa si tratta deve *ascoltare*. Non parlare. »

Non sarò mai una efficiente e distaccata psicologa, realizzò adesso Chiara, girando la manopola della doccia. E sono troppo confusa e infelice per poter aiutare chiunque. Sfregandosi il corpo con il guanto di crine, decise che prima di sera avrebbe telefonato alla Valsecchi pregandola di disdire l'appuntamento con quella sedicenne. E con qualunque altra paziente avesse deciso, in futuro, di affidarle.

Aveva girato per oltre mezz'ora, da un lato all'altro di via Spiga, fisicamente incapace di entrare in un negozio. Le raffinate vetrine le sembravano intimidatorie, così come i vestiti di Versace o di Krizia. Troppo femminili, troppo perfetti. Se ne sentiva in qualche modo immeritevole, esattamente come le capitava da bambina quando la mamma le faceva un elogio o un dono che sapeva di non aver meritato. Indossando uno di quei modelli, avrebbe provato l'identico disagio: la sua faccia spiegazzata e il suo corpo dal gonfiore malato non erano fatti per la perfezione di quei tagli e l'armonia di quei colori.

Si diresse verso via Manzoni, irritata con se stessa perché i piedi non riuscivano a muoversi con la velocità che avrebbe voluto, ed entrò in un bar tabaccheria. La vista dei panini farciti e degli spessi toast esposti nella grande teca di vetro le diede una vaga nausea.

«Una vodka con ghiaccio» chiese d'un fiato.

«Lo scontrino alla cassa, prego.»

Riconobbe subito Paolo Lusardi. Era girato di spalle e stava pagando un pacchetto di Muratti e un bitter. Aveva un taglio di capelli cortissimo, e inconfondibile. Gli posò una mano sul braccio.

«Chiara!» Parve molto felice di vederla. Nelle ultime settimane si erano sentiti solamente per telefono e lei non era stata molto loquace. Gli fu grata per non aver esordito con un falso «Ti trovo benissimo» o roba del genere.

«Che cosa fai qui? Posso offrirti qualcosa?» le chiese saltando anche i preliminari.

«Una vodka, grazie.»

«Uhm. Non eri astemia, una volta?»

«Una volta» ripeté Chiara scherzosamente.

«Sono davvero contento di vederti. Marco come sta?»

«Bene. In questi giorni è a Londra per lavoro.»

«Allora possiamo cenare insieme! Non dire no, che cosa ci fai in casa da sola?»

«Sono molto stanca» Chiara disse ingoiando l'ultimo sorso. Sentiva il bisogno fisico di un altro bicchiere, ma non osò chiederlo.

Paolo la scrutò. «Ti vedo, in effetti, un po' sciupatina. Avresti bisogno di aria e di moto. Comunque non accetto scuse, stasera si cena insieme. Devi fare ancora qualcosa, in centro?»

Chiara guardò l'orologio. Le diciassette e quaranta. «Comperare un vestito» rispose. «Non credevo fosse una cosa tanto complicata.»

Paolo sogguardò i suoi jeans scoloriti e la camicetta di cotone stazzonata. Qualsiasi altra ragazza sarebbe apparsa trascurata, ma non Chiara. Il corpo aggraziato e il lungo collo le conferivano un'eleganza innata. «Hai deciso di cambiare look?» la prese in giro.

«Più che altro, mi è venuta voglia di un bel vestitino nuovo.»

«Brava, mai resistere alle tentazioni. Alle otto passo a prenderti, e mi piacerebbe trovarti vestita a festa.»

«Stasera... stasera ho un impegno. Ti dispiace se rimandiamo a domani?» Chiara obiettò in fretta, odiandosi per non essere capace di dire un no definitivo.

«Vedrò di resistere ancora un giorno. A domani sera, allora.» La baciò teneramente su una gota e lei lo seguì con lo sguardo fino a quando non lo vide sparire.

Tornò in fretta verso la cassa. «Una vodka» chiese. Sbagliava, o la cassiera la stava guardando con aria di curiosità e disapprovazione? Be', se ne infischiava. Pensasse pure quel che voleva, lei aveva bisogno, *bisogno* di un altro goccetto.

Quando uscì dal bar, si sentì subito meglio. Imboccò di nuovo, e stavolta a passi spediti, via Spiga ed entrò decisa nella boutique di Krizia, impedendosi di lasciarsi bloccare o intimidire.

«Vorrei quel... quello lì» disse alla signorina che si era premurosamente avvicinata. Si accorse che stava indicando il primo modello su cui aveva posato l'occhio, appeso di fronte a lei.

«Intende dire questo?» la signorina chiese mostrandole un abito nero e argento con grandi spalle plissettate ad ala di farfalla.

«Sì, questo.»

«Venga, l'accompagno a provarlo.»

«No» disse Chiara in fretta. «Non... non è per me.» Le sembrava che le mancasse l'aria, voleva soltanto uscire di lì.

«Se non dovesse andare bene, glielo cambieremo senza difficoltà» sentì la commessa dire. Firmò con mano tremante l'assegno di un milione e ottocentomila lire e scappò via di corsa, la larga sacca che a ogni passo le batteva sulla gamba.

Del giorno che seguì ebbe un confuso ricordo, come se un'estranea l'avesse vissuto al posto suo. A un certo momento uscì da quell'ovattato torpore e vide che erano le sette di sera. Era seduta in cucina. Aveva mangiato? Guardato la televisione? Dormito? Non lo sapeva, né aveva voglia di interrogare l'estranea. Vide il bicchiere vuoto e la bottiglia piena a metà. La accarezzò con dita lievi, subito pervasa da un benefico senso di sicurezza; stava per versarsi due dita di quella meravigliosa acqua di vita quando le venne alla mente l'appuntamento con Paolo Lusardi.

Tra meno di un'ora sarebbe passato a prenderla e non poteva farsi trovare così: si sarebbe allarmato e avrebbe cominciato a far domande costringendola a dare tranquillizzanti risposte.

Tenendosi lontana dalla bottiglia, compiacendosi con se stessa per la sua capacità di controllarsi, si diresse verso il bagno.

Con distaccata meticolosità pianificò una rapida operazione di restauro. Sciolse dei sali tonificanti nella vasca e, mentre l'acqua scendeva, si applicò una maschera a effetto rapido sul viso. Restò immersa per dieci minuti, gli occhi chiusi e una sensazione di relax molto vicina al sonno. Si sollevò in piedi e, tenendo tra le dita la manopola della doccia, si offrì al getto dell'acqua gelida.

Poi, avvolta nell'accappatoio, buttò la testa sotto al rubinetto del lavabo e si lavò i capelli. Li asciugò con cura, passando le dita tra le ciocche umide e infine tolse la maschera dal viso con una spugnetta. Andò nella sua stanza, si infilò la biancheria e aprì l'anta destra del guardaroba: avrebbe indossato l'abito di Krizia acquistato il giorno prima. Tornò in bagno e cominciò a truccarsi. Nonostante la maschera, le era rimasto un viso grigiastro e senza tono. Affondò le dita nel vasetto del fondotinta e lo spalmò generosamente. Poi ritoccò i contorni degli occhi con il kajal, incurvò le ciglia con il mascara e si passò un rossetto aranciato sulle labbra, ringraziando in cuor suo Giovanna per averla inondata di prodotti di bellezza a dispetto di tutte le sue proteste.

Era pronta. Si guardò allo specchio e il distacco da se stessa crebbe. Vi era riflesso un volto sconosciuto e bistrato, pateticamente incorniciato dalle grandi e brillanti ali del vestito. Realizzò tutto questo senza alcuna reazione: non era lei, quella, e che cosa le importava se era ridicola e brutta?

Mancavano tre minuti alle otto e Paolo, di solito, era molto puntuale. Infilò un vecchio spolverino nero e cercò le chiavi del cancello. Due minuti alle otto. Faceva in tempo a bere due dita di vodka, giusto per darsi una svegliata.

Il citofono gracchiò mentre stava versandola nel bicchiere. Bevve tutto d'un fiato e gridando «vengo subito!», come se Paolo potesse sentirla, annaspò alla ricerca della scatoletta delle mente Saila. Un piccolo confetto bastava per far sparire l'odore dell'alcol.

Paolo l'aspettava davanti al cancello, e la salutò con il solito affettuoso bacio. «Ho temuto fino all'ultimo» disse prendendola per un braccio e guidandola verso la macchina «che mi avresti telefonato inventando un mal di testa o un impegno improvviso.»

L'avrei sicuramente fatto, Chiara stava per replicare se non mi fossi svegliata soltanto un'ora fa, troppo tardi per accampare delle scuse. Chiese invece: « Dove andiamo? ».

«Se non hai un'idea precisa, ti farei conoscere il ristorante che hanno aperto vicino a casa mia, molto tranquillo e con piattini deliziosi.»

In quel momento, tutto desiderava fuorché mangiare. Quando Paolo rallentò davanti a un incrocio, sentì la bocca piena di saliva e la familiare fitta di nausea. Appoggiò la testa allo schienale e respirò a fondo.

« Quando torna Marco? »

« Domani o dopodomani. » Diavolo, le aveva telefonato per dirglielo ma se l'era scordato. Per la verità, aveva un ricordo molto vago persino della telefonata.

« Una mia nuova amica mi ha detto che Marco sta andando fortissimo e che probabilmente la sua agenzia avrà l'esclusiva di tutta la campagna Dupont» disse Paolo fermandosi davanti a un semaforo. « Questa mia amica » precisò « lavora nella pubblicità. »

« E chi sarebbe? » Chiara s'informò, tralasciando il resto.

« Si chiama Linda ed è una biondona che non finisce più. Le ho aggiustato la lunga gamba che si era rotta al Sestrière. »

« Credevo che quello lì non fosse il tuo tipo » Chiara rise. « E comunque pensavo che l'etica professionale vi impedisse di innamorarvi delle pazienti. »

« E chi parla d'amore? È una ragazza simpatica con cui ho cenato un paio di volte, tutto qui. E a proposito di cena, siamo arrivati. »

Era davvero un posticino tranquillo, Chiara osservò, probabilmente ricavato da un vecchio appartamento. Le sale da pranzo erano stanze di media grandezza arredate con vecchi mobili di gusto e rischiarate da discrete luci soffuse. Un cameriere li guidò verso l'ultima, la più piccola. Solo un tavolo era occupato, oltre al loro. Chiara apprezzò le candide tovaglie di Fiandra e i bicchieri risplendenti.

« Gradiscono un aperitivo? » il cameriere chiese. Paolo stava per dire di no, ma lei lo prevenne: « Sì, grazie. Preferibilmente ghiacciato ».

«Ti trovo sciupatina» Paolo osservò con franchezza, prendendole affettuosamente una mano.

«Ahi ahi, e pensare che mi sono fatta anche un sontuoso maquillage in tuo onore...»

«Stai meglio senza trucco. E in ogni caso» ripeté «non hai una bella faccia. Perché non vai da qualche parte? Hai bisogno di una vacanza.»

«L'agenzia chiude in agosto, e non so neppure se quest'anno andrò in ferie.» Si interruppe. Il cameriere aveva portato gli aperitivi e lei ne approfittò per bere il suo.

«Ehi, piano, non è acqua fresca» la riprese Paolo. Fu lui a ordinare, per tutti e due: fettuccine al sapore di bosco, scaloppe all'agro e insalata mista.

«Qualcosa non va, Chiara?» Paolo chiese quando, più tardi, la vide arrotolare le fettuccine con esasperante lentezza e portarsi alla bocca, con fatica, microscopiche forchettate.

«Tutto va oppure non va. Dipende dall'ottica.»

«Una volta la tua era molto ottimistica.»

«Evidentemente si cambia.» Distolse gli occhi da quelli di lui e fece per versarsi un bicchiere di vino. Paolo pregò il cameriere di portare un'altra bottiglia: la prima, lei registrò sorpresa, era già finita.

«Non bevi un po' troppo, Chiara?»

Alzò le spalle. Il cameriere portò via le fondine: quella di Chiara era quasi intatta, e non mostrò maggior entusiasmo per le scaloppe. L'insalata non la toccò neppure.

«Un aborto non è una tragedia» Paolo disse a un tratto «e soprattutto in casi come il tuo. Finalmente sai che puoi restare incinta e non sei sterile, come ti eri messa in testa.»

«Non sei autorizzato a far prediche e dar consigli» lei replicò gelida.

«Occorre l'abilitazione di uno stato di famiglia? O il patentino dell'Associazione Amici Fedeli? Ho l'impressione che, proseguendo così, rovinerai il tuo matrimonio oltre che te stessa.»

«Non c'è più niente da rovinare, è andato tutto a rotoli.»

«Ma Marco...»

«Viviamo sotto lo stesso tetto platonicamente infelici e... senza comunicare più.» No, non voleva un dolce, disse al cameriere che si era nel frattempo avvicinato, poteva piuttosto portare un digestivo, o meglio, una vodka ghiacciata?

«È peggio di quel che credessi» Paolo disse con severità. «E con l'alcol stai infilando la scorciatoia più rapida e sicura verso l'autodistruzione.» Non c'era ombra di dubbio, nella sua voce, era evidente che aveva capito.

Rientrò a casa a mezzanotte e non volle che Paolo l'accompagnasse dentro. «Sono molto stanca e vado subito a letto» si giustificò ricambiando il suo abbraccio.

Non ricordava di aver lasciato le luci accese né il portoncino d'ingresso senza la sicura. Ma da qualche tempo non poteva più fidarsi della sua memoria, pensò sfilandosi lo spolverino e gettandolo sulla cassapanca dell'ingresso. Lo sguardo scivolò sullo specchio, e quel che vide quasi la spaventò. Il mascara si era sbavato, il fondotinta era una maschera a chiazze rossastre e due occhi pesti, dalla luce spiritata, la fissavano.

Avvicinò il viso allo specchio e fece una linguaccia a quel ridicolo clown. Il clown fece una linguaccia a lei, e scoppiò a ridere.

«Potevi lasciare un bigliettino o comunque avvertirmi che non ti avrei trovata a casa» disse una voce grave alle sue spalle.

Si girò con un sobbalzo. «Marco... cosa fai qui?»

«Sono tornato con un giorno d'anticipo. Te l'avevo ben detto, no?»

Già, la famosa telefonata avvolta nella nebbia. Marco sembrava più sollevato che in collera, e ciò la rilassò. Non ci sarebbero state discussioni. «Scusami» disse.

«Non trovandoti mi sono spaventato, tanto più che né tua madre né tua sorella sapevano dov'eri.»

«Hai cenato?» s'informò, stupita di sentirsi disinvolta e lucida nonostante una bottiglia e mezzo di vino, tre vodke e l'aperitivo.

«Ho bevuto un bicchiere di latte, non ho fame. Mentre ti cambi, avverto tua madre e Giovanna che sei rincasata. Erano molto spaventate anche loro.»

Voleva ribattere che le sembrava ridicolo spaventarsi per tanto poco, ma istintivamente registrò di non essere abbastanza lucida per sostenere un discorso.

Mentre si avviava verso la stanza da letto inciampò sul tappeto. Sono ubriaca, accidenti, imprecò tra sé. Guai se Marco se ne fosse accorto, Marco non doveva assolutamente accorgersene.

Riuscì a sfilarsi il vestito e a infilare le gambe nel pigiama. Poi andò a lavarsi la faccia e i denti.

Notò che Marco la stava guardando, fermo sulla porta del bagno. «Dove sei andata?» le chiese. Il tono era discorsivo e gentile.

«Paolo ha insistito per portarmi a cena.»

«Avresti dovuto avvertirmi.»

«Se non sbaglio, questo l'hai già detto» replicò d'un fiato, con una risatina, felice di non aver la voce impastata né la testa avvolta nella solita ovatta.

«Tesoro, stai bene?» Le era scivolato accanto e le stava prendendo il viso tra le mani.

Si divincolò con una naturalezza che era diventata istintiva. «Sì, certo, ho solo molto sonno.»

«Mi sono davvero spaventato» lui disse prendendola per le spalle.

«Anche questo l'hai già detto» ridacchiò di nuovo. Si sentiva spiritosa e leggera. E aggiunse: «Non ti metti in pigiama? Non vieni a letto?».

Avrei bisogno di un altro goccetto, Chiara pensò poco dopo mentre si infilava sotto il lenzuolo. Due dita appena, giusto per potermi rilassare e addormentare. Sentì lo scroscio della doccia. Forse, se avesse fatto in fretta, poteva farcela. No, si disse, troppo rischioso. Affondò la testa nel cuscino e strizzò quasi gli occhi, ordinandosi di dormire.

Il rumore dell'acqua cessò e udì Marco uscire dal bagno e aprire un cassetto alla ricerca del pigiama. Quando entrò nel letto, finse di dormire. Sentì il braccio di lui cingerle la vita, ma il tocco era così delicato che, se avesse davvero dormito, non avrebbe potuto accorgersene. E così, trattenendo il fiato, s'impose di non divincolarsi.

Il braccio, ora, stava risalendo, e sentì la carezza lieve delle sue dita sul viso. «Chiara» la chiamò Marco pianissimo.

Finse di non sentire, ma lui la chiamò di nuovo. «Dormiamo, ti prego» si lamentò ostentando una voce di sonno. E ne approfittò per spostarsi all'estremità del letto.

«Dobbiamo parlare, Chiara. Così non possiamo andare avanti, te ne rendi conto?»

«Non ora!» Stavolta la protesta era sveglia, e autentica.

«Sì, invece. Io non posso sopportare quello che stai facendo a me, a te, al...»

Lo interruppe: «Puoi chiedere la separazione e cercarti una donna più sopportabile».

«La mia donna sei *tu* e ti amo. Più di prima, se possibile. Perché mi hai chiuso fuori?» Fece una breve pausa. Di nuovo quel braccio, quella carezza lieve. «E ti desidero, anche» aggiunse premendo il corpo contro quello di lei.

Gli puntò le mani contro il petto, con furia cieca. «Lasciami, lasciami stare!» Due settimane dopo il suo ritorno dall'ospedale lui l'aveva presa silenziosamente tra le braccia e avevano fatto l'amore. Sentendolo sopra di lei, così maschio e adorante, per qualche istante si era illusa di provare l'antico sentimento di euforia e abbandono. Ma quando Marco aveva raggiunto l'orgasmo si era sentita agghiacciare per l'umiliazione e la tristezza. Era un'usurpatrice che non meritava l'amore di un vero uomo né lo sterile sperpero di quel caldo seme.

Non *posso* sentirmi una seconda volta così umiliata e triste, pensò con panico mentre cercava di respingere, inutilmente, la sua bocca e il suo corpo. «Lasciami» ripeté con voce supplicante.

«No, non ti lascio. In questi giorni non ho fatto che pensare a te. Ti voglio... Voglio che tutto ritorni come prima.» Era entrato in lei e la stava prendendo: con movimenti ritmici e decisi, le braccia puntellate accanto ai suoi fianchi.

«Mi hai... violentata» mormorò quando tutto fu finito, troppo avvilita per provare rabbia.

Si svegliò alle quattro del mattino con una sensazione di fastidio agli occhi. La lampada dalla parte di Marco era accesa, e lui stava ancora leggendo.

VI

Le finestre avevano le sbarre di ferro e la porta della stanza era senza chiave. Si chiamava Villa Quiete: un nome cinicamente provocatorio, visto che in pratica si trattava di un manicomio di lusso.

« È una casa di cura per persone che hanno bisogno di aiuto » aveva protestato Marco. E sua madre: « Non ci sono pazzi, né drogati, né gente che urla! ». E Giovanna con voce brusca: « Se ti sei messa in testa che ti legheranno al letto o ti lasceranno nuda e strillante nella fossa dei serpenti, tipo film della vecchia Hollywood, be', stai sbagliando di grosso ».

Tutto vero. Era ricoverata, pardon, *ospitata* lì da dodici giorni e nessuno l'aveva trattata villanamente. Erano, anzi, gentilissimi e solleciti. Sta bene? Preferisce carne o pesce? Ha dormito stanotte? Ha voglia di qualcosa?

Di morire, avrebbe voluto rispondere gentilmente. O, quanto meno, di essere catapultata su un altro pianeta, lontanissima da quel posto dove non si sentiva un rumore, un suono, una voce. Quel raffinato comfort la faceva, a volte, impazzire.

Per la centesima volta maledisse il pomeriggio di tre settimane prima, quando ci aveva stupidamente dato sotto con la bottiglia e non era riuscita a farsi trovare come sempre da Marco, al ritorno a casa, con le gambe ferme e la bocca profumata di menta. Così che aveva capito tutto e lei era finita lì.

Non sempre, se proprio doveva essere sincera, era così terribile. Il quotidiano incontro con Turri, il giovane occhialuto psicologo, per esempio, era uno spasso. Doveva riconoscere che come analista non era male, ma troppo scopertamente junghiano, almeno per lei che era del ramo. La mamma e il sesso lo lasciavano pressoché indifferente, mentre tutto ciò che poteva essere simbolicamente interpretato gli faceva brillare d'interesse gli acquosi occhi dietro le lenti.

E così lei, con maliziosa attendibilità, gli sciorinava raccontini e situazioni infarciti di simboli. Ovviamente tali da rassicurarlo sulla sua salute mentale. Fino a che punto abboccasse, avendogli Marco di certo detto che sua moglie era laureata in psicologia, ancora non l'aveva capito. Ma tant'è, lei si divertiva e non era cosa da poco nella tomba allucinante in cui l'avevano sepolta.

Alle otto del mattino un'infermiera passava a farle un'iniezione e a darle due pillole. Alle otto e un quarto arrivava la prima colazione, dalle dieci alle undici era prevista una passeggiata nel parco (ora d'aria, la chiamava lei), alle dodici e trenta si pranzava. Riposino dalle quattordici alle quindici e trenta, altra iniezione e altre due pillole al risveglio, ginnastica all'aperto dalle sedici alle sedici e trenta, seduta con Turri dalle diciassette alle diciassette e quaranta, facoltativo optare per una seconda passeggiata nel parco oppure un po' di televisione in sala dalle diciotto alle diciannove, indi aromaterapia e massaggio, cena, ultime pillole e buonanotte, «dorma bene, se ha bisogno suoni».

Erano quasi le diciotto, ora, e il grande dilemma era: mi infratto per vialetti oppure vado a piazzarmi davanti al televisore, in mezzo alle mie silenziose e amorfe compagne di prigione? A occhio, lei doveva essere la più giovane. L'età media si aggirava sui cinquanta, con parecchie punte verso la settantina. Le sembrava sconvolgente che i problemi non finissero mai, che anche nell'età della saggezza si potesse essere emotivamente tanto disturbati da finire in una clinica.

Ma esisteva ancora un'età saggia? Siamo tutti impazziti, Chiara si disse. Non esistono neppure più i vecchi. Anziani, ora si chiamano, quasi il termine vecchiaia indicasse una vergogna o un handicap. Devo andar via di qui, sillabò a voce alta, colta dall'improvviso panico di aver perduto la parola. Non parlo con nessuno, mi si stanno atrofizzando le corde vocali. Ma ricordò, con un sospiro di sollievo, che ogni giorno, per quaranta minuti, le teneva in esercizio con lo psicologo.

Marco veniva ogni sera a trovarla, ed erano visite penose perché non riusciva a dirgli nulla. Probabilmente Turri gli aveva sconsigliato quelle visite spiegandogli che talvolta la terapia funziona meglio se c'è un distacco dalle abitudini e dai familiari, in quanto il paziente riesce più facilmente a metabolizzare i problemi e a ricostruire i rapporti affettivi in un'ottica senza ostilità. Ma Marco aveva, come lei del resto, un connaturato senso del dovere e comunque *doveva* recitare il ruolo del marito esemplare. E con la retta di Villa Quiete si pagava anche la facoltà di disattendere i suggerimenti.

Ma si rimproverò subito. Era in malafede e ingiusta, perché sapeva benissimo quanto Marco le fosse legato. Era per amore, e non per dovere, che desiderava vederla ogni giorno. Sono io, si sentì piangere dentro, che mi sono irrigidita e perduta. Saprei aiutarmi, se solo lo volessi. Invece ho sapientemente affilato un'arma e la sto usando contro me stessa.

Aver razionalizzato per un istante la determinata implacabilità con cui si stava autodistruggendo le spalancò una specie di abisso. Si sentì spaventata e incapace di respirare.

Capì di aver avuto un mancamento quando si ritrovò, spogliata, nel letto e socchiudendo gli occhi vide Marco parlare a bassa voce con Turri, lo psicologo. Il sole di fine agosto stava tramontando. Dovevano essere le venti passate, constatò. Subito dopo si ripropose di stare più attenta a quel che le facevano inghiottire; con tutti quei tranquillanti le stavano demolendo ogni capacità di reazione. Ma non è quello che vuoi?, s'informò l'altra Chiara. Richiuse gli occhi. È quello che voglio, certo, rispose stremata.

Turri aveva leggermente alzato la voce, adesso. «Non prima di fine ottobre» stava dicendo. «Due mesi sono il minimo.»

Per che cosa?, Chiara si chiese sforzandosi di capire.

Sussurrò Marco: «Io la trovo già meglio. Lei stesso, dottore, ha detto che ha reagito molto bene alla disintossicazione e che questo è un buon segno. Vorrei che fosse dimessa prima, penso di portarla in montagna o a fare un viaggio...».

«Glielo sconsiglio vivamente» lo interruppe Turri in tono deciso. Chiara, col fiato sospeso, capì che stavolta la retta non contemplava alcuna deroga. E tese l'orecchio.

«Sua moglie sta molto male» stava spiegando nello stesso tono «e se dà l'impressione di star meglio è soltanto perché riesce a mimetizzare con furbizia ciò che realmente pensa e sente.» E bravo Turri. La scoperta della sua insospettata abilità professionale le causò uno sbalordimento che per un istante fu superiore all'angoscia. Ma quell'istante passò e l'angoscia diventò spavento e rabbia. Altri due mesi lì dentro e sarebbe *davvero* diventata pazza. D'impulso decise che doveva reagire. Non avrebbe permesso a nessuno, all'infuori di lei stessa, di distruggerla.

Forse sono già pazza, rise tra sé più tardi, estraendo da sotto il materasso uno chemisier a righine bianche e rosa, la divisa delle infermiere di Villa Quiete. Intrufolandosi nel loro spogliatoio, se ne era appropriata con la furbizia e la destrezza che soltanto i pazzi o gli ubriachi riescono ad avere nei rari soprassalti di lucidità. Furbo e destro era tutto il suo piano di fuga.

Nel labirinto di porte e corridoi era riuscita a individuare l'accesso alla scala di servizio che portava all'ingresso secondario: alle ventidue ci sarebbe stato il cambio di turno, ed era da lì che le infermiere sarebbero passate per entrare e per uscire. Lei doveva soltanto attendere che il viavai fosse finito per intrufolarsi silenziosamente nella scala e guadagnare l'uscita prima che il portoncino e il cancello esterno venissero chiusi per la notte.

Lo chemisier da infermiera le avrebbe permesso di passare inosservata davanti alla gabbia del custode. Non sapeva se nelle vicinanze della casa di cura esistesse un bar o meglio ancora un parcheggio di taxi, e d'altro canto non si fidava a chiamarne uno dalla stanza: era probabile che il telefono fosse controllato e non poteva correre rischi.

L'importante era lasciarsi alle spalle il cancello: una volta fuori di lì, avrebbe trovato il modo di raggiungere Milano. Villa Quiete si trovava nei pressi di Arese e ricordava che, per arrivarvi, Marco aveva imboccato la Milano-Laghi.

Guardò l'ora: le ventidue e dieci. Cinque minuti ancora e doveva mettersi in moto. Sarebbe stato un bel guaio imbattersi nelle infermiere ritardatarie del turno della notte, ma anche arrivare inosservata sino al portone e trovarlo già chiuso. Un margine di rischio esisteva in ogni caso, si fosse mossa troppo presto o troppo tardi: a questo punto poteva soltanto affidarsi alla fortuna.

Indossò lo chemisier, prese la borsetta e, prima di varcare la porta, infilò verticalmente due cuscini sotto le lenzuola, combattuta tra il senso del ridicolo e un vivo compiacimento di sé. Poteva servire, se qualcuno si fosse affacciato per il solito controllo serale.

Forza Papillon, si incoraggiò richiudendo silenziosamente la porta alle sue spalle. Via libera. Imponendosi di procedere senza fretta raggiunse la scala di servizio. Si trovava al secondo piano e doveva scendere fino al seminterrato.

Una voce la bloccò. « Infermiera, sono molto agitata, può darmi un'altra pillola? »

Chiara vinse la tentazione di imboccare di gran corsa la scala. Si girò invece lentamente, sforzandosi di assumere un atteggiamento naturale. Era una donna sulla sessantina, le ascelle poggiate su due bastoni e gli occhi puntati con una certa imperiosità nei suoi.

« Tra due minuti sono da lei. Scendo un attimo e torno » disse, sperando che il tono della voce e il sorriso gentile fossero abbastanza convincenti.

E prima che la donna potesse replicare qualcosa, s'infilò giù per la scala. Via libera anche davanti alla porta in ferro smaltato del garage: oltre quella porta, alla destra dei box, si trovava il breve corridoio che portava all'uscita di servizio. La raggiunse a passo spedito, ma sempre senza correre. La gabbia della portineria era illuminata, ma del custode non vi era traccia. Accelerando leggermente il passo, Chiara la superò e si diresse verso il cancello.

« Siamo in ritardo, eh? » Eccolo, il custode. Stava proprio venendo dal cancello e ora la fissava con una attenzione che a Chiara parve eccessiva e le fece balzare il cuore in gola.

« Avevo appena chiuso » l'uomo disse infine. « Venga, che le riapro. »

Un breve viale separava la casa di cura dallo stradone principale, e Chiara lo percorse sperando di non incrociare nessuno. Sarebbe stata una beffa atroce se Turri, oppure un'infermiera che la conosceva, per qualche motivo si fossero trovati a passare di lì. Finalmente si lasciò alle spalle anche il viale e poté sentirsi in salvo.

Quel che vide furono solo i fari delle automobili: non molte, ma veloci. Nell'intervallo tra un passaggio e l'altro lo stradone ripiombava nel buio: né da una parte né dall'altra si scorgeva il segno di una piazzola o di un'insegna o di un bar. Incerta sulla direzione da prendere, Chiara decise a caso per la destra, sperando di non sbagliare e di non dover camminare troppo prima di trovare un qualunque segno di vita.

Alle ventuno era passata l'infermiera: lei aveva avuto cura di non inghiottire le pillole, ma non aveva potuto evitare l'iniezione e adesso si sentiva intorpidita e molto stanca.

Doveva avere anche i piedi gonfi, perché le scarpe le facevano male. Le sembrava di camminare da ore quando un'auto rallentò e frenò dolcemente un paio di metri davanti a lei. «Vuole un passaggio, signorina?» chiese, sporgendosi dal finestrino, un uomo sulla cinquantina dall'aria molto distinta.

Accettò senza alcuna esitazione: persino uno stupro le pareva più sopportabile che non fare altri dieci metri di strada a piedi. Fortunatamente l'uomo si mostrò all'altezza del distinto aspetto. Si limitò a chiedere dove fosse diretta, e quando lei rispose che poteva lasciarla al primo posteggio di taxi che avessero trovato nell'entrare in Milano, riprese a guidare in silenzio senza farle altre domande.

Mancava un quarto a mezzanotte quando, dopo aver ringraziato calorosamente il gentile signore, trasbordava dalla sua auto ai morbidi sedili di una Mercedes di servizio. E fu solo quando il tassista le chiese dove doveva portarla che lei realizzò di non essersi ancora posta il problema. Marco l'avrebbe ricondotta subito a Villa Quiete, e la stessa cosa avrebbe fatto Gio'. Si sentì dare l'indirizzo di Paolo Lusardi, in corso di Porta Romana, e capì che d'istinto aveva fatto la sola scelta giusta. Solo lui, infatti, avrebbe potuto ospitarla. E aiutarla a non tornare ad Arese.

Pagò la corsa, scese dal taxi e premette il pulsante luminoso dell'interno 57, il numero che corrispondeva all'appartamento di Paolo. Non rispose nessuno. Premette di nuovo, più a lungo, e dopo altri tre tentativi dovette rassegnarsi all'idea che non era in casa. L'avrebbe aspettato sul pianerottolo, l'importante era poter entrare. Citofonò decisa al portiere, e solo dopo un paio di minuti sentì un gracchiante e sospettoso «Chi è?».

Dovette farsi riconoscere e accampare, scusandosi, una spiegazione plausibile perché finalmente si udisse lo scatto del pulsante. Salì a piedi fino al secondo piano e, non si poteva mai sapere, suonò di nuovo alla porta di Paolo. No, non c'era proprio. Non le restava che sedersi su uno scalino e aspettare che tornasse. Testa reclinata sulle ginocchia, si stava appisolando quando sentì aprirsi le portine dell'ascensore e Paolo ne uscì facendo strada a una ragazza molto alta e molto bionda.

«Chiara, che fai qui?» chiese con voce più allarmata che stupita. L'aveva vista subito.

Si alzò aggiustandosi sui fianchi lo chemisier a righine bianche e rosa. «Ti aspettavo. Mi fai entrare?»

«Certo. Chiara, questa è Linda Poli. Linda, ti presento Chiara. Ma entriamo.»

Era certamente la nuova amica di cui mesi prima le aveva parlato. A quanto pareva, l'amicizia si era fatta più stretta e lei aveva guastato un dopocena che aveva l'aria di preannunciarsi molto intimo. Ma non si sentì né a disagio né in colpa.

Era la ragazza, invece, ad aver l'aria d'un pesce fuor d'acqua. «Forse... Si è fatto tardi, sarebbe meglio che... che tu mi chiamassi un taxi» farfugliò rivolta a Paolo.

Con enorme sollievo di Chiara, lui non protestò. Le fece una veloce carezza sui capelli e disse: «Credo che tu abbia ragione. Ti richiamo domattina, Linda».

Chiara sbagliava o c'era davvero un barlume di ostilità negli occhi della ragazza, mentre salutava e, preceduta da Paolo, si avviava nuovamente verso l'ascensore? Si accorse che la cosa la lasciava indifferente, e aspettando che Paolo risalisse si sistemò comodamente sul divano. Non dovette attendere a lungo: poco dopo sentì la porta aprirsi e richiudersi, e lui la raggiunse.

«Dovresti essere a Villa Quiete» osservò scavalcando tutti i preamboli.

Fece cenno di sì. «Sono scappata» confessò semplicemente.

«L'avevo capito.» Si sedette accanto a lei e le cinse le spalle. «Chiara, come puoi pensare che ti tenga nascosta senza dire niente a tuo marito? Hai fatto una cosa molto sciocca. Sai bene che hai bisogno di tranquillità e di cure.»

«Ti prego, aiutami. Non posso ritornare a Villa Quiete.»

Se fosse scoppiata a piangere, aggrappandoglisi addosso, l'avrebbe dolcemente confortata cercando le parole per convincerla a farsi di nuovo ricoverare. Invece lei aveva pronunciato quelle parole in tono così sommesso che la disperazione apparve ancor più evidente.

« Come posso aiutarti? » le chiese.

« Convincendo Marco che quella casa di cura non serve. Nessuna casa di cura » precisò, aggiungendo con un buio sorriso: « Sono o no una psicologa? Paolo, mi conosco bene, so come aiutarmi e finalmente ho trovato la volontà di farlo. Non è con psicofarmaci e quiete che posso... che posso uscirne. Ho bisogno di ritrovarmi, di affrontare con lucidità i miei problemi. E questo è possibile soltanto a casa mia, accanto alle persone che amo. Non tagliata fuori da loro. Lo capisci, vero? ».

« Credo di sì. Ma c'è il pericolo che da sola tu non ce la faccia. Che aggiri i problemi ricominciando a bere. »

Chiara scosse energicamente la testa. « Questo no. La sola cosa che non mi è mancata, a Villa Quiete, è stata la bottiglia. Mi vergogno molto di aver reagito in modo tanto... » Si fermò cercando l'aggettivo giusto, e non trovandolo proseguì: « D'altro canto non ho bevuto abbastanza a lungo per diventare un'alcolizzata. Devi credermi se ti dico che mai più aggirerò con l'alcol i miei problemi ».

In questo momento, Paolo pensò, sembra tornata la vecchia Chiara, decisa e inflessibile. E si rese conto che sì, le credeva. Ma Marco avrebbe avuto la sua stessa fiducia?

L'interrogativo lo immalinconì, in quanto per la prima volta gli veniva il dubbio che Zambiasi potesse non capire la moglie, e comunque che qualcosa si fosse incrinato nel loro rapporto.

« Il primo problema » disse Chiara, quasi avesse letto nei suoi pensieri, « è convincere Marco. E non è facile, perché in Villa Quiete vedeva la soluzione migliore. Forse, se gli parlassi tu, potresti convincerlo. »

« Non siamo così intimi. Perché mai dovrebbe prendere per oro colato quel che gli dico io? Senza contare che potrebbe risentirsi per la mia intrusione. »

« Ma tu sei il mio miglior amico » protestò lei. « Marco sa che ci conosciamo da anni e che ti voglio molto bene. »

Al punto che da lui era corsa, e non dal marito; con lui, e non col marito, si era confidata, fiduciosa di essere aiutata e capita. Pensando a questo, Paolo si sentì allo stesso tempo intenerito e turbato. «Per prima cosa» disse «debbo telefonargli che sei qui. È probabile che in clinica si siano già accorti della tua scomparsa e che Marco, avvertito, sia allarmatissimo.»

«Sì, hai ragione. Però non me la sento di andare subito a casa. Cerca di farglielo capire.»

Non era facile, Paolo pensò pochi minuti dopo mentre Marco Zambiasi, all'altro capo del filo, quasi lo aggrediva con una raffica di domande. Cosa ci faceva lì, Chiara? E come ci era arrivata? Perché? E cosa significava che non voleva tornare subito a casa? Sembrava diffidente e perplesso, e il tono non era dei più cordiali.

Quando, finalmente, abbassò il ricevitore, Paolo disse a Chiara, che non aveva distolto un attimo lo sguardo da lui: «Non sapeva niente della tua fuga. In clinica non se n'erano ancora accorti».

O l'infermiera, affacciandosi sulla porta della sua stanza, era stata ingannata dalla curva dei due cuscini? Chiara fece un risolino e gli spiegò il piccolo trucco.

Nel volto sciupato e gonfio gli occhi chiari brillavano dell'antica luce. E di nuovo a Paolo sembrò l'irresistibile ragazza di dieci anni prima. Si curvò a farle una carezza sui capelli e chiese: «Vuoi un panino o un bicchiere di latte? Hai bisogno di qualcosa?».

Anziché rispondere, lei osservò: «Sei diventato molto espansivo! Ho visto, sai, come hai accarezzato quella Linda. È proprio un'amica e basta?».

«È quel che volevo approfondire stanotte, ma non me ne hai dato la possibilità.»

«Vuoi le mie scuse? Non sarebbero sincere. Mi sento così sollevata... e contenta di essere qui.» Reclinò la testa sullo schienale, socchiudendo gli occhi. Per la prima volta dopo cinque mesi si sentiva bene.

Paolo si sedette accanto a lei. «Forse dovresti andare a dormire. Hai l'aria molto stanca.»

Scosse la testa. In casa di cura le era venuto l'odio per quei sonni artificiali e pieni di incubi, troppo intorpidita per scacciarli e troppo lucida per non lasciarsene spaventare.

«Tuo marito verrà a prenderti domattina alle nove. Devi permettergli di aiutarti, Chiara.»

« Lo so. Ma non ci riesco. » Teneva sempre gli occhi chiusi. Non era colpa di Marco se la sua sola vicinanza la faceva sentire frustrata e piena di sensi di colpa. E si era instaurata una catena di reazioni da manuale: per scaricarli lei doveva "annientarlo", ma dopo averlo annientato i sensi di colpa aumentavano e lei se ne difendeva aggredendolo di nuovo e diventando sempre più ostile.

« Non va molto bene tra voi due, vero? » stava chiedendole Paolo. Era seduto vicinissimo, ora, e Chiara gli posò la testa sulla spalla.

« Non va per niente bene » sospirò. « Eppure è lo stesso uomo che ho sposato, affidabile e devoto. »

« Forse eri troppo giovane, quando l'hai sposato. Forse... non sei più innamorata di lui » commentò Paolo, accorgendosi che stava esprimendo una speranza. Si vergognò profondamente per l'eccitazione che la vicinanza di Chiara all'improvviso gli provocava, e si vergognò ancor più quando le sollevò con delicatezza la testa e posò le labbra sulle sue. Chiara non si ritrasse, e il bacio di Paolo divenne appassionato. Se la strinse contro in silenzio, desiderandola con tutto se stesso.

Fu lei a rompere l'incanto, divincolandosi dolcemente. « In questo momento vorrei tanto lasciarmi andare, ma domattina mi sentirei malissimo. I sensi di colpa... »

« Capisco » disse Paolo. « Scusami. »

Lei fece, ancora, di no con la testa. « Volevi soltanto aiutarmi. E non sai quanto ci sei riuscito. »

PARTE SECONDA

Marco

VII

Giusi Lozza aveva l'aria impacciata e continuava a rigirarsi l'anello sul dito. Chi avesse ignorato che era una delle più geniali e preziose collaboratrici dell'agenzia, Marco pensò, avrebbe potuto scambiarla per una qualunque ragazzetta confusa e mediocre. Volutamente non distolse lo sguardo da lei.

« È sottinteso » Giusi balbettò « che farò il preavviso. Il tempo che... che riterrai opportuno. »

« Per quanto mi riguarda, puoi ritenerti libera anche subito. Non amo lavorare coi dimissionari: mi danno un senso di precarietà e di destabilizzazione poco costruttivo » spiegò magnanimamente.

Anche se la Lozza era la prima collaboratrice che lasciava la sua agenzia, era esattamente quel che pensava. E si accorse che il rammarico di poc'anzi era sparito per lasciar posto a una distaccata insofferenza. Era stato lui, cinque anni prima, a scoprirla. La scuola di giornalismo l'aveva invitato a tenere un breve seminario su pubblicità e stampa, ed era stato ben presto colpito dalle domande intelligenti e critiche di quella graziosa ragazza in prima fila. Saltava all'occhio che aveva, in giuste proporzioni, ambizione e idee chiare.

Conoscendola meglio, il suo giudizio era stato confermato. A quei tempi stava organizzando la nuova agenzia e gli era piaciuto lo slancio con cui Giusi Lozza aveva accettato la sua proposta di lavoro. Lo stipendio era basso, le prospettive un'incognita, i rischi di essere inghiottiti da un'agguerrita concorrenza moltissimi, eppure la ragazza aveva detto subito sì, rifiutando la contemporanea offerta di entrare in un giornale.

Ora, dopo cinque anni, sembrava aver la medesima fede in una nuova agenzia che l'aveva contattata offrendole uno stipendio quasi doppio, la massima autonomia ed esaltanti sbocchi futuri. Più che il tradimento, lo offendeva l'ingenuità della Lozza: la nuova agenzia stava partendo col piede sbagliato, con sperperi grandiosi e altrettanto grandiose aspettative. L'attuale mercato non autorizzava tanto ottimismo, né esisteva una potenziale clientela su cui contare a tempi brevi: le aziende migliori, quelle che pagavano meglio e avrebbero potuto riportare i bilanci alla pari, erano già vincolate ad altre agenzie da contratti di ferro e, spesso, rapporti di fedeltà e fiducia. La possibilità di spingerle a cambiare erano scarse e comunque non immediate.

Si alzò. «Credo che non abbiamo altro da dirci, Giusi. L'amministratore conteggerà le tue competenze e penso che tra una settimana potrai trovare l'assegno in cassa.»

La ragazza si alzò a sua volta con riluttanza. «A quanto pare non fai molti sforzi per trattenermi.»

«E perché dovrei?» La voce di Marco era priva di cordialità. «Sai come la penso: detesto i collaboratori riluttanti e, ancor più, "fare sforzi" per qualcosa di cui dovrebbero essere entusiasticamente convinti.»

«Ossia che l'agenzia Zambiasi è il massimo?» lo provocò lei.

«Precisamente. E hai smesso di essere una insostituibile dipendente nel momento in cui hai perduto questa certezza.»

Il tono era definitivo e Giusi Lozza gli tese la mano. «Ti faccio molti auguri.»

«Anch'io. Ne hai più bisogno di me.»

Nessuno era insostituibile: era un'altra ferma convinzione di Marco e, restato finalmente solo, decise di telefonare subito a Gigi Tarenzi, uno dei più noti "cacciatori di teste". La Lozza andava rimpiazzata con una ragazza della stessa età e con caratteristiche identiche: voleva una venticinque-trentenne con un discreto background nel settore creativo, abbastanza scontenta del posto attuale da poterlo lasciare senza apparire infedele. Doveva essere ambiziosa, concreta, libera da legami familiari. E, ovviamente, ideativa e geniale.

«Si può trovare» rise Tarenzi quando lui ebbe finito di descrivere la *rara avis*. E, salutandolo, concluse con un'altra risatina: «Inutile chiederti quanto tempo mi dai, presumo che ti serva per ieri!».

Aveva appena messo giù il ricevitore quando la segretaria gli comunicò, all'interfono, che sua moglie era in linea. Solo in quel momento ricordò che aveva promesso a Chiara di accompagnarla in centro, prima della chiusura dei negozi, per scegliere insieme il regalo di compleanno di Teresa, sua madre.

« Devi scusarmi, » esordì « ho avuto un pomeriggio piuttosto movimentato e mi sono liberato solo adesso. Se ti fai trovare direttamente in centro, possiamo farcela: non sono ancora le sei » disse gettando un'occhiata all'orologio.

« Va bene. Devo fare una scappata in Galleria, alla libreria Rizzoli, e posso aspettarti lì. »

Non protestava mai, non si lamentava mai, Marco pensò riagganciando. Erano passati tre mesi e mezzo da quando era uscita da Villa Quiete, e lui ancora non capiva se quella tranquilla mitezza era un segno di ritrovato equilibrio oppure di malata rassegnazione. La loro unione aveva in apparenza ripreso a funzionare: uscivano, parlavano, trascorrevano qualche fine settimana fuori città. Avevano persino ripreso a fare l'amore. Benché non avesse neppure osato sperare tutto questo quando, contro il parere dello psicologo, della cognata e della suocera, aveva ceduto alle preghiere di Chiara e l'aveva riportata a casa anziché a Villa Quiete, gli capitava spesso di chiedersi se era stata una decisione saggia.

Forse soltanto l'aiuto di persone esperte avrebbe potuto restituirgli l'appassionata ragazza di un tempo, viva e piena di slanci. Eppure continuava ad amare anche quella sommessa Chiara, come assorta in un suo silenzioso mondo. Fisicamente lo eccitava ancor più: era come afferrare una dea sfuggente, e quando finalmente la sentiva abbandonarsi a lui con un breve sospiro, provava un sentimento di onnipotenza che in pochi istanti lo portava all'esplosione di un travolgente orgasmo.

Di figli non aveva più parlato, pensò infilandosi il cappotto e chiudendosi la porta dell'ufficio alle spalle. Aveva imparato ad aspettare senza angoscia, oppure aveva perduto l'antica smania di maternità? Era un altro interrogativo a cui non riusciva a rispondere.

« Ci vediamo domattina alle otto » si congedò dalla segretaria. « Avverti tutti che la riunione per la campagna Rossetti è anticipata alle nove. »

La segretaria lo trattenne per fargli firmare alcune lettere urgenti. Quando raggiunse Chiara mancavano venti minuti alle diciannove. «Non abbiamo molto tempo per girare» le disse baciandola su una guancia.

«No, infatti. Bisognerebbe decidere subito che cosa regalare e puntare su un solo negozio. So che tua madre desidera una borsa di coccodrillo, sportiva e con la tracolla.»

«Vada per la borsa, tanto più che tra poco è Natale ed è meglio non bruciarsi il solito gioiello!»

La trovarono dalle Fendi, della foggia e della grandezza che la signora Teresa voleva. «A questo punto» propose Marco «potremmo prendere un aperitivo e fermarci addirittura a cena fuori. E che ne diresti di un film? Sono secoli che non andiamo al cinema.»

«Per me sta bene, tanto più che oggi mi è piombata in casa Giovanna e non ho fatto in tempo a preparare niente per la cena.»

Agli inizi, Marco non aveva provato molto trasporto per la gemella di sua moglie: gli era apparsa un po' sopra le righe, troppo impetuosa, troppo aggressiva. Persino la voce era sempre d'un tono sopra. Ma col tempo aveva capito che quello era l'involucro, un atteggiamento con cui Gio' proteggeva la sua disponibilità e le sue insicurezze. E ora l'amava come una sorella. Di Gio' apprezzava la franchezza, l'andare subito al centro delle cose, il capire immediatamente dove stava il problema e come era meglio aggirarlo.

«Tua sorella ti ha detto che da tre giorni la sto corteggiando e inseguendo perché venga a lavorare nella mia agenzia?» chiese più tardi, mentre sorseggiavano gli aperitivi.

«Non è una novità» Chiara osservò. «Comunque sì, me l'ha detto. Ma sai come la pensa lei: la parentela è una cosa e il lavoro un'altra, mescolarli è rovinoso.»

«Ciò vale solo per i parenti sfaticati o mediocri. Gio' è nel mio settore da sette anni e mi sarebbe più preziosa che mai, visto che due ore fa Giusi Lozza mi ha confermato che se ne andrà.»

Giusi era la ragazza con la giacca di Armani che aveva conosciuto quando era andata in agenzia e aveva trovato Marco in sala riunioni per studiare con il suo staff il lancio di un nuovo profumo. Aveva appena avuto la conferma di essere incinta. Ricordando l'esaltazione e l'euforia di quel giorno dovette quasi chiudere gli occhi.

Ma scacciò con furia il ricordo. « Era... è davvero così brava, quella Lozza? » chiese.

« Sì. Per questo debbo sostituirla immediatamente con un'altra persona altrettanto brava. Giovanna lo è. Ancor più della Lozza. Ma temo che il suo no sia definitivo. »

« E come farai, allora? »

« Mi sono già rivolto a Tarenzi. Due anni fa, quando ampliammo gli organici, in un mese mi trovò tre elementi di prim'ordine. Conto molto su di lui. »

« Penso che passerai le prossime giornate esaminando una ragazza dopo l'altra. Con quali criteri scegli o scarti? »

Chiara sembrava realmente interessata, e Marco ne fu lieto. « Cinquanta per cento curriculum della candidata, cinquanta per cento intuito mio » spiegò. « La grossa selezione, comunque, la fa Tarenzi. Mi manderà pochissime ragazze, e tutte teoricamente idonee in quanto hanno già avuto almeno un colloquio con lui. »

Tarenzi gliene mandò, alcuni giorni dopo, due, riservandosi di proseguire le ricerche se in qualche modo non avessero convinto. Marco ne ricevette una al mattino e una al pomeriggio. La prima si chiamava Heather Rossi, era figlia di madre americana e aveva ventinove anni. Dopo essersi diplomata in un liceo artistico milanese, si era trasferita in America e aveva seguito un corso di sociologia alla Connecticut University, con una tesi su pubblicità e comunicazioni di massa. Su segnalazione dell'università, era stata assunta dalla William Morris, a New York, e vi aveva lavorato due anni. Successivamente era passata alla Helena Rubinstein, occupandosi di relazioni esterne, e da lì all'ufficio marketing di una catena di grandi magazzini.

L'incontro con un ragazzo italiano, di cui si era innamorata, e la morte della madre l'avevano decisa a far ritorno a Milano. Spiegò subito che cercava un posto stimolante, ottimamente retribuito e con prospettive concrete. A Marco sembrò una ragazza ambiziosa, con una immediata capacità di comunicare e le idee molto chiare. Quando le mostrò la story board per il rilancio di una gloriosa testata femminile che intendeva rinnovare l'immagine ed elevare il target, fece delle osservazioni intelligenti e mirate.

Si riservò di darle una risposta entro ventiquattr'ore, ma l'istinto gli diceva che aveva trovato la persona che cercava. L'avrebbe assunta subito se, per correttezza, non avesse dovuto esaminare anche la seconda candidata.

Si chiamava Margherita Ollian ed era, lui scoprì subito, l'unica figlia di Giuseppe Ollian, il noto penalista. Arrivò all'appuntamento alle quindici e quaranta, con dieci minuti di ritardo, e la prima cosa che Marco notò di lei fu il corpo alto e sottile, da indossatrice.

Si scusò subito del ritardo. «Per non avere dei problemi di parcheggio avevo preso un taxi,» spiegò «ma in via Manzoni siamo stati tamponati.»

Aveva il viso minuto e i lunghissimi capelli color miele raccolti in una coda di cavallo. Marco si sorprese a pensare che era una splendida ragazza, ma la cosa non gli piacque affatto: al primo impatto con un possibile collaboratore, maschio o femmina che fosse, preferiva intuire al volo peculiarità più professionali che non il fascino fisico. La pelliccia di visone gettata senza cura sulla poltrona accanto, e la borsa di Gucci disinvoltamente appoggiata sulla sua scrivania, lasciavano inoltre intravedere ciò che quasi certamente lei era: la viziata rampolla di una ricca famiglia borghese.

Marco si impose di superare l'istintiva diffidenza che quella ragazza gli aveva suscitato e, pur riproponendosi di telefonare quella sera stessa a Heather Rossi, cominciò a interrogarla gentilmente.

Aveva ventiquattro anni, e al secondo anno di legge aveva piantato l'università per andare a lavorare nello studio grafico dello zio, il fratello di suo padre. Marco ricordò che anche Bepi Ollian, come l'avvocato, godeva di un'ottima fama.

«Non avrei neppure dovuto iniziare l'università» stava spiegando la ragazza «perché detesto applicarmi a qualcosa controvoglia. Di tutto il piano di studi mi interessavano sì e no cinque esami. E per di più, non amavo l'idea di diventare avvocato.»

« E che cosa ama? » lui s'informò con gentile ironia.

« Tutto ciò che fa sentire liberi e felici. In una parola, creare. Non è di una creativa che lei ha bisogno? »

« Sì, ma il genere di creatività che serve alla mia agenzia non sempre, purtroppo, fa sentire felici e liberi. »

« Dipende dallo stato d'animo con cui ci si butta. Io sono un'entusiasta » precisò con un sorriso che mise in mostra una chiostra di denti perfetti.

« Questo l'avevo capito. Ma l'entusiasmo può essere messo a dura prova quando il cliente boccia tre progetti di seguito e ci si ritrova ad annaspare col quarto sentendosi stremati e privi di idee. »

« Questo capita solamente ai presuntuosi. L'esperienza mi ha insegnato che c'è sempre del vero nelle riserve e nelle critiche del cliente: basta raddrizzare il tiro e tenerne conto perché le idee tornino. »

« Lei si riferisce alla lunga esperienza fatta nello studio di suo zio? » Marco s'informò polemicamente, incerto se era seccato o divertito per l'entusiastica caparbietà di quella Ollian.

« Sì, mi riferisco a quella. È durata quattro anni e io sono una che impara presto e molto. »

« Però, » obiettò lui « non ha esperienze specifiche nel settore della pubblicità. »

« Ne ho molta, al contrario. Ho personalmente impaginato decine di campagne pubblicitarie destinate a testate femminili e periodici in genere. E di recente ho anche fatto per la Condé Nast il menabò di un profumo lanciato dalla sua agenzia, signor Zambiasi. »

« Le è piaciuto? »

« Se intende il profumo sì, perché mi piacciono le fragranze muschiate. Se intende il lancio, no. Il messaggio partiva da presupposti geniali, ma all'atto pratico manca di sintesi. Mi sembra più magico che persuasivo. »

« Mi sta dicendo che lei avrebbe saputo far meglio? » Era stupefatto da tanta impertinenza.

« Non è detto. Però, ben pagata e ben guidata, può darsi che avrei saputo infondere la scintilla al suo perfetto messaggio. Perché non mi mette alla prova mostrandomi qualche progetto? Anzi, perché addirittura non mi assume? Una persona con il suo ruolo dovrebbe saper compiere un istintivo e felice atto di fede. Mi creda, non la deluderei.»

Per quanto pazzesca la cosa gli sembrasse, quando Margherita Ollian raccolse la pelliccia e uscì si rese conto che ne era convinto anche lui: era lei, e non Heather Rossi, la persona che cercava. La Rossi era più affidabile, più concreta, con un passato professionale senz'altro più prestigioso, ma di collaboratori così ne aveva molti altri, in agenzia. Con le dimissioni di Giusi Lozza gli veniva a mancare l'elemento geniale. E indubbiamente la Ollian lo era. Realizzò all'improvviso che quella ragazza aveva molti punti in comune con sua cognata Gio': ecco perché, superata l'antipatia iniziale cominciava davvero a convincerlo.

Si impose tuttavia qualche giorno di tempo per riflettere, pregando la segretaria di avvertire la Rossi che avrebbe saputo qualcosa di definitivo con un poco di ritardo rispetto a quanto stabilito.

A Margherita Ollian telefonò di persona, tre giorni dopo il loro colloquio, e intenzionalmente lo fece alle otto del mattino: sperava di sorprenderla mezzo addormentata, e invece la viziata figlia di papà venne a rispondere dopo pochi squilli, la voce di chi si è svegliato da un bel pezzo.

Lo riconobbe subito. «Ah, è lei. Sono lieta che abbia deciso di assumermi» lo prevenne.

Preso contropiede, Marco disse: «Aspetti a cantare vittoria, probabilmente il posto che le sto offrendo si rivelerà assai diverso da quello dei suoi sogni».

«Lo escludo. Cercavo il massimo e l'agenzia Zambiasi lo è. Quando debbo cominciare?»

Ha parlato l'entusiasta, Marco pensò. Ma rispose ad alta voce, con una punta di polemica: «Presumo che per correttezza dovrà dare il preavviso a suo zio, signorina».

«Già fatto due mesi fa, non si preoccupi. E mi chiami pure Margherita.»

«Senza aver la certezza di un nuovo posto di lavoro? Sono lussi che solo una persona molto incosciente e molto ricca può permettersi.»

Sentendo il silenzio dall'altra parte del filo, Marco pensò

che finalmente era riuscito a centrare il suo punto debole. Ma gli ci volle poco per capire di essersi, in ogni senso, sbagliato.

«Visto che dovremo lavorare insieme,» Margherita puntualizzò freddamente «sarà bene che lei sappia due cose. Prima: dall'età di vent'anni mi mantengo da sola, e salvo l'orrido visone che l'altro giorno ho sfoggiato per farle colpo, non ho mai accettato nulla dalla mia ricca famiglia. Seconda: non sono affatto incosciente, ma soltanto consapevole di ciò che valgo. Le sarei perciò gratissima se smettesse di trattarmi come una mocciosa irresponsabile e cresciuta nella bambagia.»

«Ne prendo doverosamente atto. Un'ultima domanda: lei è fidanzata o... qualcosa del genere?»

«Né fidanzata né qualcosa del genere. Ho convissuto tempo fa, per sei mesi, con un musicista che mi sembrava un uomo sereno e libero. Invece ho scoperto strada facendo che si era semplicemente rassegnato all'insuccesso, con tutte le nevrosi del caso. Ma perché mi ha fatto questa domanda?»

«Avrei dovuto fargliela subito. Di norma preferisco che i nuovi collaboratori, almeno per qualche tempo, fino a quando non si sono inseriti, non abbiano altro interesse all'infuori del lavoro.»

«*Per qualche tempo*» e Margherita sottolineò in tono ironico la frase «posso garantirle che non la deluderò neppure in questo. Ma non mi ha ancora detto quando debbo incominciare.»

«Anche subito, se vuole.» E mise giù.

Marco amava arrivare molto presto in agenzia: i telefoni non squillavano, nessun collaboratore si affacciava alla sua porta costringendolo a interrompere quel che stava facendo. Le stanze vuote e il silenzio erano l'atmosfera ideale per concentrarsi, e lui ne approfittava per pianificare l'intera giornata e prendere le decisioni più importanti.

Finita la telefonata con la Ollian, prese la bozza di contratto inviata dalla Cartland, l'azienda americana che era da poco entrata nel mercato italiano e intendeva lanciare, come primo prodotto, un nuovo detersivo a scaglie per lavatrici.

Il marketing aveva studiato il fustone e il nome (River),

stanziato il budget pubblicitario e identificato i canali più idonei per il lancio. Toccava all'agenzia Zambiasi impostare la campagna televisiva e quella stampa, e la Cartland dava carta bianca purché slogan e argomentazioni creassero nelle massaie irresistibili motivazioni d'acquisto.

Che il mercato dei detersivi fosse superaffollato sembrava sfuggire alla Cartland. E, a giudicare dalla cifra non certo sontuosa che il budget indicava come compenso per l'agenzia, gli americani sottovalutavano anche le difficoltà di imporre un prodotto nuovo là dove i "vecchi" avevano conquistato posizioni di ferro.

Marco decise che avrebbe chiesto alla Cartland, prendere o lasciare, un terzo in più della cifra destinata all'agenzia e di inserire nel contratto l'impegno a servirsi della Zambiasi anche per le campagne dei tre anni successivi, ove fossero state pianificate. Contemporaneamente stabilì che avrebbe affidato a Margherita Ollian l'ideazione della campagna River. Un detersivo era quel che ci voleva per ridimensionarla subito e provocarle un sano impatto con la realtà.

Quella mattinata fu frenetica e soltanto alle dodici e mezzo Marco ricordò che avrebbe dovuto recarsi con Chiara a casa dei suoi, per il pranzo di compleanno di sua madre. Non faceva più in tempo a passare da via Alberto Mario e telefonò a Chiara per avvisarla che si sarebbero trovati direttamente lì.

Quando suonò alla porta, la cameriera gli disse che sua moglie era appena arrivata. Era seduta in salotto, accanto alla suocera, e notò subito che era andata dal parrucchiere e aveva gli occhi leggermente truccati.

«Sei in ritardo» lo accolse Teresa, e Marco annotò, con un certo divertimento, che da dieci anni gli incontri e gli inviti di sua madre iniziavano con quell'ormai rituale "sei in ritardo".

«Scusami, mamma» disse baciandola. Anche questo faceva parte del rituale. «Chiara ti ha già dato il nostro regalo?»

«È appena arrivata anche lei. La puntualità non rientra nelle vostre abitudini» ribatté Teresa con una punta di acidità.

Fu papà Francesco a intervenire. «Cosa ne direste di andare subito a tavola? Ho un certo appetito.»

«Non ho ancora finito il mio aperitivo» replicò Teresa. «Ragazzi, volete bere qualcosa?»

«Grazie, no» Chiara rispose per prima, in fretta, e con un disagio che a suo marito non sfuggì.

«Sai bene che Chiara è astemia» sottolineò Francesco.

«Quante storie. Fino a qualche tempo fa beveva anche troppo, e...»

«E ora non più» la interruppe Marco. In certi momenti detestava la mancanza di tatto e di cordialità di sua madre. Soprattutto quando vittima ne era Chiara. Notò tuttavia con sollievo che sua moglie non aveva la solita aria da cane bastonato.

La vide più tardi mangiare, seduta accanto al suocero, con insolito appetito e conversare con vivacità. Sorrise persino, un paio di volte, a Teresa.

Per un istante Marco fu raggelato dal sospetto che avesse ripreso a bere, ma subito si diede dell'imbecille: non c'era nulla di artificioso nella serena spontaneità di sua moglie. Evidentemente cominciava a sbloccarsi e a sentirsi meglio. Provò l'acuta tentazione di alzarsi e prenderla tra le braccia. La amo con tutto me stesso, si disse, e non potrei vivere senza di lei.

La signora Teresa accolse con festosi gridolini di sorpresa la borsa di coccodrillo e, nello slancio dei ringraziamenti, arrivò a baciare la nuora. Marco gliene fu silenziosamente grato, ma una strana malinconia lo colse. Doveva andare indietro di anni e anni, fino all'infanzia, per ricordare un bacio di sua madre. Era una donna senza fisicità. Non amava annusare, né toccare, né accarezzare; il suo contatto con le persone e con gli oggetti era asettico e, forse inconsciamente, schizzinoso.

Per la prima volta Marco capì fino in fondo quel che significava per Chiara un figlio, e quanto dolore le fosse costato perdere quello che aspettava. Il suo appassionato e fisico trasporto per la vita era stato inquinato dalla sterilità.

Quando il pranzo fu finito e uscirono da casa Zambiasi, Marco propose impulsivamente alla moglie: «Oggi non vado in agenzia. Facciamo qualcosa io e te, quello che vuoi».

VIII

Ventitré dicembre, antivigilia di Natale. Quando Chiara si svegliò, alle sette, Marco era già vestito e pronto per uscire.

«Ogni mattina più presto,» osservò ridendo «di questo passo finirai per dormire addirittura in agenzia!»

«È il prezzo che un pover'uomo deve pagare, se ha una moglie scriteriata e sperperona come te» lui replicò nello stesso tono, curvandosi a darle un bacio.

Tre sere prima erano andati a cena con Giovanna e con un nuovo amico di lei, l'amministratore delegato della "I.P. Ventura" (quell' "I.P." stava per immobili di prestigio) e il discorso era finito a un certo punto sugli esosi prezzi di mercato. Secondo Giorgio Ventura i migliori affari si facevano con gli eredi troppo avidi o troppo poveri di qualche riccone: spesso la fretta di realizzare faceva sì che essi si sbarazzassero di ville o appartamenti o terreni a prezzi di gran lunga inferiori di quanto effettivamente valevano.

Giorgio Ventura aveva portato come esempio una deliziosa, vecchia casetta sul lago l'Iseo: quattrocento metri di giardino privato digradante su una piccola spiaggia, vista incantevole. L'aveva ereditata l'unico nipote di un industriale bresciano del tondino, un trentenne megalomane e scapestrato che aveva fatto suo il motto "pochi, maledetti e subito" e aveva messo in vendita quella casa a duecento milioni, metà del reale valore.

Chiara era stata due volte soltanto sul lago d'Iseo e ne ricordava la dolcezza, il verde, la quiete.

«Mi piacerebbe vederla» aveva detto impulsivamente, quasi a se stessa.

«Devo andare lì domattina, perché non mi accompagna?» aveva proposto Giorgio Ventura.

L'aveva accompagnato. E, alla sera, aveva fatto a Marco una descrizione talmente incantata di quella vecchia casa che lui si era lasciato tentare dall'idea di regalarla a sua moglie.

Poteva essere un ottimo investimento, e la banca non avrebbe fatto certamente difficoltà a prestargli la cifra che gli mancava. Si riservava comunque di vederla: l'appuntamento con Ventura era per quel pomeriggio, alle quindici. Insieme con Chiara sarebbero andati a Iseo e poi Marco avrebbe preso una decisione.

«Hai appena finito di pagare l'immobile della tua agenzia» gli disse ora Chiara, quasi avesse letto nei suoi pensieri «e io sono davvero una moglie scriteriata. Non abbiamo in realtà alcun bisogno di una casa sul lago d'Iseo.»

«Uh, uh, e chi l'ha detto? Stasera potrei rendermi conto che quella casa è proprio ciò di cui avevo bisogno! Sarò qui alle tre in punto, fatti trovare pronta.»

Era arrivato sulla porta quando lei lo richiamò. «Sei... sei un marito meraviglioso» gli disse.

«Lo so» replicò strizzando un occhio e mandandole un bacio. Ho rischiato di perderlo, Chiara si disse quando rimase sola. Soltanto un uomo come lui ha potuto sopportare la donna ubriacona, piagnucolosa e ostile che ero diventata. Forse che adesso sei perfetta?, la rimproverò l'altra Chiara. No, non lo sono affatto, rispose con un profondo sospiro. L'infelicità se n'è andata lasciandomi un grande vuoto. Sono una moglie noiosa e senza slanci. Dall'alto di una torre, come una principessa, concedo munificamente a Marco di darmi tutto, senza dargli nulla in cambio. L'altro giorno, a Iseo, per la prima volta mi sono sentita vicina a provare qualcosa di vivo. Ed è ridicolo che per suscitare un'emozione in sua moglie Marco debba pagare duecento milioni.

Fino a quando avrebbe resistito? Quando si sarebbe ritrovato, improvvisamente, disamorato e stanco di lei? L'arrivo di Angelica la distolse da quell'angoscioso bilancio. La donna bussò energicamente alla porta. «Le preparo la colazione? Ho incontrato il signor Marco al cancello e mi ha detto di ricordarle i regali che mancano.»

I regali di Natale, già. Chissà perché all'ultimo minuto ne

mancava sempre qualcuno. Si vietò di approfondire il senso di inutilità e di fastidio che la tradizione dei pacchetti, dei biglietti-ni e dei pranzi quell'anno le dava.

Quando Marco arrivò in agenzia, alle sette e venticinque, vide con sorpresa che Margherita Ollian lo aveva preceduto. Si era presentata al lavoro la mattina successiva alla sua telefonata e al di là di tutte le previsioni si stava dimostrando, oltre che geniale, anche scrupolosa e puntuale.

« Non prendere la pessima abitudine di arrivare così presto » l'avvertì scherzosamente.

« Vuoi l'esclusiva delle ore con l'oro in bocca? Spiacente, non ci sto. Però mi impegno a restarmene invisibile fino alle nove e mezzo, sola nella mia stanzetta con la gigantografia di quel dannato detersivo. »

« I primi problemi, eh? » Marco domandò con un ghignetto soddisfatto.

« L'unico problema me lo dà il direttore marketing della Cartland. Ha promesso che mi avrebbe inviato un plico con tutte le informazioni che gli avevo chiesto, ma non si è ancora fatto vivo. Senza quei dati brancolo nel buio. Comunque te ne parlerò tra due ore: come promesso, adesso sparisco. »

Ma alle nove e trenta Vianello, l'amministratore, entrò nell'ufficio di Marco senza preannunciarsi, e lo monopolizzò fino a mezzogiorno. Con la campagna dei jeans Dallas stavano rischiando di uscire dal budget. Il geniale regista americano imposto dall'azienda si stava rivelando un fanatico irresponsabile: pretendeva di trasferirsi in Kenia per dieci giorni, con una troupe di sei persone, per inserire otto secondi di filmato in uno spot che ne sarebbe durato trenta.

« E non è tutto » Vianello concluse. « Il nostro piccolo Visconti esige che sotto i jeans la modella indossi biancheria firmata in pura seta e che collanina e anelli siano autentici gioielli di Bulgari. »

Marco s'impegnò a intervenire personalmente, e con l'amministratore rifece la programmazione economica della campagna, apportando drastici tagli dove era possibile.

Alle dodici e trenta avvertì Margherita Ollian che si sarebbero visti al mattino dopo, ma nel frattempo telefonò alla Cartland per sollecitare i dati che erano stati richiesti. Alle tredici la segretaria gli portò due tramezzini col tonno e un bicchiere di latte; finito lo spuntino, Marco firmò la posta in partenza e prese alcuni appunti per un preventivo da inviare alla Star, dopo averlo discusso con Vianello.

Alle quindici, finalmente libero, poté scendere in garage. Nonostante l'ora le strade erano intasate dal traffico e, quando arrivò in via Alberto Mario, Chiara e Ventura erano già in attesa davanti al cancello.

«Vorrei che vedesse la casa con la luce del giorno,» l'uomo disse tendendogli la mano «in quanto la posizione e la vista sono molto importanti.»

Partirono con l'auto di Giorgio Ventura e, a causa del traffico sempre più intenso, solo alle sedici riuscirono a imboccare la Milano-Venezia. L'autostrada era stranamente molto scorrevole. Mancavano venti minuti alle diciassette quando uscirono dal casello di Rovato e presero la statale per Iseo. Pochi chilometri che percorsero a velocità relativamente sostenuta.

La proprietà in vendita era appena fuori dalla frazione di Sulzano. Vi arrivarono che già annottava, quel quarto d'ora in cui luce e buio si sovrappongono in un'oscurità opalescente e sfumata. Era una rustica casetta a due piani, con le mura di pietra, il tetto di ardesia e le imposte in legno pitturate di celeste. Sembrava dolcemente sospesa in un declivio, tra vecchie piante d'ulivo e il tronco spoglio d'un albero di cachi, i cui rami si allargavano come un allegro ventaglio, ricolmi di palle arancione. Più in giù, sullo sfondo, l'immobile distesa del lago e le luci tremolanti di Montisola che si arrampicavano verso il cielo.
«Peccato che non l'abbia potuto visitare di giorno» stava dicendo Giorgio Ventura a Marco, mentre apriva il cancello.

Chiara quasi non l'udì. Lei, di giorno, l'aveva vista, ma non era nulla di paragonabile a quel che vedeva e provava adesso. Era una sensazione di sollievo e di pace, come se fosse approdata in un luogo in cui più nulla poteva impaurirla o farle male. Quella casa aveva una allegria antica, e neppure la notte riusciva a spegnere il celeste delle imposte, la fiammeggiante lussuria dei cachi, il rassicurante chiarore dei muri.

«È decisamente uno splendido posto» fu il commento di

Marco. Ventura li aveva preceduti all'interno e stava accendendo le luci. Il nipote dissipato aveva portato via tutti i mobili, ma stranamente la casa non aveva l'aria di spoglio abbandono. Il senso di calore restava.

Il pianoterra era costituito da un grande soggiorno, una cucina abitabile e un bagno. Nel piano superiore c'erano due stanze da letto e un secondo bagno. « Il defunto proprietario l'aveva ristrutturata due anni fa » spiegò Ventura « e in pratica non c'è nulla da fare, se non dare una rinfrescata ai muri. »

Chiara osservò ridendo: « Un plauso al gusto del defunto! Noto con piacere che non si è lasciato tentare da travi, perlinature e finto rustico ».

Spiegò Ventura: « Questa casa è stata costruita alla fine dell'Ottocento e, salvo i bagni, ha conservato le caratteristiche e le strutture originali. Duecento milioni » disse rivolto a Marco « sono un autentico affare ».

« Onestamente sì » disse Marco. « E quali sono le modalità di pagamento? »

« Cinquanta milioni al preliminare e il resto, in un'unica soluzione, all'acquisto. L'atto andrebbe perfezionato entro due settimane al massimo: è la condizione posta dall'erede, che evidentemente ha qualche improrogabile scadenza. »

« Mi sembra ragionevole » osservò di nuovo Marco. « E tu cosa ne dici, Chiara? »

« È senz'altro un buon affare, ma non so se questo è per te il momento... »

« Non parlavo di soldi » Marco la interruppe. « Volevo sapere se la casa ti piace, se non ti sembra troppo isolata e ti va l'idea di trascorrervi un mesetto d'estate e parte dei nostri weekend. »

« È un posto bellissimo e... e ci vivrei anche tutto l'anno! »

« Tra l'altro » si intromise Ventura « è raggiungibile da Milano in un'ora e mezzo al massimo, e anche questo è importante. Mi piacerebbe proprio che la prendeste voi. »

« Credo che la prenderemo. Posso darle una risposta definitiva tra quattro giorni, e cioè il 27 dicembre? » chiese Marco. « Nel caso si potrebbe addirittura fissare l'appuntamento col notaio » aggiunse « scavalcando il preliminare. »

« È una proposta accettabile, tanto più che questo immobile

mi è stato affidato soltanto una settimana fa e contavo di iniziarne la pianificazione di vendita dopo le feste» disse Ventura. «Se vuole rivederlo con più calma, e di giorno, posso eccezionalmente darle le chiavi!»

«Non serve, ho già visto quel che c'era da vedere, e mia moglie mi sembra entusiasta.»

Chiara era più che entusiasta, Marco osservò. Aveva l'aria eccitata e gli occhi splendenti degli anni felici. E ogni riserva sparì: avrebbe senz'altro comprato quella casa.

Il problema fu trovare uno studio notarile aperto in quei giorni di festa.

Fu solo grazie all'interessamento del frettoloso erede che nel primo pomeriggio del 7 gennaio riuscirono a ottenere un appuntamento con un notaio bresciano. La documentazione gli era stata già consegnata e l'atto di vendita richiese meno di un'ora.

Marco volle che la casa fosse intestata a Chiara, sordo alle proteste di lei, e quando tutto fu finito, mentre si dirigevano verso il parcheggio, le propose: «Prima di ritornare a Milano faremmo in tempo a dare un'occhiata alla tua nuova proprietà. Cosa ne diresti di fare un salto lì?».

«Non osavo sperarlo!» fu la pronta risposta di lei.

Era ancora giorno, stavolta, e Iseo li accolse con il quieto profilo delle sue colline. Si fermarono a bere un caffè in un bar del borgo vecchio e Chiara fu conquistata dalle piccole strade, dai portici, dalle case dall'aria dignitosa e gentile. Ma il suo entusiasmo raggiunse il culmine quando si trovò di fronte alla nuova casa. Ancora una volta notò che emanava un sommesso fascino fatto di solidità e di grazia, di colore e di composta allegria. Sole e vento, neve e pioggia, per quasi un secolo avevano imperversato su di lei senza toccarla e a Chiara apparve come un simbolo di forza, di serena intoccabilità.

«Mi sono perduta in considerazioni crepuscolari e romantiche» disse in tono scherzoso a Marco che la stava osservando.

«Spiacente di riportarti alla cruda realtà, ma bisognerà pensare a imbiancare e ammobiliare questa casa.»

«Ci è rimasto qualche soldo per farlo?» s'informò lei. Il tono era sempre scherzoso, ma l'espressione del suo viso esprimeva una certa preoccupazione.

«Per la precisione, ci è rimasto un po' di credito in banca» Marco rise aprendo la porta d'ingresso. «E non fare quella faccia,» aggiunse «entro la fine dell'anno prossimo conto di rientrare con l'intera cifra.»

«Sono stata proprio un'incosciente spingendoti a questo acquisto.»

«Direi di no. Al di là del tuo innamoramento, questa casa è stata davvero un ottimo affare. Guarda la meraviglia di queste finestre. E la bellezza di questo vecchio camino...»

Chiara si sedette sul bordo di pietra, largo come un sedile. «Non sarà facile» constatò «trovare i mobili giusti. Vorrei un arredamento caldo, ma senza fronzoli. In parole semplici, molto costoso.»

Marco si sedette accanto a lei e l'allacciò alla vita. «Potresti contribuire alle spese» disse seriamente.

«E in che modo?»

«Mettendoti a lavorare. In uno studio tuo e con pazienti tuoi.»

Chiara si irrigidì. «Non... non mi sento pronta. Né per lavorare né per aiutare nessuno. Sono confusa e vuota. E...»

«E lo sarai sempre di più, se continuerai a vivere così. È una vita che non somigli alla ragazza che amo, piena di interessi e di stimoli.»

«Quella ragazza non c'è più» lei disse in fretta, combattuta tra la rabbia e il panico. Si era costruita una ovattata e confortevole nicchia e Marco voleva strapparla via di lì.

Senza accorgersene, tentò di divincolarsi dalla sua stretta, ma lui la strinse ancor più forte. «Ne riparleremo quando avrai finito di sistemare questa casa. Rivoglio la mia travolgente ragazza, Chiara. E tu devi aiutarla. Devi aiutarmi.»

«Ti rendo tanto infelice?» La rabbia era sparita e c'era un nuovo panico, ora, nella sua voce.

Marco le prese il viso tra le mani. «Soltanto da due settimane, da quando ho rivisto in te sprazzi di entusiasmo e di allegria... provo una nostalgia molto vicina all'infelicità per come eravamo. Che cosa ti ho fatto, Chiara?»

Gli occhi di lei si riempirono di lacrime. «Non colpevolizzarti, ti prego. Tu non c'entri.» Gli nascose la faccia sulla giacca. «Sto cercando di aiutarmi, ma è difficile. È come se fossi anestetizzata, tutto mi arriva attutito e incerto, non provo più né dolore né gioia. Il solo sentimento che sento, forte e chiaro, è l'amore per te. Non lasciarmi, ti prego.»

Marco rise. «E chi ci pensa? Non ho istinti suicidi, io.»

«Questa casa mi aiuterà. Mi è sembrato di tornare indietro di dieci anni, quando vidi per la prima volta la villa di via Alberto Mario. Ho provato la stessa sensazione di sicurezza... Ho *provato* finalmente qualcosa.»

Arrivarono a Milano alle dieci di sera. Nessuno dei due aveva fame e andarono subito a letto. Chiara si rannicchiò fra le braccia di Marco con un breve sospiro. Allungò un braccio sul suo fianco e gli aderì contro con un senso di languida beatitudine fisica. Ma quando sentì il membro di lui irrigidirsi, e una mano accarezzarle il seno con dolce insistenza, suo malgrado si ritrasse. «Scusami, ho sonno.»

Non aveva sonno, invece, e la consapevolezza che neppure Marco riusciva ad addormentarsi la afflisse profondamente. Fino a quando continuerà ad amarmi?, si chiese per l'ennesima volta. E fino a quando continuerò a essere egoista e castrante? L'angoscia non l'abbandonò neppure nel sonno.

Riemergendo da un faticoso torpore vide che il letto era vuoto. La sveglia segnava le sette e Marco era già in bagno. Si alzò e andò a preparargli la colazione. Quando lui entrò in cucina, aveva il viso sereno e tenero di sempre.

«Ho perso un chilo» annunciò sedendosi. Addentò voracemente la prima fetta biscottata. «Che programmi hai stamattina?»

«Gio' non va in ufficio e aspetta una mia telefonata. È probabile che ci incontriamo in centro.»

«Aperitivo e giro di spese: bella la vita, eh?» la prese in giro lui.

«E tu che programmi hai?»

«Detersivi, contabilità e appuntamenti vari. Solita routine, insomma.» Finì di fare colazione e uscì, dopo averle deposto il consueto bacio sulla guancia.

Stiamo diventando una vecchia coppia formale, Chiara pensò impaurita. Qual è la linea che separa la sicurezza delle abitudini dalla sterile ripetitività? E da che parte stiamo, io e Marco?

Andò al telefono e chiamò la gemella.

« Ciao, allodola, » Gio' le disse con uno sbadiglio dopo molti squilli « che ci fai in piedi a quest'ora? »

« Volevo sapere se sei sempre decisa a uscire con me. Ti va se ci vediamo al Motta? Ho bisogno di parlarti » aggiunse in fretta.

Un breve silenzio. « È successo qualcosa? »

« No, niente di particolare! » Le venne quasi da ridere.

Chissà perché, parlando con lei o pensando a lei, tutti si aspettavano che fosse successo qualcosa. Quale sorpresa, quale novità poteva derivare dalla noiosa e prevedibile creatura che era diventata?

« Posso essere pronta per le dieci. Ti va bene? »

Arrivò alle dieci e dieci.

Sulle prime, Chiara non la riconobbe. I fluenti capelli biondo luna erano diventati un austero chignon color ebano. « Cosa ti sei fatta? » chiese, ancor prima di salutarla.

« Una semplice tintura. Ma Rolando ci ha calcato un po' la mano, col nero » disse sedendosi.

« Non direi. È un nero identico ai miei capelli, e perciò il nostro colore naturale. »

« E dove sta scritto che "naturale" è bello? » Gio' replicò pronta, facendo cenno al cameriere di avvicinarsi. Ordinò un cappuccino con brioche e aggiunse: « "Naturale" è un ottimo aggettivo per ecologi ed erboristi, ma sulla mia testa non funziona. Ma di che cosa dovevi parlarmi, Ala? ».

« Tra me e Marco sta succedendo qualcosa » si udì dire in fretta, e provò allo stesso tempo stupore e sollievo per essere riuscita ad andare direttamente al centro di ciò che l'affliggeva.

Giovanna la scrutò con aria neutra. « In che senso? »

« Ogni volta che vorrei parlargli, o abbracciarlo, mi blocco. Non so se è per paura di soffrire o per paura di essere felice. Però non comunichiamo più. O meglio, non gli comunico più nulla. »

« Il tuo guaio, Ala cara, è che non hai un cazzo da fare e rimugini tutto il giorno » Gio' disse brutalmente.

«Non sei quel che propriamente si dice una confidente sensibile e gentile.»

«Non è di gentilezza che hai bisogno, mia cara.»

«Senti senti! E di che cosa avrei bisogno, visto che sai tutto?»

«Di darti una bella regolata e metterti finalmente a fare qualcosa. Trovo indecente, se devo essere sincera, questo tuo modo ozioso di trascinare le giornate. La tua sola occupazione sei te stessa, passi il tempo a frugarti e a distruggerti come fanno le bambine quando sventrano una bambola per vedere come è fatta. È un giochino molto pericoloso, sorella. E, franchezza per franchezza, anche molto stupido. Non ti sei ancora venuta a noia?»

«Ha parlato la psicologa» Chiara disse a denti stretti.

«Con buona pace del tuo Freud, penso che l'ottanta per cento della psicologia sia solo elementare buonsenso. E non occorre una laurea, per possederlo.»

«Che cosa dovrei fare, secondo te?» Chiara chiese. C'era molta provocazione, nella domanda, ma anche una ansiosa e impercettibile richiesta di aiuto.

Gio' la raccolse: «Semplicemente *fare*. Qualunque cosa» rispose con semplicità.

«Dovrei arredare la nuova casa di Iseo» azzardò Chiara.

«Come inizio può andare. Ma solo come inizio: a meno che non getti la tua laurea alle ortiche e ti avvii alla carriera di arredatrice» Giovanna scherzò.

Di nuovo la sensazione di essere violentata, scaraventata fuori dalla sua confortevole nicchia. Dopo Marco, anche sua sorella si metteva a parlare di lavoro. Nessuno sembrava apprezzare l'enorme aiuto che lei era riuscita a darsi, i progressi che aveva fatto dopo essere scappata da Villa Quiete. Né Gio', né Marco capivano quanto precario ancora fosse l'equilibrio che si era costruita. Provò l'impulso di scappare subito; dal tavolo di quel bar, da Milano, da tutti. Ma per andare dove? La casa di Iseo le apparve, all'improvviso, la sola soluzione e l'unico rifugio.

IX

La sveglia suonò alle sei e, strappato dal sonno, Marco annaspò verso il pulsante chiedendosi perché diavolo l'avesse registrata a quell'ora. Ma subito ricordò che l'aspettava una giornata particolarmente difficile. Il marketing della Cartland aveva imposto dei drastici ritocchi al lavoro di Margherita Ollian per il lancio del River e, benché lui non fosse completamente d'accordo, bisognava convincere la ragazza a ridiscutere tutto e a lasciarsi affiancare da un paio di creativi con maggior esperienza.

L'aveva convocata nel suo ufficio per le nove ma, prima, voleva analizzare con cura sia le riserve e le controproposte della Cartland sia il malloppo di cartelle dattiloscritte che Margherita gli aveva lasciato in ufficio: probabilmente una strenua e polemica "memoria" per difendere quel che non aveva convinto il cliente.

L'idea dello scontro che l'aspettava lo fece alzare di malumore. Né l'umore migliorò quando, lavato e sbarbato, andò in cucina a prepararsi la colazione: le fette biscottate erano finite, la guarnizione della moka era bruciata e aveva dimenticato di far comperare le arance da Angelica. Chiara lo aveva viziato come un bambino, rendendolo privo di autonomia come un handicappato. Ma dove era finito il bollitore per il tè? Imprecando, prese un pentolino qualunque, lo riempì d'acqua e lo mise sul gas.

Da quasi due mesi Chiara si era praticamente trasferita a Iseo. La perfetta casetta a cui mancava solo una "rinfrescatina ai muri" si stava rivelando una specie di fabbrica del duomo, Marco pensò con ira. Dopo gli imbianchini era servito l'idraulico, e poi il muratore, e poi ancora il falegname. Chiara aveva voluto la cucina con gli armadietti in muratura e i pensili in lastre d'ardesia e aveva trasformato in spogliatoio un piccolo vano cieco dietro la loro stanza da letto. Adesso era alle prese col fabbro, per blindare la porta e rinforzare le intelaiature di tre finestre, e chissà quali altri pretesti avrebbe accampato per restarsene tranquilla nel suo eremo.

Marco si vergognò subito della sua meschinità. Sua moglie gli mancava, ecco tutto. Ma era davvero così? La sua ira non era piuttosto dovuta alla sotterranea consapevolezza che cominciava ad abituarsi alla lontananza di Chiara? Che alla sera, tornando a casa, provava un inconfessabile sollievo all'idea di non dover affrontare quell'alternarsi di discorsi circospetti e di silenzi imbarazzati che il loro rapporto era diventato?

La breve illusione che qualcosa avesse ripreso a funzionare era caduta dopo che lui aveva trovato il coraggio di mettere Chiara con le spalle al muro, invitandola a reagire e a lavorare. Si era di colpo ritratta nel suo scorbutico e irraggiungibile mondo. E il 20 gennaio era partita per Iseo. Il loro unico contatto erano rimasti i fine settimana in cui lui andava a trovarla: ma rientrava a Milano con la sensazione di averla violentata, stremato da quella specie di corpo a corpo contro la sua malinconia e i suoi silenzi.

Si sentiva infelice e impotente: non poteva far nulla per lei. E quando aveva provato a chiedere un consiglio a sua cognata, Gio' gli aveva detto a labbra strette: «Dovevi lasciarla a Villa Quiete. Chiara ha perso ogni contatto con la realtà e con se stessa, soltanto delle cure appropriate avrebbero potuto aiutarla. Il fai-da-te della salute funziona solo per la stitichezza e i raffreddori».

L'acqua del pentolino si era ritirata e Marco lo riempì di nuovo. Ma all'improvviso ci ripensò. Al diavolo il tè, al diavolo la colazione.

Arrivò in ufficio alle sette e un quarto e si buttò subito nel lavoro. Letto il dossier della Cartland, al malumore si aggiunsero stizza e preoccupazione. Il marketing contestava solo apparentemente qualche particolare, in pratica tutta la campagna era da rivedere.

Le otto e mezzo. Marco depose il dossier e si diresse verso le macchinette del caffè. A metà corridoio si imbatté in Margherita Ollian. «Prendi un caffè con me?» le chiese quasi sgarbatamente.

«Grazie, sì. È lì che stavo andando.»

La macchina era ancora fredda, il caffè era amarognolo e con un vago sapore di cloro. Gettando il bicchiere di cartone nel cestino, e guardandosi, Marco e Margherita scoppiarono a ridere: avevano in faccia l'identica smorfia di disgusto.

«Ci vediamo tra una mezz'ora,» lui le disse «ho appena esaminato il rapporto della Cartland e ora vado a leggere i tuoi appunti.»

«Se credi, posso venire nel tuo ufficio e parlartene a voce.»

«Mi sembra una buona idea.»

Marco le fece strada e le indicò la poltrona di fronte alla sua scrivania. Poi si sedette nella poltrona accanto. «Comincio io o cominci tu?» le chiese.

«So bene quel che devi dirmi, e tanto vale che veniamo subito al sodo. Secondo quei signori le mie proposte sono troppo raffinate per un prodotto popolare e di largo consumo come un detersivo: non creano il feeling con la massaia, insomma. Ma sbagliano di grosso.»

«Non eri tu a dire che c'è sempre del vero nelle contestazioni del cliente?» la punzecchiò Marco.

«Ogni regola ha la sua eccezione. Ma andiamo con ordine. Per prima cosa la stessa Cartland ha preso le distanze dalle tradizioni di mercato: niente concorsi, niente regalini strillati sull'etichetta, niente sponsorizzazioni televisive. Arriva dall'America il fustone che si vende da solo. Nudo e fastoso nella sua assoluta eccezionalità.»

«E allora?»

«E allora bisogna azzerare questi handicap. Il mercato è drogato e le massaie sono gadget-dipendenti. Dal detersivo si aspettano, subito, la sveglietta o il mini-computer, o il tovagliolino. E dopo pioggia d'oro e di miliardi. Hai notato che nessuno fa più leva sul bianco extra, super, unico? Ormai il potere lavante è un optional. O, se preferisci, una caratteristica scontata. Al fustone si chiede la gratificazione e il sogno.»

«Giusto. Prosegui.»

«È da queste considerazioni che sono partita per lanciare il River. Bisognava cercare un contraltare alla gratificazione e l'ho identificato nello status symbol. Arriva dall'America il detersivo per l'élite, quello che distingue la Signora Massaia dalla massaia qualunque.»

«E fin qui» la interruppe Marco «la Cartland sembra entusiasta. Come filosofia motivazionale ci siamo.»

«Già, ma allo scopo è indispensabile lanciare un messaggio che sia all'altezza. Di grande immagine, intendo. Ecco perché ho sostituito la solita testimonial di tutti gli spot televisivi, ingenua e sciattona, con una raffinata signora che non ha bisogno di amiche furbette o suocere ipercritiche per allungare la mano sul prodotto giusto. La donna che acquista il River è autonoma, decisa, leader. Indossa begli abiti e vive in una bella casa. Il River fa parte della cornice e la porta in un mondo di perfezione che non è toccato da sanitari sudici, mariti con le camicie dai colli lerci e bambini selvaggi che vivono macchiando tovaglie e grembiulini.»

«E qui» Marco la interruppe di nuovo «la Cartland sarebbe ancora disposta a seguirti. La trovata è buona, ma l'immagine vagamente intimidatoria. Troppo raffinata, quasi incredibile.»

«Ti sembra forse credibile che possano esistere vasche da bagno incrostate di sporco o pavimenti fangosi come quelli che la pubblicità mostra? Eppure la massaia, plagiata, ci crede. Vagamente colpevolizzata, si identifica con le spot-sciattone. Perché non dovrebbe identificarsi con una testimonial intelligente e chic? Lo fa anche con le cover girl dei settimanali femminili, con le alte vampone che circonfuse da questo o quel profumo diventano padrone del maschio o di Parigi o del mondo. Il messaggio del River è vincente perché è ottimistico e rassicura.»

«E il jingle?»

Margherita fece una smorfia. «Ho scelto un orecchiabilissimo brano di Mozart ritenendolo più funzionale del solito coretto o, il cielo ci guardi, da quel rifacimento di *Old man river* proposto dalla Cartland, con un anonimo tizio che scimmiotta Sinatra. Per il nostro eccezionale fustone nulla deve essere prevedibile o già sentito. E ne sono talmente convinta che, se non riuscirai a convincere la Cartland, preferisco passare la mano. O hai anche tu delle perplessità?» concluse guardandolo dritto in faccia.

Marco notò per la prima volta che la Ollian aveva gli occhi verdi. «Il guaio è» rispose ridendo «che le mie riserve sono cadute. Sono più o meno d'accordo con tutto ciò che dici.»

«Dove sta il guaio?»

« Ho l'impressione che il marketing della Cartland non sia all'altezza della tua campagna. E temo che tra due giorni, quando quei signori verranno in agenzia con la certezza di trovare proposte alternative, saranno molto delusi nel constatare che non ve ne sono. »

« Vuoi dire che mi sosterrai a spada tratta? »

« Proprio così, mia cara. » Si alzò e le sorrise. « Hai fatto un ottimo lavoro e ti ringrazio. La prossima settimana dovrai dare una mano a Elestici e alla Rubini: hanno qualche problema con quella nuova linea di solari e... »

Margherita restò seduta e lo guardò perplessa. « Mi imbarazza intervenire sul lavoro degli altri, soprattutto se è già stato impostato. Non hai una cremina o un biscotto o un frutto tropicale tutto per me? »

Marco gettò un'occhiata all'orologio. « Margherita, il nostro è un lavoro di équipe e devi abituarti a collaborare con gli altri. Il River è stato un episodio eccezionale. »

La ragazza si decise ad alzarsi e con un sorriso di ostentata rassegnazione disse: « Okay, capo, cercherò di adeguarmi ».

Restato solo, Marco chiamò il capo dell'ufficio marketing della Cartland per chiedere se poteva passare dai loro uffici. Di regola era lui a ricevere i clienti in agenzia, ma l'esperienza gli aveva insegnato che nei casi più difficili derogare costituiva un'ottima tattica. Giocando in casa, l'interlocutore era psicologicamente meglio disposto: più rilassato, più cordiale, meno sulle difensive.

E difatti il capo del marketing si mostrò piacevolmente sorpreso della richiesta di Marco. L'appuntamento fu fissato per le quindici di quello stesso pomeriggio e, finita la telefonata, andò a comunicarlo a Margherita Ollian. « Fammi gli auguri » le disse « perché oggi ci giochiamo tutto. »

Quando uscì dagli uffici della Cartland, in piazza della Repubblica, erano ormai le otto di sera. Non aveva voglia di cenare né di ritrovarsi a tirare notte nella casa deserta cercando di concentrarsi nella lettura di un libro o di seguire il solito filmetto in TV. Aveva parecchio lavoro arretrato da sbrigare e, mentre metteva in moto l'auto, decise che sarebbe tornato per un paio d'ore in agenzia.

Ebbe un moto di disappunto quando entrò nel suo ufficio e vi trovò la donna delle pulizie, ma fu lei stessa a rassicurarlo. « Ho finito, dottore » comunicò laconica dando l'ultimo colpo di piumino alla scrivania. Uscì silenziosamente e Marco si fece un mini programma di lavoro per la serata: avrebbe cominciato a esaminare i book che la Elite e Riccardo Gay gli avevano inviato per scegliere la modella dell'antirughe solare Antigua. Occorreva un volto particolare, dalla bellezza abbagliante e senza età, ieratica e allo stesso tempo cordiale.

Dopo aver sfogliato il sesto book fu preso dallo scoraggiamento. Oppure era la sua depressione a fargli vedere soltanto facce intimidatorie, insipide o finte? Attaccando il settimo librone ricordò, allo stesso momento, che a mezzogiorno non aveva mangiato e che non aveva ancora telefonato a sua moglie. Chiara aveva trovato alloggio in una piccola ma graziosa pensione a un centinaio di metri dalla casa e il loro appuntamento telefonico era, ogni sera, alle venti.

Erano ormai le ventuno e trenta, Marco constatò, e forse Chiara l'aveva cercato a casa, preoccupata di non trovarlo. Soprassedette sia alla telefonata sia alla ricerca della modella: ciò di cui aveva urgente bisogno era un caffè. Si alzò e si diresse verso le macchinette.

Passando davanti all'ufficio di Margherita Ollian vide la luce accesa e d'istinto abbassò l'interruttore. Quella di spegnere tutte le luci era un'abitudine che, fin da piccolo, gli aveva inculcato sua madre.

« Ehi, riaccenda, per favore! »

La voce della Ollian fece quasi sobbalzare Marco. Mise il capo dentro: « Che ci fai qui? ».

« Scusami, non sapevo che fossi tu. Sto riesaminando la mia campagna, forse quelli della Cartland non hanno tutti i torti. »

Marco ridacchiò. « Forse no. Però sono riuscito a convincerli che noi abbiamo tutte le ragioni. »

La ragazza lo fissò incredula. « Cosa vuoi dire? Che oggi hai vinto su tutti i fronti? »

« Proprio così. Il marketing "accetta il rischio" di una campagna destabilizzante ma geniale. Sono parole del capo. »

Margherita si alzò d'un balzo e gli si catapultò addosso, abbracciandolo. « E lo dici così? Questo è il momento più felice della mia vita!» Lo afferrò per le spalle coinvolgendolo in una eccitata danza.

Quell'entusiasmo lo divertì molto. «Possiamo brindare con uno squisito caffè di macchinetta» propose in tono scherzoso.

Margherita lo fissò quasi offesa. «Caffè di macchinetta?! Questa è un'occasione da vero champagne. Esigo di essere immediatamente portata in un raffinatissimo locale per un sontuoso brindisi.»

«Hai cenato?» scappò detto a Marco. E prima di potersene pentire aggiunse: «Potremmo andare insieme da qualche parte».

Lei emise un provocatorio sospirone di sollievo. «Finalmente una buona idea. Cominciavo a sospettare che la genialità di Marco Zambiasi fosse usurpata fama...»

«Hai una preferenza particolare?»

«Pesce. Mi è venuta voglia di una ricca zuppa di pesce. Ti va bene il Riccione?»

«Sono genialmente aperto a tutto. Mi va benissimo, purché non perdiamo tempo.» Gli era venuta, all'improvviso, una gran fame.

Solamente due ore e mezzo dopo, uscendo dal ristorante, Marco pensò per la seconda volta che quella sera non aveva telefonato a Chiara. Ma si impedì di provare rimorso. Era stata una cena deliziosa e allegra e per la prima volta dopo mesi si sentiva rilassato, in pace con se stesso. Ritornando a casa dopo aver accompagnato Margherita si accorse di canticchiare. Senz'altro era un po' brillo. E infilandosi nel letto pensò che con tutta probabilità sua moglie non si era neppure accorta che non l'aveva chiamata.

Sperava di prendere subito sonno, e invece non riuscì. La sensazione di benessere andava via via scomparendo, sostituita da un vago senso di inquietudine e di allarme. Chiara deve tornare a casa, pensò. La solitudine mi pesa, dobbiamo ritrovarci e parlare. Ricordò il loro primo incontro a casa di zia Egle. Chiara indossava dei pantaloni scozzesi, a grandi quadri, e un enorme maglione rosso. Era stato subito colpito dai suoi movimenti aggraziati e dalla perfezione del suo profilo. Ma la ridente vivacità degli occhi e l'arruffato caschetto di riccioli neri le toglievano ogni leziosità di bambola.

Gli era bastato un quarto d'ora per capire che quella piccola ragazza era intransigente e determinata, come fatta d'acciaio. Rivoltandosi nel letto, Marco ricordò la prima volta che avevano fatto l'amore. Era successo al termine di una giornata trascorsa a Venezia, su e giù per piccole piazze e ponti, con una Chiara entusiasta e rapita. «Venissi qui per trent'anni, ogni volta scoprirei un angolo nuovo» aveva detto con la bocca piena. Chiara non poteva fare a meno di mangiare, ogni volta che qualcosa la coinvolgeva o l'appassionava: fosse un libro o un panorama o un film, tirava fuori una caramella o un sacchetto di patatine e cominciava a sgranocchiare. «È che ho bisogno di un coinvolgimento assoluto e quasi carnale» gli aveva spiegato in uno dei loro primi incontri.

Si stavano dirigendo verso piazzale Roma, naturalmente a piedi, per ritirare l'automobile dal parcheggio quando Chiara si era fermata e l'aveva tirato per un braccio. «Guarda quel balconcino, è un gioiello.»

Era al primo piano di una pensioncina, con una vecchia lanterna sopra il piccolo portone di legno scrostato. Impulsivamente lui l'aveva presa per le spalle. «Chiara, fermiamoci qui, stanotte. Ti desidero come un pazzo...»

«Anch'io» aveva replicato prima che lui potesse vergognarsi o pentirsi. Stava masticando del chewingum e lo fissava con sguardo adorante.

Era vergine, naturalmente, e piena di ritrosie e pudore. L'aveva presa sentendosi sciogliere dalla dolcezza. Quasi con commozione, Marco continuò a ricordare.

«Ti senti in colpa?» le aveva chiesto dopo. Si era sciolta dal suo abbraccio e stava scendendo dal letto con espressione accigliata.

«Mi sento assolutamente, perfettamente felice» aveva risposto in tono solenne, tornando a letto e stringendosi nuovamente a lui. Curvandosi verso il suo viso, per baciarla, si era accorto che stava succhiando una caramella. «Era l'ultima» gli sorrise porgendogli le labbra.

Deve tornare a casa, Marco si disse per la terza volta, imponendosi di non pensare più al passato. Erano ricordi che lo riempivano di una nostalgia così acuta da diventare una sofferenza insopportabile. Riuscì ad addormentarsi solo alle tre di notte, e fu, più che sonno, un dormiveglia agitato e leggero.

Si svegliò alle sette e incurante dell'ora chiamò Chiara.

«Marco, è successo qualcosa?» lei rispose dopo parecchi squilli con la voce assonnata.

«Niente. Ieri sera ho avuto una riunione» mentì sorpreso della sua disinvoltura «e non ho potuto chiamarti. Mi manchi» aggiunse dopo una breve pausa. E non mentiva, stavolta.

«Anche tu.»

«E allora, perché non pianti tutto e non ritorni a Milano?»

Fu lei, ora, a fare una breve pausa. «Piantare tutto? Non capisco... Alle nove ho l'appuntamento col fabbro e poi andrò con lui da un suo amico rigattiere che pare abbia scovato una cassapanca bellissima. Sai bene che per sistemare una casa occorre del tempo.»

«Sì. Però credo che ti stia prendendo dei tempi esageratamente lunghi» puntualizzò.

«È successo qualcosa?» lei ripeté perplessa. «C'è qualche motivo per cui debba ritornare subito a Milano?»

«Il fatto che mi sento solo e che mi manchi non ti sembra un buon motivo?» Marco replicò asciutto. Si sentiva sempre più irritato e in qualche modo malinconicamente deluso. Possibile che Chiara gli fosse così lontana da non capire?

Dall'altro capo del filo si udì una imbarazzata risatina. «Sono lusingata,» lei disse «ma devi avere un poco di pazienza.»

«Quanta? Entro quanti giorni prevedi di sistemare tutto?»

«Ma... non so. Una quindicina, direi. E poi oggi è venerdì e domani, come sempre, ci vedremo. Oppure non puoi venire a Iseo?»

«Purtroppo no, non posso» Marco rispose di getto. L'aveva deciso nel momento stesso in cui pronunciava quella frase. Al diavolo Iseo, Chiara, quella maledetta casa. Se voleva vederlo, che si spostasse lei.

E con proterva, intenzionale acredine aggiunse: «Non so neppure se questo fine settimana potrò telefonarti. Vado da un cliente che si è trasferito in campagna e non ha ancora il telefono». Stavolta fu, più che stupito, quasi divertito per l'abilità e la fantasia con qui si scopriva a mentire.

«Non preoccuparti, non ho bisogno di nulla.» La voce tranquilla di Chiara.

Provò l'impulso di strozzarla. «Ne sei sicura?» chiese con tono carico di sottintesi.

Stavolta parve riscuotersi. «Per niente» replicò. «Comunque non ho bisogno di nulla di ciò che tu possa darmi o fare per me. Devo aiutarmi da sola e qui mi sembra più facile.»

Marco si sentì di colpo meschino, e tutta la sua irritazione sparì. «Ancora una volta mi stai tagliando fuori» disse. «Sono tuo marito e ti amo. Perché non mi permetti di aiutarti?»

Un altro breve silenzio. «Non lo so. In qualche modo... ho paura di te. E non chiedermi di spiegarti, perché io stessa non lo capisco. So solamente che se tu mi mancassi sarei perduta. Il tuo amore è l'aiuto più grande che puoi darmi, Marco.»

«Vuoi che venga lì? Stasera? Subito?»

Chiara rise. «Non ce n'è bisogno, segui pure i tuoi programmi. Sto dilapidando una fortuna, e dovrai lavorare parecchio per pagare tutti i conti. Buon fine settimana, amore.»

Sabato a mezzogiorno era ancora in agenzia, deconcentrato e furioso con se stesso. Perché mai gli era venuto in mente di restarsene a Milano accampando il pretesto di un fantomatico impegno? Era stato tentato di telefonare a Chiara che l'appuntamento era saltato, ma lei avrebbe pensato a un pretesto o a un sacrificio e si sarebbe sentita in colpa.

Di andare a colazione dai suoi non aveva voglia, né poteva telefonare a Gio' o alla suocera: sarebbe stato imbarazzante se Chiara fosse casualmente venuta a sapere che lui era in città anziché in campagna dal cliente senza telefono, come le aveva detto.

A mezzogiorno e un quarto decise di tornare a casa: dopo essersi fatto un panino avrebbe approfittato di quel pomeriggio libero per riordinare la libreria e far pulizia tra le carte che si erano ammonticchiate nel suo studio.

Inserì la segreteria telefonica, prese il cappotto dall'attaccapanni e chiuse l'ufficio. L'ascensore era occupato e, dopo qualche istante, si arrestò al suo piano. Le portiere si aprirono e ne uscì Margherita Ollian. Si fissarono con identica aria di sorpresa.

«Ieri sera ho dimenticato nel cassetto un mazzo di chiavi» spiegò lei per prima, con il tono di chi deve giustificarsi, «e sono venuta a prenderle.»

«Io ho appena finito di lavoricchiare e sto andando a casa» lui disse a sua volta. Le aprì l'ufficio e sorrise: «Ti aspetto, fai pure».

Tornò dopo pochi istanti. «Chi non ha testa ha gambe, come diceva mia nonna.» Agitò allegramente il portachiavi: «Stavo partendo per Madesimo, quando mi sono accorta che non sarei potuta entrare in casa».

«Vai a sciare?» Marco si informò seguendola sull'ascensore.

«Sì. E tu come mai non sei partito per Iseo?»

Fece un gesto vago. «Avevo del lavoro da sbrigare e sono un po' stanco.»

Erano arrivati a terra. Marco aprì le portiere e la fece passare. «Dove hai parcheggiato la macchina?»

«Qui di fronte, in divieto di sosta.»

Usciti dal portone Marco si fermò. «Ti saluto, Margherita. Divertiti» aggiunse dopo qualche istante.

«Grazie. Passa un buon week-end anche tu» rispose lei tendendogli la mano.

Rimasero fermi con un vago disagio, come se non avessero alcuna fretta di dirigersi verso le rispettive macchine.

«Resti a Milano tutto solo?» s'informò lei in tono un po' troppo disinvolto.

«Già. Ma cercherò di sopravvivere.»

Un nuovo silenzio. A un tratto Margherita disse ridendo: «Al diavolo lo sci! Se la proposta non ti sembra scostumata, vuoi che rimanga a farti compagnia?».

«Più che scostumata, mi sembra una proposta suicida» si schermì Marco, inspiegabilmente sollevato ed euforico.

«Seguimi con la tua macchina» Margherita tagliò corto. «Ho in frigorifero bistecche e sugo pronto, e posso organizzare su due piedi un succulento pranzetto.»

Abitava in via Solferino, all'ultimo piano di una soffitta abusivamente ristrutturata a mansarda, come gli spiegò mentre salivano a piedi l'ultima rampa di scale. E, aprendo la porta d'ingresso, lo avvertì: «Attento a non sbattere la testa sui tubi, sono le condutture dell'acqua calda che passano sul soffitto».

Era un microscopico appartamento, non più di venticinque metri quadrati, in cui gusto e fantasia avevano compiuto miracoli. Il modernissimo divano, trasformabile in letto, era stato sistemato nel punto di pendenza più bassa e con la sua fodera color turchese costituiva un'allegra macchia di colore. L'arredamento era completato da un vecchio cassettone, un tavolo fratino che aveva tutta l'aria di essere autentico e una libreria, moderna come il divano che scorreva a nicchia sotto le pareti. Due tappetini, lampade e piccoli oggetti posati qua e là con sapiente noncuranza davano all'ambiente un confortevole senso d'intimità e di calore.

«Questo buco mi costa seicentomila lire d'affitto al mese» spiegò Margherita seguendo il suo sguardo. «Il massimo che mi sono potuta permettere. Però non manca nulla.»

Una porta scorrevole dava accesso al monoblocco della cucina laccata di rosso. Il bagnetto era alla destra dell'ingresso, anch'esso in proporzione.

Solo quando si accovacciò sul divano Marco osservò i piccoli lucernari gialli di sole e i vasi in terracotta con la macchia verde di piantine grasse ed edere ricadenti.

«Hai veramente fatto miracoli» osservò quando Margherita fece ritorno dalla cucina.

«In realtà mi sono molto divertita. Arredare una casa è l'hobby più appassionante che esista!»

«Mia moglie è della stessa idea. Sta appunto arredando la nostra nuova casa di Iseo e non mostra alcuna fretta di mollare il suo giochino.»

«In agenzia dicono che è una donna molto intelligente e molto carina.»

Marco assentì. «Ha avuto un brutto esaurimento e ne sta uscendo a fatica solo adesso» disse, subito pentito di essersi lasciato sfuggire una confidenza inopportuna.

Margherita parve capire e lasciò cadere il discorso. «Credo che l'acqua bolla. Vado a buttare la pasta e a scaldare la griglia per le bistecche.»

Tornò dopo cinque minuti. «È quasi pronto. Ti spiace prendere una tovaglia nel cassetto e cominciare ad apparecchiare? Piatti e posate sono nel cassettone.»

Vedendo l'espressione perplessa di Marco si mise a ridere.

«Ahi, ahi, qui siamo rimasti al maschilismo! Sbaglio o non hai mai apparecchiato una tavola?»

«Non sbagli» lui ammise. «Però c'è sempre una prima volta.» Più tardi, mangiando, le spiegò: «Chiara, mia moglie, ha sempre contestato la parità intesa come identici ruoli. Sostiene che imporre al maschio di lavare i piatti è un ottuso alibi per subire ben più gravi imparità».

Margherita non si curò di controbattere. Chiese invece: «Che lavoro fa, tua moglie?».

«È laureata in psicologia, ma non esercita. Un anno fa abbiamo perso un figlio e...»

Lei disse dispiaciuta: «È un brutto colpo, capisco. Quanti anni aveva?».

«Non era ancora nato. Chiara ha avuto un aborto al quinto mese.»

Margherita lo fissò perplessa. «E le è venuto l'esaurimento per questo? Un aborto non mi sembra un dramma.»

«Per lei sì. Siamo sposati da dieci anni e ancora non è riuscita ad avere un figlio. Ma forse tu non puoi capire.»

Lei alzò le spalle. «No, perché non ho la vocazione materna e non desidero bambini.»

«Quale altra vocazione hai?» Marco s'informò, lieto di poter cambiare argomento.

«Essere al centro della mia vita. Vivere per viaggiare, scoprire, creare, toccare, assaporare. Il tempo che ci è concesso è troppo breve per dedicarlo ad altre esistenze.»

«Perciò escludi l'amore, la coppia.» Sembrava scandalizzato.

«Tutt'altro! L'amore è un coinvolgimento essenziale, un sentimento che vivi in prima persona e perciò fa parte della *tua* vita. Non mangi più?»

«Grazie, ma le tue porzioni erano gigantesche.»

«Vuoi un caffè o qualcos'altro?»

«Un caffè, grazie.»

Margherita si alzò. «Sei almeno capace» chiese ridendo «di mettere in funzione lo stereo mentre spreparo la tavola e ti faccio il caffè? I dischi sono in quel ripiano.»

«Hai qualche preferenza?»

«Mozart, grazie.»

Marco constatò: «Come mia moglie. Ci fu un periodo, agli

inizi del nostro matrimonio, in cui la K466 fu il sound della nostra vita».

«Niente Mozart,» lei ordinò «detesto le atmosfere nostalgiche.»

Quando tornò con il caffè lui disse: «Per non sbagliare sono andato sul leggero: musica brasiliana, ti va?».

«Splendido.»

Finito di bere Marco guardò l'orologio. Erano le tre e mezzo.

«Hai fretta di scappare?»

«No, ma non vorrei sciuparti il pomeriggio, dopo aver mandato a monte il tuo fine settimana.»

Margherita sprofondò nel divano, la testa reclinata sullo schienale. «Me lo sciuperesti soltanto andandotene» disse a occhi socchiusi. «Sai bene che sono rimasta a Milano per te.»

Marco si sentì suo malgrado turbato. «Sono un uomo noioso e...»

«Sei un uomo eccezionale» lei lo interruppe con voce tranquilla, continuando a tenere gli occhi socchiusi.

«Mi lusinghi...»

«Non startene lì rigido e sulle difensive. Rilassati.» Allungò una mano e lo spinse verso lo schienale.

Marco si alzò di scatto, sentendosi un idiota. «Devo proprio andare, Margherita.»

Si alzò anche lei. «Hai paura di me. Perché?»

Marco si decise a guardarla e vide che negli occhi di lei non c'erano né provocazione né ironia. «Perché ho troppi problemi per crearmene un altro, Margherita» disse serio.

«Capisco. Mi dispiace.» Appariva, di colpo, vulnerabile e disarmata.

Marco allargò le braccia e se la strinse contro con una sensazione di felicità e di calore che, quasi, lo stordì.

Lentamente, cautamente, le sollevò il viso e la baciò. Le braccia di Margherita gli circondarono la vita e il suo corpo gli aderì contro. Gli sembrò di essere sospeso in una dimensione irreale, di perdersi in quel corpo.

Fu lei a divincolarsi, con dolcezza. «Credo proprio che tu debba andare, Marco.»

X

Il lunedì mattina, alle dieci, ci fu una riunione di tutto lo staff. Il laboratorio aveva consegnato il video con il filmato definitivo della nuova campagna Dupont e come sempre, prima di convocare il cliente, Marco voleva esaminarlo con tutti i collaboratori. Capitava spesso che qualche piccolo ritocco, come un taglio, rendesse il ritmo più serrato o eliminasse una involontaria smorfia nel sorriso della modella rendendo lo spot perfetto.

Marco entrò in sala riunioni emozionato e imbarazzato a un tempo all'idea di rivedere Margherita. Ma la ragazza entrò col primo gruppo e lo salutò con la naturalezza di tutte le mattine, come se avesse dimenticato quel che era accaduto. Si sedette, come sempre, alla sua sinistra e seguì attentamente la proiezione. Quando fu finita, fece un paio di osservazioni condivise da tutti. Vedendo che Marco cercava un bicchiere, glielo riempì di acqua minerale e glielo porse con un sorriso gentile.

La riunione finì poco prima dell'una, e il timore che nell'intervallo lei entrasse nel suo ufficio si rivelò infondato. Marco mangiò, da solo, il solito tramezzino che la segretaria gli portò; e più tardi, passando davanti all'ufficio di Margherita per andare a bere un caffè, vide che era vuoto: spesso andava a far colazione con i colleghi in una tavola calda poco distante.

Nel pomeriggio convocò Elestici per una messa a punto del programma Antigua, siglò le note spese e le fatture del teatro di posa, ricevette due nuovi clienti, dettò alcune lettere alla segretaria, ascoltò due nastri per la scelta di un jingle. Le otto e mezzo di sera arrivarono in un baleno. Stava per andarsene, quando gli venne in mente che non aveva ancora telefonato a Chiara. Tornò a sedersi e fece il numero.

Venne a rispondere subito. «Ciao, amore, come è andato il fine settimana in campagna?» gli chiese.

Per qualche istante Marco non capì. «Bene» rispose dopo una breve esitazione. Già, il fine settimana dal cliente senza telefono. «E tu come stai? La casa come va?»

«Ho trovato la famosa cassapanca: quel rigattiere si sta rivelando prezioso, ha rilevato tutto l'arredo di una vecchia cascina e ci sono alcuni mobili che vorrei farti vedere.»

«Certo. Che tempo fa lì?»

«Splendido. Il giardino comincia a riempirsi di gemme ed è un incanto.»

«Finita la casa, intendi dedicarti ad alberi e aiuole?» s'informò Marco accorgendosi d'essere stato, suo malgrado, polemico.

Chiara lo rimarcò subito. «Non capisco questo tuo tono, ogni volta che parliamo della casa. Bisogna ben sistemarla, no? Certo che mi dedicherò anche al giardino, da due anni nessuno ci ha messo mano e...»

«Bene, ci sentiamo domani sera. Scusa il tono, ma sono molto stanco. E ritornare in una casa abbandonata e deserta non mi è di grande aiuto.»

Riattaccò, prima che lei potesse replicare, con un "ciao" a cui si sforzò di trasmettere un poco di calore.

Chiuse l'ufficio, scese in garage e risalì in strada con la macchina. Ritrovarsi solo in via Alberto Mario lo incupiva davvero. E lo rendeva furioso. Chiara è diventata la peggiore nemica di se stessa e del nostro matrimonio, pensò. Ho bisogno di lei e lei non c'è. Le sto chiedendo aiuto e non capisce.

Arrivato davanti al cancello, stabilì che non aveva voglia di aprirlo per portare la macchina in garage. La parcheggiò in bilico tra marciapiede e strada, chiuse le portiere ed entrò in casa. Come accese la luce, la prima cosa che vide fu un mazzo di fiori colorati ridicolmente enorme. Angelica li aveva messi, ancora avvolti nel cellophane, in un secchio di plastica: in effetti non c'era vaso o brocca che potesse contenerli.

Chi diavolo poteva averli mandati? Aprì il biglietto graffato insieme al fiocco. «*È il primo giorno di primavera e ti amo. Margherita.*»

Marco lo rilesse più volte combattuto tra incredulità, stordimento e rabbia. Quando quella violenta ondata di sensazioni si ritrasse, capì di essere semplicemente felice. D'impulso, senza riflettere, spense in fretta la luce, chiuse la porta d'ingresso dietro di sé e raggiunse la macchina. Aprì la portiera, infilò la chiave d'accensione e partì.

«Scusami» lei disse aprendogli la porta, a occhi bassi.

Senza dire una parola Marco la strinse a sé, il cuore che gli martellava e uno sfibrante, urgente desiderio di toccarla, baciarla, annullarsi in lei.

«Scusami,» Margherita ripeté, il viso sulla sua spalla, «non avrei dovuto...»

«Nemmeno io. Ma adesso sono qui, e non voglio parlare.»

«Ti amo, Marco. Mi dispiace, ma è successo» disse con voce di pianto, finalmente guardandolo.

Non poteva più aspettare. Con un sospiro simile a un gemito la sollevò tra le braccia e la trasportò sul divano. Lei vi si allungò docilmente guardandolo con aria d'attesa. Si sfilò i pantaloni e si gettò sul suo corpo spinto da una forza incontrollabile, con un senso d'ineluttabilità che lo fece sentire sdoppiato e come in trance.

Erano sue le mani che annaspavano tremanti nel pullover di lei, all'ansiosa ricerca dei suoi seni? Erano sue le labbra di fuoco che percorrevano con piccoli baci le labbra, il viso, il collo di quella gemente e abbandonata dea? Erano sue le dita che, imperiose come artigli, le strappavano via le mutandine?

La penetrò con forza, sollevandole i fianchi, smanioso di possederla, annientarla, fondersi in lei. «Guardami» le ordinò.

Gli occhi di Margherita bruciavano della sua stessa smania e non poté trattenere un grido. La prese in fretta, sempre più in fretta, affondandosi in lei con grandi colpi selvaggi. Lei aveva allargato le cosce attorno ai suoi fianchi, tenendole serrate come morse, e a Marco sembrò che i loro corpi si fossero saldati. La sua eccitazione divenne incontenibile. Non ho mai, mai provato qualcosa di simile, si disse quasi spaventato quando arrivò al culmine del piacere.

Margherita restò immobile sotto di lui. C'era qualcosa di solenne e di cupo nel suo viso acceso dalla passione e Marco ebbe l'impressione di essere stato risucchiato da lei. Le baciò gli occhi e le cercò avido le labbra, sentendo il desiderio arrivare di nuovo.

« Sono pazzo di te » disse con voce roca.

« Anch'io » lei rise. E non fu la dea gemente e immobile la Margherita che si sollevò dal divano denudandosi lentamente e rigettandosi famelica sul suo corpo. Si ritrovarono, madidi e sfiniti, sulle soglie dell'abisso. Raggiunsero l'orgasmo insieme, e lui di nuovo pensò che mai aveva provato un piacere tanto sconvolgente.

« Ti senti in colpa? » chiese Margherita più tardi, accarezzandogli il viso.

« No. Mi sento soltanto bene. »

« Purtroppo non durerà » lei mormorò con triste voce profetica.

Durò, invece. Nei giorni che seguirono Marco si sentì lucido, efficiente, sereno. In agenzia lui e Margherita si comportavano con la naturalezza di sempre: scherzavano, discutevano, andavano a bere il caffè insieme. Soltanto alla sera si salutavano con un cenno d'intesa. Lei usciva con i colleghi e lui, poco dopo, scappava via per raggiungerla, non senza aver fatto la solita telefonata di saluto a Chiara. Aveva preso l'abitudine di dormire da Margherita. Talvolta non cenavano neppure: come lui entrava, lei gli si buttava tra le braccia e lo guidava verso il divano, già aperto e pronto per la notte.

Il venerdì successivo tornò in via Alberto Mario per prendere della biancheria pulita e per avvertire Chiara che neppure quel week-end avrebbe potuto raggiungerla.

Con suo grande sollievo lei non si lamentò né lo costrinse a inventare delle scuse plausibili. « Non preoccuparti, » gli disse « mi ha appena telefonato Gio' che domattina verrà a trovarmi e si fermerà a Iseo fino a domenica sera. Non sono sola. »

« La casa come procede? »

« Bene. Alla metà della prossima settimana farò una scappata a Milano: mancano alcuni mobili e vorrei che tu mi accompagnassi a sceglierli. Pensi che potrai trovare un pomeriggio libero? »

«Certo. Ma fammi sapere quando arrivi. Buona domenica, cara.»

«Non potrai telefonarmi, domani sera?» Chiara chiese esitante.

«Tra due ore parto per Roma» improvvisò lui.

«Oh. Buon viaggio, allora.»

Aveva appena riattaccato che il telefono squillò di nuovo. Era Margherita. «Ancora lì? Ti sto aspettando» disse con voce impaziente.

«Credo che stasera non potrò raggiungerti» si sorprese a dire, altrettanto stupito per aver pronunciato quella frase e per aver preso quella istantanea decisione.

«Nooo! Che cosa è successo?»

«Ti dirò domattina. Domattina presto sarò da te» Marco rispose in fretta, incapace di inventare qualcosa di meno vago e, soprattutto, di spiegarle ciò che neppure lui riusciva a spiegarsi.

Aveva bisogno di stare solo, ecco tutto. Suo malgrado, la telefonata con Chiara gli aveva lasciato un confuso disagio. E si sentiva, all'improvviso, molto stanco. Una buona dormita, ecco di che cosa aveva realmente bisogno.

Angelica gli aveva lasciato sul tavolo della cucina uno stentato e ambiguo bigliettino. *Lei non cè mai e la casa e pulita, la prossima settimana non vengo tanto è inutile. O fatto le spese e il frigor e pieno.*

E così, Marco pensò, Angelica-la-volpe si era accorta che da alcune sere lui dormiva fuori casa. La sensazione d'allarme passò subito: non era da lei fare pettegolezzi o intromettersi in faccende che non la riguardavano e c'era da giurare che non si sarebbe lasciata sfuggire alcun commento con Chiara o con sua suocera.

Il sollievo di questa riflessione fu brevissimo. Tra pochi giorni Chiara sarebbe venuta a Milano, sia pure per "una scappata", e ciò gli causò un disagio quasi fisico.

Aprì il frigorifero e si versò un Martini. Non sarò capace di guardarla negli occhi, si disse. Né di fare l'amore con lei, realizzò cinicamente portando il bicchiere alle labbra.

Margherita gli era entrata nel sangue, non poteva desiderare altro corpo che non fosse il suo, vasto e vibrante. Non vi era nulla di fragile, in lei, e solo con lei aveva scoperto che il sesso era impeto, urgenza, vita. La protezione e la dolcezza con cui, per dieci anni, aveva posseduto sua moglie gli sembrarono sensazioni remote e quasi malate.

Si versò un altro Martini sperando che la tensione si allentasse. Era così che Chiara aveva cominciato a bere, tanti mesi prima? Il ricordo dei suoi occhi infelici e vuoti lo paralizzò. Sono un miserabile verme, si disse vuotando il bicchiere nell'acquaio.

Fu in quel momento che il campanello d'ingresso suonò. E suonò ancora, subito dopo, imperiosamente. È successo qualcosa a Chiara, pensò agghiacciato mentre si dirigeva verso la porta.

« Non potevo aspettare domattina. » Era Margherita, il viso arrossato per l'emozione e la corsa. « Che cosa è successo? »

Ho lasciato il cancello aperto, lui pensò guardandola, incapace di muoversi e di rispondere.

« Che cosa è successo, Marco? » ripeté lei. Poi, con un sussurro spaventato: « Oddio, è arrivata tua moglie? ».

« No. »

« Mi fai entrare? »

« Scusa » lui disse facendosi da una parte.

Lei buttò la giacca su una sedia e gli allacciò le braccia al collo. « Quando ti ho telefonato ho creduto di impazzire. Perché non sei venuto? »

« Sono stanco e... »

« Sst! Ora sono qui e non voglio sapere altro » disse strusciandogli il viso con la punta del naso.

Vergognandosi di se stesso, lui si accorse che tristezza e cattivi pensieri erano stati spazzati via dall'arrivo di Margherita. L'abbracciò con un sospiro. « Quando ci sei tu, non esiste niente altro » disse.

Lei rise e si sciolse, sollevata, da quel tenero cerchio. « Dobbiamo proprio restare qui in piedi, nell'ingresso? »

Si accorse, con orrore, che l'aveva presa per mano e la stava conducendo nella stanza da letto. Nel letto di Chiara, pensò mentre si buttava su di lei con la solita sensazione di implacabile ineluttabilità.

« È stato bellissimo » sospirò più tardi Margherita, rivestendosi. Era venuta in via Alberto Mario in taxi e Marco si rivestì a sua volta per riaccompagnarla a casa. Grato che non gli avesse chiesto di fermarsi a dormire lì.

Quando furono sull'auto, lei gli si raggomitolò contro. «Non mi staccherei mai da te. È come se... se ti fossi incollata addosso.»

«Hai cenato?» lui chiese, accorgendosi all'improvviso di avere fame.

«No, e tu?»

«Neppure io. Vuoi che ci fermiamo a mangiare un boccone?»

«Sì, se troviamo qualcuno che ci dia da mangiare a quest'ora.»

Era quasi mezzanotte, Marco realizzò con sorpresa. «Forse al Santa Lucia troveremo un tavolo libero» disse.

La vide molto dopo essersi seduto. Troppo tardi per ritrarre la sua mano da quella di Margherita e per simulare la solita cena di lavoro. Gio', sua cognata, era con alcuni amici a un tavolo poco distante, proprio di fronte a lui. Da quanto tempo lo stava guardando?

Le fece un cenno di saluto miserevolmente disinvolto e ricordando che al mattino dopo Gio' sarebbe andata a Iseo, e che lui aveva detto a Chiara di essere in partenza per Roma, avvertì un senso di catastrofe. Il pensiero che neppure Gio', come Angelica, avrebbe parlato non gli fu stavolta di alcun sollievo.

Era ciecamente entrato nella schiera dei mariti bugiardi e infedeli. E nello squallido tunnel dell'omertà e delle piccole cautele: da allora in avanti avrebbe dovuto controllarsi, evitare gli amici, girare al largo dalle strade e dai ristoranti del centro.

Oppure prendere una decisione e uscire allo scoperto?, si chiese spaventato.

Chiara gli telefonò il lunedì sera e Marco capì subito, cosa di cui era peraltro certo, che la gemella non le aveva fatto cenno di ciò che aveva visto. Gli preannunciò che sarebbe arrivata a Milano l'indomani, nella tarda mattinata e l'avrebbe raggiunto in ufficio. Il suo tono era quello fiducioso e quieto di sempre. «Ho voglia di rivederti» gli disse riattaccando.

E lui? Non lo sapeva. Alle venti uscì dall'ufficio e andò direttamente a casa di Margherita. « Domani arriva mia moglie » le disse quando ebbe finito di cenare « e per qualche giorno non potremo vederci. »

« Capisco. Prima o poi, comunque, tornerà per sempre e dovremo cercare di organizzarci in altro modo » replicò tranquillamente.

« Scappando nell'ora di colazione in un motel? Inventando convegni e clienti fuori città? » Marco si accorse di aver alzato la voce.

« Non saremmo i primi » lei disse con lo stesso tono.

« E tutto questo non ti umilia? »

Margherita lo fissò imperturbabile. « Lo sapevo dall'inizio che eri un uomo sposato. Ed è un problema tuo, non mio, barcamenarti nella clandestinità. Sempre che lo desideri » aggiunse alzandosi da tavola.

Marco la seguì e la prese per le spalle. « Sai bene che lo desidero. Ma mi sento umiliato: soprattutto per te. »

Lei rise e si sollevò sui piedi sfiorandogli la fronte in un tenero bacio. « Lascia che questo sia un problema mio, tesoro. »

« Ho quattordici anni più di te e non posso fare a meno di sentirmi responsabile. Rischio di rovinarti la giovinezza. »

« Oh oh, ha parlato il babbo! Preoccupati di non rovinarmi la serata, invece. Ho una pazza e incestuosa voglia di te » disse stringendoglisi contro.

La trappola ha funzionato, Marco pensò lasciandosi guidare verso il divano. Basta che Margherita mi sfiori perché io perda la testa. La spogliò in fretta, gli occhi nei ridenti ed eccitati occhi di lei, e quando entrò nel suo corpo provò l'ormai familiare smania di annullarsi in lei e un esaltante senso d'onnipotenza.

Tornò in via Alberto Mario alle sei del mattino. Si fece un caffè, poi andò in bagno a cambiarsi e a fare una doccia. Prima di buttare la camicia nella cesta dei panni sporchi si accertò che non vi fossero macchie di rossetto, e fu un gesto istintivo che lo fece sentire, una volta di più, un miserabile uomo.

Rasandosi, notò che aveva la pelle grigiastra e due cerchi scuri sotto agli occhi. Emozioni e notti d'amore avevano lasciato il segno. L'idea che tra poche ore avrebbe rivisto Chiara gli causò disagio e panico.

Devi prendere una decisione, grand'uomo, si disse. Non hai la statura dell'adultero e proseguendo così rischi un infarto.

Alle otto andò in ufficio, ma continuò a guardare l'orologio incapace di concentrarsi. Alle dieci Vianello, l'amministratore, gli portò il preventivo dello spot televisivo per la Cartland contestando alcune voci su cui, secondo lui, la Ollian aveva esagerato con le spese. Fu indispensabile chiamarla, e quando entrò nel suo ufficio Marco non capì se era più ammirato o inferocito per il suo self-control.

La ragazza che soltanto quattro ore prima si dimenava nuda e gemente contro il suo corpo aveva ora un sorriso distaccato ed efficiente. Ascoltò con aria attenta, controbatté ora polemica ora ironica, difese a spada tratta quelli che per l'amministratore erano "costosi orpelli" e per lei essenziale ambientazione.

Marco finì suo malgrado per essere coinvolto dalla discussione e solo quando la segretaria entrò annunciando che era arrivata sua moglie si rese conto che quella riunione durava da oltre due ore e mezzo.

Era distesa e con la faccia abbronzata, notò subito. E indossava un giaccone rosso che non le aveva mai visto.

Si alzò e l'abbracciò affettuosamente. «Ti trovo in ottima forma» disse.

Si era alzato anche Vianello, e mentre tendeva la mano a Chiara con i convenevoli di rigore Marco intercettò l'occhiata di Margherita. Non poteva non presentarla.

«Questa è la collaboratrice che ha sostituito Giusi Lozza» disse, pregando tra sé di avere il tono fermo e disinvolto.

«Mio marito mi ha parlato di lei» Chiara le sorrise.

«Le ha detto che sono la sua maggior fonte di problemi e guai?» Margherita replicò tendendole a sua volta la mano.

Per una frazione di secondo Marco si sentì agghiacciare, ma Margherita precisò: «Anche ora, stava risolvendo una grana creata da me». Ovviamente si riferiva al lavoro. O no? Gli parve di aver captato una certa sfrontatezza, nel tono di lei, e la precisazione era arrivata dopo una pausa troppo lunga.

«Mi dispiace avervi interrotto» stava dicendo Chiara. «Proseguite pure, non ho alcuna fretta.»

Fece per uscire, ma Marco la trattenne: «È quasi l'una, e inoltre abbiamo finito».

Margherita si intromise pronta. E rivolgendosi a Chiara disse con un perfetto e cordiale sorriso: «Vuol venire a colazione con me, mentre suo marito mangia in ufficio il suo solito tramezzino?».

«Non oggi» Marco disse. «Oggi vado al ristorante con mia moglie.»

Il suo tono, secco come una staffilata, stupì e mise evidentemente a disagio Chiara. «Ti ringrazio...» gli sorrise incerta. «E ringrazio anche Margherita. Ma perché non viene a mangiare un boccone con noi?»

Con orrore Marco udì la ragazza replicare allegramente: «Volentieri, se non disturbo. Corro a prendere la giacca». E sparì.

«Vieni anche tu, Vianello?» Marco chiese all'amministratore.

«Mi farebbe molto piacere, sul serio» precisò Chiara.

«Purché possa essere di ritorno prestissimo: alle due e mezzo ho un appuntamento» Vianello rispose.

Andarono in un piccolo ristorante poco lontano, senza pretese ma veloce. La presenza dell'amministratore aiutò Marco a rilassarsi, e poco dopo notò con soddisfazione che Chiara sembrava aver ritrovato l'appetito di un tempo. «Ti trovo in ottima forma» le ripeté.

«Tu no» sua moglie rise sollevando gli occhi da una gigantesca cotoletta alla milanese. «Hai la faccia grigiolina e tesa di chi dorme poco e lavora troppo.»

Margherita le rivolse un sorriso amichevole: «È quello che gli dico anch'io. Temo davvero che trascorra le sue notti in modo poco ortodosso, cosa che succede ai mariti quando restano soli».

Marco sperò che Chiara non raccogliesse la malizia né avesse intercettato l'occhiata di quella pazza, carica di sottintesi. Non raccolse, infatti.

Ricambiando il sorriso amichevole di Margherita sua moglie ribatté: «Lo so, ma tra due settimane al massimo la casa di Iseo sarà finita e tornerò definitivamente a Milano. Non ci saranno più straordinari» soggiunse.

Marco sussultò, ma subito si dette del pazzo. Sua moglie

non poteva sapere, né la sua ultima frase avere un intenzionale doppio senso.

« Spero che a lavori finiti mi inviterà a Iseo » disse Margherita. « Adoro il lago e le vecchie case. »

« Può contarci. »

« Lei è psicologa, vero? »

« Più che altro, laureata in psicologia. Per il momento non esercito né lavoro » precisò.

« È un peccato » osservò Margherita. « Per quanto un marito e una casa possano darle da fare, penso che un'occupazione extradomestica sia molto più stimolante. A meno che una donna non abbia una viscerale vocazione per il ruolo di madre. »

Vipera, Marco pensò con furia omicida.

Chiara tagliò con cura l'ultimo pezzo di cotoletta e, alzando gli occhi su di lei, rispose gentilmente: « Questa vocazione l'avevo, soltanto che non ho potuto avere figli ».

In quel momento suo marito l'adorò. Era la dignitosa e fiera ragazza di un tempo. E fu sconvolto da quel *non ho potuto*, un verbo al passato che sottintendeva la rassegnazione definitiva, la fine di ogni speranza. Avrebbe voluto prenderla tra le braccia e cullarla, e consolarla, e dirle quanto l'amava. Si limitò a prenderle una mano e a stringergliela con tenerezza.

La cameriera arrivò con la frutta e Chiara ritrasse con naturalezza la mano.

Vianello guardò l'orologio: « Un caffè e poi devo correre in ufficio. Tu cosa fai, Zambiasi? ».

« Vi abbandono. Ho promesso a mia moglie di andare con lei a scegliere i mobili. »

« Se hai da fare, » disse Chiara « vado da sola. Puoi accompagnarmi domani, o in un altro momento. »

« No, mi sono organizzato per avere questo pomeriggio libero e non ci sono problemi. »

Margherita fu l'ultima ad alzarsi. « Se crede, » disse rivolta a Chiara « domani potrei accompagnarla da un mio amico che ha un piccolo negozio d'antiquariato e dei mobili molto interessanti. Se Marco mi lascia libera per qualche ora, s'intende. »

« Grazie, ne approfitterò. Col permesso di Marco, s'intende » Chiara ripeté con tono diligente.

In corso Garibaldi trovarono una cassapanca dell'Ottocento

lombardo, in via Torino un vecchio grande armadio che incantò Chiara per la linea solida e armoniosa.

«A questo punto basta coi vecchi mobili» disse al marito mentre rientravano a casa. «Se sei d'accordo, vorrei una stanza da letto funzionale e un moderno, comodissimo divano. Domattina andrò per negozi a vedere qualcosa e nel pomeriggio potrei telefonare alla tua collega: chissà se quel suo amico antiquario ha qualche oggettino grazioso.»

XI

Chiara ripartì per Iseo il giovedì mattina alle otto, con la sua Panda, e per tutta la strada si concentrò nella guida scacciando *quel* pensiero. Soltanto quando fu arrivata, e dopo aver aperto le imposte celesti lasciando che il sole inondasse la bianca casa, si sentì al sicuro e poté lasciarsi andare a quell'incredibile e sconvolgente realtà: Marco aveva una relazione.

Nel momento stesso in cui le aveva presentato Margherita Ollian, aveva avvertito qualcosa di stonato nel tono disinvolto di lui. E l'assurdo sospetto aveva preso corpo in pochi minuti: le allusioni e la gentilezza di quella ragazza erano sopra le righe e le brusche reazioni di Marco erano il comportamento di un uomo impaurito e in colpa.

Gli occhi le bruciavano e richiuse le imposte. La penombra l'avvolse tagliando fuori il sole, le colline, le insidie del mondo esterno. Si sedette sulla lastra del camino, i gomiti puntati sulle ginocchia, e cercò di riprendere il controllo delle proprie emozioni.

Marco si era comportato come tutti i mariti lasciati troppo a lungo soli. Probabilmente era stata proprio la solitudine a spingerlo verso quella ragazza. Non mi piace, Chiara pensò con distaccata obiettività. È aggressiva e sfrontata e c'è una luce inquietante nei suoi occhi esaltati. Ma è certamente esperta nei giochi d'amore.

Il pensiero di suo marito che annaspava ansimante sul corpo di un'altra donna la fece stare fisicamente male. Calmati, si impose. Respirò a fondo, respingendo la tentazione di urlare, vomitare, piangere. Calmati, si ripeté, dieci anni di matrimonio non si buttano via per un'avventura e soltanto questo è successo: Marco si è concesso una scappatella e tu non sei la prima moglie che per intelligenza e autodifesa deve chiudere gli occhi.

Oh, se li aveva chiusi, in quei giorni! Il ricordo della prima sera le bruciava ancora. Tornati dal lungo pomeriggio trascorso a girare per negozi, lei era andata in cucina a preparare un boccone, in cuor suo delusa che Marco non avesse proposto un'intima cenetta fuori. E quando era entrata in soggiorno per dirgli che era pronto in tavola, lo aveva trovato che dormiva profondamente sul divano.

Il riposo del guerriero, aveva pensato furiosa. Ma l'aveva riscosso con garbo, quasi con dolcezza. «Che ore sono?» Marco aveva chiesto.

«Le otto. La cena è pronta.»

Si era alzato quasi di scatto, l'espressione improvvisamente sveglia e, ricordò Chiara, curiosamente dolente. «Tesoro, ho ricordato solo ora che fra mezz'ora ho un appuntamento. Torno prestissimo, non preoccuparti» aveva detto in fretta.

Era tornato all'una di notte, invece, il volto ancora più stanco. Lei aveva finto di dormire e lui non l'aveva svegliata. Il pomeriggio dopo si era offerto generosamente di accompagnarla in un nuovo giro di negozi: era chiaro che voleva impedirle di uscire con Margherita Ollian. Si erano fermati a cenare al Toulà e lui si era mostrato così tenero e premuroso da farle dimenticare la paura, la rabbia, i cattivi pensieri. E quando erano andati a letto, l'aveva presa tra le braccia e avevano fatto l'amore con l'abbandono e la passione dei giorni felici.

È stato solo ieri, ieri sera, Chiara pensò. Solo ieri sera, tenendomi stretta contro di sé, mi ha detto «Ti amo, ti amo». Il ricordo della sua voce, piena di dolcezza, le sciolse il nodo di gelo.

Devo tornare presto a Milano e dimenticare quel che è successo. È me che Marco ama, non Margherita Ollian. Nelle coppie esistono violenze ben peggiori di una sbandata, tentò di convincersi. Si alzò e andò ad aprire le finestre. La primavera era esplosa ed era una splendida giornata.

Mezzogiorno. Chiara era certamente già arrivata a Iseo, Marco pensò. Benché sapesse che era una guidatrice molto abile e prudente, per tutta la mattina era rimasto con una sotterranea ansia. «Sono i sensi di colpa, e non l'amore, a rendere apprensivi e impauriti» gli aveva spiegato sua moglie tanti anni prima.

Anche la psicologia può sbagliare, Marco si disse. Io amo Chiara e tremo all'idea di perderla. Era stato il terrore a farlo correre da Margherita, la sera in cui era ritornato a casa dopo l'acquisto della cassapanca e dell'armadio. Riemergendo da un sonno di piombo, aveva improvvisamente ricordato il pericolo che incombeva su di lui. Il giorno dopo Margherita sarebbe uscita con Chiara e, ne era certo, la bomba sarebbe esplosa.

Aveva rozzamente improvvisato un pretesto per uscire ed era corso in via Solferino.

«Ti aspettavo» Margherita gli aveva detto, immobile sull'uscio. Non vi erano stati frenetici abbracci stavolta.

Lui l'aveva spinta da un lato con malgarbo, chiudendo la porta con un colpo secco. «Sei stata incosciente e perfida» ringhiò.

«Hai conosciuto la parte migliore di me...»

«Non ho voglia di scherzare, Margherita. Sono venuto solamente per dirti che la nostra relazione è finita.»

«Marco, ti amo...»

«Io no, invece. Ti sei comportata in modo indegno.»

Lo aveva fissato con aria indifesa, gli occhi improvvisamente pieni di lacrime. «Oggi, per la prima volta nella mia vita, mi sono sentita umiliata» sussurrò. «E anche impaurita e gelosa. Tua moglie è molto bella» aggiunse infantilmente.

«È soprattutto buona e civile. Non merita lo squallore di un tradimento.»

«E a me non pensi?» Gli si era aggrappata alla manica della giacca, piangente. «Ti prego, rifletti, ti giuro che da ora in avanti sarò saggia e prudente. Non mi comporterò più... in modo indegno. Devi credermi.»

Lui scosse la testa. «È finita, Margherita. Mi dispiace.» Era tornato a casa con una stanchezza di morte. Chiara fortunatamente dormiva e lui si addormentò a sua volta subito. Al mattino dopo si era svegliato tardi e aveva indugiato a lungo prima di andare in ufficio. Benché Margherita gli avesse giurato di non far più follie, non escludeva affatto la possibilità di qualche imprudenza o qualche pazza frecciatina di fronte ai colleghi.

Invece dovette ancora una volta, e suo malgrado, ammirare la sua professionalità e il suo autocontrollo. Neppure il più malizioso e attento degli impiegati avrebbe potuto sospettare che tra il capo e la Ollian esisteva, o meglio era esistito, qualcosa più d'un rapporto di amichevole collaborazione.

La segretaria lo distolse dalle sue elucubrazioni. « Le ricordo che all'una ha quella colazione al Saint Andrews » gli disse affacciandosi sulla porta.

« Grazie, vado subito. »

Uscendo dall'ufficio si imbatté in Margherita. Era con Franco Elestici, il primo dei creativi che aveva assunto fondando la sua agenzia, e stavano ridendo. « Vieni a mangiare un boccone con noi? » Margherita gli chiese col tono d'una collega gentile.

« Grazie, sto scappando a un appuntamento » rispose nello stesso tono. Salì in ascensore con un dilagante senso di sollievo. Il pericolo era scongiurato, lei si stava davvero comportando con buonsenso e buon gusto.

Quando tornò in ufficio, dopo la colazione di lavoro, al sollievo si era aggiunta la soddisfazione: il contratto con le Vetrerie Venete era praticamente cosa fatta. Alle sedici gli telefonò Giovanna, sua cognata: « Possiamo cenare insieme, stasera? ».

« Certo, Chiara è ripartita e sono un forzato della solitudine » rispose calorosamente. Solo più tardi ricordò quella maledetta sera al Santa Lucia, lui e Margherita mano nella mano e gli occhi di sua cognata fissi su di loro.

Ma è acqua passata, si disse scacciando quel momentaneo senso di disagio. Alle sette e mezzo, prima di uscire dall'ufficio, chiamò Chiara. Sì, aveva fatto buon viaggio. Sì, aveva avuto una bella giornata e i primi mobili sarebbero arrivati l'indomani.

« Mi manchi pazzamente, Chiara. Torna presto » disse a un tratto.

« Anche tu » lei sussurrò, con una piccola voce intima ed emozionata.

L'appuntamento con Gio' era in un piccolo ristorante dietro il Cordusio e lui arrivò con dieci minuti di anticipo. Ordinò un Martini e aveva appena bevuto il primo sorso che sua cognata fece ingresso nel locale. Guardandola dirigersi verso il tavolo, per una frazione di secondo ebbe l'impressione di vedere Chiara. Viste da lontano, le due sorelle erano straordinariamente simili. Ma, man mano che Gio' si avvicinava, la rassomiglianza spariva. La sua andatura era più veloce, la linea del mento più decisa, lo sguardo più diretto e attento.

«Ciao,» gli disse sedendosi «è molto che aspetti?»

«Non più di cinque minuti. Ho appena telefonato a Chiara» sentì il bisogno di aggiungere.

Il cameriere si avvicinò con la lista, scelsero il primo piatto poi scese un breve silenzio tra loro. Fu lui a romperlo. «Chiara sta bene e assicura che tornerà presto» disse riprendendo il discorso di prima.

Sua cognata gli inchiodò lo sguardo in faccia. «Presumo che tu non sia molto orgoglioso di quello che le stai facendo.»

Per un istante fu tentato di mentire, di tergiversare. Scosse tristemente la testa. «No, infatti. Ma è stata una sbandata brevissima e senza alcuna importanza.»

Gio' parve apprezzare la sua sincerità, perché il suo sguardo si addolcì. «Capisco. Quando ti ho visto con quella ragazza avrei voluto odiarti, invece ho provato soprattutto una grande tristezza. Chiara non è stata molto amabile, in questi ultimi tempi. E neppure molto vicina.»

«Amo molto tua sorella» Marco sentì l'urgenza di precisare. E aggiunse: «Lei non ha alcuna colpa di quanto è successo. Come hai detto tu, non ne sono affatto orgoglioso: mi umilia anzi moltissimo essere entrato, sia pure per poco, nella schiera dei mariti che tradiscono con il meschino alibi della moglie che non li capisce e li trascura».

«L'importante è che sia finita» tagliò corto Giovanna. Il sollievo della sua voce era tale che si permise di aggiungere scherzosamente: «Comunque quella ragazza era molto bella e molto... disponibile. Ieri sera l'ho vista al cinema. Era seduta accanto a me, avviticchiata a un giovanottone biondo che aveva a sua volta l'aria molto disponibile e intraprendente».

Franco Elestici, pensò Marco, subito accorgendosi di aver pensato a voce alta.

«Prego?»

«Quel giovanottone intraprendente è un creativo della mia agenzia» dovette spiegare. Il tempestivo arrivo dei tagliolini al salmone mise provvidenzialmente fine a un discorso che si profilava piuttosto imbarazzante.

Nei giorni che seguirono apparve chiaro che tra Margherita e Franco Elestici era esploso un idillio. Vivevano praticamente in simbiosi: lei si era provvisoriamente trasferita nell'ufficio di lui perché stavano lavorando insieme alla realizzazione di uno spot. E insieme entravano, uscivano, andavano a colazione e a prendere il caffè: tutti intime risatelle e maliziose occhiate d'intesa.

Si era consolata molto presto, si trovò a pensare più volte Marco, non riuscendo a capire se la cosa gli dava più fastidio o sollievo.

Un pomeriggio Margherita venne nel suo ufficio per fargli vedere due situazioni che, secondo lei, sarebbe stato meglio modificare. «Rallentano il ritmo del filmato e, per di più, deconcentrano dal prodotto» osservò.

«Hai delle proposte alternative?»

Margherita aggirò la scrivania e gli venne accanto. «Ho qui un paio di schizzi: devo avvertirti però che comportano, se decidi di realizzarli, almeno cinque giorni di lavoro supplementare e una trentina di milioni extra budget.»

«Il contratto Antigua ce lo consente» lui rispose brevemente, osservando con attenzione i bozzetti. Come sempre, Margherita aveva fatto centro: era geniale e concreta, decisamente un ottimo acquisto per l'agenzia.

«Bene,» disse restituendole il materiale e sollevando il viso su di lei «hai l'okay per partire. Dillo pure al tuo Elestici.»

Margherita non raccolse. «Ne sarà felice» replicò girando nuovamente lungo la scrivania.

Era arrivata alla porta quando Marco si lasciò scappare: «Mi fa piacere che tu sia riuscita a consolarti così in fretta».

Lei si arrestò. «E chi ti dice che mi sia consolata?» Credeva che sarebbe tornata indietro, che avrebbe aggiunto qualcosa. Invece agitò una mano in un disinvolto "ciao ciao", di saluto e sparì, chiudendo silenziosamente la porta alle sue spalle.

Marco si sentì furioso, soprattutto con se stesso. Sto cadendo come un cretino nella logora trappola della femmina che fugge e del maschio che insegue, pensò. Il marito pentito e pieno di esemplari proponimenti è diventato di colpo un ometto ingelosito, offeso e pronto a riacchiappare la preda. Si aggrappò al pensiero di Chiara e gli venne in mente, con infinito sollievo, che era venerdì e l'indomani l'avrebbe raggiunta a Iseo. La casa era praticamente sistemata, e quello sarebbe stato l'ultimo weekend di trasferta: alla metà della prossima settimana sua moglie sarebbe tornata definitivamente a Milano.

Quella sera si recò a cena dai suoi e andò a letto molto presto. Quando si svegliò, alle sei e mezzo, piovigginava. Era una grigia giornata che sembrava di novembre, anziché di aprile. Si fermò due volte lungo l'autostrada, per bere un caffè, e alle nove, imboccando la statale verso Iseo, si sentì immalinconito e vuoto. Una fitta pioggerellina picchiava sui cristalli e gli alberi in fiore gli venivano incontro fradici e senza allegria. Il lago era plumbeo e immobile e Chiara lo accolse avvolta da un informe maglione e con il naso gocciolante.

«Mi sono presa un brutto raffreddore» disse abbracciandolo. I mobili erano arrivati e sistemati, il camino acceso, l'atmosfera d'insieme calda e già vissuta, ma Marco non riuscì a farsene coinvolgere. Andarono a colazione in un ristorante in riva al lago e Chiara, dopo essersi sforzata di tenere viva la conversazione, finì di mangiare silenziosamente.

Nel pomeriggio lo portò a visitare il prato e la spiaggetta dietro alla casa. «Quando c'è il sole» gli spiegò «è un paradiso.»

Ma con la pioggia tutto appariva spettrale e senza vita.

Chiara continuava a tossire e a soffiarsi il naso. Andarono a letto alle nove, dopo aver mangiato un panino, e fu con enorme sollievo che udì sua moglie dire, spegnendo la luce: «Ho molto sonno. Buonanotte, amore».

Pioveva anche il giorno dopo. Alle nove Chiara gli portò il caffè a letto e lui vi poltrì fino alle dieci. Quando si alzò, lei stava guardando un telefilm. Le si sedette accanto e cercò di concentrarsi anche lui. All'una uscirono per mangiare un boccone e Marco si accorse che continuava a guardare l'orologio. Alle cinque del pomeriggio, un'ora che gli parve decente, disse: «Dovrei rimettermi in strada. Non vorrei trovare troppo traffico».

Ripartì con una inspiegabile fretta e si ritrovò a fare un paio di sorpassi imprudenti e inutili. Rallentò fino al casello d'ingresso dell'autostrada, poi schiacciò di nuovo l'acceleratore. Le corsie erano quasi deserte ma, dopo Bergamo, improvvisamente si intasarono di traffico. Al casello d'uscita dovette fare dieci minuti di coda.

Erano le sette quando si trovò in via Castelfidardo. E si rese conto che stava puntando, implacabilmente e direttamente, verso la casa di Margherita.

Salendo a piedi la familiare rampa che portava verso la soffitta-mansarda non si sentì né eccitato né in colpa. Quello che stava facendo era come la pioggia o il vento o l'alternarsi delle stagioni: naturale e inevitabile.

E quando Margherita aprì la porta, senza dirgli nulla, sul volto di lei scorse la stessa assenza di sorpresa.

«Sei tutto bagnato» gli disse facendolo entrare e aiutandolo a sfilarsi il trench.

«Sono qui» disse lui, come se non fosse evidente.

Lei allargò le braccia e lo cinse in un amorevole cerchio: «Ti aspettavo».

Più tardi, premendo selvaggiamente il corpo di lei contro il suo, madido Sisifo eccitato sul vano sforzo di annientarlo in un possesso supremo, si chiese come aveva potuto pensare di vivere senza Margherita.

«Ti amo» lei gemette squassata dagli imperiosi, implacabili colpi di lui. E Marco credette, la schiena scossa dai brividi dell'orgasmo, di aver finalmente raggiunto l'annientamento supremo.

Chiara tornò a casa nel primo pomeriggio di giovedì e Marco si impose di raggiungerla al più presto. Si sentiva in quello stato di grazia che rende generosi e disponibili. Oppure, egoisticamente, non voleva essere richiamato alla realtà da sospetti e malinconici silenzi? Se lo chiese aprendo il cancello di via Alberto Mario e salendo la breve scala verso il portone d'ingresso.

Sua moglie gli venne incontro con un sorriso di piacevole sorpresa. «Oh, credevo che saresti rientrato molto più tardi.»

La abbracciò e la baciò sulle guance. «Come potevo, sapendo che eri qui?» disse, accorgendosi con sollievo di quanto poteva essere facile mentire.

Se ne rese conto anche quando andarono a letto. Allungò una mano verso di lei, per attirarsela contro, e quando sentì il corpo di Chiara docile e pronto riuscì a fare l'amore naturalmente e dolcemente, sbalordito di provarne un autentico piacere.

Riuscì a raggiungere Margherita soltanto due giorni dopo, nel primo pomeriggio di sabato, spiegando alla moglie che doveva fare una scappata in ufficio per un colloquio con un disegnatore che intendeva assumere. Lei non sospettò nulla.

E come avrebbe potuto?, pensò Marco, due ore dopo, rimettendosi in moto verso casa. Ho imboccato con destrezza la via dell'adulterio. Riesco a mentire, a simulare e a controllarmi senza sforzo. Le mie premure sono spontanee, i miei gesti impeccabili, le mie parole sempre giuste. Margherita accetta gli incontri al volo, rassicurata dalla mia passione, e Chiara vive la nostra quotidianità rassicurata dalla mia disponibilità e dai nostri tranquilli amplessi.

Prima di scendere dalla macchina controllò nello specchietto che non fossero rimasti dei fili biondi sulla giacca o delle macchie di rossetto sulla camicia. Se Chiara avesse solo sospettato, sarebbe stata la fine. E se la lasciassi, si disse sfilando la chiave dal cruscotto, ne morirebbe. Un giorno o l'altro, si disse, tutto questo finirà comunque e sarò costretto a decidere. Questo pensiero lo colpì allo stomaco come un pugno. L'idea di una decisione lo atterriva. Ma ad atterrirlo era, realizzò stordito, soprattutto l'idea di dover rinunciare a Chiara.

«Com'è andato il colloquio?» lei gli chiese appena entrò in casa.

La prese tra le braccia senza rispondere. «Ti amo» le disse. E non mentiva. La amo davvero, pensò, è una parte troppo importante di me stesso e della mia vita. Per un istante credette, come san Paolo sulla via di Damasco, di essere stato folgorato dalla verità. Ma l'euforia svanì subito. Non poteva vivere senza Chiara, ma neppure rinunciare a Margherita. E tutto sarebbe continuato così, nella lacerazione e nel compromesso.

XII

Ventun giugno, primo giorno d'estate. La sveglia suonò, come ogni mattina, alle sette. Marco andò in bagno, fece la doccia e raggiunse Chiara in cucina per la colazione. Sembrava l'inizio di un giorno come gli altri.

Ma non lo era. Lo capì un'ora dopo, entrando nel suo ufficio. Margherita lo stava aspettando, seduta nella poltrona davanti alla scrivania. L'affanno che Marco provò era sproporzionato al timore che qualche impiegato potesse sorprenderli ed era esagerata anche la sorpresa di trovarla lì, cosa che non era mai accaduta.

«Devo parlarti» gli disse con voce inespressiva, senza alzarsi.

Marco sfilò la giacca e l'appese sull'attaccapanni, poi andò a sedersi con una sensazione di imminente catastrofe, accanto a lei, in silenzio.

«Ho deciso di lasciare l'agenzia» Margherita disse «e sono venuta a darti le dimissioni.» Nella sua voce, adesso, c'era un tono di distaccata freddezza.

Marco parve non capire. «Dimetterti? E perché?» Emise un profondo sospiro. Aveva capito. Il momento che temeva era arrivato, la sua armoniosa doppia vita stava per finire: Margherita non l'accettava più e stava dignitosamente ritirandosi.

Si sentì afferrare dal panico. *Non poteva* lasciarlo, per la semplice ragione che lui *non poteva* starle lontano. «Dimetterti? E perché?» ripeté come un idiota, per prendere tempo.

«Perché sono incinta» rispose lei, stavolta alzando gli occhi. «Entrerò in ospedale la settimana prossima per l'aborto, ma non credo che dopo riuscirò a vederti e a lavorare qui.»

Marco ebbe l'impressione di essere catapultato in una dimensione irreale, tra sentimenti sconosciuti. Provò felicità e angoscia, sbigottimento e paura, incredulità e affanno: ma con una violenza e una contemporaneità che gli tolsero il fiato.

Gli occhi di Margherita, sempre fissi su di lui, lo strapparono da quel vortice.

«Non voglio che tu abortisca» le disse, e fu la prima realtà di cui ebbe la certezza.

«Ma io *non voglio* un figlio» fu la risposta di lei. «L'idea di avere un figlio mi fa sentire spaventata e in trappola» spiegò dopo una breve pausa.

La sua espressione adesso era proprio quella di una bambina impaurita e Marco sentì l'impulso di abbracciarla e confortarla. Si alzò e, cingendole le spalle, sussurrò: «Non devi avere paura, ci sono io». La confusione era sparita e si sentiva, di colpo, determinato e lucido.

«Ma tu sei sposato» Margherita sottolineò con una infantile vocina di pianto «e qualunque aiuto possa darmi, non basta per farmi cambiare idea. *Devo* abortire, non sono nata per fare la madre... la ragazza madre.»

«Parlerò con Chiara e verrò a vivere con te. Tu e il bambino ora siete la mia famiglia e quando sarò libero ti sposerò.»

«Non posso accettare tutto questo» lei disse senza alcuna convinzione, stupita e come soggiogata dal tono grave di lui.

«E io non posso fare altro. Il bambino che aspetti ha reso soltanto più urgente una decisione che avrei comunque finito per prendere.»

E questa, realizzò Marco mentre parlava, era la seconda cosa di cui era certo: Margherita era il presente e Chiara il passato. Con il passare degli anni lui e sua moglie avevano esaurito i sentimenti che li univano. Malinconie, silenzi e delusioni avevano trasformato il loro matrimonio in una abitudine senza stimoli né gioia. Succedeva a tanti, era successo anche a loro.

«Quando le parlerai?» chiese Margherita.

«Stasera stessa.» E questa era la terza cosa certa.

«Come pensi che reagirà?»

Marco sospirò e allargò le braccia. «Non lo so. Probabilmente se ne farà una ragione: è troppo sensibile e viva per non capire che il nostro matrimonio è finito e che la mia vicinanza la stava spegnendo ogni giorno di più.» Ma era vero?

Entrò in casa alle diciannove e trenta e Chiara, che stava telefonando a sua sorella, gli fece un gesto di saluto mandandogli un bacio con la punta delle dita. Andò in bagno e, mentre rientrava in soggiorno, la udì ridere.

«Ora ti lascio, Gio', è arrivato mio marito» disse dopo qualche istante.

Si accorse in quel momento che indossava una camicetta nuova ed era andata dal parrucchiere. Per di più sembrava di ottimo umore. Ma il momento di sollievo fu sostituito da un vago senso di vergogna e gli venne in mente la barzelletta di quel marito che rientrando a casa chiede alla moglie: "Stai bene, amore?". E alla risposta di lei "Mai stata così bene in vita mia", le dice sadicamente: "Bene, allora è il momento migliore per annunciarti che tuo padre ha avuto un infarto".

«Marco, cosa fai lì impalato?» lo riscosse Chiara. Si avvicinò al tavolino, prese un piccolo pacchetto regalo avvolto in carta color rosa, e glielo infilò in mano. «Sai che giorno è, oggi?»

Poiché lui esitava, Chiara disse ridendo: «È un qualunque giorno in cui mi sento molto felice. E per festeggiarlo ho prenotato un tavolo fuori».

Ora, si ordinò Marco posando automaticamente il pacchetto sul divano. «Devo parlarti, Chiara.»

«Non possiamo farlo al ristorante?»

«No.»

«Marco... è successo qualcosa?»

Gli sembrava di aver già vissuto un momento simile, ma non ricordava quando e come. «Non è successo niente. Vuoi sederti?»

«Credo di potermi reggere sulle gambe, se davvero non è successo niente.»

Era la donna dignitosa e composta che per anni aveva adorato e la consapevolezza che stava per perderla lo rattristò. Non meritava l'ipocrisia di lunghi preamboli, né lui si sentiva nello stato d'animo di farne.

«Chiara, dobbiamo lasciarci» disse a testa bassa, con una desolazione che lo stupì.

«*Dobbiamo* perché?» Era la voce attonita di lei.

Marco alzò gli occhi e subito li riabbassò. «Ho una relazione con una ragazza e...»

« Margherita Ollian? Credevo che fosse finita. »

Più che il gelo della voce fu la sorpresa a colpirlo. Come era possibile che Chiara sapesse?

« Alza gli occhi e guardami. È di lei che stai parlando? » lo richiamò.

Quel tono lo inchiodò. « Sì, è di lei che parlo. »

« E hai continuato a vederla anche in queste settimane, dopo che io sono tornata da Iseo? » Era implacabile e non gli dava tregua.

« Sì, mi vergogno profondamente, ma è successo. Sono innamorato di lei e... »

Chiara sembrò disinteressata al seguito della frase. « Pochi mesi ti bastano per averne la certezza? »

« Sì, sono sicuro. E inoltre lei aspetta un bambino. » Gli sembrò di essersi scaricato di un peso sovrumano, ma fu un sollievo tanto enorme quanto breve. Sua moglie lo stava fissando con un'espressione di tale orrore da averne i lineamenti contorti. La vide inghiottire a vuoto come se le mancasse il respiro e la prese per le spalle, spaventato. « Non toccarmi » lei ringhiò, dandogli una spinta.

« Ti prego, Chiara, non fare così. »

« Non dirmi che cosa devo fare! In tutte queste settimane hai continuato a mentirmi e a ingannarmi. Solo due sere fa hai fatto l'amore con me ripetendomi quanto mi amavi... » Si interruppe con un grido lacerante simile a un singhiozzo e cominciò improvvisamente a colpirlo, i pugni chiusi, in faccia, sulle spalle, sul petto.

Lui restò immobile, senza neppure tentare di sfuggire a quei colpi. Sembrava una belva. A un certo punto prese una lampada e gliela scaraventò addosso. E poi cominciò a lanciare per aria tutto quel che le capitava sotto mano, ricoprendolo d'insulti.

Quando non vi fu più nulla da rompere sembrò calmarsi di colpo. A testa alta si diresse verso il telefono e fece un numero. « Gio', sei tu? » chiese, con voce normalissima. « Dovresti passare a prendermi, subito. Marco sta per avere un figlio da una puttana di cui si è innamorato e io voglio tornare a casa. Sì, subito, grazie. Vado a fare la valigia » annunciò infine deponendo il telefono e scansandolo sgarbatamente con una mano.

«Ti telefonerò nei prossimi giorni... Ti manderò le tue cose e...»

«Non telefonarmi *mai più*. E butta via tutto. Non voglio *niente* che mi ricordi te o questa casa.»

Diede un calcio a un pezzo di vaso e sparì nella sua stanza. Uscì, una piccola sacca in mano, nel momento in cui squillava il campanello.

«Non scomodarti ad accompagnarmi, conosco la strada» sibilò dirigendosi verso l'anticamera. Passando davanti al divano si curvò e prese il pacchetto che poco prima lui aveva lasciato cadere. Stupidamente Marco notò, mentre sua moglie lo infilava nella sacca, che era legato con un allegro fiocco, rosa come l'involucro.

Sentì sbattere la porta dell'ingresso e poi il cancello aprirsi e richiudersi cigolando. Si guardò intorno e gli sembrò d'essere sopravvissuto al giudizio universale. Era rimasto solo in un mare di disordine, di cose spostate, di cocci.

Una settimana dopo Giovanna gli telefonò in ufficio comunicandogli di mettersi al più presto in contatto con il loro avvocato. Gli parlò in modo impersonale e sbrigativo, ma prima che riagganciasse lui riuscì a chiederle: «Come sta Chiara?».

«Benissimo, grazie.»

Sua moglie aveva presentato la domanda di separazione consensuale e aveva già firmato una delega affinché, con un finto atto di vendita, la casa di Iseo e metà della villa di via Alberto Mario tornassero interamente a lui. Non voleva gli alimenti, né la restituzione degli oggetti e pezzi d'arredamento che le appartenevano.

Questo distacco fu, per Marco, un insulto che lo inferocì e servì a distrarlo dai sensi di colpa.

Tramite il proprio avvocato, impose che la casa di Iseo restasse alla moglie non intendendo essere economicamente beneficiato dalla separazione.

Il giudice li convocò in udienza tre mesi dopo e la separazione fu verbalizzata e ufficializzata. Chiara evitò di rivolgere la parola al marito e, persino, di salutarlo.

PARTE TERZA

Margherita

XIII

Margherita affondò la testa nel cuscino, ma era impossibile non sentire che Sara continuava a piangere. Piangeva giorno e notte, ma neppure col pianto quella gracile bimba di sei mesi riusciva a esprimere imperiosità e vigore: era un insopportabile e flebile mugolio molto simile a un lamento.

«Basta!» Margherita urlò. Naturalmente Sara non smise e, per la sesta volta, lei dovette alzarsi. Accese la luce e si curvò sulla culla, ai piedi del lettone. La piccola aveva perduto il succhiotto e Margherita glielo infilò in bocca rabbiosamente, scrollandole le piccole spalle. «Basta!» urlò di nuovo. La bimba sputò il ciuccio e ricominciò a piangere. Non chiedeva niente, non voleva niente: a volte sembrava che con quei mugolii volesse, semplicemente, esprimere il fastidio di essere nata.

Il pensiero sconvolse Margherita che sollevò sua figlia dalla culla e se la strinse contro ricoprendola di baci. Sotto la fronte rotonda, troppo rotonda, si allungavano le fessure di due occhietti nerissimi e assorti. Le gote erano ossute, il naso schiacciato, la bocca un roseo bottoncino informe che, quando si dischiudeva, si piegava tristemente all'ingiù.

A volte Margherita pensava che forse sarebbe stata più tenera se avesse avuto una figlia rosea, sorridente e rotonda come negli spot dei pannolini o del borotalco. Amare un bambino bello è più facile?, si chiese. Forse sì: perché proiettandosi in lui una madre si sente gratificata e rassicurata; perché la bellezza intenerisce e affascina.

Stretta contro la madre, Sara continuava a piangere e lei si sentì improvvisamente intenerire da quel visetto raggrinzito e da quei bui occhietti lamentosi. «Stai buona, piccolina, stai buona» la cullò.

Poi la depose adagio nella culla e tornò a sdraiarsi nel letto. Marco era ad Amburgo e la vista del suo posto vuoto la immalinconì. Nei primi mesi della loro convivenza lo aveva accompagnato spesso nei suoi spostamenti di lavoro, ma da quando era nata la bambina non era stato più possibile: soprattutto perché la casa in cui abitavano era troppo piccola per ospitare una bambinaia fissa che durante la sua assenza accudisse Sara.

Era stato, quello, il loro primo e fortunatamente unico litigio. Escluso che potessero abitare nel buco di via Solferino, avrebbe voluto cominciare la vita con lui nella villa di via Alberto Mario. Era grande, confortevole, circondata dal verde. Ma non c'era stato verso di convincerlo.

« Lì ho abitato per dieci anni con Chiara » lui aveva spiegato torvamente « e non capisco come non ti senta a disagio alla sola idea di poter vivere in casa di un'altra. »

« È casa tua, intestata a te! E non ho questi stupidi sentimentalismi. »

« Non è sentimentalismo, è sensibilità e buon gusto. Io voglio vivere con te e con il figlio che nascerà, non con i fantasmi del passato. E con questo il discorso è chiuso. »

« Perché non la vendi, visto che ti ripugna continuare ad abitarci? »

« Perché mio nonno la lasciò a me e un giorno io la lascerò a mio figlio. Le case di famiglia non si vendono. »

In attesa di poterne comperare o affittare una adatta, si erano provvisoriamente trasferiti in questo costoso bilocale che a Margherita, talvolta, sembrava una lussuosa galera. Né lui né lei avevano il tempo di mettersi alla ricerca dell'ormai mitica abitazione ideale, e chissà per quanto tempo ancora sarebbero dovuti rimanere lì.

Sara aveva ripreso il suo sommesso piagnucolio e Margherita volò sulla culla, afferrò la figlia e sollevandola per aria cominciò a scuoterla come una bambola di pezza. « Non ne posso più, finiscila. *Finiscila*, hai capito? »

La rigettò nella culla e, coprendosi le orecchie, scappò in cucina. Spostò una sedia e si sedette, posando le braccia sul tavolo e affondandovi la testa. Non ne posso più, pensò, scoppiando in lacrime. Odio il lavoro perché al mattino vado in agenzia morta di sonno e non ho più stimoli né idee. Odio Marco perché è sempre calmo e gentile e non capisce quello che sto passando. Odio Sara perché la amo con tutta me stessa, ma non riesco a essere una buona madre e ciò mi causa dei sensi di colpa che mi rendono aggressiva e violenta.

Il pianto della piccola si era fatto più forte, ora, e Margherita tornò nella stanza in singhiozzi. La prese in braccio e la mise nel suo letto. Poi si curvò su di lei, i gomiti puntati, e piansero insieme.

La bambinaia si chiamava Dina. Arrivava al mattino alle otto, puntuale come un orologio, e andava via alle sei e mezzo del pomeriggio. Aveva quarant'anni, i modi garbati e i gesti esperti. Talvolta a Margherita veniva il sospetto che non avesse molta simpatia per lei, ma mostrava un tale attaccamento per la bambina che non vi faceva caso.

« È lei a trasmetterle agitazione, » le diceva « i bambini sentono tutto. » E quando tornava a casa, all'una, regolarmente l'accoglieva con aria di disapprovazione. « Perché non se ne resta tranquilla in ufficio? Questo correre avanti e indietro stanca lei e non serve a Sara. »

Ma serviva a lei. Aveva un bisogno quasi fisico di vedere la bambina, e più di una volta, durante la mattinata, le capitava di interrompere ciò che stava facendo chiedendosi se Sara stava bene. E subito telefonava a casa, agghiacciata dal sospetto che fosse caduta dalla culla, che il cuscino l'avesse soffocata.

Anche quella mattina Dina arrivò alle otto in punto. « Ha una faccia orribile » osservò appena entrata e lei non capì se era una frase gentile o sgarbata.

« Sara ha pianto sempre. »

« Ha provato a darle due dita di camomilla? O un goccio d'acqua? Voi mamme dimenticate che i bambini piccoli hanno spesso sete. »

« Me ne ricorderò. Vado a prepararmi, pensa lei a cambiare Sara? »

« Stia tranquilla. E non serve che mi telefoni ogni ora per sapere se sta bene. »

Uscì di casa alle otto e mezzo e alle nove arrivò in agenzia. Davanti all'ascensore incontrò Teresa e Paolo, due colleghi, e quando ne uscirono andò a bere il caffè con loro. In questo senso, almeno, era irreprensibile. Nessuno poteva insinuare che essere la donna del capo l'avesse resa altezzosa o le conferisse qualche privilegio: aspettava come tutti che Marco potesse riceverla, bussava prima di entrare, accettava le sue contestazioni o i suoi rimbrotti, era collaborativa e sempre rispettosa del lavoro altrui e si guardava bene dall'interferire gratuitamente.

Avrebbe voluto, di tanto in tanto, a turno, invitare a cena qualche collega, ma Marco detestava mondanità e formalismi. Fin dalle prime settimane della loro convivenza si era accorta che praticamente non aveva amici, e quando glielo aveva fatto notare lui aveva replicato: «Passo l'intera giornata tra riunioni e colazioni di lavoro: quando smonto, desidero solamente rilassarmi e starmene in pace a casa mia».

Quando ebbe finito il caffè, Margherita si congedò da Paolo e Teresa e andò nel suo ufficio. Uno dei più grossi orafi di Valenza Po si era rivolto all'agenzia con un proposito molto ambizioso: uscire dal ricco anonimato di produttore e grossista per diventare una firma del gioiello. Marco l'aveva passato a lei e, tre giorni prima, aveva avuto un lungo colloquio con il nuovo cliente.

Serafin, così si chiamava, era un uomo sui cinquant'anni dal fisico imponente come un armadio. Nel volto tondo e rubizzo spiccavano però due piccoli occhi tondi che sprizzavano caparbietà e attenzione. Le sue idee erano molto chiare. «Voglio diventare il Bulgari del ceto medio, cioè della gente qualunque che entra in oreficeria per un battesimo, un compleanno, un anniversario» le aveva spiegato. «È un mercato con una sola legge, quella del peso. Il marito che vuol comperare un collier alla moglie o la madrina che deve regalare la medaglietta al figlioccio, prendono in mano il monile e lo soppesano senza neppure sapere da dove viene e chi l'ha fatto: il solo valore è quello dell'oro.»

Serafin voleva che la sua produzione acquistasse un valore aggiunto, quello della griffe. E aveva spiegato ancora: «Da Cartier o Bulgari o Faraone in giù c'è il vuoto: io voglio occuparlo. Mantenendo i miei prezzi ai livelli medi, e perciò in concorrenza con l'anonima oreficeria venduta a peso, voglio che la gente preferisca la mia perché creata da Serafin. Una firma che si distingue e dà prestigio al dono».

Aveva osservato lei: «Il prestigio deriva soprattutto dal prezzo: Versace non sarebbe Versace se un suo abito costasse come quello di un grande magazzino. È anche il prezzo a creare lo status symbol, il sogno. Senza contare che il lancio pubblicitario comporta di per sé grossi ricarichi sul costo originale».

Serafin aveva scosso la testa: «Troppo facile diversificarsi alzando i prezzi. Lei non si preoccupi dei ricarichi, ho margini di guadagno sufficienti per mantenere gli stessi cartellini. Il suo compito è lanciare la mia firma facendomi restare concorrenziale».

Da tre giorni, la scrivania invasa da fotografie, libri, ritagli e dépliant, Margherita si era catapultata nel mondo dell'oro alla ricerca dell'idea geniale per creare il marchio Serafin.

Marco, affidandole quel cliente, non aveva mostrato alcun dubbio che ci sarebbe riuscita. Fino a che punto ha capito, si chiese a un tratto, quanto mi sento vuota e in crisi? Le venne quasi da ridere: travolto dalla mia vitalità ha lasciato la spenta moglie per ritrovarsi accanto una spenta amante.

Sarebbe tornato da Amburgo tra due giorni. Di Chiara non aveva più parlato, come se non fosse mai esistita. Casualmente, da un'amica che conosceva Giovanna, lei aveva saputo che era tornata a vivere in casa della madre e che era stata ricoverata per tre mesi in una clinica svizzera. Chissà se anche Marco l'aveva saputo. E chissà se di tanto in tanto aveva qualche crisi di rimorso o di nostalgia. Apparentemente no. Era sempre gentile e paziente. E la desiderava come agli inizi della loro relazione.

Ma Margherita, a volte, provava un sottile senso di angoscia: c'era qualcosa di asettico, nel loro rapporto. Persino con la figlia Marco non aveva mai un atteggiamento che tradisse una particolare emozione. Le sorrideva, la prendeva in braccio, ma sempre con quella dannata irreprensibilità di padre perfetto.

Sei un'isterica visionaria, si riprese con durezza. Marco si è rivelato l'uomo forte e affidabile che ti colpì fin dal primo incontro. Avresti forse preferito scoprire insicurezza e fragilità insospettate? Ritrovarti accanto un uomo lacerato da sensi di colpa e malinconie? No, si disse. Vorrei soltanto avere la certezza che la sua serenità è autentica. Vorrei che a unirci fosse qualcosa di più profondo del sesso: i soli momenti di certezza sono quelli in cui allunga le mani verso di me e mi attira contro il suo corpo con desiderio, con urgenza.

La fotografia di Serafin le sorrise da un dépliant e Margherita rabbrividì: guai se il pubblico avesse associato quel faccione di contadino rozzo e sempliciotto ai raffinati monili che stavano per essere lanciati. Ma sarebbe stato troppo facile, sospirò, se Serafin avesse avuto l'altero fascino di Armani e i suoi gelidi azzurri occhi assorti in un mondo di inafferrabile perfezione.

Devo lavorare esclusivamente sul marchio, si disse. Inventare il Bulgari dei poveri, ridacchiò tra sé, concentrandosi finalmente sul lavoro.

Marco arrivò da Amburgo la sera dopo, in anticipo, e le telefonò da casa. «Ancora lì?» chiese allegramente.

Guardando l'orologio, Margherita si accorse che erano quasi le venti e alla gioia di sentire la voce di lui si aggiunse l'affanno: la bambinaia era certamente innervosita e impaziente di andarsene. Il loro accordo era stato preciso sin dall'inizio: soltanto *eccezionalmente* Dina avrebbe potuto fermarsi dopo le diciotto e trenta, ma da qualche tempo lei spesso rincasava con oltre un'ora di ritardo.

Chiuse l'ufficio e volò a casa. Dina aveva affidato la piccola a Marco e se n'era andata.

Lo trovò in cucina con Sara in braccio, intento a darle la pappa. Corse ad abbracciarlo. «Perché non mi hai avvertito che saresti tornato un giorno prima?»

«All'ultimo minuto è saltato un appuntamento e sono corso all'aeroporto. Buona, buona, Sara.» La bimba aveva cominciato a dimenarsi: fissava il cucchiaino con le piccole labbra all'ingiù, in una smorfia di pianto.

«Dalla a me. Tra mezz'ora la metto a dormire e poi ti preparo la cena.»

Andarono a tavola che erano quasi le dieci. Marco aveva l'aria stanca e dalla camera da letto proveniva il piagnucolio della piccola che, come sempre, aveva sui nervi di Margherita l'effetto di una carta vetrata. «Dovremmo cambiare casa e assumere una donna fissa» lei si ritrovò a dire, subito furiosa con se stessa: non era certo il momento più opportuno per riaprire una vecchia polemica.

« Se andrà in porto l'accordo coi tedeschi, tra due anni sarò in grado di comperare un appartamento nuovo. »

Anziché provare sollievo per il tono tranquillo di Marco, che non aveva evidentemente raccolto la polemica, Margherita si infuriò. « E pensi che io resista in questa situazione per altri due anni? »

« Non mi sembra il caso di parlarne adesso, tesoro. Sono esausto. »

« E io no? Da sei mesi non ho potuto dormire una sola notte senza essere svegliata da Sara. Qui manca lo spazio vitale, non si respira. » Poiché lui taceva, aggiunse: « Se solo potessimo ospitare una donna fissa, tutti i problemi si risolverebbero ».

« Lo so. Ma per il momento *non possiamo.* »

« Se solo non avessi comprato quella maledetta casa sul lago d'Iseo! Tu ti sei indebitato, e quella signora non ci ha mai più messo piede. »

« Come lo sai? » C'era un tono raggelante, in quell'interrogativo.

« L'ho saputo da un'amica di tua cognata, la Terenghi. Ma... »

« E che cos'altro hai saputo? »

Margherita fece una spallucciata. « Niente. Lasciamo perdere, abbiamo scelto il momento peggiore per affrontare questo discorso. »

« L'hai scelto tu, non io. E ne approfitto per pregarti di star lontana da pettegolezzi da cortile. La casa di Iseo appartiene a Chiara e può farne ciò che vuole. Noi abbiamo la nostra vita e lei la sua: che non deve riguardarci. Intesi? »

E Sara continuava a piangere. Margherita si alzò di scatto e corse dalla bambina, che non si acquietò neppure quando accese la luce e la sollevò dalla culla. La fissava con occhi assenti, come se fosse estranea al suo stesso insistente, querulo mugolio. Margherita le pizzicò un braccio con forza. « Vuoi smetterla, infernale creatura? »

« Che cosa fai, te la prendi con lei, ora? » Marco le era giunto alle spalle e sembrava più triste che infuriato. Le tolse la bambina dalle braccia e le circondò le spalle. « In un modo o nell'altro, vedrò di risolvere al più presto il problema della casa. Vai a letto, adesso, penso io alla piccola.»

Margherita si addormentò di colpo. E quando si svegliò erano le tre di notte. Marco, al suo fianco, dormiva. Si stupì di non averlo sentito venire a letto. Ma quante cose non sentiva e non capiva più?

Per la prima volta le venne da pensare a Chiara con pena: aveva provato anche lei questo senso di desolazione, questa affannosa paura di aver sbagliato tutto?

Non resistette all'impulso di svegliarlo. Lo scosse per un braccio e lo chiamò due volte. Lui aprì gli occhi e la guardò. «Cosa c'è, Margherita?»

«Niente. Volevo solo dirti che ti amo. Scusami per ieri sera, sono stata...»

La prese tra le braccia. «Scusami tu. Dovevo capire molto prima il problema della casa e tutto il resto. Ma forse una soluzione c'è.»

L'ho ritrovato, niente di irreparabile è accaduto, Margherita si disse con eccitata beatitudine quando lui fu sopra di lei e la raccolse sospirando contro di sé.

Lo seppe due giorni dopo, per caso, dalla signora Teresa. Contrariamente al padre, la madre di Marco le aveva mostrato fin dall'inizio una grande simpatia. «Mio figlio aveva bisogno di una ragazza attiva e ottimista come te» le aveva detto in uno dei primi incontri. «Non è che Chiara non mi piacesse,» si era affrettata a precisare con aria complice «ma sapevo che prima o poi Marco si sarebbe stancato di lei. Non aveva interessi, era una ragazza apatica che aveva fatto di Marco il centro dell'universo e ha finito con l'asfissiarlo.»

La signora Teresa sembrava molto affezionata a Sara e, a differenza di suo marito che mostrava verso la nipotina un interesse strettamente doveroso, veniva almeno una volta alla settimana a vederla, e telefonava spesso per chiedere come stava.

Fu durante una di queste telefonate, tra una chiacchiera e l'altra che a un certo punto Teresa disse: «A proposito, sono molto contenta della decisione di Marco, anche se mi comporta un certo trambusto...».

Di che cosa stava parlando? Il suo silenzio dovette essere piuttosto lungo, perché la donna disse in una risatina tra l'imbarazzato e il divertito: «A quanto pare mio figlio voleva farti una sorpresa! Be', tanto vale che lo sappia subito: tra un mese al massimo andrete ad abitare in via Alberto Mario. Ha già commissionato i lavori di pulizia e imbiancatura e tra due giorni farà portare a casa mia i suoi vecchi mobili. Meno male che c'è un solaio libero...».

«Ma chi gliel'ha detto?»

«Mio figlio, cara! E sono contenta che si sia deciso a rinsavire. Era pazzesco restarvene in quel buco, quando c'era un appartamento di duecentocinquanta metri libero e tutto per voi.»

«È quel che pensavo anch'io, ma gli dava fastidio l'idea di abitare nella casa in cui aveva vissuto con Chiara» confessò con franchezza.

«Sciocchezze» Teresa tagliò corto. «Immagino che avrai bisogno di una mano per comperare i nuovi mobili e tutto il resto. Posso venire un po' in giro con te, se credi.»

«Grazie, lei è molto gentile.» Ma perché mai Marco non le aveva ancora detto nulla?, si chiese quando la telefonata finì.

La domanda parve infastidirlo quando, più tardi, lei gliela fece. «Te l'avrei comunque detto» Marco rispose vago.

«Ma perché non subito? Avrei preferito saperlo da te, anziché da tua madre.» Vedendo il disagio di lui crescere, si sentì in colpa. «Scusa, ti sto facendo delle domande idiote. So quanto ti è costato prendere questa decisione, e posso solo dirti grazie. Tutti i nostri problemi finiranno, vedrai.»

E fu, miracolosamente, così. Dieci giorni bastarono all'impresa per rinfrescare l'appartamento; Margherita prese una settimana di permesso e, aiutata da Teresa, scelse i mobili nuovi. Li volle moderni, essenziali ma allegri. Ma soprattutto, si rese conto quando tutto fu finito, diversi da quelli di Chiara. E capì di aver raggiunto lo scopo quando Marco, entrando in casa dopo che lei vi aveva lavorato per tutto il giorno, disse guardandosi attorno: «Mi sembra di entrare qui per la prima volta. Ha l'aria di un appartamento nuovo». Distolse lo sguardo dal quadro di Fiume, la sola cosa che fosse rimasta di Chiara.

Non fece commenti, invece, osservando che Margherita aveva cambiato la disposizione delle stanze: a Sara fu destinata la vecchia camera matrimoniale, alla bambinaia quella accanto, più piccola, e la stanza degli ospiti, nell'ala di fronte, divenne la *loro* stanza.

Ci fu il piccolo problema di Dina, che agli inizi sembrò irremovibile: per principio, alla sera era sempre andata a dormire a casa sua. Ma un congruo aumento di stipendio e l'affetto per Sara la convinsero a venire a patti: sarebbe stata libera il martedì alle diciotto e tutta la domenica, mentre le altre cinque sere si sarebbe fermata in via Alberto Mario.

La prima settimana a Margherita capitò spesso di svegliarsi nel cuore della notte, con il cuore in gola. Come mai non sentiva Sara piangere? Ma subito si tranquillizzava ricordando che c'era Dina, adesso, a occuparsi della piccola.

La nuova casa sembrava piacere anche a Sara. Quando alla sera tornava a casa, senza più corse né fretta affannosa, la trovava tranquillamente seduta nel seggiolone o sul tappeto del soggiorno, circondata da cuscini.

Aveva smesso di piangere e un paio di volte, persino, le sorrise. Margherita poté finalmente rilassarsi. Si sentiva di nuovo felice e piena di stimoli.

XIV

Come ogni anno, anche quell'estate Marco prese le ferie in agosto. Il 5 avrebbe dovuto partire con Margherita e Sara per la Versilia, ma la notte della vigilia la bambinaia bussò energicamente alla porta della stanza da letto, avvertendo che la piccola stava male. Il viso stravolto e arrossato dalla febbre si contorceva con sussulti secchi e brevi che avevano una solennità quasi primordiale e sembravano non appartenere al suo corpicino. Aveva gli occhi rovesciati all'indietro, fissi in una immobilità consapevole, come se si fosse perduta in un mondo inafferrabile che contemplava inorridita.

Margherita cacciò un urlo, Marco si precipitò al telefono per chiamare il pediatra. « È un attacco convulsivo » disse Dina con una sicurezza che contrastava con la voce spaventata.

Quando il pediatra arrivò, quaranta minuti dopo, confermò la diagnosi della bambinaia spiegando che la febbre molto alta scatenava spesso nei piccoli una crisi convulsiva, crisi che poteva essere anche stata causata da una intossicazione o da un aumento del tasso di acetone. Il pediatra prescrisse un antipiretico e delle supposte di tranquillante pediatrico. « Tuttavia, » disse nel congedarsi « a titolo prudenziale, sarà bene sottoporre la bambina a un elettroencefalogramma, per escludere anche la remota ipotesi di cause scatenanti d'altra origine. »

Margherita restò per tutta la notte seduta accanto a Sara, il cuore stretto dall'angoscia, incapace di distogliere gli occhi da quel visetto che continuava ad apparirle perduto in un mondo lontano.

Al mattino dopo, con Marco, la portò alla Madonnina, e l'esame escluse lesioni o sofferenze a carico del cervello. La bimba fu sottoposta, sempre prudenzialmente, anche a un'analisi del sangue e alla misura del metabolismo basale, ma tutti i valori risultarono normali. Comunque, in quei giorni, rifiutò di mangiare e perdette quattro etti di peso. Era apatica e assorta e pareva si muovesse col rallentatore. Il pediatra sconsigliò il mare: meglio la mezza montagna, attorno agli ottocentro metri. Marco disdisse l'albergo del Forte, ma alla vigilia del ferragosto non riuscì a trovare stanze libere altrove.

Fu Teresa a suggerire al figlio: «Perché non telefoni a tua zia Egle? Per quante amiche quella vecchia pazza si sia rimorchiata da Padova, un paio di stanze libere dovrebbe averle!». Teresa non aveva molta simpatia per la sorella di suo marito, e traspariva chiaramente dal suo tono.

Egle possedeva una vecchia casa a San Zeno di montagna, nell'entroterra veronese del lago di Garda. La prima estate dopo il matrimonio, ricordò Marco, era stato lassù con Chiara per una settimana e conservava il ricordo di lunghe passeggiate, grandi prati, interminabili partite a Monopoli sotto al pergolato.

L'idea di ritornarvi lo metteva a disagio, tanto più che Egle, dopo aver saputo che si era separato da Chiara, gli aveva fatto una telefonata esprimendogli senza mezzi termini la sua indignazione. Per la nascita di Sara si era limitata a un formale telegramma e, invitata al battesimo, aveva accampato un pretesto per non venire.

Non aveva ancora conosciuto né la pronipotina né Margherita, e Marco dubitava che la zia, dopo aver adorato Chiara, potesse provare gli stessi sentimenti per la donna che ai suoi occhi certamente appariva l'usurpatrice. Tuttavia San Zeno era la sola soluzione possibile, e Sara non era in condizioni da poter sopportare oltre il torrido agosto milanese. La casa dei genitori di Margherita, a Madesimo, era stata scartata in partenza: soprattutto l'avvocato non nascondeva la sua antipatia per lui né la disapprovazione per la decisione della figlia di unirsi a un uomo sposato.

Egle era stata evidentemente preavvertita dal fratello, Marco pensò, perché quando telefonò per chiedere se poteva ospitarlo a San Zeno con Margherita e la bambina, la zia non mostrò alcuna sorpresa. «Il piano di sopra è libero» disse asciutta «e se mi fai sapere quando venite, vi preparo i letti e faccio portare una bombola del gas nel cucinino.»

«Verremmo anche domani, se possibile. Mia figlia non è stata bene e quest'afa di certo non l'aiuta.»

Arrivarono a San Zeno nel tardo pomeriggio del 10 agosto. Margherita sapeva che proprio a casa di Egle lui aveva conosciuto Chiara, e quanta parte sua zia aveva avuto nella loro storia? Marco se lo chiese parcheggiando l'auto sotto al portico, pregando in cuor suo che le prossime due settimane non fossero turbate da disagio o scontri. Aiutò Margherita a scendere e sollevò dai sedili la culla di Sara.

In quel momento Egle si affacciò sulla porta posteriore della cucina agitando le mani in segno di saluto. Esitò qualche istante, poi gli venne incontro. «Bene arrivati» disse lasciandosi abbracciare dal nipote.

«Zia, questa è Margherita» Marco sorrise, sforzandosi di apparire naturale.

«Molto lieta» lei fece tendendo la mano alla ragazza. «E lì dentro c'è la piccola, immagino» aggiunse indicando la culla. Entrarono direttamente in cucina e Sara subito si svegliò, piangendo. Margherita la prese in braccio e stranamente la piccola si acquietò.

«È molto magrolina» Egle disse allungando una mano verso di lei. Le sfiorò una gota e abbozzò una carezza, visibilmente intenerita. La bimba spalancò i piccoli occhi e ricominciò a piangere.

«Forse ha fame» osservò la donna.

«Ne dubito» Margherita sospirò. «Mangia pochissimo e sono molto preoccupata.»

«L'aria di San Zeno farà miracoli, vedrete. Marco, vuoi un caffè? E lei, signora?»

«Chiamala pure Margherita. Sì, grazie, un buon caffè ci vuole proprio. Ma vedo che sei sola: le tue amiche padovane ti hanno abbandonato, quest'estate?»

Egle strinse le labbra. «Erano qui le sorelle Sogliani, ricordi? Ma stamattina sono partite per Padova, avevano paura di disturbare.»

Marco sospettò che fosse stata lei a mandarle via: le Sogliani avevano conosciuto Chiara fin dai tempi in cui lei frequentava l'università e le volevano molto bene. Era comprensibile che la zia avesse voluto evitare a se stessa e a loro una spiegazione imbarazzante. Ma si limitò a dire: «Mi dispiace averti scombussolato le vacanze».

«Non preoccuparti, alla mia età è vacanza tutto l'anno. E poi sono contenta di stare un po' con te.»

Di questo Marco non dubitava. Era il suo unico nipote, figlio del suo unico adorato fratello, e fin da quando era piccolo l'aveva coccolato e viziato. Il matrimonio con Chiara l'aveva, più tardi, riempita di orgogliosa felicità e ora gli stava dando una prova enorme del suo affetto, accettando di ospitare "l'altra".

«Il piano di sopra è autonomo» stava ora spiegando a Margherita. «C'è un bagno e anche un piccolo cucinino, così potete organizzarvi come a casa vostra.»

Marco intervenne pronto: «Non se ne parla neppure. Visto che sei rimasta sola ci organizzeremo tutti insieme. Non hai voglia di stare un po' con la tua pronipotina?».

Nei giorni seguenti fu sempre più chiaro che zia Egle stava trasferendo su Sara parte dell'amore che nutriva per il nipote. Era lei, al mattino, a salire in punta di piedi nella stanza e a sollevare la bimba dal lettino. La portava in cucina e le preparava la pappa di latte e biscottini imboccandola pazientemente. Più tardi, stendeva una stuoia in giardino, sotto il grande acero, e giocava con lei; quando usciva per le spese, la sistemava nel passeggino e la portava con sé. Sara ricambiava le tenerezze della prozia tendendole le braccine ogni volta che la vedeva; talvolta, dritta sul seggiolone, la seguiva con sguardo attentissimo e le lanciava uno dei suoi rari sorrisi, accompagnati da un gorgoglio festoso.

Tra Egle e Margherita, invece, si era instaurato un rapporto di cortesia formale nel quale Marco intuiva, addolorato, una totale mancanza di trasporto. Era chiaro che le due donne non si piacevano. Margherita aveva un atteggiamento guardingo, Egle si comportava in modo neutro, evitando qualunque parola o gesto che potesse avere un coinvolgimento personale. Una sera, mentre Margherita sparecchiava la tavola, Marco intercettò lo sguardo della zia: la stava fissando con gli occhi socchiusi, e nel suo viso si alternavano perplessità, diffidenza, gelo.

Un mattino, scendendo in cucina (era sempre l'ultima ad alzarsi) Margherita si curvò su Sara e le depose un bacio sulla fronte. «Peccato che tu sia un brutto ranocchio» disse in tono scherzoso.

Egle la fulminò. «Sara è una meravigliosa bambina che per sbocciare ha bisogno soltanto d'amore» disse incapace di frenarsi.

«Vuole forse insinuare che io non la amo abbastanza?» scattò Margherita.

Ecco l'ostilità esplodere, Marco pensò con tristezza. E suo malgrado gli tornò nitido alla mente il ricordo di altre e lontane mattine in quella stessa cucina. Chiara che scendeva a balzi dalla scala e correva verso il frigorifero per saccheggiarlo, affamata, e zia Egle che le diceva «aspetta un attimo, benedetta, lasciami apparecchiare la tavola». E poi loro tre seduti davanti alle scodelle di latte fumante, intingendovi i panini dolci ancora caldi di forno e chiacchierando gioiosamente.

Egle stava scusandosi con Margherita, adesso. «So bene che lei ama la sua bambina, però... Lasciamo perdere, sono una vecchia impicciona e non volevo offenderla, mi creda.»

Quel "lei" raggelante che la donna si ostinava a darle. Marco si accorse di aver sospirato forte. E inorridito sentì Margherita replicare: «*Lasciamo perdere* che cosa? E perché?».

Egle la guardò. «Le ho chiesto scusa. E non desidero far polemiche.» Il tono era cortese ma non ammetteva repliche.

Più tardi, quando rimase solo con la zia, Marco disse con semplicità: «Mi dispiace che tu non abbia simpatia per Margherita».

La donna alzò le spalle, evitando di rispondere, e Marco incalzò: «So che volevi bene a Chiara, ma ormai appartiene al passato».

«Io *voglio* bene a Chiara. Penso sempre a lei e in questi ultimi mesi ho tentato inutilmente di parlarle!»

«Inutilmente perché?» Marco chiese di getto. Ma la domanda giusta sarebbe stata, solamente: "perché?".

«Lo sai che dopo la vostra separazione è stata così male che hanno dovuto ricoverarla in una clinica, per tre mesi? Me l'ha raccontato sua sorella Giovanna. È sempre con lei che ho parlato, quando ho telefonato a casa loro. È molto gentile e la prima volta è sembrata anche molto contenta che io mi fossi fatta viva, però si è rifiutata di passarmi Chiara. E ha continuato a farlo ogni volta che chiedevo di lei. La scorsa settimana mi ha pregato di non chiamare più. Chiara si sta riprendendo soltanto adesso, ha cominciato a lavorare da un mese e Giovanna dice che per il suo bene non deve più avere alcun legame con il passato. Io faccio parte di questo passato e le evocherei ricordi troppo dolorosi. E così... così l'ho perduta.»

«Mi dispiace» mormorò Marco. «Mi dispiace davvero.»

«Lo so. Però non riesco a capire come hai potuto lasciarla, e nemmeno a rassegnarmi. Eravate così felici. Ricordo quando l'hai conosciuta. E tutte le volte che venivate a Padova a trovarmi. Non avevo mai visto due persone innamorate come voi... Eravate così uniti, fatti l'uno per l'altra. Non credevo che un amore tanto grande potesse finire...» Egle piangeva senza ritegno, adesso.

«Sono successe tante cose, zia. Anch'io credevo impossibile che un giorno ci saremmo separati, ma è successo anche questo. E adesso ci sono Margherita e Sara.» Perché si sentiva, di colpo, tanto triste?

Egle tirò su col naso. «Sara è una bambina speciale. A sette mesi, sembra che capisca già tutto. Sì, mi piace proprio.»

«Invece Margherita non ti piace, vero, zia?»

La donna fece un gesto evasivo. «Non la conosco abbastanza. A volte mi sembra troppo impulsiva, troppo...» Si arrestò alla ricerca dell'aggettivo.

«Troppo diversa da Chiara, vuoi dire?» Marco la aiutò.

«Non è questo. Che il cielo mi perdoni, mi sembra una donna da cui non può venire niente di buono. Le Sogliani dicono che persone così esistono, e lo capisci perché con loro non stai bene. Io credo che sia così anche per Sara.»

Marco si infuriò. «Mi meraviglio che ti lasci influenzare dalle ciance di due zitelle rimbambite. Questa è idiozia, è... è crudeltà pura.»

Egle apparve più addolorata che offesa. «So che in questo momento ti sembro crudele, ma ti parlo per il bene della bambina. Margherita mi sembra una ragazza incapace di pensare agli altri. È a se stessa che pensa, e non deve essere molto contenta visto che è così dura e così tesa. Sono sicura che alla bambina vuole bene, però non è mai tenera e non le sorride mai. Sara non le piace, e senza accorgersene le trasmette ostilità e angoscia. Ho fatto la maestra per quarant'anni e so a che cosa può portare una madre come Margherita.»

Marco, suo malgrado turbato, obiettò: «Non sei molto generosa con lei. Innamorarsi di un uomo sposato, aspettare un figlio senza alcuna certezza, convivere al di fuori della legalità le ha certamente comportato dei problemi. Io e Sara le abbiamo in un certo senso rivoluzionato la vita, e bisogna darle del tempo per ritrovare l'equilibrio».

Egle lo fissò dubitosa. «Margherita non è il tipo che subisce niente. Se le hai rivoluzionato la vita è perché lo ha deciso lei.»

«Non ti sembra un giudizio un po' frettoloso, visto che la conosci da pochi giorni appena? E non ti sembra di esagerare anche quando parli di Sara? Ammetto che Margherita non è una madre molto paziente, però adora la bambina. E comunque una bambina tanto piccola non può avvertire ostilità e angoscia, posto che esistano davvero.»

«Se ti fa comodo, pensalo pure. E lascia che questa zitella rimbambita dica un'ultima cosa: nemmeno tu sei un buon padre. Prendi in braccio Sara come se fosse una bambola, non ti fermi mai a guardarla o a farla ridere, non ti occupi mai *realmente* di lei. Eppure i bambini ti sono sempre piaciuti e una creatura l'hai aspettata, inutilmente, per quasi dieci anni.»

Non da Margherita, Marco si disse istintivamente. Era un figlio di Chiara che volevo. Subito dopo, gli sembrò mostruoso averlo pensato.

Nei giorni seguenti, gli rimase addosso un senso di inspiegabile disagio. Una mattina, stava leggendo in giardino, Egle arrivò con la piccola e la sistemò sulla solita stuoia, circondata da due cuscini. «Ti spiace darle un'occhiata mentre esco per fare due spese?» gli chiese.

Rimasto solo con Sara, Marco si sorprese a studiarla con meticolosa attenzione. O era in se stesso che voleva indagare? Forse zia Egle ha ragione, pensò. Ho accettato la bambina come figlia, in senso astratto, ma senza mai occuparmi realmente di lei. C'è qualcosa che mi paralizza, e il mio amore per lei è astratto. Non provo mai il desiderio di abbracciarla o di toccarla, non riesco a sentirla una parte "fisica" di me. Perché?

La spiegazione era lì, dura come una mazzata. Perché non è figlia di Chiara, si rispose. Da oltre un anno mi vieto di pensare a lei perché il suo ricordo mi riempie di malinconia e di sensi di colpa. Sono i sensi di colpa a tenermi lontano da Sara. La bambina è la prova vivente di quello che ho fatto a Chiara, la figlia che lei non è riuscita a darmi e che io ho fatto con un'altra donna. E in questa piccola vedo la violenza e il dolore.

Era una verità lampante che lo riempì di orrore. Sara lo stava fissando con quei suoi strani, piccoli occhi pieni di saggezza antica e impulsivamente Marco si curvò su di lei e se la strinse tra le braccia.

Zia Egle ha ragione, pensò di nuovo, io e Margherita riusciamo a dare a questa creatura soltanto un povero amore pieno di riserve e di paura. Portò il visetto di Sara all'altezza del suo e vi depose un bacio esitante. La bimba, miracolosamente, gli sorrise e posò le dita sulla sua bocca, indugiando con un piccolo gesto buio, come quello di una cieca che annaspa alla ricerca di un contatto fisico.

Ne provò un'angoscia insopportabile. Rimise la bambina sulla stuoia, come se scottasse, e il gesto fu così brusco che Sara, spaventata, scoppiò a piangere. Fortunatamente zia Egle, tornata dal giro di spese, stava avvicinandosi e lui poté allontanarsi in gran fretta, con un pretesto.

La mattina del 20 agosto Vianello lo chiamò da Milano comunicandogli che al ritorno dalle ferie Franco Elestici si era dimesso e, scorrettamente, stava dandosi da fare per portare nella nuova agenzia due clienti importanti che, a suo dire, era stato lui a contattare e a procurare.

«Torno subito a Milano, lascia che me la sbrighi io» Marco disse riattaccando. Partì da San Zeno quella mattina stessa, promettendo a Margherita che sarebbe rientrato al più presto per trascorrere qualche altro giorno di ferie e ripartire poi insieme per Milano.

Il caso Elestici si mostrò subito più complesso e delicato del previsto, anche perché uno dei clienti esigeva che la campagna fosse curata personalmente da lui, indipendentemente dall'agenzia in cui avesse lavorato. Di fatto, Franco Elestici era un personaggio geniale, il creativo di spicco della Zambiasi. L'errore era stato probabilmente non farlo socio, ma Marco, oltre a essere un individualista e un accentratore, credeva visceralmente al famoso detto secondo cui le società ideali sono costituite da un numero dispari di soci inferiori a tre.

E ora, benché le dimissioni creassero un enorme vuoto d'organico e non pochi problemi pratici, Marco era contento di non avere a suo tempo ceduto alla tentazione di associarlo. I loro rapporti si erano incrinati quando Margherita, per cui Elestici aveva evidentemente preso una cotta, era diventata ufficialmente la sua compagna. Ripensando alla circospezione e al disagio che da mesi si erano creati tra loro, fu, nonostante tutto, lieto che l'amico passasse a un'altra agenzia.

Bisognava però impedirgli colpi di mano e giochi pesanti. Marco telefonò a San Zeno raccontando a Margherita quel che era accaduto e spiegandole che non poteva muoversi da Milano: l'avrebbe raggiunta l'ultimo week-end d'agosto per poi tornare tutti insieme a casa.

Pur rendendosi conto che non si poteva fare diversamente, la telefonata innervosì Margherita e la prospettiva di passare più di una settimana sola con la zia Egle le apparve insopportabile. Un piccolo incidente avvenne quella sera stessa. Quando mise la figlia nel seggiolone, per darle la pappa, la bambina cominciò a scalciare e a piangere. Margherita tentò per un quarto d'ora di calmarla, e alla fine la prese in braccio. Ma Sara sembrava in preda a una delle solite crisi di inappetenza: labbra capricciosamente serrate, alla vista del cucchiaino voltava la testa e si dimenava.

Margherita l'afferrò per il collo e la immobilizzò spingendole il cucchiaino tra i denti. Con un gesto brusco Sara allungò una manina verso il piatto e lo scaraventò per terra.

La tensione e le amarezze di quel soggiorno esplosero e Margherita, fulmineamente, le mollò uno schiaffone. Il colpo dovette essere doloroso perché la piccola trattenne il fiato per qualche istante prima di scoppiare in un pianto disperato.

Margherita sentì, prima di vedere, le mani di Egle togliergliela dalle braccia. Entrata in cucina, la donna aveva assistito alla scena e, mentre cullava e sussurrava parole amorose alla piccola, il suo viso appariva soltanto addolorato.

«Ho perso il controllo, mi dispiace» disse Margherita.

«Perché non raggiunge Marco a Milano, lasciando Sara qui con me?» zia Egle propose con voce neutra, senza fare alcun commento. «Alla fine del mese potreste venire a riprenderla.»

Per un attimo fu tentata di dire sì, senza esitare. Ma la vista del corpicino di Sara ancora scosso dai singulti e delle sue piccole mani aggrappate alle spalle della prozia le causò un'ondata di sensi di colpa e di amore. «Lei è molto gentile, ma non voglio separarmi dalla bambina.»

«Credo che dovrebbe, invece» disse Egle gravemente, ma senza alcuna ostilità. E aggiunse, quasi con dolcezza: «Anche se non ho avuto figli so quanto possono stancare, e lei ha bisogno di rilassarsi e ritrovare un po' di serenità».

Margherita sentì gli occhi riempirsi di lacrime ed ebbe l'impulso di abbracciarla. «La ringrazio» fu quel che riuscì a dire. Avrebbe voluto aggiungere: grazie di aver capito, grazie di non essermi più ostile, grazie di aver detto le parole giuste. Senza volerlo scoppiò in singhiozzi.

«Non so quello che mi sta succedendo,» si udì dire «forse non ero pronta per diventare madre e sono disperata perché amo troppo, e male, la mia bambina.»

Egle le posò una mano sulle spalle. «Piangere non serve, Margherita. Vedrai che col tempo tutto si aggiusterà. Adesso vai a preparare la tua valigia e intanto io telefono al ragazzo dell'autorimessa di accompagnarti a Desenzano. Da lì potrai prendere un treno.»

Era la prima volta che le dava del tu, e le fu grata anche di questo. «Sara le darà molto da fare» osservò sinceramente «e io mi sento in colpa a lasciargliela.»

«Non preoccuparti, alla mia età la sola cosa che pesa è non aver nessuno di cui occuparsi. Lasciandomi la mia nipotina, mi fai il regalo più bello.»

«Lei è molto buona» disse Margherita, più a se stessa che alla donna.

«Anche tu» Egle rispose con un impercettibile sospiro, girando la testa da un'altra parte.

XV

Il giorno del primo compleanno, il 21 gennaio, Sara si drizzò sulle gambine e mosse i suoi primi passi. Erano le dieci e mezzo del mattino, e Margherita l'aveva messa nel box davanti alla vetrata del soggiorno, con i suoi pupazzi di peluche. Dina aveva chiesto mezza giornata di permesso e Margherita, correndo in bagno a prepararsi, si accorse di essere in grande ritardo. La mamma di Marco l'aspettava con la bambina davanti alla Rinascente, alle undici e mezzo, e di lì, fatte alcune spese, sarebbero andate direttamente a pranzo in casa Zambiasi.

Margherita fece una rapida doccia e si vestì e si truccò altrettanto rapidamente. Quando fu pronta si diresse verso il soggiorno per preparare anche la bambina. E si arrestò sulla porta, intenerita e sorpresa da quel che vide. Sara, attaccata con le dita alla rete del box, stava dritta e ferma con la testa rivolta verso la vetrata. A un certo momento si staccò dalla rete e mosse senza esitazione alcuni passi verso il centro del box. Di lì, incespicando, arrivò alla sponda che dava sulla vetrata e vi si aggrappò.

Margherita la raggiunse e si curvò su di lei, ma Sara parve non accorgersene. Boccuccia aperta e sguardo estatico, stava fissando i larghi fiocchi di neve che cadevano lentamente e si posavano sugli alberi del giardino. Margherita la sollevò dal box e, tenendola in braccio, la avvicinò alla vetrata. «Neve» le indicò. «Quella è *ne-ve. Ne-ve.*»

«*E-e*» Sara disse, esitante, aggrottando la fronte.

«Sì, amore, è neve» Margherita disse ricoprendola di baci.

La bimba allungò il braccino verso la vetrata e girandosi a guardare la madre, ripeté con il sorriso felice di chi ha finalmente capito: «*E-e, e-e*».

Vorrei che questo momento perfetto non finisse mai, Margherita pensò stringendo convulsamente a sé la piccola. Ma era già finito perché Sara, forse spaventata, cominciò a piangere.

La portò in bagno, le tolse il pigiamino e la lavò sommariamente: non c'era tempo per il bagnetto. Poi le infilò la vestina che le aveva regalato nonna Teresa. Allacciando il colletto, per l'ennesima volta le venne da chiedersi perché Francesco Zambiasi continuasse a mostrare per l'unica nipote un interesse tanto distaccato. I modi cortesemente indifferenti del padre di Marco la ferivano più dell'aperta ostilità dei suoi stessi genitori, che si ostinavano a non voler frequentare la casa di via Alberto Mario e avevano visto Sara non più di tre volte da quando era nata.

Guardò l'orologio: le undici. Infilò la pelliccia, mise la giacca a vento a Sara e, tenendola in braccio, scese in garage a prendere la macchina. Non c'era molto traffico, fortunatamente, e perse più tempo per infilare l'auto nel parcheggio sotterraneo che non nel tragitto tra casa sua e il centro. Arrivò alla Rinascente contemporaneamente a Teresa, e la donna fece molte effusioni alla bambina.

Benché le feste di Natale e la stagione dei grandi acquisti fossero finite da un pezzo, l'interno era pieno come sempre. Si diressero subito verso il reparto della biancheria per la casa: sia Margherita sia Teresa erano lì per acquistare delle tovaglie, in quanto ne avevano viste di bellissime con gli sconti speciali della fiera del bianco.

Fu mentre Teresa le indicava il bancone sulla destra, facendole cenno di seguirla, che Margherita vide Chiara.

Stava osservando un set di spugna, a non più di due metri da lei, e sebbene (come annotò in pochi istanti) avesse i capelli molto più lunghi e leggermente più chiari di quel che ricordasse, la riconobbe subito. Indossava un cappotto scozzese vivace ed elegante e portava le calze di lana a piccole coste rosse.

«Margherita, cosa fai lì?» la richiamò la madre di Marco.

Sobbalzò come una ladra, accorgendosi d'essere rimasta a fissare Chiara, impalata e come in trance.

Ma ebbe l'impressione che il richiamo di Teresa facesse sobbalzare anche Chiara: infatti sollevò gli occhi dal bancone e li puntò direttamente su Sara, con una espressione quasi di spavento, e per un tempo che a Margherita parve esageratamente lungo. Poi li abbassò e Margherita la vide allontanarsi lentamente, a testa eretta.

«Ho visto Chiara» balbettò alla suocera, raggiungendola.

«Anch'io. Mi è sembrata in ottima forma e per nulla distrutta dal dolore, come mio marito si ostina a ripetere.» Accorgendosi di aver fatto una gaffe, tenne a spiegare: «Francesco è un romantico e chissà perché si sente in colpa, come se a lasciarla fosse stato lui. Quanto a Chiara, è una ragazza molto furba e ho sempre pensato che Marco, più che innamorato, fosse plagiato da lei. Era arrivato a convincersi di non volere affatto un figlio, e soltanto perché sua moglie non poteva averne».

Forse non ne voleva davvero, Margherita pensò suo malgrado. Ogni volta che ricordava il giorno in cui gli aveva rabbiosamente annunciato di essere incinta, provava una sensazione di disagio e di confusa paura: era stato soprattutto il dovere a fargli accettare Sara, e non l'amore. Nella reazione di lui non c'era stata né sorpresa né gioia, ma solo accettazione e impegno.

«Non so se Marco vuole realmente bene alla bambina» le sfuggì a voce alta, e l'espressione di Teresa le fece capire l'enormità di questa affermazione.

«Ma che diavolo ti viene in mente, Margherita? Certo che le vuole bene. La adora, anzi» replicò pronta.

Anziché sentirsi confortata, Margherita provò un assurdo fastidio per tanta enfasi. E per la prima volta realizzò quel che si era sempre rifiutata di ammettere: la madre di Marco era una donna convenzionale e leggera, probabilmente incapace di analisi lucide e di sentimenti profondi. Che il calore dimostrato nei suoi confronti e il grande amore professato per la nipotina fossero soltanto un dispettoso modo per manifestare al marito e al figlio la gelosia per Chiara? Si impose di scacciare questo sospetto e, finalmente, si decise a guardare le famose tovaglie su cui Teresa si era già concentrata.

Arrivarono a casa all'una. Marco era già arrivato e papà Francesco aveva l'aria spazientita. «Finalmente» disse. «Teresa, vai in cucina e avverti Antonia di buttare la pasta.»

Solo dopo qualche istante parve accorgersi di Margherita e della nipote. Si avvicinò alla piccola e le dette un buffetto sulla guancia. «La trovo bene» osservò.

«La zia Egle ha telefonato dieci minuti fa» intervenne

Marco. «Manda tanti auguri e un abbraccio a Sara e ci aspetta a Padova uno dei prossimi fine settimana.»

Teresa, rientrando dalla cucina, colse al volo l'ultima frase. «Non capisco proprio perché non si sposta lei, visto che gode di ottima salute e non ha niente da fare. E non capisco nemmeno questo improvviso amore per Margherita e per la bambina, dopo quel che ha detto contro di me perché ricevendole come persone di famiglia avevo mancato di rispetto alla sua adorata Chiara!»

«Mamma, mi sembrano discorsi fuori luogo e di pessimo gusto.»

Teresa non sembrò registrare il tono gelido del figlio. «Perché fuori luogo? Sei stato tu a tirare fuori tua zia, e di pessimo gusto saranno i suoi isterismi, non io che mi limito a dire la verità. Se però ti dà fastidio, posso stare zitta. Spero soltanto che Margherita stia in guardia e non si lasci incantare come te da quella vecchia pazza. Scusami tanto, Francesco, ma sai bene che tua sorella non mi è mai piaciuta.»

«Prendiamone atto e mettiamoci finalmente a tavola» suo marito rispose asciutto.

Marco passò un braccio attorno alle spalle di Margherita. «Mi spiace, tesoro» le sussurrò. «Mia madre non ha mai brillato per sensibilità e tatto. Vuoi dare a me la bambina?»

La tensione di Margherita si allentò e gli rivolse un sorriso grato. «Non preoccuparti» disse. «E mentre pranziamo, Sara possiamo darla ad Antonia. Tua madre le ha fatto preparare un frullato di carne e verdura ed è meglio che mangi in cucina.»

«Ragazzi, si va a tavola?» li richiamò nuovamente Francesco Zambiasi.

Fu tra l'arrosto e il dessert che Teresa, con la massima naturalezza, disse rivolta al marito: «A proposito, poco fa abbiamo incontrato Chiara alla Rinascente. Vero, Margherita? Sul momento non l'avevo riconosciuta, tutta agghindatina com'era».

Seguì qualche istante di silenzio. Margherita, terrificata, udì Francesco dire: «*A proposito* di che cosa ci racconti questo? Non capisco».

E Marco: «Nemmeno io capisco, mamma».

Margherita sbagliava, o nel tono di lui, oltre a disagio, c'era un filo di angoscia?

Teresa, con una alzata di spalle, incalzò: « Mi riferivo al discorso di poco fa su Egle ». E, rivolta al marito: « La scorsa settimana tu e tua sorella avrete consumato cento scatti di teleselezione parlando della "povera Chiara" e chiedendovi dov'era e che cosa faceva. Volevo tranquillizzarti, ecco tutto. È a Milano e mi sembra che non sia mai stata tanto bene ».

« Ne sono lieto » fu il gelido commento di Francesco.

Il pranzo finì in un'atmosfera di disagio che neppure l'arrivo di Sara, più tardi, servì a migliorare. Teresa aveva fatto preparare per la nipote una torta con la candelina e, presa la bimba in braccio, avvicinò il suo visino alla fiammella pretendendo che la spegnesse. La bambina tentò di divincolarsi e poi tese le braccia verso la mamma, con una smorfia di pianto.

Fu Teresa a soffiare. E poi, alzando il calice, a dire festosamente: « Tanti auguri a Sara! ».

Il pranzo finalmente finì e quando Marco, per primo, si alzò da tavola guardando l'orologio, Margherita provò uno smisurato sollievo. Francesco Zambiasi, nel salutarla, fu insolitamente gentile, e le sembrò che nella carezza che fece alla nipotina ci fosse, per la prima volta, qualcosa più del doveroso interessamento di sempre.

Quando furono fuori dal portone Marco guardò di nuovo l'orologio. « Devo scappare in agenzia » disse.

Margherita, che si era presa un giorno di libertà, si diresse verso la sua auto e tornò a casa con la bambina. Passato il malessere fisico che aveva provato per tutto il pranzo, le era rimasto addosso un senso di malinconia e di vuoto insopportabile.

Alle sei del pomeriggio Marco telefonò avvisandola che non sarebbe potuto tornare prima delle nove perché nella nuova campagna televisiva la Antigua voleva ripetere lo spot della primavera precedente con una piccola modificazione che andava discussa quella sera stessa.

« Vuoi che ti raggiunga? » propose Margherita.

« Non serve, tesoro, tanto più che della Antigua non ti sei occupata tu. A più tardi. »

Tornò a casa che erano quasi le undici. Non volle cenare. Prese un vasetto di yogurt e si sedette accanto a Margherita che stava guardando il telegiornale. « È stata una giornata molto faticosa » disse.

Non appena il telegiornale finì andarono a letto. Marco si curvò a darle un bacio e poi si ritirò nella sua parte infilando un braccio sotto il cuscino. A Margherita sembrò lontanissimo, e provò una assurda sensazione di panico. «Marco» lo chiamò forte.

Lui rispose con un «sì?» ostentamente impastato di sonno.

«Voglio parlare di Chiara. Non abbiamo mai più parlato di lei» disse in fretta. La paura aveva travolto ogni reticenza e pudore.

«Dimentichi il pranzo di oggi» lui replicò, la voce di colpo sveglissima.

«Non lo dimentico affatto. Non voglio mai più stare male come oggi e neppure sobbalzare o cadere in preda al panico ogni volta che si parla di Chiara, quasi fosse un minaccioso fantasma.»

Marco sospirò. «Non lo è, infatti. Chiara è una parte della mia vita che non esiste più.»

«Non pensi mai a lei? Non senti mai nostalgia per questa parte della tua vita? Qualche volta ti succede di provare curiosità, tristezza, sensi di colpa? Sono interrogativi che mi pongo spesso, e mi riempiono d'angoscia perché non ne so le risposte. Non è giusto che Chiara e il tuo passato siano diventati un gigantesco tabù, e neppure che non abbiamo mai parlato di lei.»

Marco tacque come se stesse cercando le parole. «Non saprei di che cosa parlare, visto che dalla sera in cui ha lasciato questa casa non ne ho più saputo nulla» disse infine.

«Non è a questo che mi riferivo» lei obiettò spazientita. «È di quello che provi o che ricordi, dei tuoi sentimenti, insomma, che vorrei parlare.»

Marco tacque di nuovo. Poi mormorò con tangibile fatica: «Mi impedisco di pensare a Chiara perché provo dei mostruosi sensi di colpa. L'estate scorsa zia Egle mi ha detto che stava meglio e che aveva da poco incominciato a lavorare. Spero che abbia ritrovato la serenità e soprattutto che abbia dimenticato quel che le ho fatto».

«Non sei il primo marito che si innamora di un'altra e lascia la moglie. Capisco che...»

«Non puoi capire» lui la interruppe. «Io non l'ho soltanto *lasciata* per amore di un'altra. Ho avuto da un'altra quello che lei non è riuscita a darmi, una figlia. E se penso all'umiliazione e alla violenza che ha dovuto subire sto male.»

«Se l'avessi vista oggi, come me, ti sentiresti meglio» Margherita disse velenosamente. «Come ha detto tua madre, era tutta "agghindatina" e aveva l'aria di stare benissimo. Non è escluso che si sia trovata un altro uomo.»

«Lo spero.»

«Veramente? Questa ipotesi non ti fa sentire turbato o geloso?»

La reazione di lui fu feroce. «Ma che cos'hai in testa, Margherita? Quello che è successo non è un teleromanzo, è un dramma che ci ha coinvolti tutti. Tranne te, evidentemente. Cerchiamo di dormire, è meglio.»

Alle tre del mattino, quando sentì il respiro di Margherita assumere finalmente il regolare ritmo del sonno, Marco si sollevò dal letto e in punta di piedi, richiudendo la porta della stanza dietro di sé, andò in cucina. Aveva la gola secca e bevette due bicchieri d'acqua. Poi, attento a non far rumore, raggiunse il soggiorno. Dopo aver acceso il televisore, al minimo, si sedette sul divano reclinando il capo sullo schienale.

Stavano trasmettendo un vecchio western con John Wayne e gli parve di risentire la voce di Chiara: *"Oh, no, ancora! Come possono piacerti questi film?"*. Chiara non sopportava John Wayne, lo riteneva un mediocre attore che per trent'anni si era specializzato nella caricatura di se stesso.

"E Ombre rosse*? E* Un uomo tranquillo*?"* lui replicava.

"Due ottimi film, ma il merito è dei registi. Un bravo regista riesce anche a cavar sangue da un broccolo. E tale è il tuo John Wayne. Ha la faccia che sembra una maschera di cartapesta, sempre con la stessa espressione, e due piccoli occhi da satiro furbetto che non dicono nulla. Pace all'anima sua, è stato uno dei grandi bluff di Hollywood".

L'idea che Chiara potesse adesso infervorarsi e discutere con un altro uomo lo disturbò. Da una parte davvero sperava, come aveva detto a Margherita, che si fosse ricostruita un nuovo legame, ma dall'altra questo lo immalinconiva: come sempre capita, pensò, quando la vita avalla certe situazioni create da te e le rende irrevocabili. Era stato lui a lasciare Chiara, ma adesso non poteva più considerarla una libera scelta perché il tempo l'aveva trasformata in una realtà definitiva e senza ritorno.

Era forse pentito di ciò che aveva fatto? E avrebbe voluto tornare indietro? No, si disse con incertezza. Nell'ultimo anno di matrimonio si era sentito rifiutato, impotente, angosciato. La complicità si era spezzata, lontananza e problemi avevano travolto il loro amore. Mai più potrei sopportare di rivivere mesi tremendi come quelli, pensò.

E con Margherita sono felice? Se lo chiese guardingo, come chi affronta una realtà inesplorata e inquietante. Con Margherita, realizzò, si era lasciato vivere giorno dopo giorno senza mai interrogarsi né fermarsi a riflettere. Era un rapporto che non gli dava problemi perché non se li era mai posti.

Ma ci sono, fu costretto ad ammettere. Sara è una bambina difficile, Margherita si dibatte in un'esistenza diversa da quella che voleva ed è frastornata, forse delusa. Era incapace di dirigere la casa, di farsi rispettare da Dina, di stabilire un rapporto armonioso con sua figlia. Il ciclone che l'aveva travolto aveva perduto la sua forza, la ragazza impudente e forte che l'aveva conquistato si era rivelata spaventata e fragile. Molto più fragile di Chiara, si rese conto per la prima volta, che in realtà aveva punti fermi e risorse insospettabili.

La serenità di Margherita dipendeva invece esclusivamente da lui. E anche il futuro di Sara. Chissà perché in quel momento gli venne in mente il suo vecchio professore di filosofia, un anziano sacerdote molto umano, ma con un rigoroso senso della giustizia. «Non esiste felicità al di fuori dei doveri» ripeteva spesso «e le felicità più stabili sono quelle che provengono dai doveri compiuti.»

Chiara era stata la passione della giovinezza, l'allegria, la felicità, il dolore, le lacerazioni; con Margherita e Sara era entrato nella stagione dei doveri. Mi sento responsabile di loro, pensò, e il male che ho fatto a Chiara mi rende ancor più responsabile. Ho finalmente smesso di chiedermi se sono felice.

Ma *sono* felice? Se lo chiese nel momento stesso in cui faceva questa constatazione, e provò come un colpo in mezzo allo stomaco. Perché, questa era la raggelante realtà, i doveri l'avevano semplicemente rinchiuso in una trappola senza scampo.

John Wayne, piccoli occhi da furbo satiro e rugosa faccia di cartapesta, stava guadagnando il Forte issato sul suo cavallo. Marco spense il televisore e andò in cucina a bere un altro bicchier d'acqua. Udì il pianto di Sara e la voce di Dina che la coccolava.

E poi, alle sue spalle, la voce di Margherita. «Non riesci a dormire?» chiese.

«Avevo sete e mi sono alzato.»

«Sei alzato da più di un'ora.»

«Che cosa fai, mi sorvegli?» tentò di scherzare.

Braccia abbandonate sul fianco e volto sconsolato, lei fece di no con la testa. «Neppure io riesco a dormire. E non sopporto di sentire Sara che piange.» Scoppiò in singhiozzi. «In questa casa siamo tutti infelici, che cosa ci è successo?»

Marco corse da lei e la strinse tra le braccia. «Non ci è successo niente» la consolò. «E non siamo affatto infelici.» Si accorse, con sollievo, di esserne davvero convinto. La breve crisi era stata superata, lui non era affatto in trappola ma accanto alla pazza e tenera ragazza che aveva spazzato via dalla sua vita solitudine e frustrazioni.

«Ti amo tanto, Marco, e vorrei crederti. Ho così paura...»

«Sstt» lui sussurrò facendole scivolare le mani sui fianchi. «Adesso andiamo a letto.»

Quella notte si amarono senza fretta, con tenerezza, confortandosi a vicenda. E a Marco, quando raggiunse l'orgasmo, sembrò di aver rivissuto una delle ultime notti con Chiara. Più tardi, mentre cercava di addormentarsi, si accorse di sentirsi come allora: svuotato, timoroso, abbattuto.

La sveglia suonò alle sette. Marco aveva dormito poco più di due ore, tuttavia i fantasmi della notte erano spariti. Quando andò in cucina a fare colazione pigliò in braccio Sara e la fece giocare, prese in giro Margherita per la sua affannata disorganizzazione di tutte le mattine e aiutò Dina ad aggiustare la presa del tostapane. Quella era la sua famiglia, questa la sua vita.

Fu per caso che due ore dopo, in ufficio, sfogliando il *Corriere* lo sguardo gli cadde sulle pagine degli annunci mortuari. E in particolare su uno. *Paolo Lusardi partecipa con Chiara al grande dolore della famiglia per la scomparsa dell'indimenticabile amico Mauro Ondelli.*

Non sapeva chi fosse il defunto: faceva evidentemente parte delle nuove amicizie e della nuova vita di sua moglie. E in questa vita, a quanto pareva, era entrato il vecchio e fedele corteggiatore di sempre. Paolo Lusardi, già. Chiara aveva preso la soluzione scontata, e imboccato la scorciatoia più breve verso la consolazione. Ne fu irritato: e non capì se per l'ovvietà di questo legame oppure per il roseo risvolto di un'amicizia che ai tempi del suo matrimonio aveva sempre guardato con gelosia e sospetto.

Mise via il giornale imponendosi di non pensarci più. Chiara era un capitolo chiuso, e che si fosse rifatta una vita doveva essere un sollievo: finalmente poteva sentirsi libero dalla preoccupazione e dai sensi di colpa che da diciannove mesi, e cioè da quando si erano separati, lo avevano segretamente tormentato.

Stasera inviterò Margherita a cena fuori casa, si propose irrazionalmente. Ma una ragione c'era: non lo faceva da troppo tempo; e da troppo tempo non si curava di far qualcosa di gentile per lei, come regalarle un mazzo di fiori o un piccolo gioiello.

Chissà perché, nel momento stesso in cui si proponeva di passare dall'orefice, gli venne in mente il piccolo pacchetto rosa, infiocchettato e allegro, che Chiara gli voleva dare la remota sera di quel 21 giugno e che si era ripigliata con furia mentre scappava via dalle rovine del soggiorno e della loro vita.

XVI

Non era di Mauro che il sacerdote stava parlando, Chiara pensò con le lacrime che le pungevano gli occhi. Il generoso, leale e dolce amico che tanto aveva amato era certamente andato in paradiso, posto che esistesse, ed era impossibile riconoscerlo nel "peccatore" per la cui anima l'officiante chiedeva con cupa enfasi pietà e perdono al Padre.

Volutamente, si estraniò dalla commemorazione e dalla vista della bara davanti all'altare. Le era insopportabile pensare che Mauro non ci fosse più. L'aveva conosciuto a casa di Paolo una sera di ottobre, quando era uscita dalla clinica e alla disperazione devastante era subentrata una passiva accettazione di quanto era accaduto. Si sentiva intorpidita, svagata, lenta. Emozioni e ricordi le arrivavano come col rallentatore, troppo attutiti per farla soffrire. Anche parlare le costava fatica, perché non sapeva che cosa dire, non riusciva a elaborare né idee né pensieri.

Quella sera Paolo aveva organizzato una piccola cena per festeggiare il compleanno di Mauro Ondelli e c'erano, oltre alla sorella di lui e a una coppia di medici amici, soltanto lei e Gio'. Quando, a cena finita, decisero di fare un pokerino, Chiara si scusò e andò a sedersi sul divano. E Mauro, che come più tardi avrebbe scoperto detestava le carte, si sedette accanto a lei.

«So tutto di te» disse senza preamboli, con una spontaneità così accattivante che era impossibile giudicarlo invadente.

E poco dopo, miracolosamente, lei si ritrovò a parlare come se lo conoscesse da anni. Mauro irradiava calore umano e fiducia, e nei suoi occhi intelligenti c'era molta dolcezza.

«Mi sento come se mi avessero spezzata in due,» Chiara confessò a un certo punto «ma contemplo l'altra sanguinante metà di me stessa con il distacco di un'estranea. E non sono capace di ricomporre le due parti.»

«È naturale attraversare questa fase» lui la rassicurò. «E quando finirà, distacco e torpore non ti difenderanno più. Ti sentirai di nuovo lacerata, e anche questo è naturale perché quel che hai passato *è lacerante*. Hai perduto tutto, ma non la vita. Le possibilità, le speranze, la forza della vita non ti sono state tolte.»

Il giorno dopo Paolo le aveva confidato che Mauro Ondelli, il suo più caro amico, aveva un cancro ormai metastatizzato all'intestino e i mesi di vita contati.

«E lui lo sa?»

«Certo, perché oltre tutto è un bravo medico. Ma vive i mesi che gli restano come se gli avessero regalato una sontuosa ricchezza.»

Il Natale di quell'anno Mauro volle andare in vacanza a Bali e lei, Gio' e Paolo lo accompagnarono.

È stato poco più di un anno fa, Chiara pensò riscuotendosi dai ricordi. Il prete stava benedicendo la bara, ora, e lei si rituffò inorridita nel passato. Bali. Era davvero guarita solamente lì.

«Ho voluto fare questo viaggio» Mauro le aveva detto con semplicità tre giorni dopo «perché è il solo angolo del mondo in cui la gente muore senza dolore e puoi imparare che morte e vita sono la stessa cosa, le due facce di un'unica realtà.»

Era anche l'unico angolo al mondo, Chiara realizzò nei giorni seguenti, esplorando l'isola, in cui uomo e natura erano la stessa cosa e vivevano con gli stessi ritmi. Uomini, donne e bambini non erano risparmiati dalle sofferenze e dalle malattie di tutti gli umani, ma le accettavano come le verdi e smaglianti risaie accettavano l'acqua o la terra dell'isola i sussulti del vulcano: il dolore era una manifestazione naturale, come un momentaneo riposo della felicità che inevitabilmente sarebbe tornata, così come il sole tornava dopo le piogge.

«Essere felici» le spiegava Mauro «è per questa gente una attitudine naturale. Sono sorridenti le facce, allegri i funerali e leggero il lavoro perché non esistono nevrosi e angosce. Qui c'è la religiosa consapevolezza di costituire parte integrante dell'universo, e questo dà, allo stesso tempo, uno smisurato senso di potere e un'umile coscienza della propria piccolezza.»

Gli dei, scoprì ancora Chiara, vivevano al fianco degli abitanti. Davanti alla soglia di ogni casa c'erano piccoli cesti di frutta, il quotidiano dono per loro. Erano loro a rassicurare, proteggere, scacciare il male.

Alla vigilia della partenza Mauro la portò a conoscere Ketouth Soki, il pittore naïf più famoso dell'isola. Un indonesiano dagli occhi saggi che con minuscoli e sapienti colpi di pennello trasformava la vita in colore e allegria. Chiara si innamorò di un grande pannello che raffigurava una risaia, con mille volti felici confusi in un tripudio di verde e di giallo. E quando chiese di acquistarlo, gli occhi saggi di Soki divennero improvvisamente sospettosi e svegli. Occorsero due ore di patteggiamenti e di suppliche per convincerlo a venderlo. Mauro, ritornando in albergo, le spiegò divertito che il senso degli affari era l'altra faccia del disinteresse e dell'innocenza.

Al ritorno da Bali, Chiara si accorse che il ricordo di Marco e di quanto era accaduto aveva smesso di farle male. Cos'erano dieci anni d'amore al confronto dell'eterno fluire del tempo? La stessa perdita, che l'aveva spezzata in due, le apparve una ben piccola cosa rispetto alle sofferenze che laceravano l'umanità e ai flagelli che travolgevano, spaccavano e squassavano la terra.

Certo era difficile, a Milano, sentirsi in sintonia con la natura e l'alternarsi delle stagioni, ma imparò a godere anche della vista di un piccolissimo albero, di uno striminzito spazio verde, di un raro squarcio d'azzurro. Le condizioni di salute di Mauro precipitarono alla fine dell'estate: una mattina non fu in grado di alzarsi e tutti capirono che non si sarebbe alzato mai più.

Appena quattro mesi fa, Chiara pensò riemergendo dal passato. Avevano sollevato la bara, adesso, e Paolo era tra gli amici che la portavano a spalla, fuori dalla chiesa. Erano stati, assurdamente, quattro mesi sereni. Lei e Paolo si sedevano accanto al letto e Mauro parlava con loro di poesia, di politica, di cinema, di tutto. Qualche volta giocavano a carte o guardavano la televisione.

«A Bali ho imparato a morire» Mauro disse una sera a Chiara. «E ora che sto morendo mi sento come se avessi esplorato il centro della vita, come se la mia vita avesse raggiunto la sua massima pienezza.»

Chiara fece di sì con la testa. «È perché la morte è l'altra faccia della vita» mormorò.

Gli occhi di Mauro si illuminarono. «Sono felice che tu abbia finalmente capito. Sei la più saggia e forte ragazza che io abbia mai incontrata...» Fece una breve pausa e poi disse gravemente: «Paolo non è innamorato di Linda, lo sai? È innamorato di te. Dovresti smettere di aver paura e lasciarti andare».

La sua storia con Paolo era cominciata una sera di novembre, due mesi prima. Insieme avevano lasciato Mauro, addormentato, e si erano diretti a casa di lui. Appena dentro, lui le aveva sfilato il giaccone con mani tremanti e l'aveva stretta tra le braccia.

«C'è Linda» lei si era difesa quando Paolo, sollevando le lenzuola, l'aveva dolcemente deposta sul letto.

Non sopportava che un'altra donna potesse soffrire per causa sua.

«Linda non era con noi a Bali, e non c'è mai stata nelle occasioni importanti della mia vita. Non l'ho mai ingannata» Paolo sussurrò sfiorandole il viso con un bacio. «È te che amo. E ho tutto il tempo per aspettare che mi ami anche tu.»

Mauro sta morendo e io sto ricominciando a vivere, Chiara pensò quando sentì il suo corpo abbandonarsi a quello di Paolo. E si lasciò andare fremendo di gioia, con la certezza che la morte non esisteva e che Mauro non sarebbe mai realmente morto finché la vita poteva, come in quel momento, rinascere e ricominciare. L'orgasmo arrivò come un'esplosione liberatoria che frantumò paure, ricordi, lacrime.

Mauro perse conoscenza il primo gennaio e poi ne ebbe solo brevi barlumi. «Vorrei che ai miei funerali tu non piangessi» furono le ultime parole che le disse lucidamente. «Vorrei che il giorno della mia morte tu fossi capace di vestirti di rosso e di andare a spasso o per negozi come se fosse un allegro giorno qualunque.»

Paolo la prese per un braccio e le disse: «Andiamo al cimitero, amore». Si accorse che la bara era già stata caricata e il carro funebre si era messo in moto. Si lasciò guidare verso l'auto e, quando Paolo si accodò al corteo delle altre auto, guardò fuori dal finestrino vietandosi di piangere. Non stavano andando a seppellire Mauro, ma soltanto portandolo verso quel riposo eterno che era la sua nuova vita.

Grazie per quello che mi hai dato e lasciato, Chiara gli disse più tardi dando un'ultima carezza alla bara, prima che sparisse nel buio loculo. Continuerai a restare in me e in questa terra e in tutte le cose che vivono. Anche in quella piccolissima bambina dagli occhi assorti che è la figlia di Marco ed è nata dalla morte del nostro amore. L'ho vista in braccio a sua madre e ho capito la vanità del mio lungo rancore. Grazie anche di questo, amico mio.

«Chiara» la richiamò Paolo con dolcezza, circondandole le spalle. Si accorse che stava singhiozzando, e non doveva farlo. «Torniamo a casa, Chiara.»

Non erano ancora andati a vivere insieme, benché almeno un paio di sere alla settimana lei si fermasse a dormire a casa di Paolo. Non si sentiva ancora pronta per vivere un legame a tempo pieno. Il loro rapporto la faceva sentire rasserenata e protetta, ma proprio da questo derivavano le sue riserve: di loro due, lei era quella che prendeva senza riuscire a dare.

Amava la sua pazienza, la sua lealtà, la sua capacità di tenerezza, ma non era sicura di amare lui. E quando glielo confessava, con franchezza, Paolo rispondeva di non avere fretta.

«A volte ho la sensazione di usarti, e questo mi fa sentire molto egoista.»

«Essere usato da te è quel che in questo momento voglio» replicava. «Continua a farlo senza scrupoli: ne hai bisogno, e io sono abbastanza forte per tutti e due. Anche per considerare l'eventualità che prima o poi tu possa lasciarmi o accorgerti di amare un altro.»

Era un'eventualità che lei neppure considerava. Al di fuori di Paolo c'era un vuoto che le dava le vertigini. E se solo avesse osato staccarsi da lui, sarebbe stata risucchiata dal vortice del dolore.

Non sono ancora forte come credeva Mauro e come a volte io stessa credo, pensò salendo in macchina e socchiudendo gli occhi.

«Due giorni fa, alla Rinascente, ho incontrato Margherita Ollian con la bambina di Marco» disse a Paolo quando furono arrivati a casa.

«Prima o poi doveva succedere» lui osservò. E dopo qualche istante aggiunse: «Potrà capitarti anche di incontrare Marco. Milano non è poi così grande, e...».

«Lo so. Ho smesso di odiarlo, ma non sono certa che potrei incrociarlo per strada o salutarlo come se fosse un conoscente qualunque.»

«Non lo è, infatti.»

«La bambina di Marco» disse Chiara senza alcun nesso, sedendosi sul divano, «aveva la faccia posata sulla spalla della madre e mi guardava fissamente, come se mi conoscesse e sapesse tutto. Ho avuto una strana sensazione, come se fosse una bimba molto speciale e... e i suoi piccoli occhi fossero molto tristi. Mi è venuta la voglia di correre da lei e prenderla tra le braccia, poi sua madre si è girata, mi ha visto e io sono scappata via.»

Era un sollievo, pensò quando tacque, poter raccontare tutto a Paolo. Ed era bello che nel loro rapporto esistesse tanta sincerità, tanta confidenza. «Con Margherita e la bambina» aggiunse «c'era anche la madre di Marco. Mi ha gettato un'occhiata incuriosita, e una volta tanto la sua antipatia mi ha reso felice: non avrei sopportato che si fosse fermata a salutarmi chiedendomi in tono allegro come sto.» Fece una breve pausa e alzando le spalle disse con un debole sorriso: «A ogni modo l'incontro non mi ha sconvolta né ha evocato dolorosi fantasmi. Vorrei poterlo dire anche a Mauro. È lui che mi manca, adesso».

Paolo le porse un bicchiere di coca cola e si sedette accanto a lei. «Io ci sono» disse accarezzandole i capelli «e spero che lo ricordi ogni giorno, ogni momento.»

Chiara sospirò. «A volte mi chiedo se ho meritato l'amore di due persone straordinarie come te e Mauro. In questi ultimi mesi, grazie a voi, la mia vita è stata così ricca, così piena di consapevolezza e di scoperte...»

Era stato prima Paolo, e poi Mauro, a convincerla a tornare seriamente a lavorare. Per due mesi era tornata dalla Valsecchi, poi aveva risposto a un bando di concorso e, grazie anche all'interessamento della stessa Valsecchi e di un politico amico di Paolo, era stata assunta a tempo pieno in un consultorio. Tutte le antiche insicurezze erano scomparse, provava un autentico interesse per chi veniva a chiederle aiuto e si rendeva conto di essere realmente in grado di rassicurare, consigliare, intervenire.

Nessun problema era velleitario o sciocco, come credeva un tempo, perché la sofferenza e le crisi che provocava erano autentiche. E non esistevano soluzioni scontate, ma strade diverse che andavano via via cercate per allontanare dal buio tunnel dell'angoscia e delle confusioni chi vi brancolava ciecamente.

Era quello che una bravissima dottoressa di Ginevra aveva fatto con lei nei tre mesi che aveva trascorso in clinica. E Mauro, quando era tornata a casa, aveva fatto il resto. Era come se all'uscita del tunnel le avesse teso una mano per guidarla alla riscoperta della luce. Grazie a lui aveva nuovamente imparato a guardare i contorni delle cose. E il viaggio a Bali le aveva insegnato, per la prima volta, a vivere.

Tutte le sue sicurezze vacillarono quando, al mattino dopo, l'assistente sociale venne in consultorio per affidarle Sonia. Era una tredicenne che una settimana prima era stata sottoposta a un aborto. A metterla incinta era stato suo padre, che aveva abusato di lei la prima volta quando aveva otto anni immobilizzando il piccolo corpo a suon di pugni e minacciando di ucciderla se avesse parlato. Per cinque anni, tutta la sua infanzia, Sonia aveva subìto la violenza e la bestialità del padre tenendosi dentro il segreto di quell'inferno.

Una mattina di quindici giorni prima, alzandosi dal letto, era svenuta. E sua madre, pur abituata a quella sua esangue e stranita creatura, si era spaventata e l'aveva portata dal medico. Quando seppe la verità si uccise impiccandosi alla finestra del bagno. Il giorno dopo i funerali la bambina fu portata in ospedale per l'aborto e suo padre fu messo in carcere.

Adesso Sonia era lì, davanti a lei, e sembrava una bestiola spaventata finita in trappola. La faccina magra aveva ancora i tratti da bambina, come se l'infanzia violata avesse voluto imprimersi indelebilmente, e a Chiara sembrò mostruoso che un uomo, e per di più suo padre, avesse potuto desiderare e fecondare quel corpicino fragile e innocente.

Si avvicinò e le prese una mano. «Vieni, sediamoci» disse. Sentì la mano di lei ritrarsi, come se quel contatto fisico la impaurisse. Per alcuni istanti provò una pena così dilagante da esserne paralizzata. Ma non era di compassione che la piccola aveva bisogno, né di una psicologa spaventata e impotente.

Senza lasciare la stretta della mano, la spinse quasi sulla

poltrona di fianco alla sua e si curvò su di lei. «Non devi avere paura di me, voglio soltanto aiutarti» disse cercando i suoi occhi.

Sonia si lasciò guardare come una cieca, senza vederla, e lei ebbe l'impressione che non avesse neppure sentito quel che le aveva appena detto. «Voglio aiutarti, mi capisci?».

Dovette ripeterglielo ancora. E fu soltanto quando Chiara la scosse dolcemente per le spalle che la ragazzina parve stabilire un esile contatto con la realtà. Può essere raggiunta soltanto fisicamente, lei pensò sconvolta. Per cinque lunghi anni tutte le sue paure, tutti i suoi pensieri, tutte le sue difese sono passati attraverso il corpo e il corpo è la sola realtà che conosce.

«Non devi avere paura di me» ripeté accarezzandole lievemente il viso. Sonia si ritrasse con un moto quasi meccanico, istintivo e nella sua faccetta vuota, senza espressione, scivolarono all'improvviso due grosse lacrime. Era talmente permeata di sofferenza da non accorgersi più di soffrire.

Chiara ne fu stravolta e si buttò, quasi, su di lei stringendola impetuosamente contro il suo corpo. Devo raggiungerti, pensò, devo strapparti da questa sofferenza e dal mondo inafferrabile in cui ti sei rifugiata. Ma come? Non lo sapeva.

«Sonia, capisci quello che ti dico? *Voglio aiutarti*. Mi capisci?» Più che domandare, stava implorando.

«Sì» la ragazzina rispose, con voce strozzata e rauca che a Chiara parve una specie di rantolo.

«So quello che è successo, ma adesso è finito tutto. Nessuno potrà più farti male. Capisci anche questo?»

Stavolta Sonia non rispose. Quando l'assistente sociale tornò a riprenderla, Chiara si accorse che era mezzogiorno. Erano passate due ore e mezzo e non ricordava come. La ragazzina era stata provvisoriamente affidata a un istituto, ma sua zia, giunta da Bari per i funerali della sorella, aveva già parlato col giudice minorile: intendeva ottenerne la tutela e portarla a vivere con la sua famiglia.

Chiara volle conoscerla, e le sembrò una donna semplice e sensibile. Si rendeva conto della gravità di quel che la nipote aveva subìto, era consapevole di tutti i problemi che le avrebbe comportato, ma non le mancavano né coraggio né capacità d'amore.

Chiara si ripropose di dire tutto al giudice minorile, tuttavia spiegò alla donna che per qualche tempo Sonia avrebbe dovuto essere seguita da una persona esperta: l'amore non bastava per farle superare il trauma né per reinserirla in un contesto normale. E la zia capì anche questo.

Veniva al consultorio tutte le mattine alle nove, e restava fino alle undici nello studio di Chiara. Per dieci giorni il rauco "sì" del primo incontro restò il solo percettibile segno che Sonia riusciva a capire e a esprimersi.

Chiara, umilmente, chiese aiuto alla Valsecchi e l'anziana analista la esortò a non scoraggiarsi. « Quando il medico diagnosticò la sua gravidanza, » le spiegò « Sonia ebbe una reazione normale: scoppiò in lacrime e confessò tutto alla madre che la implorava di dire la verità. I particolari della sua storia, quelli che conosciamo, è stata lei a raccontarli. Il blocco è iniziato con il suicidio della madre. La piccola se ne è sentita responsabile e ciò l'ha rinchiusa nel silenzio. È in questa direzione che devi muoverti. Solo se rimuoverai i suoi sensi di colpa, convincendola che la vera vittima è lei, potrai riuscire a sbloccarla e aiutarla. Ho l'impressione che sia una ragazzina molto intelligente, nonostante tutte le paralizzanti violenze che ha subìto. »

Il colloquio con la Valsecchi diede a Chiara una nuova carica di ottimismo e di speranza. Visto che Sonia taceva, era lei a parlare. Pregando tra sé che dietro quello sguardo vacuo e quel visino dall'espressione inafferrabile esistesse una coscienza vigile, per giorni e giorni continuò a confortarla, a rassicurarla, a rievocare quanto era accaduto cercando di rendere meno ciechi i suoi ricordi e a spiegarle che poteva esistere un barlume di umanità anche nelle bestiali violenze che aveva subìto.

« La tua mamma si è uccisa perché, anche se non te n'eri mai accorta, era una donna fragile e infelice » le ripeteva fino a stancarsi. « È stata, come te, la vittima di un uomo cieco e ammalato. E a un certo punto non ce l'ha fatta più. Ma tu devi essere forte anche per lei. È finito tutto, Sonia, sei al sicuro. »

Le parlava della zia, dei cugini con cui sarebbe andata a vivere, di un'isola lontana in cui la gente non permetteva agli dei cattivi di togliergli il magico dono della felicità di esistere, di una città del sud, Bari, in cui presto Sonia si sarebbe trasferita.

C'era tanto sole, tanto mare, e una famiglia nuova in cui avrebbe trovato comprensione e amore.

Alcune sere Chiara arrivava a casa stremata e con la gola arrochita. E la sua carica di ottimismo e di speranza andava esaurendosi sempre più. Sembrava che nulla riuscisse a strappare la ragazzina dal suo impenetrabile mondo e dalla stranita fissità in cui si era perduta.

Tutto accadde dopo il trentesimo giorno. Sonia arrivò, si lasciò guidare verso la solita poltrona e accettò senza ritrarsi che lei le stringesse le mani. E come sempre Chiara cominciò a parlare, a parlare, a parlare.

«La vita non finisce mai» le disse a un certo punto con voce vibrante, guardandola negli occhi, «perché tutto continua a rinascere. L'inverno spoglia i rami e rinsecchisce di gelo i tronchi degli alberi, ma poi arriva sempre la primavera che li riempie di gemme e di linfa. Il sole scioglie la neve, gli uragani si placano, l'azzurro squarcia il cielo nero... Tu sei stata violentata e ferita, ma nessuno ha potuto toglierti la vita. Sei *viva*, capisci, Sonia? Anche se ti senti rigida e gelata come un tronco flagellato dalla bufera, dentro di te ci sono mille piccole gemme pronte a fiorire.»

Dio mio, pregò distogliendo lo sguardo da quello, remoto, di lei, fa' che riesca a capirmi.

«Mi hanno... tolto il bambino dopo... il funerale della mamma.»

Quel filo di voce esitante esplose nelle orecchie di Chiara come una folgore, facendola sobbalzare. Per alcuni istanti restò stordita e tremante chiedendosi se davvero Sonia aveva parlato oppure era lei che cominciava a impazzire.

Ma Sonia parlava. «Mi hanno... tolto il bambino» ripeté. «La mamma era morta e il bambino doveva nascere.»

"È una ragazzina molto intelligente." Chiara risentì la voce della Valsecchi e si aggrappò all'euforia che sentiva dilagare dentro di sé. La ragazzina capiva, soffriva e lei la stava raggiungendo.

«Sonia, piccola mia, il bambino *non poteva* nascere. Era figlio di tuo padre, lo capisci questo? Un essere concepito contro natura... Per tutta la vita sarebbe stato infelice, confuso, forse malato...» Si interruppe annaspando. Dovrei trovare parole più semplici, si disse con angoscia, dovrei spiegarle che una bambina di tredici anni non può mettere al mondo il figlio di un incesto.

«Lo so» sussurrò Sonia. «Ero incinta da due mesi quando la mamma mi ha portato dal medico, e mi ero ripetuta tante volte quello che ora mi sta dicendo. Non riuscivo a pensare ad altro che al bambino. E alla notte, quando mio padre entrava nel mio letto tappandomi la bocca, io mi sentivo lontana da lì. E non soffrivo nemmeno più. Pensavo al bambino e mi dicevo che la vita poteva nascere anche da quello schifo...»

È una ragazzina molto intelligente. E ha tredici anni, si disse Chiara, tredici terribili anni che l'hanno allontanata in fretta dalle favole e dai sogni. Inghiottì. «Quel bambino» le disse piano «purtroppo non era la vita. Era qualcosa che andava contro tutte le leggi della natura e della vita. Per quanto triste possa apparirti, l'aborto ha liberato te e lui da un infelicissimo e violento destino.»

«L'avrei amato come nessuno ha amato me» Sonia rispose scuotendo freneticamente la testa «e non avrei permesso neppure al destino di fargli del male. Invece me lo hanno strappato via ed è come se avessero ucciso di nuovo la mamma, come se la violenza non finisse mai. *Io volevo mio figlio!*» terminò con una specie di urlo «*volevo mio figlio!* Può capirmi?»

Sonia si era aggrappata alle sue spalle e dai suoi occhi cupi, di vecchia bambina senza illusioni, scendevano lacrime disperate.

Chiara dovette chiudere i suoi. Le sembrò che la vita si fosse fermata e il tempo la riportasse vorticosamente indietro, verso la morte di ogni speranza. «Anch'io ho abortito,» disse affannosamente «anch'io ho aspettato un bambino a cui è stato impedito di nascere.»

Lei distesa sul lettino della sala operatoria, l'infermiera con la siringa in mano, Ursi che la scrutava con aria addolorata e perplessa. *"È proprio sicura di quello che sta facendo, Chiara?"*

Sonia aveva smesso di piangere e la stava guardando con la stessa espressione di Ursi. Chiara le prese le mani, come se fosse lei a chiedere aiuto, adesso, e raccontò a testa bassa, senza più affanno: «Ero incinta di due mesi e mezzo e non l'avevo ancora detto a mio marito perché aspettavamo da dieci anni un figlio che non si decideva ad arrivare e ne avevo da poco perduto uno. Il nostro matrimonio era appena uscito da una crisi, o almeno così mi sembrava...».

Si interruppe. Sonia la stava seguendo con occhi intelligenti e pieni di tristezza e le strinse la mano come per farle sentire che capiva, come per incoraggiarla a continuare.

«Quel pomeriggio andai dal ginecologo e mi assicurò che tutto, stavolta, sarebbe andato bene. Era sciocco, mi disse, che non avessi ancora dato la notizia a mio marito. Uscii dal suo studio e cominciai a girare per il centro, come ubriaca di felicità. Prima di tornare a casa entrai in un negozio per bambini e acquistai un paio di scarpette rosa da neonata... Ero certa che sarebbe stata una femminuccia... Le feci avvolgere in un foglio di carta rosa, e ritornai a casa col mio festoso pacchetto. Non mi ero mai sentita tanto felice e piena d'amore.»

Non riuscì ad andare avanti. I singhiozzi la squassarono e le ricacciarono la voce in gola. Ma *doveva* proseguire, *doveva* raccontare a Sonia ciò che prima di quel momento non aveva detto a nessuno. E proseguì: «Quando mio marito tornò a casa, feci per dargli il pacchetto ma lui mi disse che dovevamo lasciarci perché si era innamorato di un'altra donna e questa donna aspettava un figlio... Tre giorni dopo andai dal mio ginecologo e gli chiesi di farmi abortire. La mia creatura non poteva nascere nella rabbia e nella solitudine, la vita non può spuntare al deserto dei sentimenti...».

Così pensavo allora, aggiunse solo a se stessa. Ma quando uscii dall'ospedale, il corpo indolenzito e svuotato, capii che avevo commesso la più atroce delle violenze. Rimasi a letto per una settimana, con la volontà di lasciarmi morire, fino a quando mi caricarono su un'automobile e mi portarono in una clinica. Tutto questo non poteva dirlo, a Sonia, e all'improvviso si rese conto di quanto poco scrupolosa e professionale fosse stata coinvolgendo una bambina di tredici anni nei suoi problemi.

Ma Sonia, miracolosamente, sembrò capire tutto. «Penso a quanto dolore avrà provato, dopo,» disse con una dolce, comprensiva voce adulta, «a quante volte si sarà detta di aver sbagliato tutto... Ma ha ragione lei, ci sono bambini a cui è meglio impedire di nascere. Finalmente l'ho capito» aggiunse dopo una brevissima pausa. «Ho capito che l'aborto è stata la sola soluzione possibile.»

Forse non per me, Chiara si disse con desolazione.

Ma la vita a dispetto di tutto era continuata e il prodigioso recupero di Sonia ne costituiva una prova. Guardandola, la desolazione sparì e strinse a sé la ragazzina in un abbraccio di convulsa gioia.

XVII

«È successo qualcosa?» Marco chiese rientrando in casa. Erano le dieci di sera e la bambina, anziché essere già a letto, stava scappando in lacrime per il soggiorno, inseguita da una furibonda madre dalla faccia minacciosa.

«È successo che all'asilo Sara ha preso i pidocchi e rifiuta di farsi mettere le mani in testa» Margherita annunciò.

Dina, che stava a guardare sulla soglia del soggiorno con aperta disapprovazione, intervenne: «Le ho già fatto due lavaggi con il Mom e le ho tenuto in testa per tre ore una polvere antiparassitaria. Credo che per oggi potrebbe bastare».

«Decido io quando basta!» Margherita strillò. «Sara, vieni qui immediatamente. Hai la testa piena di bestiacce e se non te le fai togliere col pettinino ti mangeranno viva.»

«No» la bambina disse rifugiandosi dietro una poltrona.

«Non sarebbe più semplice tagliarle i capelli?» intervenne Marco in tono conciliante, schiacciando l'occhio alla figlia.

«I capelli sono la sola cosa decente che ha» replicò gelida Margherita.

Dina girò bruscamente le spalle dirigendosi verso la cucina e Marco si allontanò a sua volta sperando che la bambina non avesse capito. Dallo studio sentì per alcuni minuti il pianto di lei alternarsi agli urli di sua madre, poi tornò il silenzio e udì Margherita accompagnare la piccola nel bagno accanto e prepararla per la notte. Poi entrò nello studio tenendola in braccio.

«Marco, Sara ti dà la buonanotte.»

«Notte, papà» disse.

«Non vieni a darmi un bacino?»

La bambina scese dalle braccia della mamma e venne diligentemente a deporgli un bacio sulla guancia. Lui la sollevò tra le braccia e ricambiò il bacio. «Dormi bene, tesoro.»

Rimasto solo, non poté impedirsi un sospiro.

Tra Sara e Margherita esisteva un rapporto ambivalente di ostilità e amore, tensioni e intese, che a volte lo turbava. Sembrava un rapporto tra coetanee, tra amiche-nemiche, e non riusciva a capire come fosse possibile. «Parli e litighi con Sara come se dimenticassi che è una bambina di tre anni appena» rimproverava spesso Margherita. E lei, con un'alzata di spalle: «Oh, stai tranquillo che capisce tutto. E sa molto bene come ricattarmi e farmi infuriare».

Alle esplosioni di furia, incontrollabili e violente, seguivano riconciliazioni appassionate fatte di baci e lacrime. A dispetto di tutto, Sara sembrava irresistibilmente attratta da sua madre. La seguiva, la provocava per richiamare la sua attenzione, la adorava. E molte notti si svegliava, come in preda a un incubo, urlando il nome della mamma.

Era, indubbiamente, una strana bambina assai precoce rispetto alla sua età. E lo addolorava quando Margherita, come poco prima, sosteneva che era brutta. Aveva, sì, un volto irregolare e spigoloso che la pelle olivastra e gli occhi scurissimi non contribuivano a ingentilire, ma in quei due piccoli laghi bui si accendevano a volte bagliori di curiosità e di vita che la illuminavano tutta. La fronte ricurva, il nasino troppo corto, la bocca imbronciata sparivano nella selvaggia massa dei lunghi riccioli neri e in quei momenti si notava solo un piccolo viso tenero e ardente.

Dopo la madre, il suo grande amore era zia Egle. E la sua grande felicità era la casa di San Zeno, dove, dopo quel primo soggiorno di cui non aveva memoria, aveva trascorso altre due estati e parecchi fine settimana. Con Egle non esistevano ambivalenze: tra loro si era creato il perfetto, felice rapporto di vecchia e paziente prozia con la piccola, impaziente nipote.

E infine veniva Dina, la tata. Era tra le sue braccia che Sara correva a rifugiarsi quando la mamma la inseguiva o perdeva il controllo dei nervi. Il padre occupava solo l'ultimo posto nella scala dei suoi infantili affetti, e Marco si chiese fino a che punto Sara fosse in grado di capire le sue latitanze, il suo vile astenersi dall'intervenire, il misero modo in cui esercitava il ruolo di padre. Eppure adoro mio figlia, si disse.

Margherita mise fine alle sue riflessioni. «Hai già cenato, vero?» chiese comparendo sulla porta.

«Sì, un boccone al volo con Greppi in partenza per Roma.»

Lei si avvicinò, spostò una sedia e gli si sedette di fronte. «Non credo che con Greppi tu abbia fatto un buon acquisto. Mi sembra troppo anziano rispetto al target dell'agenzia, inoltre parte da presupposti che hanno fatto il loro tempo. E al di fuori della cosmetica è un pesce fuor d'acqua.»

«La cosmetica costituisce un terzo della nostra clientela e l'ho assunto proprio per avere una persona con una specifica esperienza nel settore. Inoltre ha quarantasette anni, e non mi sembra un'età così attempata» Marco spiegò pazientemente.

Gigi Greppi era stato fino a tre mesi prima collaboratore di Gio', la gemella di Chiara, e proveniva dalla sua stessa azienda. Sotto sotto, lui sospettava che soprattutto questo lo rendesse poco gradito a Margherita.

«Avrai ragione,» lei stava dicendo ora «ma continuo a pensare che Greppi non era l'elemento ideale da assumere.»

Aveva usato il tono saputo e dogmatico che da qualche tempo sembrava esserle diventato congeniale e che metteva spesso Marco in difficoltà nei rapporti coi collaboratori. I tempi in cui Margherita aveva il complesso della "donna del capo" e si asteneva saggiamente dall'intervenire sembravano lontani.

«Ti stavo dicendo che non hai fatto un'ottima assunzione» lei lo richiamò «e potresti degnarti di rispondere.»

«Rispondere che cosa, dal momento che le tue sentenze non ammettono repliche?» Si accorse di aver risposto in modo irritato, e di esserlo realmente.

«Ho capito, hai voglia di litigare.»

«Hai capito malissimo, quel che *non voglio* è proprio litigare.»

«Dal tuo tono non si direbbe.»

Lui tacque. Polemiche e scontri lo estenuavano, soprattutto perché non gli erano congeniali, a differenza di Margherita che invece prendeva fuoco per tutto e trasformava la più piccola cosa in una "questione di principio". Suo malgrado, quando si lasciava coinvolgere in una rissa gli veniva di pensare ai tempi del suo matrimonio: con Chiara non aveva mai realmente litigato, né lei in dieci anni aveva alzato una sola volta la voce. In verità, una volta lo aveva fatto, ricordò adesso: la sera in cui, prima di lasciarlo, lo aveva insultato fracassandogli la casa.

«Marco, ti sto parlando, e non tollero che tu finga di non sentire o mi tratti da deficiente» Margherita lo richiamò.

«Che cosa vuoi da me?»

«Molte cose! Ma in questo momento soltanto che parliamo di Greppi. Ho il sospetto che l'abbia assunto perché da lui spira aria di perduta famigliola. Non ti parla mai della tua cognatina? Non ti passa mai notizie di prima mano sulla adorata sposa perduta?»

«Mi rifiuto di ascoltarti, Margherita. Sei sciocca e meschina.»

«E certamente non reggo il confronto con la tua Chiara! Perché non aggiungi anche questo?» lo provocò.

«Perché non c'è niente da aggiungere. Se sposti quella sedia, posso passare e andare a letto. Sono stanchissimo» disse alzandosi in piedi.

«Anch'io. Ma non puoi lasciare il discorso a metà e dartela vigliaccamente a gambe.»

«Quale discorso? Fino a ora, mi sembra, c'è stato solamente un monologo: il tuo.»

«Lo vedi che hai voglia di polemizzare? Se io faccio monologhi è... perché non parliamo più» disse, all'improvviso, smontata. E, altrettanto all'improvviso, cominciò a piangere.

Le lacrime di Margherita smontarono anche lui. Aggirando la scrivania le andò accanto e l'abbracciò. «Non voglio litigare, sul serio. E mi addolorano i tuoi sospetti, su Greppi e... e tutto il resto. Io ho una sola famiglia, te e Sara. Te l'ho ripetuto tante volte che dovrebbe esserti venuto a noia.»

«Non siamo in realtà la tua famiglia, perché io non sono tua moglie» lei puntualizzò tirando su con il naso.

Marco tacque qualche istante. «Lo sarai prestissimo. L'avvocato Ruffo mi ha telefonato che tra cinque giorni io e Chiara saremo convocati dal giudice per la sentenza di divorzio.»

Margherita si scostò da lui con un movimento brusco. «Quando ti ha telefonato?»

«Una ventina di giorni fa. Forse prima delle vacanze di Natale.»

«E perché non me l'hai detto subito?»

Marco si strinse nelle spalle. «Perché temevo che l'idea che io rivedessi Chiara ti avrebbe addolorato o disturbato.»

«Dovrei? Dovrei essere "addolorata o disturbata"?»
«Certamente no, lo sai bene.»
«Sarà un incontro molto lungo?»
«Non credo proprio. Si tratta di un divorzio consensuale e l'udienza è una formalità che richiederà pochi minuti.»
«Non sei imbarazzato o turbato all'idea di rivederla?»
Sì, avrebbe voluto rispondere. Come turba l'idea di ritrovarsi, dopo anni, faccia a faccia con una persona che hai molto amato ed è diventata un fantasma, un volto impreciso che non riesci a ricomporre. Ma Margherita non avrebbe capito. Perciò si limitò a scuotere la testa sorridendo. «Turbato? E perché dovrei?»
Fu Margherita ad allungare una mano verso di lui, quando andarono a letto. E credendo che dormisse gli scivolò accanto e gli circondò i fianchi. «Marco,» lo chiamò «sei sveglio?»
Lui se la strinse contro. «Sì, sono sveglio.»

Non avrebbe mai dimenticato lo squallore e la bolgia di quel 25 gennaio, quando si presentò all'udienza accompagnato dal suo legale e si ritrovò catapultato tra uomini e donne che urlavano, spingevano, protestavano.
«Dobbiamo trovare la sua ex moglie e il mio collega» l'avvocato Ruffo gli comunicò in tono molto professionale.
Già, ma dove? Fu Ruffo a scovarli, e Marco vide una giovane donna avanzare, tra due uomini, verso di lui. Sul momento stentò a riconoscerla. Il corto caschetto non esisteva più: Chiara portava i capelli ordinatamente lunghi, e molto più chiari, con una ciocca sfrangiata che le ricopriva la fronte. E indossava una bellissima pelliccia. Come aveva detto Teresa, dopo averla incontrata tanto tempo prima? *"Ha un ottimo aspetto, tutto agghindatino"*.
Quando lei gli giunse davanti, per la prima volta notò la straordinaria rassomiglianza con la gemella. Restò come paralizzato. Doveva abbracciarla affettuosamente, salutarla con un cenno di capo, farle il baciamano? Questa elegante signora gli sembrava un'estranea. Fu lei a toglierlo dall'imbarazzo tendendogli la mano con un gesto perfetto.
Così come era perfetta, non poté fare a meno di notare, l'e-

spressione del suo viso. Chiara non appariva né troppo cordiale né troppo sulle sue, né ostentatamente disinvolta né esageratamente triste. E di colpo riconobbe la composta e misurata donna che per dieci anni era stata sua moglie.

« Ti trovo bene » gli scappò detto, e subito si vergognò per l'idiozia di quella frase.

« Starei meglio se fossimo già fuori da questo caos » lei rispose con un breve sorriso.

A due metri da loro, un uomo, evidentemente l'avvocato, stava tentando di dividere una coppia che litigava astiosamente. Quando l'usciere chiamò strillando, per superare il frastuono che regnava nel corridoio, Zenga Antonio e Odolini Francesca, si levò un coro di irose proteste: tocca a me, c'eravamo prima noi, la solita giustizia di merda.

« Ne avremo almeno per un paio d'ore » previde l'avvocato di Chiara guardandosi attorno.

E mentre i due avvocati si appartavano a parlare, non certo del loro divorzio, perché tutto era stato a suo tempo concordato e definito, Marco guidò Chiara verso le due sgangherate sedie rimaste miracolosamente libere dopo che Zenga Antonio e Odolini Francesca erano entrati dal giudice.

« Non credevo che divorziare fosse tanto squallido » Chiara disse indicando l'isterica marea che li circondava.

« Nemmeno io. Sembra una catena di montaggio. O la metropolitana di Tokio nell'ora di punta. » Dopo un lungo silenzio chiese: « Tua madre e tua sorella stanno bene? ».

« Sì. Gio' si sposerà tra un mese. Non so se ti ricordi di Giorgio Ventura, quello della "I.P." che ci vendette la casa di Iseo: è con lui che si sposa. »

« Ricordo, sì. Sono contento per lei. » Tacque di nuovo, né Chiara sembrò voler tener desta la loro circospetta e faticosa conversazione.

« Sei tornata qualche volta nella casa di Iseo? » Marco si ritrovò a chiedere.

« No, » lei rispose con semplicità « mi avrebbe soltanto evocato ricordi tristi. Però, » si affrettò a precisare « un uomo del posto va regolarmente a dare aria e a controllare che non vi siano guasti. »

« Era una casa molto bella » lui disse.

«Sì. E mi dispiace che non l'abbia voluta tenere tu.»

Un altro lungo silenzio. Fu lei, questa volta, a romperlo. «La tua bambina come sta?»

Una domanda gentile che fece quasi sobbalzare Marco. Si rese conto che per una frazione di secondo "la bambina" gli aveva evocato il ricordo di Benedetta, la figlia che aspettava da Chiara e che non era mai nata. «Sara sta bene» rispose dopo qualche istante. «Ha compiuto tre anni il ventun gennaio.»

«Sara è un nome molto bello.»

Benedetta mi piaceva di più, stava per rispondere, ma si ritrasse per tempo da quella che sarebbe apparsa, ed effettivamente era, molto più che una spaventosa gaffe.

L'usciere li chiamò due ore e un quarto più tardi, quando gli argomenti senza pericolo erano stati tutti esauriti e loro due se ne stavano silenziosamente assorti, ciascuno perduto nei propri pensieri. Il giudice chiese agli avvocati se tutte le formalità erano state espletate, se l'accordo era stato raggiunto e non esistevano contestazioni dalle due parti. Esaminò il fascicolo che gli era stato consegnato, appose una firma e indicò col dito dove le due parti dovevano firmare.

L'udienza finì in meno di dieci minuti e quando uscirono dalla piccola aula, divorziati, per la prima volta Marco ebbe la consapevolezza di averla perduta. Dieci anni cancellati, finiti unicamente perché una lontana primavera lui si era sentito tagliato fuori dalla vita di lei e non era riuscito a resistere alla ardente ragazza che gli aveva teso le braccia.

Era stato disonesto e pazzo, e solo adesso si rendeva conto fino a che punto. Ma, stranamente, questa consapevolezza gli causò malinconia e non infelicità. Margherita lo aspettava a casa e lui l'avrebbe sposata al più presto. L'ardente ragazza non c'era più, ma era la madre di sua figlia, una giovane donna che lui aveva resa insicura, irritata, delusa. Provò una profonda tenerezza per lei e si ripropose di essere quello che non era riuscito a essere per Chiara, un buon marito.

Si accorse che gli avvocati se n'erano andati, probabilmente dopo averlo salutato. Chiara lo stava guardando esitante.

«Dobbiamo lasciarci, Marco. Ti faccio tanti auguri» disse tendendogli la mano.

Lui gliela strinse dolcemente. «Mi dispiace che sia finita così. Avresti meritato un uomo migliore di me.»

«Ma era te che io amavo» lei rispose quietamente, fissandolo con gli occhi lucidi.

Marco l'abbracciò senza parlare. Un breve abbraccio dal quale si disciolsero, entrambi, con tristezza. Erano finiti il dolore, l'odio, il rancore e non restava proprio più nulla.

Girandosi a guardarla, mentre si allontanava, Marco vide Paolo Lusardi che l'aspettava all'altro lato della strada e la prendeva sottobraccio. Era ormai quasi mezzogiorno e non se la sentiva di andare in ufficio né di tornare subito a casa. Ritirò la macchina dal parcheggio e si portò fuori dal centro. Non aveva una meta precisa, ma guidare gli era sempre servito per rilassarsi e l'avevano preso spesso in giro per questo.

«L'hai portata a colazione? E dopo colazione vi siete infilati in un motel, in ricordo dei bei tempi andati?» Margherita ruggì non appena lui varcò il portone di casa.

La guardò senza capire. «Ma che stai dicendo?»

«L'udienza è finita alle undici e cinquanta, e sono quasi le quattro. In ufficio non c'eri, a casa non sei tornato e desumere che sei stato con tua moglie non è difficile.»

«Chiara non è più mia moglie.»

Margherita fece una risatina: «Proprio questo rende la cosa più eccitante. Ho visto, sai, l'appassionato abbraccio che vi siete scambiati per strada dopo l'udienza, e...». Si fermò spaventata di quel che le era sfuggito.

Marco la guardò con tristezza. «Mi dispiace di averti ridotto al punto di pedinarmi.» Aveva amato due sole donne, in tutta la sua vita, e nel volgere di poche ore aveva detto a entrambe «mi dispiace».

Si avvicinò a Margherita e le posò una mano sulla spalla. «Non dovevi farlo, tesoro. Voglio che tu abbia fiducia in me, e sai bene che puoi averla.»

Di nuovo quella risata sarcastica. «Non lo so affatto. Per quanto ricordo, anzi, eri abilissimo nel tradire e raggirare tua moglie. O preferisci che dica *ex* moglie?»

«Sei ingiusta, Margherita.» Si accorse di non essere irritato né offeso, ma solamente addolorato.

Si sfilò il cappotto e si diresse verso la cucina, per farsi un caffè. Di mangiare non se la sentiva, anche se non aveva ancora pranzato.

Lei gli andò dietro senza demordere. «*Sei ingiusta...*» lo scimmiottò. «La classica difesa di chi si sente smascherato e in torto.»

Ma all'improvviso, e miracolosamente, lasciò cadere la polemica. Gli tolse dalle mani la caffettiera, la riempì e la mise sul gas. Poi, aspettando che il caffè uscisse, alzò gli occhi su di lui e affermò in tono malinconico ma deciso: «Se io non fossi stata incinta, non avresti mai lasciato tua moglie. Questo, almeno, potresti ammetterlo».

Marco non distolse i suoi occhi. «Posso ammettere soltanto che la tua gravidanza ha fatto precipitare gli eventi. Ma il ruolo di adultero non faceva per me, e prima o poi avrei dovuto comunque prendere una decisione.»

«Non necessariamente scegliendo me.» La voce di Margherita era calma. «Avresti anche potuto decidere di troncare la nostra relazione e tornare a tempo pieno da tua moglie.»

Lui fece il solito gesto vago di quando non voleva, o non sapeva, rispondere.

«Il tuo matrimonio non era poi così compromesso, Chiara ti amava e tu avevi molte cose in comune con lei» Margherita incalzò in tono discorsivo.

«Questo è vero» fu costretto ad ammettere.

«Che cosa? Che il tuo matrimonio non era finito oppure che Chiara ti era molto affine?» chiese con la solita pacatezza.

«Forse l'una e l'altra cosa» Marco si lasciò sfuggire. Ma notò con sollievo che lei sembrava non aver raccolto quella che avrebbe potuto apparire una provocazione.

«Capisco. E mi rattrista davvero che l'annuncio di Sara ti abbia impedito di riflettere più a lungo, forse addirittura di essere felice.»

Il caffè era traboccato in una piccola pozza nera. Margherita si alzò, preparò nuovamente la caffettiera e la mise sul gas. Poi tornò a sedersi.

«Non mi hai reso affatto infelice, cara.»

«Però neppure felice.»

Lui allargò le braccia. «La felicità è un concetto molto vago. Un tempo la identificavo con passione, successo, creatività, esaltazione. Oggi sono convinto che è soprattutto senso della stabilità: compi onestamente i tuoi doveri professionali e umani e ti senti in pace con te stesso, con la rasserenante convinzione di essere al riparo da mutamenti e sorprese. Tu e Sara mi avete dato questa stabilità.»

«In parole semplici, rappresentiamo il tuo onesto dovere.»

Marco avvertì un vago senso d'allarme. Sbagliava o c'era una furia contenuta, nel tono sempre calmo di lei? «Detto così» osservò «suona molto male. Il senso del dovere, forse ti è sfuggito, presuppone sempre un coinvolgimento affettivo.»

«Ma non l'amore! Tu mi *vuoi bene*, però è tua moglie che hai amato!» Margherita strillò. La valvola si era allentata e la furia repressa stava esplodendo.

Come aveva potuto lasciarsi ingannare? Non capire che imperturbabilità e pacatezza erano stati un tranello per portarlo a dire quel che lei, in malafede, voleva sentirsi dire? L'irritazione che provava per se stesso si ritorse suo malgrado contro di lei. «Adesso basta» disse. Il caffè aveva cominciato a borbottare e si alzò, prese una tazzina e se la riempì.

«Senti di avere dei doveri anche per Sara?» Margherita chiese mentre lo guardava bere, con la voce tornata quieta.

Ma stavolta lui non abboccò. «Che strana domanda! È mia figlia e certamente sì, mi sento molto responsabile di lei.»

«*Forse non è tua figlia*» Margherita sillabò.

«Che cosa vuoi dire? Piantiamola con questi isterismi e questi giochetti.»

«Ma io non sto giocando. Ti ricordi di Franco Elestici, vero? E ti ricordi che a un certo punto della nostra relazione mi lasciasti? Io vissi con lui dieci giorni di appassionato amore. Fu la primavera in cui fu concepita Sara, ed Elestici si è dimesso perché non sopportava di restarti accanto. Non sono affatto sicura che Sara sia tua figlia, e perciò il tuo senso del dovere non ha alcuna ragion d'essere.»

Marco si meravigliò di non provare né dolore, né ira, né sorpresa. Si accorse di sentirsi solo svuotato ed esausto. Meccanicamente si alzò e depose nel lavello la tazzina sporca.

Margherita lo afferrò per le spalle, lo costrinse a voltarsi e gli si gettò addosso singhiozzando. «Non è vero! Ti giuro che quel che ho detto non è vero niente! È che sono fuori di me, da quando ti ho visto abbracciare Chiara fuori dal tribunale.»

Si interruppe un attimo, poi disse con voce di pianto: «Non mi hai mai detto "ti amo", Marco. *Mai una volta*, in quattro anni». Lo afferrò per la giacca, scrollandolo. «Sai cosa significa questo, per una donna? Gelosia, insicurezza, panico. Perché la grande verità è questa, tu non mi hai mai amato.»

Marco era troppo stanco per rispondere e, anche, soltanto per pensare.

«Con la storia di Elestici volevo scuoterti, farti male... Mi credi?» Margherita supplicò, più che chiedere.

«In questi ultimi mesi non abbiamo fatto che esasperarci e farci del male» Marco constatò con voce sommessa. Era la sola realtà che riusciva ad afferrare. «E forse sarebbe bene che per qualche tempo ci separassimo» aggiunse faticosamente.

«Stai dicendo che tra noi è finita?» La faccia di lei appariva inorridita.

Marco abbassò gli occhi. «No. Abbiamo solo bisogno di respirare, Margherita.»

XVIII

Aprile giunse dopo tre bui mesi di gelo, neve e pioggia. Una mattina, aprendo la finestra della stanza da letto, Margherita si trovò come davanti a una festosa oleografia: il cielo era azzurro, il sole luminoso, l'erba del prato scintillante, le gemme degli alberi di un rorido, tenero verde.

Inspirò a pieni polmoni, sentendo un tremulo ottimismo che le si allargava dentro. Forse, con il risveglio della natura, anche le sue speranze si sarebbero risvegliate. Dio, si trovò a pregare, fai che Marco riesca a dimenticare quel che gli ho detto, fai che riesca finalmente ad amarmi.

Sarebbe tornato a casa proprio quel giorno. La tregua era scaduta, la lontananza finita: anche se nei tre mesi in cui si era trasferito in un residence era venuto spesso a trovare la bambina, aveva telefonato ogni sera, si era sempre preoccupato che lei stesse bene e non avesse bisogno di nulla. Neppure l'orribile menzogna che gli ho gettato in faccia, Margherita pensò amaramente, è riuscita a far vacillare il suo enorme senso del dovere.

Provò emozione e paura all'idea di rivederlo. In quel periodo, come una dipendente qualunque, aveva chiesto tre mesi di aspettativa a Vianello: era realmente troppo esaurita per concentrarsi sul lavoro, e inoltre lavorare fianco a fianco con Marco, in agenzia, avrebbe vanificato quel periodo di distacco che a lui sembrava molto importante.

Quel giorno sarebbe tornata a casa anche Sara. La piccola aveva trascorso l'ultimo mese a Padova, con la zia Egle, e Pinuccia, la nuova bambinaia, era andata a riprenderla. Dina si era licenziata sui due piedi, alla fine di gennaio, e il ricordo di quel che era accaduto per qualche istante la ripiombò nei sensi di colpa e nello sconforto.

Marco se n'era andato e io avevo i nervi a pezzi, tentò di giustificarsi. Tutto era accaduto alle quattro del mattino. Dalla sua stanza, per oltre un'ora aveva sentito la bambina piagnucolare e lamentarsi, inutilmente confortata da Dina. Fino a quando si era alzata ed era andata nella stanza della bambina.

« Si può sapere che cos'ha? »

« Deve aver avuto un incubo » aveva risposto Dina « e non riesce a riprendere sonno. »

Si era curvata sul suo lettino. « Piccola, che cosa c'è? Fai la brava, ora spengo la luce e resto con te finché non riprendi sonno. » E, rivolta a Dina: « Torni pure a letto, penso io alla piccola ».

Non aveva fatto in tempo a spegnere la luce, che Sara ricominciò a piangere. « Ho *paula*, mamma, *apli.* »

« Paura di che cosa? » chiese premendo di nuovo il pulsante. Si curvò su di lei, e la vista del suo faccino triste e spaventato anziché intenerirla la innervosì. Perché non sapeva essere una bambina rotonda e ridente come tutte le altre?

« Di che cosa hai paura? » ripeté spazientita. « Sono qua io, adesso. » Anziché rispondere, Sara riprese a piangere. A tre anni il suo pianto continuava a essere il lamentoso flebile insopportabile lamento di quando era poppante. Margherita non ci vide più. Travolta dall'ira, la sollevò dal lettino e cominciò a percuoterla. Sulla faccia, sulle gambe, sul sederino magro.

« Sei una bambina odiosa! Non ti sopporto! » gridò.

In quel momento Dina arrivò e gliela strappò dalle braccia. « Si vergogni. Che io resti o meno, » disse sulla porta « per Sara non può cambiare nulla. Lei è malata, signora, e dovrebbe curarsi. » Aveva fatto la valigia e se n'era andata.

Socchiudendo la finestra, e gettando un ultimo sguardo alla natura in tripudio, Margherita si chiese se davvero era stata malata. Di certo, si sentiva addosso la languida stanchezza di una convalescente. Andò in bagno e si preparò: Sara sarebbe arrivata a mezzogiorno e lei, prima, voleva uscire per comperarle un regalo e farglielo trovare come sorpresa.

A sentire la zia Egle, la piccola ora mangiava, era serena, stava bene. E chiedeva spesso della mamma.

Alle nove e mezzo uscì, lasciò l'auto nei pressi della prima fermata e si diresse verso l'ingresso della Linea uno, per raggiungere il centro con la metropolitana. I vagoni erano superaffollati e Margherita riuscì a malapena a salire.

Si era appena spostata dalla porta, e stava cercando un appiglio a cui aggrapparsi per far leva contro bracciate e spintoni, quando la vide. Chiara.

Portava i capelli schiariti e lunghi come quando, anni prima, l'aveva incontrata alla Rinascente; e faceva scudo a un gruppetto di bambini che le si stringevano accanto.

Anche Chiara la vide. E dopo un attimo di esitazione, le fece un cenno di saluto con la testa. Margherita scese precipitosamente alla prima fermata, la testa in fiamme. E così la signora si poteva concedere anche il sontuoso lusso della cortesia, il cordiale distacco da ricordi e rancori.

Come ha osato salutarmi?, pensò con furia mentre si dirigeva velocemente verso l'uscita. Emergendo dalla scala, la risposta le venne incontro con l'ingorgo di auto, il suono dei clacson, l'aria puzzolente della metropoli: Chiara aveva la sicurezza e la forza di chi ha vinto. La situazione di quattro anni prima si era ribaltata. Ora sono io, pensò, a sentirmi spaventata e sola.

Alzando gli occhi per guardare il semaforo, vide al lato opposto della strada un negozio di giocattoli. Lo raggiunse, comperò una gigantesca bambola e poi si fece portare con un taxi al parcheggio in cui aveva lasciato la sua auto.

Sara e Pinuccia arrivarono con un'ora di ritardo, alle tredici, e dopo che lei aveva inutilmente e più volte tentato di telefonare alla Stazione Centrale per avere notizie del rapido Venezia-Milano.

Quando sentì suonare al cancello, premette in fretta il pulsante e prima ancora di salutare Sara investì la bambinaia: «Poteva telefonarmi, appena scesa dal treno! Mi avrebbe evitato mezz'ora di angoscia».

«Ho perso tempo ai taxi, c'era una coda lunghissima.»

La bambina la tirò per la gonna. «Mamma, ciao.»

La sollevò da terra e l'abbracciò forte. «Tesoro mio, sono stata così preoccupata. Lasciati guardare, ti trovo benissimo.»

«Tanti baci da zia Egle.»

«Entriamo in casa, Sara» disse continuando a tenerla in

braccio. « Devi ancora mangiare, vero? E ti ho preparato una bellissima sorpresa! »

Poco dopo, a tavola, risorse l'antica irritazione. Sara giocherellava con il cucchiaio portandolo di tanto in tanto svogliatamente alla bocca. « Vuoi deciderti a mangiare, sì o no? »

La nuova bambinaia intervenne: « Ha mangiato una fetta di torta in treno, forse per questo non ha appetito ».

« Non doveva dargliela. Sa che... »

« *Ela* la *tolta* di zia Egle » la interruppe la bambina mangiandosi la erre, come se la spiegazione dovesse metter fine a ogni polemica.

Alle tre del pomeriggio, mentre Sara giocava con la nuova bambola e lei era in cucina a preparare la mousse al cioccolato, di cui Marco era ghiotto, Marco telefonò avvertendo di non aspettarlo per cena. Come se fosse una cena qualunque, Margherita pensò riattaccando, come se quella non fosse la sera del suo ritorno a casa dopo tre mesi.

Tornò in cucina e rovesciò nella pattumiera le chiare d'uovo che stava montando a neve. Poi si affacciò sull'uscio della stanza di Sara pregando la bambinaia di non fare troppo chiasso perché sarebbe andata a riposare per una mezz'ora. Buttandosi sul letto, quell'avvertimento le parve ridicolo: quando mai Sara "faceva chiasso", o si scatenava come una normale bambina? Sara sapeva solo piagnucolare.

E questo non è normale, si disse. Come non è normale che non rida, non corra, non metta mai in disordine la sua stanza. Va all'asilo docilmente e quando torna si siede in un angolo del tappeto con una bambola o un peluche e se ne sta lì quietamente assorta. *Come se pensasse*. E basta un nonnulla per farla piangere. Le ho trasmesso insicurezza e infelicità, pensò. Ho fallito nel mio ruolo di madre e ho profondamente deluso Marco.

Ma era poi così? Marco si aspettava davvero qualcosa da lei? La verità è che non mi ha mai amata, continuò a pensare, e che io l'ho sempre saputo, fin dall'inizio. Sua moglie si era stupidamente eclissata in quella vecchia casa sul lago d'Iseo e lei si era protervamente buttata sulla sua solitudine e sulle sue frustrazioni.

Ricordò la lontana mattina in cui era salita in agenzia. Sapeva di trovarlo lì e aveva finto di aver dimenticato le chiavi dell'appartamento di Madesimo. L'ho circuito e sedotto, ammise con se stessa, ed è stato un gioco facile. Ma lo amavo davvero. Solo che all'inizio la sua passione mi bastava e la precarietà del nostro rapporto non mi spaventava. È stato con l'arrivo della bambina che l'ombra di Chiara ha cominciato a perseguitarmi. Avrei voluto essere amata come lei e non ci sono riuscita, pensò umilmente. Sono fallita, fallita, fallita. Ed è solo per dovere che stasera, senza fretta e senza batticuore, Marco ritornerà a casa.

Per un istante le parve di odiarlo. E all'odio per lui si aggiunse quello per sua figlia: mio Dio, si chiese turandosi le orecchie, possibile che stia piagnucolando di nuovo? Si alzò in fretta e andò nella stanza della bambina. Pinuccia disse: «Mi spiace che si sia svegliata, signora. Sara si è schiacciata un dito e...».

Afferrò la mano che la bambina aveva nascosto dietro la schiena e vide che il medio era escoriato e si stava gonfiando. «Poteva stare più attenta» disse prendendo la bimba in braccio e dirigendosi verso il bagno. «Mi porti un cubetto di ghiaccio» ordinò alla bambinaia. «E tu smettila di piangere» strillò alla figlia.

Ma vedendo il flacone del disinfettante, Sara cominciò a dimenarsi e a piangere forte.

«Vuoi piantarla, sì o no?»

«Non *voio* quello» indicò tra i singhiozzi.

«Sapessi quante cose non vorrei io! E parla bene, non sei più una poppante.» Tenendola ferma, riuscì a disinfettare l'escoriazione e quando Pinuccia arrivò col ghiaccio tentò, ma inutilmente, di avvolgerlo con una fascetta attorno al dito tumefatto. Sara sembrava terrorizzata, adesso, e lei le mollò un manrovescio.

La bambinaia fece per intervenire, e Margherita spinse con malgarbo la piccola verso di lei. «Se la tenga. E veda di farla smettere.»

Tornò nella sua stanza, si sdraiò nuovamente sul letto e guardò l'orologio: quasi le cinque. Tra quanto tempo sarebbe arrivato Marco? E per quanto tempo le sue giornate avrebbero continuato a trascinarsi in questo insopportabile modo? Dalla stanza di Sara giungeva un pianto disperato che neppure la distanza riusciva ad attutire. Si alzò e si precipitò lì come una furia. La bambina era in braccio a Pinuccia che cercava di consolarla. Gliela strappò via e con vergogna, con angoscia, come se non fosse lei a farlo, cominciò a picchiarla ovunque le capitava. «Maledetta bambina, chiudi quella boccaccia!» Non si accorse che Pinuccia era scappata via.

Sara non piangeva più. Le magre braccine incrociate davanti al petto, in un gesto di patetica difesa, tratteneva il fiato e la guardava. Margherita restò con una mano alzata, paralizzata dall'orrore, e scoppiò in un pianto irrefrenabile. Sara si sollevò lentamente sulle gambe e allungando un braccino, con esitazione, le fece una dolce carezza sul viso.

«Che cosa ti ho fatto? Che cosa ti ho fatto, amore mio?» Margherita gridò.

Sara le mostrò il ditino: «Non fa più male, mamma, non *piangele*».

Sono diventata pazza, Margherita si disse mentre, la figlia stretta contro il suo corpo, scendeva le scale verso il garage. Entrò nel box, aprì la portiera della sua auto e depose delicatamente la bambina sul sedile alla sua destra. Sara, notò, aveva portato con sé l'ultima bambola; quella che poche ore prima lei le aveva regalato.

«*Ove* andiamo, mamma?»

Non lo so, rispose. Ma si accorse di non aver parlato. Mise in moto, risalì lo scivolo e quando fu sulla strada si diresse verso sinistra, a caso. Perché era salita in macchina? Dove stava andando? Sono diventata pazza, si ripeté con calma. O forse non sono mai guarita.

A quattordici anni, ricordò, per un certo periodo aveva cominciato ad aver paura di tutto e a estraniarsi dalla realtà. Non faceva che pensare alla morte e alcune notti, svegliandosi in preda agli incubi, tratteneva il fiato pensando che forse era già morta. Suo padre l'aveva portata da uno specialista che, ricordava anche questo, aveva parlato di "tempesta ormonale", passeggera "crisi dell'età". In effetti dopo qualche mese era tornata a essere una adolescente serena.

Ma è stata un'illusione, pensò accorgendosi di aver attraversato tutto il centro e imboccato la tangenziale est. Sono sempre stata pazza e di nuovo ho perduto il contatto con la realtà. Dove sto andando? E perché sto pigiando così l'acceleratore?

«Ho *paura*, mamma.» La vocina tremante di Sara, e quella "erre" per la prima volta perfetta. Si sentì sciogliere il cuore. Non sono affatto pazza, pensò. Sono soltanto infelice. La mia sola pazzia è non accontentarmi di un onesto uomo che mi è affezionato e si prende cura di me, e non aver capito il dono che la vita mi ha fatto con questa tenera, meravigliosa bambina.

Avrebbe voluto rallentare, cercare uno svincolo e ritornare a casa prima che fosse troppo tardi. Ma *era già* troppo tardi, si accorse. L'auto era lanciata come un razzo, quasi non fosse lei stessa a premere l'acceleratore.

«Non *collele* mamma.» Non correre. Sara stringeva contro di sé la bambola, quasi a proteggerla. Di nuovo la vocetta spaventata, di nuovo quella erre infantile che la sua tenera, meravigliosa bambina non avrebbe avuto mai più il tempo di imparare a pronunciare.

Margherita se ne rese lucidamente conto mentre l'auto sembrò volare sull'altra corsia e lei vide il muso di un camion venirle incontro. Si buttò sul corpo della figlia, per fare da scudo, e gridò: «Ti voglio bene, Sara!». E una frazione di secondo prima del tragico impatto si chiese se l'aveva davvero detto e non solamente pensato.

PARTE QUARTA

Sara

XIX

Già il 20 agosto, Chiara constatò alzando gli occhi dalla tazza del tè e guardando il calendario appeso sopra al frigorifero. L'estate era volata, le giornate avevano cominciato ad accorciarsi velocemente e presto sarebbero arrivate le feste di Natale. Le venne da sorridere. A trentatré anni, le era restata l'infantile sensazione che l'autunno fosse una brevissima stagione di passaggio, con la sola funzione di mettere una pausa tra le vacanze dell'estate e quelle di Natale.

Benché ne adorasse la morbida luce e i magici colori, non riusciva a considerarlo una vera stagione come per esempio la primavera o l'inverno: si proiettava sempre avanti nel tempo di qualche settimana, ed era come se lo cancellasse, come se l'autunno non esistesse.

Natale le avrebbe portato in dono un nipotino, o una nipotina: Gio' si era sposata in febbraio e non aveva perso tempo. Era già incinta di cinque mesi e l'arrivo del suo primo figlio era previsto per la terza settimana di dicembre.

« Chiara, cosa stai lì a gingillarti? Farai tardi in Istituto! » Sua madre era entrata in cucina, stretta nella vecchia vestaglia di lana che rifiutava di buttar via, e la guardava con quell'aria da tenera ma disapprovante chioccia che da qualche tempo le era diventata abituale.

« Sono appena le sette, mamma » Chiara replicò calma bevendo l'ultima sorsata di tè, senza accennare ad alzarsi.

« Come, *appena*! Devi ancora prepararti e hai venti chilometri di strada da fare. O vuoi buttarti nelle tue solite corse pazze? »

Non era mai stata una madre protettiva, Chiara pensò. Lo era diventata da quando la sua storia con Paolo era finita e, a volte, si sentiva oscuramente in colpa pensando che con quella rottura le aveva creato tante preoccupazioni. Non era riuscita ad amarlo: provava per lui affetto e stima, sarebbe rimasto per sempre il suo migliore amico, ma per quanto importante tutto questo fosse, non bastava per sposarlo.

Lo scorso gennaio lei aveva ottenuto il divorzio e un mese dopo, per l'ultima volta, Paolo le aveva chiesto di sposarlo. Ma senza troppa convinzione: lui per primo aveva capito, e non da quel momento, che tra loro non avrebbe potuto mai esservi altro se non un rapporto di profonda confidenza e affetto.

« Resterai sola come un cane! » Lucia aveva strillato quando la figlia le aveva dato la notizia della rottura. « Quei bimbi pazzi a cui ti sei votata non sono figli tuoi, devi risposarti e farti una famiglia come tutte le donne normali! »

Ogni volta che Paolo telefonava, e cioè mediamente tre volte alla settimana, le speranze di sua madre avevano un soprassalto. « È un buonissimo ragazzo » diceva « e in un matrimonio quel che conta non è l'amore! » Lucia era arrivata a tentare di convincere la figlia, con spericolata malafede, che per il povero Giacomo lei aveva nutrito soprattutto un profondo affetto.

Notando l'aria impaziente con cui ora la fissava, Chiara si alzò e si decise ad andare in bagno a prepararsi. Da molto tempo aveva lasciato il consultorio, e cioè da quando Sonia, puntellata da un ancor fragile equilibrio, era stata affidata alla zia materna ed era partita per Bari. All'improvviso aveva capito che col suo lavoro avrebbe potuto aiutare tante piccole Sonie, creature confuse, disturbate, traumatizzate, incapaci di crescere. E aveva preso il posto di un collega della Valsecchi, che aveva preferito passare a una struttura ospedaliera, all'Istituto Puer.

Il Puer era una via di mezzo tra attrezzatissima clinica privata e pensionato di lusso. Fondato otto anni prima da un industriale e da tre medici, che ne erano anche azionisti, ospitava bambini dai tre ai dodici anni. Agli inizi Chiara aveva riluttato: l'idea di occuparsi esclusivamente di piccoli privilegiati, con genitori in grado di pagare una retta di trecentomila lire al giorno, extra esclusi, le creava disagio professionale e scrupoli di natura umana.

Ma pochi giorni le erano bastati per capire che esistevano soltanto privilegi apparenti, in quanto violenza, paure, blocchi psicologici e fragilità paralizzanti potevano sconvolgere qualunque esistenza e annidare il loro seme in qualunque piccola mente. Il Puer poteva ospitare fino a cento bambini, e purtroppo era sempre al completo, con liste d'attesa lunghissime.

La degenza media era di un paio di mesi, ma non era infrequente che qualche bimbo *down* o comunque portatore di handicap fisico, restasse parcheggiato a tempo indeterminato. In Istituto aveva tutto: spazi verdi, assistenza medica, vigilatrici pazienti, ma non l'amore dei genitori.

Chiara era una delle cinque laureate che facevano parte dell'ASP, sigla che stava a indicare il reparto d'assistenza psicologica. Subito dopo il ricovero, ciascun paziente veniva sottoposto a visite specialistiche ed eventuali esami, onde accertare le sue condizioni fisiche, e in seguito inviato a uno degli psicologi dell'ASP.

Il primo incontro continuava a essere per Chiara fonte di grande ansia e di violente emozioni. Il colloquio coi genitori, preliminare di rigore, non era di alcun aiuto: nessun padre e nessuna madre, anche se intimamente colpevolizzati, ammettevano le proprie responsabilità o le proprie violenze.

«Non riusciamo a capire», «non esistono motivi», «si è rinchiuso in se stesso all'improvviso», era quel che i genitori ripetevano. E Chiara, brancolando nel buio, si ritrovava faccia a faccia con creature silenziose, stranite, ostili. Anche nei piccolissimi, la diffidenza sembrava essere la sola istintiva arma di difesa. Quali errori, quali latitanze, quali egoismi avevano spento l'allegro e fiducioso abbandono dell'infanzia? Ogni bambino reagiva in modo diverso, e le violenze erano nel profondo della loro anima, in un buio groviglio fatto di sofferenze e di fantasmi.

Chiara doveva abbattere il muro della diffidenza e poi farsi dolcemente, cautamente largo nelle profondità più remote cercando di capire, di sciogliere il nodo. Amava profondamente le creature che le venivano affidate, e per alcuni mesi diventavano come figli suoi. Il suo istinto materno, tanto a lungo frustrato, aveva trovato appagamento e sfogo. Gli sforzi per recuperare quei figli alla vita le sembravano come un travaglio; e quando scorgeva il primo incerto sorriso dopo settimane di estenuanti tentativi, provava la liberazione e il sollievo di un parto.

I "bimbi pazzi", come Lucia li chiamava con rustica tenerezza, avevano placato la sua sete di maternità. E si rendeva conto d'aver sublimato, in loro, anche istinto sessuale, necessità di un rapporto affettivo, narcisismo della seduzione. Coi pochi uomini che frequentava aveva rapporti franchi e camerateschi, e quando qualcuno la corteggiava od osava un approccio, lei si sentiva più stupita che turbata.

« Morirai zitella! » le ripeteva sua madre. E a volte, temendo che fosse il senso del dovere nei suoi confronti a impedirle di prendere il volo, la inseguiva strillando: « Non devi sentirti costretta a vivere con me perché tua sorella si è sposata! Io non sono una vecchietta tremebonda! ».

In questa casa, con mia madre, sto bene, si diceva spesso Chiara, e la vita è piena anche se non avrò mai un secondo marito o dei figli nati da me. Se lo ripeté anche quando fu pronta e tornò in cucina per salutare sua madre.

Stava per andarsene, quando le venne in mente che quella sera aveva appuntamento con Paolo al Toulà.

« Mamma, dimenticavo di dirti che stasera non vengo a cena. »

« Benissimo! » la donna replicò con tono raggiante.

Il Puer ricordava talvolta a Chiara Villa Quiete, la clinica in cui era stata ricoverata dopo la crisi che aveva distrutto il suo matrimonio e, per un certo periodo, anche la sua vita. Era una vecchia villa padronale con un grande parco, nel cuore della Brianza, e lunghi lavori di ristrutturazione l'avevano trasformata in un funzionale edificio.

Benché fosse un istituto privato, l'amministrazione non lesinava né sugli organici né sulle strutture. L'anno prima, da un'ala adibita a deposito, era stata ricavata una modernissima palestra con piscina coperta. Il personale medico era qualificato e ben pagato, il vitto sano e accurato, l'assistenza continua.

Quella mattina, non appena raggiunse il suo studio, venne chiamata dal direttore sanitario. Una bambina di undici anni, da tre giorni scomparsa da casa, era stata sorpresa al Parco Lambro mentre tentava di estrarre una radio da un'automobile. Un caso spaventoso: la piccola, figlia di facoltosi negozianti, era stata avviata alla droga da un giovane e cinico vicino di casa che aveva fatto di lei una tossicodipendente e una ladra. Da tre mesi rubava nel negozio del padre, negli spogliatoi della scuola e, ora, anche per strada.

« Il giudice minorile si è personalmente rivolto a me » spiegò il direttore sanitario. « Vorrebbe che la bambina venisse ricoverata e curata al Puer, ma prima di decidere vorrei sentire anche un suo parere, dottoressa Basile. »

« È un caso che non ha precedenti in Istituto » Chiara dovette ammettere onestamente.

« E per di più la bambina è scaltra, ribelle, molto più matura della sua età. »

« Se per "maturità" si intende saper rubare, scappare e mentire » lei puntualizzò tristemente.

« Sarebbe un'ospite ad altissimo rischio » aggiunse, annuendo, l'uomo. « E noi abbiamo il dovere di pensare anche agli altri piccoli pazienti. La presenza di quella bambina potrebbe turbarli, e sarebbe comunque destabilizzante. Né d'altra parte possiamo pensare di isolarla. Tecnicamente le strutture per seguirla da sola non mancano, ma umanamente ciò equivarrebbe a una emarginazione controproducente e crudele. »

Fu Chiara, questa volta, ad annuire. Dopo qualche istante chiese: « Quali altre alternative ci sarebbero per questa bambina, al di fuori di un ricovero al Puer? ».

« Il giudice minorile esclude la famiglia: i genitori, totalmente assorbiti dai loro commerci, sono persone ignoranti e assolutamente non all'altezza di un recupero tanto delicato. L'assistente sociale ha scoperto che la bambina viveva praticamente abbandonata a se stessa mentre padre e madre stavano in negozio. E la sola cosa di cui quei due si sono accorti è che in negozio si verificavano dei misteriosi ammanchi di cassa. »

Chiara scosse la testa. « Capisco. È un caso davvero difficile. E immagino che, se noi non la accoglieremo, verrà affidata a una struttura pubblica. Diciamo pure rinchiusa. »

« Non è detto, » l'uomo si affrettò a precisare « esistono anche *buone* strutture, e forse più attrezzate di noi. »

« Ne dubito. Lei sa bene che l'ASP e il personale medico in genere sono attrezzatissimi per farsi carico di questo recupero, anche se la bambina è un caso inedito. Il problema è un altro: fino a che punto possiamo rischiare? Come lei ha detto poco fa, sarebbe indubbiamente una presenza destabilizzante.»

«Mi sono riservato due giorni di tempo per dare una risposta al giudice. Vuole rifletterci su anche lei?»

Chiara si alzò. «La ringrazio. Soprattutto per essersi umanamente posto un problema che avrebbe potuto evitarsi dicendo subito no.»

Il pensiero di quella bambina di undici anni, drogata e ladra, non l'abbandonò per tutto il giorno. Fu più volte tentata di tornare dal direttore sanitario e dirgli "proviamo", ma la ragione prevalse sull'istinto e la frenò. Era lecito che per salvare quella bambina si mettesse a repentaglio la salvezza di tanti altri?

La fine di quella giornata la vide turbata ed esausta. Alle diciannove e trenta la segretaria la avvertì che il dottor Paolo Lusardi era al telefono. «Ancora lì?» le disse subito. «Volevo essere certo che ti ricordassi della nostra cena.»

«Stavo giusto partendo. E spero di non trovare molto traffico.»

Fu solo al termine della cena, mentre aspettavano il caffè, che Chiara gli raccontò la storia che l'aveva turbata per tutto il giorno spiegandogli il dilemma in cui si dibatteva. «Mi sento particolarmente responsabile perché so che la mia opinione avrà un peso determinante» concluse. «Al mio posto, che cosa decideresti?»

Paolo accese una sigaretta. «Di non accettarla» disse dopo aver aspirato la prima boccata di fumo. «Per quanto crudele possa apparirti, anche nella salvezza degli esseri umani vige la legge dei numeri, e il bene del singolo va sempre sacrificato a quello della comunità. Nel caso in questione "comunità" non è un termine astratto, ma un insieme di bambini che tu conosci e ami. Ed è fuor di dubbio che la vicinanza della piccola drogata gli farebbe solo dei danni.»

«Non è detto. Agli inizi potremmo sorvegliarla, evitare di lasciarla sola con i suoi coetanei.»

«Non sei proprio convinta? La psicologa sei tu, ma io penso che sorvegliata e rinchiusa in un istituto, per quanto confortevole sia, la bambina reagirebbe diventando ancor più aggressiva e furba. E, soprattutto, cercando la complicità degli altri ospiti.

La sua apparente sicurezza farebbe di lei un personaggio carismatico da imitare e proteggere, conferendole un pericoloso potere.»

Chiara gli sorrise debolmente. «Saresti un ottimo psicologo... E quel che dici è purtroppo vero. Ma come abbandonare quella povera creatura? La sensibilità e la gentilezza hanno un costo molto alto, e dubito che una qualsiasi struttura pubblica possa permetterselo.»

«A quanto pare, il giudice minorile si è preso il caso molto a cuore. Se il vostro Istituto rifiuterà di accoglierla, certamente cercherà la migliore delle sistemazioni alternative.» Paolo allungò le mani verso quelle di lei, e gliele strinse. «Non puoi farti carico di tutti i problemi del mondo, tesoro. Né di tutti i bambini che soffrono: hai i tuoi, e occupartene a tempo pieno è umanamente il massimo che puoi fare.»

Chiara emise un grosso sospiro. «Domattina stessa parlerò con il direttore sanitario. Spero proprio che tu abbia ragione, a proposito del giudice minorile.»

I caffè erano arrivati e per un paio di minuti restarono in silenzio. Fu Paolo a spezzarlo. E a cambiare discorso. «Due giorni fa ho rivisto Linda» disse.

«Uhm, uhm, sbaglio o il tuo tono è carico di promesse?»

Lui rise. «L'ho trovata in forma splendida e sfidanzata. Il massimo a cui può aspirare uno scapolone quarantenne stanco di serate solitarie, cibi surgelati e...»

«Se io non mi fossi catapultata nella tua vita, separandovi, forse a quest'ora sareste già sposati e con un paio di bambini» Chiara lo interruppe con un altro sospiro.

«Ehi, cos'è questo tono dolente? Stai dicendo una grande sciocchezza. Se tu non ti fossi catapultata nella mia vita, per usare parole tue, avrei consumato con Linda una disimpegnata avventura e a quest'ora sarebbe stata una "ex" dimenticata e priva di attrattive. Così, invece, ha mantenuto intatto il fascino del fiore che non colsi.»

«Mi sembra di capire che intendi coglierlo al più presto» Chiara rise, rasserenata.

«La rivedrò sabato sera. E ti terrò al corrente degli sviluppi.»

«Ci conto. Da un punto di vista sentimental-erotico vivo ormai di luce riflessa. Guai se non ci fossero parenti e amici a sposarsi, a far figli, a coinvolgermi nelle loro storie! » Rise di nuovo.

Ma Paolo la guardò seriamente. « Prima o poi dovrai deciderti a vivere anche tu. Come una normale e giovane donna. »

« L'Istituto e i bambini mi bastano. »

« Non sei madre Teresa di Calcutta, e tra qualche anno aiutare il prossimo non ti basterà più. Tua sorella è molto preoccupata per te, lo sai? »

Chiara fece di sì, con aria divertita. « È curioso che sia lei a preoccuparsi, considerando che fino a poco più di un anno fa il matrimonio le sembrava un suicidio e vedeva i bambini come Erode. »

« Ma non si era votata a castità e opere di bene » sottolineò Paolo. « E, in ogni caso, proprio perché ha cambiato idea è preoccupata per te! »

« Domani sera la tranquillizzerò. Mio cognato mi ha telefonato oggi per invitarmi a cena. »

Ogni volta che lo vedeva, suo cognato Giorgio le piaceva di più. Nell'abile e indaffarato agente immobiliare aveva via via scoperto doti insospettate quali sensibilità, pazienza, umorismo. Adorava Gio', e Gio' era pazza di lui: dal loro matrimonio sprizzavano allegria e felicità, e Chiara ne era contagiata. Stare con loro, pensò al termine della cena, affondandosi in una morbida poltrona, mi fa sentire bene. È come vedere l'altra faccia della vita, quella senza tensioni né angosce.

« Cosa bevi, Chiara? » le chiese Giorgio.

« Guai a te se rispondi "un caffè" » la minacciò sua sorella. « Detesto alzarmi da tavola o dal divano per andare in cucina, riempire la caffettiera e aspettare che cominci a borbottare. »

« Vada per un amaro. Vorrà dire che sarà colpa tua, se ricadrò nell'antico vizio del bere. »

« Detesto anche questo tipo d'umorismo cretino » la rimbeccò Giovanna. Ma si raddolcì subito. « Bevi tranquilla il tuo amaro, non sei mai stata un'alcolizzata. »

Fu dopo averle porto il bicchiere, e dopo essersi seduta nella poltrona accanto, che suo cognato disse: « L'invito di stasera non è del tutto disinteressato. Vuoi spiegarle tu, Gio'? ».

«Scavalcando i preamboli, Giorgio ha deciso di allargare il raggio d'azione della "I.P." e promozionarla a livello nazionale con una campagna pubblicitaria adeguata, e cioè di grande prestigio. Conosco già la tua risposta, tuttavia te lo chiedo lo stesso: ti disturba o ti dispiace se Giorgio si rivolge all'agenzia Marco Zambiasi? È la migliore sul mercato, o quanto meno la più adatta per quello che Giorgio vuole.»

«Non mi disturba affatto» Chiara rispose con semplicità. «Sarebbe catastrofico se dopo tanti anni Marco dovesse ancora evocarmi disagio o rancore.»

«Ne ero certa» annuì Gio'.

«Io un po' meno» intervenne Giorgio con franchezza. «E tanto per la cronaca, l'idea di rivolgermi alla sua agenzia non è stata premeditata. Dieci giorni fa, all'aeroporto, ho incontrato Marco e abbiamo viaggiato insieme fino a Roma. Parlando del più e del meno, gli ho accennato al mio progetto di espansione e lui mi ha dato un paio di suggerimenti preziosi. L'idea di affidargli la campagna mi è venuta in quel momento.»

«Si è... ripreso dalla tragedia?» Chiara chiese esitante.

«A giudicare dall'aspetto, no. L'ho trovato ingrigito e invecchiato. La sua bambina, mi ha detto, è stata ricoverata in ospedale fino al mese scorso. L'hanno estratta dai rottami in fin di vita.»

«L'ho letto a suo tempo sui giornali» Chiara mormorò. Quasi cinque mesi prima. Andando in edicola a comperare i quotidiani, aveva visto sul *Giorno*, in prima pagina, la notizia dell'incidente e l'agghiacciante immagine. Addolorata e incredula, aveva spedito a Marco un affettuoso telegramma di condoglianze. Venti giorni dopo, le era arrivato un affettuoso biglietto di risposta.

«E adesso la bambina come sta?» chiese al cognato.

«Fisicamente bene, ma Marco ha accennato a problemi di altra natura. Mi è sembrato molto restìo a parlarne, e non ho voluto approfondire.»

«Spero che lui e la bambina riescano a ritrovare la serenità» Chiara disse piano.

XX

Sara Zambiasi entrò al Puer il 28 settembre, un lunedì. Quella mattina Chiara si alzò prestissimo, dopo una notte quasi insonne; alle sette e mezzo era già in Istituto, tesa come una corda e il cuore pieno di angosciosi dubbi. Dubitava del suo equilibrio, dei suoi sentimenti, delle sue capacità professionali. E aspettando la figlia di Marco si sentiva come una condannata: con la bambina, da quella porta, sarebbe entrato il passato e le avrebbe ributtato sulle spalle, ne era certa, le sofferenze e le umiliazioni di un tempo.

Anche l'odio?, si chiese. Sarò capace di amare e di aiutare quella innocente creatura, oppure ogni volta che la guarderò mi tornerà in mente quel che è accaduto e penserò che per dare un padre a Sara ho impedito al figlio che aspettavo di nascere?

Eppure solo due settimane prima, tutto le era parso così facile e naturale. Era stato suo cognato, dopo che aveva rivisto Marco, a parlarle di Sara. «La bambina è ancora sotto choc, e nessun parente se la sente di prendersi cura di lei. Ti dispiace se parlo a Marco del Puer? Tu e i tuoi colleghi siete specializzati in casi del genere.»

Naturalmente no, non le dispiaceva. E non solo: era andata in amministrazione chiedendo come favore personale che il primo posto libero fosse riservato alla bambina; si era preoccupata che venisse inserita nel gruppo di Noemi, la migliore delle vigilatrici; aveva persino pregato che le venisse riservata una soleggiata stanza a sud, controllando con cura chi erano le altre due bimbe che l'avrebbero divisa con lei.

Forse la crisi era iniziata con la telefonata di Marco. L'aveva chiamata in Istituto nella tarda serata di cinque giorni prima per ringraziarla di quanto aveva fatto, e avrebbe fatto, per la bambina. Nella sua voce gentile Chiara aveva avvertito il tono di chi considera esaurito il discorso e ne era stata curiosamente delusa, benché quella telefonata creasse anche in lei non poco imbarazzo. Ma la professionalità era prevalsa, facendole superare la tentazione di salutare e riattaccare. «Mi occuperò io di tua figlia, ma è indispensabile che parli con te prima di incontrarla. Quello che so di lei è poco e molto vago.»

E lui, dopo un brevissimo silenzio: «Purtroppo sono in partenza per New York e sarà la sua bambinaia ad accompagnarla al Puer. D'altra parte non c'è molto da dire. Sara era in auto con sua madre e l'ha vista morire: credo che questo basti per spiegare tutti i suoi disturbi».

Quali disturbi?, avrebbe voluto chiedere. Ma era troppo furiosa per proseguire la telefonata. L'ingresso in Istituto e il distacco dalla famiglia, anche la peggiore delle famiglie, veniva sempre vissuto dai piccoli pazienti come una violenza affettiva. Ed era determinante che una figura familiare fosse lì a consolarli e a rassicurarli nel delicato momento di questo distacco. Possibile che Marco non lo capisse? Che nessuno, all'infuori della bambinaia, potesse accompagnare Sara al Puer?

L'istinto le diceva che c'era qualcos'altro, oltre all'incidente, dietro ai "disturbi" della piccola. Ma Marco, come tutti i genitori, ne aveva preso le distanze e si era mostrato vigliaccamente latitante. Ora, aspettando l'arrivo di Sara, Chiara era sempre più tesa, sempre più pentita di quell'irresponsabile impulso che l'aveva spinta a farsi carico di lei.

Sono personalmente troppo coinvolta per poter stabilire con la bambina di Marco un rapporto corretto, pensò lucidamente, e ho paura di poterle fare del male anziché aiutarla. Guardò l'orologio: le nove. Piera Berti era certamente arrivata e c'era una sola cosa giusta da fare: affidare a lei Sara. La Berti era la psicologa più anziana dell'ASP, una cinquantenne realizzata ed efficiente con una carica umana che esperienza e senso della realtà salvaguardavano dal rischio di coinvolgimenti troppo emotivi.

Sollevata per la decisione presa, Chiara andò da lei. E bussando alla porta del suo studio decise anche di spiegarle i veri motivi per cui non se la sentiva di occuparsi della piccola Zambiasi.

Quando la bimba arrivò, due ore dopo, lei non la vide: un

paziente del suo gruppo era stato dimesso e i genitori, prima di riportarlo a casa, avevano chiesto di parlare con lei.

Il giorno dopo era il suo turno di riposo, e non andò in Istituto. Alle nove del mercoledì, mentre aspettava l'ascensore, incontrò la Berti che le disse di non aver ancora visto Sara, in quanto sempre ricoverata in medicina per le analisi e gli accertamenti di routine; gliel'avrebbero mandata all'indomani, e le avrebbe subito riferito.

Chiara ringraziò, sollevata per quel rinvio. Nelle settimane o nei mesi in cui la figlia di Marco sarebbe rimasta al Puer non avrebbe avuto molte occasioni per vederla: i bambini erano suddivisi in gruppi, e ciascun gruppo dipendeva da assistenti, vigilatrici e psicologi diversi; spesso variavano gli orari di terapia e quelli degli svaghi e l'Istituto, con i suoi reparti, i suoi saloni e i suoi spazi verdi, era talmente grande che per incontrare il paziente di un gruppo diverso bisognava andarlo a cercare. E Chiara non l'avrebbe fatto, con Sara: non per il momento, decise entrando nel suo studio per iniziare quella nuova giornata di lavoro.

Piera Berti la cercò alcuni giorni dopo. «Sono francamente stupita che né il padre né un parente si siano ancora fatti vivi per chiedere notizie di Sara. Nelle sue cartelle cliniche non si fa alcun cenno di disturbi di natura psicologica né, ovviamente, della sua storia familiare. E io sto brancolando nel buio. Tu sai a chi potrei rivolgermi per sapere qualcosa?»

Chiara scosse la testa, amareggiata. «Marco non mi ha ancora detto quando rientrerà da New York e, per quanto ne so, i genitori di lui sono i soli parenti che la bambina ha. Potresti rivolgerti a loro. Francesco Zambiasi, il nonno, figura sull'elenco telefonico.»

Due giorni dopo la Berti tornò a cercarla. Più che stupita, stavolta, appariva infuriata. «Ho parlato alla nonna di Sara, e ti assicuro che raramente ho avuto a che fare con una donna tanto egoista e svagata. In pratica è cascata dalle nuvole e se n'è lavata le mani. La sola notizia consolante è che suo figlio sarà a Milano fra qualche giorno.»

Nella descrizione della Berti, Chiara riconobbe subito Teresa, l'ex suocera. A quanto pareva, non era affatto cambiata.

Anna aveva cinque anni e un visino d'angelo. I suoi genitori si erano separati quando aveva pochi mesi e il padre, un noto industriale conserviero, era riuscito a ottenerne l'affidamento, dimostrando che l'equilibrio psichico della moglie era assai precario e la sua aggressività, contro se stessa e gli altri, la rendevano una madre potenzialmente pericolosa.

L'uomo, a quanto pareva, aveva invece assolto con molta tenerezza e molto impegno il ruolo di padre. I guai erano iniziati quando si era risposato: Anna si era subito sentita defraudata da quella destabilizzante "intrusa". Aveva cominciato a rifiutare il cibo e una mattina, all'improvviso, aveva smesso di parlare chiudendosi in un suo mondo di impenetrabile e malato silenzio.

Era arrivata al Puer un mese prima. Il padre era apparso a Chiara un uomo sensibile e disperato, la sua nuova moglie una giovane donna sinceramente desiderosa di dedicarsi ad Anna e conquistarne l'amore e la fiducia. E tutto questo l'aveva enormemente sollevata: il terreno familiare, una volta tanto, era solido e fertile d'affetti. Non esistevano antiche ferite né barriere erette per difendersi dalla violenza e dagli egoismi degli adulti; bastava rassicurare la bambina, creare nella sua piccola mente uno spiraglio attraverso cui buttar fuori ostilità e paura.

E Chiara vi si era dedicata con fervore. Suo malgrado, e non capitava solamente a lei, in ogni gruppo esisteva sempre un paziente che finiva per diventare "speciale", in quanto era il caso più gratificante o, al contrario, più disperato e *imponeva* maggiori attenzioni e una disponibilità più partecipe.

Anna aveva ripreso a parlare da due giorni, e, anche se il contatto con la realtà e con la gente non si era ancora ristabilito, era un segno incoraggiante. Quella mattina, benché ottobre volgesse ormai al termine, era una giornata tiepida e luminosa. Chiara decise di condurre la piccola nel parco e di chiacchierare con lei passeggiando.

« Posso portare con me Chicca? » Anna s'informò.

Chicca era la sua bambola preferita e Chiara annuì: « Una bella passeggiata farà contenta anche lei. Devi coprirla bene, però » disse, allacciando il cappottino ad Anna e mettendole in testa una berretta.

« Chicca non ha il cappotto » la bimba replicò.

Fu al termine di una lunga, lenta camminata, in cui fu soprattutto Chiara a parlare, che la bimba indicò una panchina e chiese: « Possiamo sederci un momento? Chicca è stanca ».

« Certamente. »

La pietra era tiepida di sole e Anna slacciò il cappottino. Poi si sedette e strinse la bambola tra le braccia, in silenzio. Anche Chiara tacque, osservandola.

Fu dopo qualche minuto che la bimba, a testa bassa, facendo dondolare i piedi, chiese: « Quando arriverà l'inverno? ».

« Molto presto, tesoro. E presto scenderà la neve... »

« Chicca avrà molto freddo » la interruppe. « Suo papà non le vuole comperare il cappotto, sai? »

Chiara sentì le antenne vibrare.

« È un papà molto povero? » chiese con voce naturale.

« Oh, no, ha tanti soldi! Però è cattivo e non gli importa niente se Chicca ha freddo. »

« Ne sei sicura, Anna? A tutti i papà importa che i loro bambini stiano bene, di papà così cattivi non ne esistono. Cosa ti fa pensare che quello di Chicca lo sia? »

La bimba fece una spallucciata. « Lo so e basta » replicò vagamente.

« No che non basta, Anna. » Chiara fece una breve pausa: come trovare le parole giuste per spiegarglielo? « Non puoi dire che una persona è cattiva senza chiederti il perché. Il papà di Chicca la picchia? Non le dà da mangiare? Non le compera i giocattoli? Pensaci bene. »

Anna fece un'altra spallucciata, ma nel suo visetto, Chiara osservò, c'era una luce di assorta perplessità. All'improvviso però questa luce si dissolse.

Seguendo il suo sguardo, Chiara vide una bambina seduta sull'erba, a un paio di metri dalla panchina. La prima cosa che notò fu che non aveva né cappotto né berretto e d'istinto si chiese quale delle vigilatrici avesse potuto essere tanto incauta. Da quanto tempo era lì ad ascoltare? E a quale gruppo apparteneva?

« Quella bambina » indicò Anna « dorme nella mia stanza, però non è la mia amica. »

Doveva avere all'incirca quattro anni, osservò Chiara, e ora la stava fissando con due piccoli occhi socchiusi come una fessura, nei quali sentì, turbata, più che vedere, una selvatica ostilità. Ma perché?

Rimproverandosi per non averlo fatto prima, si alzò e si avvicinò alla piccola. «Che cosa fai qui tutta sola?» chiese curvandosi su di lei. Aveva i capelli neri, gli occhi neri, la pelle scura e un'espressione di vigile diffidenza. «Come ti chiami?» Chiara s'informò con dolcezza.

La piccola alzò gli occhi e la guardò senza spostarsi né rispondere.

«Si chiama Sara» rispose Anna per lei, avvicinandosi.

Lo sapevo, pensò quietamente, l'ho subito capito che non mi era estranea. «Cosa fai qui tutta sola, Sara?» ripeté.

«Sono scappata.»

«Oh. E dove vuoi andare?»

Ancora silenzio. Intervenne di nuovo Anna: «Scappa sempre. Anche stanotte...».

Ma non fece in tempo a terminare la frase, perché Sara si sollevò sulle gambe e le diede uno spintone. «No» disse.

Prendendola delicatamente per le spalle, e facendo cenno all'altra bambina di stare zitta, Chiara chiese: «*No* che cosa, Sara?».

Sul volto della piccola apparve un'espressione stranita, come se quella domanda l'avesse strappata da un'inconsapevole *trance*. Impulsivamente Chiara se la prese in braccio, e la fragilità di quel corpicino ossuto la intenerì. «Fa freddo, torniamo dentro» disse prendendo Anna per mano e dirigendosi con le bambine verso il vialetto che portava all'Istituto.

«È una piccola sensibilissima e molto intelligente,» le spiegò Piera Berti «ma questo, se possibile, aggrava la situazione: afferra al volo quel che cerco di dirle e subito fa scattare i meccanismi di difesa respingendo ogni contatto. Da quel momento non ascolta né vede più nulla ed è impossibile raggiungerla.»

Chiara fece tristemente cenno di sì. Capiva ciò che la collega le stava dicendo, lei stessa toccava ogni giorno con mano la realtà di quei piccoli mondi irraggiungibili e popolati di paurosi fantasmi.

«Non conoscere la sua storia, non sapere nulla del suo ambiente e dei suoi comportamenti abituali rende tutto molto difficile» osservò la Berti, e di nuovo Chiara annuì.

«Quel che sappiamo» stava dicendo ora «è soltanto che era sull'auto con la madre al momento dell'incidente. È indubbio che lo choc c'è stato, tuttavia i bambini, e anche gli adolescenti, hanno prodigiose facoltà di recupero: spesso gli adulti pensano che il loro dimenticare così in fretta sia segno di insensibilità o leggerezza, e invece è una normale reazione. È la natura stessa a difenderli, sono psicologicamente strutturati per guardare avanti e per crescere, non per ripiegarsi nel dolore e nei ricordi.»

«Capisco quel che vuoi dire» fece Chiara. «Non è *normale* che a sei mesi dall'incidente Sara sia ancora in stato di choc. Qualcosa evidentemente non funzionava già prima, ma non posso esserti di alcun aiuto perché conoscevo la madre di vista e, quanto a Marco, in questi ultimi quattro anni l'ho visto solamente una volta, all'udienza per il divorzio. Però, a quanto ti ha detto sua madre per telefono, dovrebbe tornare da New York in questi giorni.»

Chiara non sapeva cosa altro aggiungere. Dentro di sé dubitava che Marco potesse essere di vero aiuto alla Berti. Che tipo di padre era stato ed era?, si trovò a chiedersi poco dopo, quando restò sola. Con la distaccata lucidità degli anni che erano passati, per la prima volta realizzò che non doveva essere stato facile, per lui, accettare quella paternità improvvisa e incidentale.

Benché attratto da Margherita Ollian, Chiara si disse onestamente, Marco era in qualche modo ancora legato a me. L'annuncio di un figlio lo ha costretto a prendere una decisione di cui non era ancora certo, e forse il senso del dovere ha finito per prevalere su ogni altro sentimento. Forse, senza rendersene conto, qualche volta è stato ostile a sua figlia.

E Margherita, che madre era? Le veniva in mente un'alta ragazza dall'aria sicura, ma ritornando cautamente al ricordo di quegli anni le parve di afferrare una sensazione negativa, qualcosa di lei che non le era piaciuto.

Era stata capace di rendere felice Marco?

L'interrogativo le parve meschino e lo scacciò. Quel che doveva chiedersi era, invece: è stata capace di trasmettere a sua figlia sicurezza e amore? L'istinto le diceva di no, e una volta tanto sperò che la ingannasse.

Si pentì di non essersi presa personalmente cura della bambina: per quanto esperta la sua collega fosse, e forse proprio perché era un'ottima psicologa, i suoi rapporti coi piccoli pazienti erano di efficiente distacco: non permetteva mai alle emozioni di frapporsi tra lei e una rigorosa analisi, e pertanto non le capitava mai di oscillare tra euforia e scoraggiamento. Né capitava che i bambini, nel momento di lasciare l'Istituto, si aggrappassero a lei piangendo: rassicurati dalle loro paure, liberati dai loro fantasmi, volavano felici tra le braccia dei genitori e per Piera Berti, una volta consegnate le loro cartelle, diventavano un capitolo chiuso.

Ma ci sarebbero state braccia amorose tese verso Sara, il giorno in cui avrebbe lasciato il Puer? Dentro di sé Chiara aveva la certezza che non di cure avesse bisogno, ma soltanto d'amore: e nel momento stesso in cui arrivò a questa conclusione si sentì irritata con se stessa. Avanti, ammettilo, sei pentita di averla affidata alla Berti perché la tua frustrata vocazione di madre ha avuto un soprassalto e vorresti buttarti come un avvoltoio su questa povera bimba che romanticamente, e senza alcuna prova, ritieni orfana di affetti.

Nei giorni che seguirono evitò con cura di imbattersi in Sara. Seppe da Piera Berti che Marco, appena tornato da New York, le aveva telefonato ed era venuto in Istituto. Scacciò la delusione che non l'avesse cercata. Perché avrebbe dovuto farlo, visto che non era lei la psicologa di sua figlia?

La mattina del 31 ottobre il direttore sanitario la convocò nel suo studio e Chiara vi trovò il padre di Anna con la sua giovane moglie. L'uomo, scavalcando i preamboli, chiese se la bambina avrebbe potuto lasciare per qualche giorno il Puer. «Ho comperato una nuova casa» spiegò «e stiamo trasferendoci là. Vorrei che Anna scegliesse la sua stanza e fosse coinvolta nel trasloco per non sentirsi un'estranea quando verrà a vivere nel nuovo ambiente. Poi la riporterò qui.»

Ancora una volta Chiara apprezzò la sensibilità di quel padre. «Sono perfettamente d'accordo» rispose subito «e credo che la bambina sia pronta per farlo. Come le dicevo due giorni fa per telefono, la sua ostilità sembra caduta. Gioca sempre con il cagnolino di peluche che lei le ha regalato» sorrise rivolta alla matrigna di Anna. «L'ha chiamato Bobo, e ieri, quando le ho chiesto di farmi un disegnino della sua famiglia, accanto al papà ha abbozzato un cagnolino e una figura femminile con i capelli biondi come i suoi.»

La giovane donna arrossì di piacere. «Lei ha fatto davvero miracoli, dottoressa.»

«Non è stato difficile» si schermì Chiara «perché Anna è una bambina molto amata. Non escludo che possiate addirittura tenerla con voi, una volta terminato il trasloco.» E, stavolta, rivolta al padre, spiegò: «Se mostra di ambientarsi senza difficoltà, ricondurla in Istituto potrebbe essere addirittura controproducente per lei. Quando verrebbe a prenderla?».

«Tra due giorni, se possibile.»

«Perfetto. Avrò il tempo di preparare la piccola e di studiare le sue reazioni.»

La cercò appena finito il colloquio. Era nella sua stanza e stava infilandosi la tuta per andare in palestra.

«Sai chi ho visto poco fa?» le chiese aiutandola ad annodare una stringa.

«Il papà» Anna rispose senza esitazioni. «L'ho visto anch'io, era con Laura e siamo andati al bar a bere la cioccolata. È venuto anche Bobo» disse indicando la bestiola di peluche.

«Sarà stato molto contento.»

«Oh, sì. Però Chicca era arrabbiata e piangeva.»

«E perché?»

La bimba fece una spallucciata. «Pensa che io non le voglio più bene.»

«È una bambola molto sciocca, non ti pare? Dovresti spiegarle che non hai smesso di volerle bene perché adesso hai Bobo.»

«Sì, ma non capisce.»

«Forse avresti dovuto portare anche lei a bere la cioccolata.»

Anna fece un'altra spallucciata. «Ci avevo pensato, ma il suo papà non voleva. Te l'ho detto che il suo papà è cattivo.»

«Me l'hai detto. Però non mi hai ancora spiegato perché è cattivo.»

«Non viene mai a trovarla, non le telefona mai. E la picchia sempre» aggiunse gravemente.

«Oh, ma allora hai ragione tu, il papà di Chicca è proprio

cattivo. Non come il tuo che viene sempre a trovarti, ti porta a bere la cioccolata e non ti picchia mai.»

Il visetto della piccola si illuminò. «Hai ragione, il mio papà è molto buono.» Fece una breve pausa e aggiunse: «Anche Laura è buona, non mi picchia mai».

«E perché dovrebbe? Laura è la tua nuova mamma, e le mamme non picchiano mai le loro bambine.»

«Credi che non mi picchierà mai? Nemmeno quando tornerò a casa?»

«Perché dovrebbe, Anna? Quando tornerai a casa giocherà con te, ti porterà a passeggio, ti cucinerà il budino che ti piace tanto. E alla sera aspetterete insieme che il babbo torni dall'ufficio.»

«Dici sul serio? Dici che...» Ma la bambina non finì la frase. All'improvviso si inginocchiò sotto al letto strillando: «Vieni fuori da lì, brutta spiona!».

Occhi scuri, capelli scuri, il visetto di Sara spuntò funereo dagli allegri fiorellini del copriletto. Chiara si curvò su di lei. «Che cosa fai lì, piccolina?»

«Se ne sta sempre lì sotto ad ascoltare,» interferì Anna «è una spiona.»

«Non è vero» Sara si difese drizzandosi in piedi e fissandola con bui occhi di fuoco.

«E allora cosa ci fai lì? Ti vedo, sai. Anche la notte, quando Noemi spegne la luce, ti nascondi sotto il letto.»

Una stretta al cuore. «Anch'io lo facevo, quando ero piccolina» Chiara mentì.

Le due bambine la fissarono, ma negli occhi di Sara c'era più diffidenza che curiosità.

«Davvero» lei aggiunse. «Mi piaceva starmene tutta sola a pensare, senza che nessuno mi vedesse.»

Anna fece una smorfia. «Che gusto c'è? E poi Sara non deve farlo. Sei una brutta spiona» ripeté rivolta a lei «e il tuo papà non viene mai a trovarti. Forse ti picchia e anche la tua mamma è cattiva» aggiunse crudelmente.

«Basta, Anna!» Chiara si accorse di aver urlato, ma alla vista di Sara, irrigidita in una innaturale immobilità, la furia lasciò il posto alla desolazione. Tuttavia non poté dire né fare nulla, perché la bambina, di colpo, sembrò riscuotersi e uscì dalla stanza. Senza correre, le piccole spalle dignitosamente erette.

XXI

Quando la segretaria gli comunicò che Giusi Lozza era al telefono, Marco fu istintivamente tentato di farle rispondere che era fuori Milano. Giusi era la ragazza che più di quattro anni prima si era dimessa per spiccare il volo, e se il fallimento dell'agenzia in cui aveva investito tutte le sue ambizioni le aveva tarpato le ali, tanto peggio per lei. Nel momento stesso in cui stava per negarsi Marco ci ripensò. Giusi aveva sbagliato: ma con quale diritto poteva condannarla?

«Me la passi» disse, pensando alla mole di errori che *lui* aveva commesso; e quando Giusi fu in linea, imbarazzata ed esitante, desiderò subito metterla a suo agio.

«Ho saputo delle vostre difficoltà e sono contento che tu mi abbia chiamato» disse sinceramente.

«In pratica sono disoccupata. E prima di cercare una nuova agenzia ho voluto sondare con la Zambiasi. Non avrei mai dovuto dimettermi» ammise con franchezza «e ora faresti bene a sbattermi la porta in faccia.»

Era ciò che pochi minuti prima avrebbe voluto fare, erigendosi, Dio sa con quanta tracotanza, a giudice e vendicatore. «Non intendo affatto sbatterti la porta in faccia» disse.

E per non umiliarla con una eccessiva disponibilità aspettò che fosse lei a spiegare quel che era facile intuire. Ma siccome Giusi taceva, Marco capì d'essersi sbagliato: per non umiliarla doveva essere lui a fare il primo passo. «L'organico della Zambiasi è al completo, ma per un elemento di prim'ordine come te c'è sempre la possibilità di una sistemazione. Vuoi che ne parliamo a voce?» propose.

Gli parve di toccare con mano il sollievo della Lozza. «Dici davvero? Un colloquio era proprio quello che volevo chiederti. So di non essermi comportata bene con te, e...»

«Acqua passata, Giusi. Adesso pensiamo al futuro. Ti va bene domani alle tre, qui in agenzia?»

«Benissimo. Non so davvero come ringraziarti, Marco» disse riagganciando.

L'errore di Giusi si riduceva in fondo ad aver lasciato un impiego con la convinzione d'averne trovato uno migliore. Il solito peccato veniale dovuto alla fretta e alle ambizioni della gioventù, Marco pensò, ben più lieve dei miei. E per me non esistono attenuanti né futuro.

Gli parve di risentire la voce impietosa dell'avvocato Ollian dopo i funerali: *"Mia figlia era un'ottima guidatrice e ho molti dubbi che si sia trattato di un incidente"*. Era lo stesso dubbio di Marco, ma nei primi giorni era riuscito a scacciarlo. Margherita adorava la figlia, e se avesse voluto andarsi a schiantare contro un camion certamente non l'avrebbe portata con sé. Oppure l'amava in modo tanto malato da non sopportare che le sopravvivesse?

«Ho visto l'auto volarmi addosso dall'altra corsia. Era lanciata a una velocità pazzesca» aveva dichiarato l'autista del camion. E la testimonianza era stata avallata da una donna la cui auto era stata superata da quella di Margherita pochi istanti prima del tragico schianto.

A oltre sei mesi di distanza ricordava con la stessa angoscia il volto pallido e la voce tremante della sua segretaria: «Dovrebbe andare subito a Niguarda, pare che sua moglie abbia avuto un incidente».

Margherita era già all'obitorio, e Sara in rianimazione. L'aveva vista al di là del vetro, il corpicino nudo e il volto risucchiato da una specie di sinistra maschera. «Fino a domattina non possiamo fare nulla» gli aveva spiegato un medico, senza nascondergli che le condizioni della piccola erano disperate.

Forse non è tua figlia. Per tutta la notte, seduto in una stanzetta a pochi metri da dove Sara stava lottando contro la morte, aveva tentato di scacciare la voce implacabile di Margherita e il dubbio che non se stessa, ma proprio la bambina avesse voluto inconsciamente uccidere. Quando Sara era tornata a casa, dopo tre operazioni e lunghe settimane di terapia rieducativa, si era preso un mese di ferie per dedicarsi interamente a lei. Ma la bimba gli pareva improvvisamente diventata ostile. Non lo guardava, non lo sentiva, si divincolava quando lui la accarezzava o tentava di prenderla in braccio, quasi avesse interrotto anche il contatto fisico con lui.

La sola persona con cui riusciva a comunicare era la zia Egle, che per tutta la degenza era venuta ogni settimana da Padova a trovare la nipotina. Aveva deciso di trasferirsi per qualche tempo a Milano, quando un giorno il cognato di Chiara aveva parlato a Marco del Puer. Il medico curante si era espresso favorevolmente su quell'Istituto, caldeggiando il ricovero di Sara. «Ha bisogno di essere curata da persone esperte» erano state le sue parole, e a lui era parso di ritornare ai tempi in cui lo esortavano a far ricoverare Chiara a Villa Quiete spiegandogli che senza un aiuto non sarebbe mai uscita dal tunnel dell'autodistruzione.

Ma chi ha aiutato Margherita?, Marco si ritrovò a pensare. Come aveva potuto non accorgersi di quanto fosse infelice? *Forse non è tua figlia.* Dopo quel litigio qualcosa si era incrinato tra loro; e il ricordo della solare e ardente ragazza di un tempo era stato spazzato via dalla sommessa Margherita che tentava in ogni modo di farsi perdonare. L'incidente era stato fatalità o suicidio? Era uno dei tanti interrogativi che sarebbero rimasti senza risposta.

Di lei e del passato gli restava soltanto Sara. Sono fallito come marito e ora sto fallendo come padre, pensò desolato. L'amore per mia figlia è come paralizzato. Ho paura dei suoi malesseri e del suo rifiuto perché non so che cosa fare per lei e un miserabile istinto di autoconservazione mi spinge a starle lontano.

Avrebbe voluto spiegare tutto questo a Chiara, ma non era certo che avrebbe capito: e preferiva di gran lunga la delusione che aveva sentito nella sua voce che non una inorridita condanna. La dottoressa Berti, che aveva in cura la bambina, insisteva per avere un altro colloquio. Ma sapeva di non poter essere di alcun aiuto neppure a lei.

La verità è, si disse con vergogna, che so realmente poco del suo rapporto con la madre. Tornavo a casa la sera e mi inteneriva sollevarla tra le braccia e sentire il suo piccolo viso contro il mio. Perché non mangiava? Perché i suoi sorrisi erano così rari e i suoi pianti tanto frequenti? È una bambina difficile, gli diceva spesso Margherita, e lui aveva accettato la spiegazione come se fosse normale che una bambina tanto piccola potesse essere "difficile".

In cuor suo aveva sperato che fosse Chiara a prendersi cura di sua figlia, ma evidentemente non aveva potuto, o voluto, farlo. E forse era meglio così: non poteva continuare a scaricare sugli altri responsabilità che erano soltanto sue. Doveva andare in Istituto e parlare con franchezza alla dottoressa Berti. E doveva soprattutto trovare il coraggio di affrontare Sara e il suo problema.

La vita mi ha duramente colpito, pensò, ma mi sono autocommiserato e difeso per troppo tempo. Quel che conta è mia figlia. Prima di poterci ripensare, telefonò alla Berti preannunciando la sua visita per l'indomani.

Chiara lo vide subito, non appena entrò nel salottino dei colloqui per prendere una cartella clinica che poco prima aveva dimenticato sul tavolo. I capelli rossi erano pieni di fili grigi e le spalle, solide e larghe, le apparvero come incurvate. Fu tentata di fare silenziosamente dietrofront, ma Marco la vide e si alzò per salutarla. Tendendogli la mano, notò che aveva l'espressione molto stanca.

«Hai fatto bene a venire,» gli disse «la mia collega ha bisogni di parlarti. Siediti pure, sarà qui a minuti.» Senza accorgersene, si sedette anche lei.

«Sono appena rientrato da New York» disse Marco, per giustificarsi.

«Piera Berti me l'ha detto. So da mio cognato che la tua agenzia va molto bene e ne sono contenta.» Non era quel che avrebbe voluto dirgli, ma ritrovarsi all'improvviso faccia a faccia con lui l'aveva emotivamente spiazzata e preferì rifugiarsi nei convenevoli.

«Il lavoro è la sola cosa che funziona» Marco rispose gravemente, spiazzandola anche da lì. E, subito aggiunse: «Mi fa piacere vederti, così posso ringraziarti per quanto hai fatto per Sara».

«Molto poco, per la verità. Una volta che è entrata qui, non me la sono sentita di prenderla in cura e ho passato la mano alla migliore delle mie colleghe.»

Il muro dei convenevoli era stato abbattuto ed entrambi si fissarono con l'impressione di essersi messi a nudo. Marco disse: «Sono stato molto deluso quando l'ho saputo, ma pretendere che tu ti occupassi di mia figlia era onestamente troppo».

«L'ho fatto anche per Sara. Non ero sicura che sarei stata capace di seguirla come se fosse stata una bambina qualunque, e i piccoli hanno infallibili antenne per captare emozioni o sentimenti negativi. Ma dopo averla vista qualche volta, per caso, ho capito di aver sbagliato. È una creatura che suscita solamente tenerezza e istinto di protezione.»

Marco chiese con voce triste: «È così evidente che non è una bambina serena?».

«Purtroppo sì. E Piera Berti vuole parlarti anche per questo. Pensa, e lo penso anch'io, che l'incidente non basti per spiegare i suoi disturbi.»

«Come si comporta?»

Lei lo fissò severamente. «Dovresti saperlo bene: si comporta come una bambina che non è sicura di nulla, neppure di essere amata. Che rapporto avevi con Sara, prima dell'incidente?»

«Buono, credo. Dico "credo" perché ero il classico padre che esce da casa quando i bambini si svegliano, e rientrano quando stanno andando a letto.»

«Per quanto non sia il massimo, questo non determina necessariamente un rapporto inesistente o negativo» Chiara obiettò.

«E infatti Sara era molto affettuosa con me. La sua ostilità è cominciata in ospedale, quasi volesse incolparmi della morte di sua madre...» Marco sembrava affranto.

«Ma è una bambina di neppure quattro anni! Sei certo di non esserle diventato ostile *tu*? Di non attribuire a lei sensi di colpa che sei *tu* a sentire?»

Si accorse di aver alzato la voce. «Scusa,» disse subito «ma non sopporto di veder soffrire i bambini. E dovrai parlare con molta sincerità alla psicologa, se vorrai aiutarla a curare Sara.»

Piera Berti sopraggiunse in quel momento, scusandosi per il ritardo.

Marco si alzò, e si alzò anche Chiara: «Vi lascio soli» disse. Soltanto dopo aver chiuso la porta alle sue spalle si accorse di non averlo salutato.

Seppe più tardi dalla collega che quel colloquio era stato interessante. «Anche se il tuo ex marito non mi ha raccontato molti particolari, dalle sue mezze parole è emerso con chiarezza che il rapporto con la madre di Sara non è stato molto felice e che la poveretta negli ultimi mesi era diventata irritabile e aggressiva. La bambina, è ovvio, ha risentito di tutto questo. Ma c'è di più: Zambiasi è sì un padre affezionato e responsabile, ma in lui si avverte una specie di blocco, come se inconsciamente fosse ostile alla figlia e non l'avesse mai del tutto accettata. Non c'è da stupirsi che sia una bimba "difficile", come lui ha più volte ripetuto. E la tragedia della madre ha portato a galla tutte le insicurezze della piccola.»

Chiara si accorse di avere le lacrime agli occhi. «Soprattutto se la madre scaricava su di lei scontento e nervosismo» mormorò. «Sara ha finito per convincersi che con la morte ha voluto infliggerle il più grave dei castighi e i suoi comportamenti sono quelli della bambina che si sente "cattiva" e immeritevole. Non è escluso che viva anche il ricovero al Puer come una punizione, stavolta inflittagli dal padre.»

«Vuoi dire che stare qui per lei è un male?» La Berti era perplessa.

«Sì, se il padre non viene a trovarla ogni giorno e tutti quelli che la circondano, dalla vigilatrice alle compagne di stanza, non riescono a farla sentire amata.»

Piera Berti annuì e, dopo qualche attimo di riflessione, le chiese gentilmente: «Vuoi occuparti tu di lei, Chiara? Credo che il tuo sentirti coinvolta sia, eccezionalmente, una buona cosa: l'interesse e la tenerezza che mostri per Sara possono esserle di grande aiuto, e a quanto pare soprattutto di questo ha bisogno».

Era ciò che Chiara non aveva osato chiederle: tuttavia, nel momento stesso in cui la collega, spontaneamente, glielo propose, esitò. «Posso darti la risposta tra un paio di giorni? Nel frattempo vorrei vedere la piccola e stare un po' con lei. Devo essere del tutto certa che il mio coinvolgimento sia davvero positivo, come dici tu.»

Quella sera, alle diciannove, anziché tornare a casa, Chiara restò nel suo studio ad aspettare che i bambini avessero finito di cenare. Fece un paio di telefonate, firmò dei documenti, riordinò le ultime cartelle e un'ora dopo si diresse verso la sala ritrovo in cui i piccoli ricoverati giocavano o guardavano i cartoni animati alla televisione aspettando l'ora del sonno.

Vide subito Sara, e fu piacevolmente sorpresa: era seduta sul pavimento e stava giocando con una bambina di poco più piccola di lei. Avvicinandosi in modo da osservare meglio, e senza essere notata, vide che Sara stava rigirando tra le mani una bambola, mentre l'amichetta la seguiva con aria molto interessata. La stava svestendo o rivestendo?

Non fece in tempo a rispondere: all'improvviso Sara si alzò, scaraventò la bambola per terra e cominciò a calpestarla. L'altra bimba scoppiò in lacrime e la vigilatrice intervenne subito.

Prima che potesse sgridare Sara, Chiara si avvicinò. «Di lei mi occupo io» le disse.

Prese in braccio la bambina e la portò nel salottino di fronte. Si sedette su una poltrona e se la mise sulle ginocchia, incurante dei piccoli muscoli irrigiditi e dell'espressione ostile. «Sai chi sono io, vero?» le chiese scostandole un ciuffo dalla fronte. «Mi chiamo Chiara e abito qui con te. Sono la dottoressa dei bambini.»

Silenzio.

«Mi piacciono molto i bambini, e mi piaci molto tu. Sai che anch'io, quand'ero piccolina, rompevo i giocattoli dei miei amichetti? Soprattutto le bambole.»

Silenzio.

«Dormivo in una stanza come la tua, con un lettino rosa. E nel lettino vicino al mio dormiva una bambina che si chiamava Anna e aveva una bellissima bambola. Ti piacerebbe avere una bambola bella come Chicca?»

«No.» Sara rispose come impaurita. E subito aggiunse: «Anna non c'è più». Poi strinse le labbra e voltò la testa.

«Lo so, Anna è tornata a casa. Era qui in vacanza e le piaceva molto, perché qui ci sono tanti giocattoli, un bel prato con gli scivoli, tanti bambini. Ma la vacanza è finita e il suo papà è venuto a prenderla. Anche il tuo papà verrà presto a prenderti per portarti a casa. Io però gli ho detto che questo posto ti piace e vuoi restare in vacanza ancora un po'.»

Sara scosse energicamente la testa. «Non è vero, non mi piace.»

«Oh, ma allora è tutta colpa mia. Sono stata io a dire al tuo papà di lasciarti qui. Avevo voglia di portarti nella mia stanza e di fare tanti giochi con te... Perché qui non ti piace, tesoro?»

«Voglio *andale*... da *dia* Egle» incespicò con una vocetta infantile.

Zia Egle. Chiara si impose di scacciare l'improvvisa ondata di ricordi. Evidentemente Sara conosceva e amava la prozia. Si attaccò subito a quell'esile filo di contatto. «Lo sai che anch'io la conosco? È una zia *buonissima* e mi faceva le torte squisite, con la marmellata o la crema.»

Sara la fissò con l'aria di non crederle.

«Ma sì, che la conosco. Facciamo la prova? Abita in una casa con una cucina grande grande, tutta bianca. Sopra al suo letto c'è un quadro della Madonna con Gesù bambino, nella sua stanza c'è un letto grande grande e un armadio scuro come quella porta e...»

«Abita a Padova» la bambina comunicò gravemente, interrompendola, «e io vado *semple* da lei. Tu non vai mai?»

Chiara fu colpita da un particolare del quale la Berti non le aveva fatto cenno: benché fosse una bambina molto sveglia e ricettiva, Sara aveva un linguaggio inadeguato alla sua età e storpiava ancora parecchie parole.

Ora la stava guardando con aria interrogativa, e si accorse che non le aveva ancora risposto. Ma non ne ebbe il tempo, perché la bambina all'improvviso si coprì gli occhi con le piccole mani chiuse a pugno e cominciò a piangere.

Era uno strano pianto, sommesso come un lamento, e sembrava esprimere un dolore primordiale a cui nulla poteva dar conforto. Chiara la strinse contro di sé, sconvolta. «Sara, amore mio, perché piangi?»

Invece di rispondere, la bimba si divincolò. C'era una incredibile forza, nel suo corpicino, e prima che lei potesse trattenerla o rendersene conto uscì dal cerchio delle sue braccia con l'agilità di un animale selvatico e scappò via.

Il mattino dopo, non appena arrivò all'Istituto, Chiara chiamò la zia Egle. La donna la riconobbe immediatamente. «Oh, cara, non sai come sono felice di sentirti. Mi sei mancata tanto, in questi anni non è passato un solo giorno senza che io abbia pensato a te.»

Chiara ne fu commossa. «Anche tu mi sei mancata tanto, zia. Ma è per Sara che ti ho chiamata.»

Una brevissima pausa. «Ho saputo solamente tre giorni fa che è stata ricoverata nel tuo Istituto e ti avrei chiamata io, se non l'avessi fatto tu. Occupandoti di quella povera bimba tu compi...»

«*Povera* perché, zia Egle?» la interruppe. «A quanto ho capito, tu sei il suo affetto più grande e probabilmente la persona che la conosce meglio. Al di là dell'incidente, che cosa l'ha resa tanto...» Esitò un istante.

«Infelice, vuoi dire?» Egle disse per lei. Al di là del filo si udì un lungo sospiro. «Credo che risalga tutto a sua madre, Chiara. Agli inizi non sopportavo Margherita, ma era impossibile non provare pena per lei. Era... come una bambina. Capricciosa, istintiva, affamata d'amore. A modo suo adorava la figlia, ma, che Dio l'abbia in pace, si comportava con lei come una pazza. Oggi baci e abbracci, domani botte e insulti. Qualche tempo prima della sua morte aveva avuto dei problemi con Marco e la bambina era diventata il suo capro espiatorio. Un giorno andai a Milano a trovarla, era piena di lividi e Margherita mi confessò piangendo che era stata lei a picchiarla. Portai Sara con me a Padova, e mi ci volle una settimana per tranquillizzarla. Nonostante tutto era legatissima alla mamma, anche se le sue esplosioni d'ira la terrorizzavano.»

Chiara chiuse gli occhi, impietrita. Era peggio, molto peggio di quel che aveva temuto. La pietà per Sara la sommerse. Quante violenze aveva dovuto subire nei suoi piccoli, innocenti quarantatré mesi di vita?

«Sei ancora lì, Chiara?»

«Sì. Mi hai detto delle cose terribili, zia. E tutto è purtroppo chiaro, adesso. Tranne una cosa: come ha potuto Marco permettere o non vedere quel che accadeva?»

Un altro lungo sospiro. «La situazione è precipitata negli ultimi tre mesi, quando lui se n'era andato da via Alberto Mario.»

«Vuoi dire che... si era separato da Margherita?»

«Solo per qualche tempo. Lei lo tormentava e lo provocava

continuamente e tra loro scoppiavano delle liti spaventose, anche davanti alla bambina. In una di queste liti è arrivata a dirgli che la piccola non era sua figlia. Me l'ha confessato lei stessa. Naturalmente si trattava di una crudele bugia, ma ti dà l'idea di quel che era diventato il loro rapporto. Nonostante tutto Marco era molto legato a lei. L'incidente è accaduto proprio il giorno in cui stava per ritornare a casa. Tutto il suo affetto e tutte le sue speranze si sono concentrati sulla figlia, ma quando Sara ha ripreso conoscenza ha cominciato a respingerlo e a essergli ostile: in questi ultimi tempi non sopportava neppure che lui la toccasse... La psicologa non sono io, ma credo che la bambina, confusamente, accusi il padre di qualche cosa. Di averla lasciata sola in via Alberto Mario? Di non essere sull'auto nel momento della tragedia, per proteggere lei e salvare la mamma? Non lo so. So solamente che sono angosciata per Sara e ho una gran pena anche per mio nipote. Nulla gli è andato più bene, da quando si è separato da te.»

"Il Signore non paga al sabato! Finirà per scontare tutto il male che le ha fatto!" Chiara risentì la voce di sua madre al di là della porta, mentre parlava con Gio' e lei era seduta in un angolo del letto, le mani penzolanti nel vuoto, aspettando che Paolo arrivasse per portarla in clinica.

Il Signore, osservando l'universo dall'alto dei cieli e della sua immobilità, a un certo momento aveva individuato quel piccolo grande peccatore e gli aveva inflitto il grande castigo. Poi aveva distolto il divino sguardo da lui, abbandonandolo. La solitudine e il dolore di Marco dovevano essere enormi, forse ancora peggiori di quelli in cui per mesi si era dibattuta.

Devo guarire Sara e restituirgliela, pensò. Hanno bisogno l'uno dell'altra e sono chiusi in due mondi impazziti che non riescono a sfiorarsi. Tocca a me aiutarli e tentare di ristabilire il contatto.

Sara non scappava più. E aveva smesso di ritrarsi, di divincolarsi, di voltare la testa quando lei l'abbracciava o le parlava. Ma, in qualche modo, questo era peggio di prima: perché era come se avesse smesso di ascoltarla e fosse improvvisamente diventata insensibile anche al contatto fisico.

A volte le ricordava Sonia, la ragazzina violentata e messa incinta dal padre. Benché l'età e i problemi fossero diversi, le loro reazioni erano identiche: si erano come blindate nel piccolo cuore il loro inferno e non esisteva mezzo per allungare una mano amorosa e tirarne fuori i paurosi fantasmi. Ma con Sonia era riuscita a trovare la chiave, e questo la incoraggiava a insistere e sperare.

Anche la Valsecchi, che continuava a consultare nei casi più difficili, era stata incoraggiante. «I bambini molto piccoli come Sara di solito focalizzano su un solo particolare i loro incubi» le aveva spiegato. «Non hanno ancora la capacità di memorizzare in modo organico una situazione o una vicenda, cosicché si concentrano su ciò che li ha particolarmente feriti e ne fanno il loro mostro. Può essere un gesto, una parola, un oggetto, un episodio isolato. Individuarlo non è semplice, ma una volta che si è riusciti è come azionare una leva o forare un palloncino con un ago: le resistenze crollano e il mostro si sgonfia. L'importante è che tu continui a parlare, Chiara. Di tutto, e senza paura. Sara non è sorda, tutto quello che dici le arriva: ma reagirà solamente quando farai centro.»

«È un bene o un male che il padre venga regolarmente a trovarla? A volte sembra che il suo mostro sia lui» Chiara aveva chiesto alla Valsecchi.

«Se per *regolarmente* intendi ogni giorno è meglio di no, perché sarebbe per la bambina fonte di continuo turbamento e confusione. Ma il tuo ex marito non deve neppure sparire: Sara registrerebbe questa assenza, e memorizzerebbe astrattamente l'ostilità che ha per lui. Una visita alla settimana mi sembra la scelta migliore.»

Lo spiegherò a Marco, aveva annotato diligentemente alla fine del colloquio. Il ricovero di Sara al Puer si prospettava piuttosto lungo, e lei era sempre più persuasa che non fosse il luogo migliore per dare alla bimba il calore e la sicurezza di cui aveva bisogno. Ma a casa sua per il momento non poteva tornare, e la zia Egle non era in grado di darle altro aiuto se non l'affetto. Che purtroppo non bastava. E così l'Istituto restava il solo luogo possibile per recuperarla.

XXII

Il bambino di Gio' nacque il 12 dicembre, con un leggero anticipo sulla data prevista. Pesava due chili e ottocento grammi e sul visetto rosso e grinzoso si aprivano due fessure di luce chiarissima: erano gli stessi occhi della madre e della zia, e quando Chiara lo prese in braccio per la prima volta registrò con stupore di non provare né malinconia né rimpianti, ma solo una profonda tenerezza.

Fu chiamato Andrea Giacomo, come i nonni, e Gio' tornò a casa cinque giorni dopo il parto. «Ho deciso di dimettermi» comunicò alla madre e alla sorella quella stessa sera. «Quando il bambino sarà svezzato, cercherò delle consulenze o delle collaborazioni part-time. È assurdo fare un figlio dopo i trent'anni per poi affidarlo a una domestica o alla balia: voglio allattarlo, curarlo, godermelo.»

La gravidanza l'aveva dolcemente ammorbidita. E profondamente cambiata, Chiara pensò. Ora le vocazioni si erano invertite: mai lei avrebbe potuto, per un solo figlio, abbandonare tutti i figli del Puer. Amo il mio lavoro più di quanto potrei amare qualsiasi uomo, pensò, e la mia casa è quella, la mia famiglia è lì.

Da due settimane arrivava in Istituto alle otto del mattino e molte sere, alle nove, era ancora lì. Piera Berti le aveva fatto notare, in tono solo apparentemente scherzoso, che da qualche tempo era troppo concentrata su Sara e aveva organizzato orari, visite e routine in modo da poter vedere il più spesso e il più a lungo la bambina.

Era vero. Quella sera, dopo aver lasciato la casa di Gio', Chiara si chiese onestamente fino a che punto Sara aveva contribuito a farle amare tanto il suo lavoro in Istituto. Si era dedicata con tenerezza e scrupolo a tutti i piccoli che erano passati di lì, ma Sara era un caso unico. Avvertiva nei suoi confronti un enorme senso di responsabilità, come se la piccola non avesse altri al mondo all'infuori di lei. E questo non era vero né corretto. È che ho trasferito su Sara l'immagine della mia bambina mai nata, pensò. E quella verità tanto semplice la sbalordì. Se non avesse abortito, adesso la piccola avrebbe avuto la sua età e forse le assomiglierebbe.

Ancora prima di nascere, Sara aveva stravolto la sua esistenza e Chiara si chiese, superstiziosamente, se per una crudele nemesi la piccola non stesse pagando tutto il dolore che aveva incolpevolmente provocato. Scacciò con forza questo pensiero orribile, ma si accorse che era ormai da tempo radicato in lei.

Fin dal primo momento che l'ho vista, si disse, ho oscuramente sentito che solo il mio amore poteva aiutarla a esorcizzare l'infelicità che è in lei. Per un sottile disegno del destino la sua piccola esistenza ha di nuovo attraversato la mia, come se la creatura a cui ho impedito di nascere mi venisse restituita e avesse bisogno di ossigeno per aggrapparsi alla vita. Salvando Sara, è come se dessi a quella povera creatura una seconda possibilità.

Alle tre di notte era ancora sveglia. E girandosi su un fianco, consapevole che il sonno non sarebbe venuto, si permise cautamente ciò che da due settimane si impediva: pensare al rapporto di Marco e Margherita. Come aveva potuto, quella bella e determinata ragazza, trasformarsi nell'essere malato e fragile descritto da Egle? E da che cosa era derivata tutta la violenza che aveva riversato su Marco e sulla sua stessa figlia?

Quella mattina sul metrò. Il ricordo che per mesi aveva furiosamente scacciato riemerse con violenza e Chiara affondò le unghie sul palmo delle mani. Quella mattina, sul metrò, alzando gli occhi dalle teste dei bambini che stava accompagnando a una gara di pattinaggio, aveva visto Margherita. E d'istinto, stupita di non provare né turbamento né rancore, l'aveva salutata. Ma lei era scesa precipitosamente alla prima fermata. E c'erano violenza e odio nel suo sguardo. Il pomeriggio di quello stesso giorno, poche ore dopo quell'incontro, sarebbe andata a schiantarsi contro un camion.

Si è uccisa, Chiara pensò tremando. L'aveva sempre sospettato, fin da quando aveva letto la notizia sui giornali, e aveva cancellato il ricordo del metrò perché subito aveva *sentito* che in qualche modo esisteva un legame tra l'incidente e il loro incontro.

Vorrei che Mauro fosse ancora vivo, pianse tra sé. Quante volte l'aveva svegliato nel cuore della notte per sfogarsi o per chiedergli un consiglio? L'ultima volta era stata un paio di settimane prima della fine. Ma Mauro, dal suo letto di morte, irradiava rassicurazione e vita. Avvertì acutamente, e fisicamente, la sua mancanza. E per qualche istante provò anche rabbia. Basta retorica, basta finzioni, Mauro era morto e al di là della morte non esisteva più nulla. Solo i fantasmi, amico mio. E la mia vita, quella di Sara, quella di Marco sono popolate di fantasmi.

Di nuovo il pensiero di Sara. Le nostre infelicità e i nostri sbagli di adulti sono ricaduti su un'innocente bambina, si disse confusamente. Non era sonno, quello che le stava piombando addosso, ma una spossatezza malata. I fantasmi si erano risvegliati e l'avevano costretta alla resa. Vorrei che Sara fosse qui per stringerla tra le braccia e per scivolare con lei in questo sopore senza angoscia, pensò. Era quel che Margherita voleva, quando aveva caricato sua figlia in automobile e si era buttata in una folle corsa contro un camion?

Marco le telefonò in Istituto alle dieci del mattino dopo.

Si sentivano ogni tre giorni circa, e una volta alla settimana lui veniva a visitare la figlia, come la Valsecchi aveva consigliato. Chiara gli portava la bambina in un salottino e tre quarti d'ora dopo tornava a riprenderla. La trovava con la stessa faccetta buia, il corpo irrigidito in una immobilità impaurita, mentre Marco appariva desolato e impotente.

Quando la segretaria gli passò la sua telefonata, sollevò il ricevitore sospirando. Assurdamente pensò che volesse dirle "basta, con queste visite, non ce la faccio più, abbi pietà di me". E Dio sa quanta pietà davvero provava.

Invece, dopo averla salutata e aver chiesto notizie della piccola, Marco disse che la sera prima, senza avvertirlo, la zia Egle era arrivata a Milano. «Vorrebbe venire con me all'Istituto, ma non so se questo incontro può turbare o immalinconire Sara. Tu stessa, tempo fa, mi dicesti di aspettare.»

«Sì. Ma a questo punto portala pure.»

Può essere addirittura un bene, avrebbe voluto aggiungere, che la bambina provi turbamento o una qualunque altra emozione che la distragga da ciò che ha dentro. Ma, pietosamente, tacque. Disse invece: «Vi aspetto. E non preoccuparti per Sara, penserò io a lei, quando zia Egle se ne sarà andata».

«Lo so, Chiara. Non passa giorno senza che mi ripeta quale prova di generosità stai dando...»

La voce di Marco era piena di malinconia e lei lo interruppe imbarazzata. «La generosità non c'entra. Mi occupo di tua figlia perché le voglio bene.»

«So anche questo. Io ti ho dato sofferenza e tu restituisci amore. A volte mi sembra il più doloroso dei castighi.»

«Quello che è accaduto tra noi appartiene al passato. Ora conta solamente Sara, è a lei che dobbiamo pensare. E aiutarla mi fa bene...» Si interruppe impaurita: stava per dirgli che cosa realmente la bimba significava per lei, di quale enorme perdita l'aveva consolata e risarcita. E non poteva. «Quel che è accaduto non conta» ripeté in fretta.

E quando la telefonata finì, quella frase restò come sospesa nell'aria. È vero, registrò con una strana sensazione che era, insieme, sollievo e tristezza: i ricordi, belli e brutti, se n'erano andati con l'amore e adesso Marco era per lei solamente un padre infelice che desiderava con tutta se stessa aiutare.

Arrivò in Istituto alle quattro del pomeriggio, con la zia Egle, e rivedendo dopo anni la donna che tanta parte aveva avuto nella sua vita Chiara fu per qualche istante in balia di quei ricordi che credeva perduti.

Egle la strinse in un lungo abbraccio. «Pensavo che questo giorno non sarebbe arrivato mai» disse con gli occhi lucidi. «Ma lasciati guardare. Coi capelli lunghi sembri un'altra, hai fatto proprio bene a schiarirli e a farli crescere» osservò con amoroso tono di madre.

«E tu sei rimasta tale e quale, come se il tempo si fosse fermato» Chiara replicò sorridendo. Solo in quel momento si accorse di non aver ancora salutato Marco, e sorrise anche a lui. «Se vi sedete un attimo, vado a prendere Sara. Non le ho detto della tua visita, zia, perché avevo paura che si agitasse inutilmente. Ma sono certa che sarà per lei una bellissima sorpresa.»

Dirigendosi verso la sala dove a quell'ora i bambini stavano giocando, Chiara non ne era in realtà affatto sicura. Se non le aveva preannunciato quell'incontro era non tanto per non agitarla, quanto perché riteneva molto importante studiare le reazioni di Sara nel rivedere all'improvviso la sola persona con cui era riuscita a stabilire un rapporto senza problemi.

La bambina era seduta, sola, nel solito angolo, tra la finestra e il calorifero, e stava sfogliando un giornaletto. Chiara le si avvicinò e la sollevò tra le braccia, come sempre turbata dalla gracilità di quel piccolo corpo. Dopo i primi giorni al Puer, Sara aveva smesso di rifiutare il cibo, ma a detta della vigilatrice continuava a mangiare poco e di malavoglia. Non esisteva un piatto che le piacesse particolarmente, e mentre portava la bambina dal padre e dalla zia, Chiara pensò che non c'era da stupirsene: senza rendersene conto, Sara si era chiusa a ogni gratificazione e a ogni contatto, compreso quello del cibo.

Per qualche istante, tuttavia, il suo pessimismo vacillò: non appena la piccola scorse la zia, si divincolò dalle sue braccia e corse da lei emettendo un grido di felicità gutturale e animalesco, simile a quello d'un sordomuto che si sforzasse di parlare. Egle la raccolse contro di sé ricoprendole il visino di baci. «Amore mio, sei la bambina più bella del mondo... La zia è venuta a trovarti, hai visto?»

A dispetto della commozione, aveva la voce ferma e gli occhi asciutti. Sara appoggiò le dita sul suo viso e glielo sfiorò in una breve, lievissima carezza. «Sì, *dia*. Quando mi porti a casa tua?»

«Presto, molto presto, bambina mia.»

«Domani?»

Egle fissò Chiara, chiedendole silenziosamente aiuto. Che cosa doveva rispondere?

Ma la risposta parve, all'improvviso, non interessare più Sara. Con espressione assorta e una strana voce neutra, senza traccia di emozione, disse: «La mia mamma è morta».

Era la prima volta che nominava sua madre, e Chiara sobbalzò. Egle accostò una gota alla gota della nipotina, e tenendola teneramente stretta nel cerchio delle sue braccia le sussurrò con dolcezza: « Lo so, Sara. È andata in cielo e di lassù ti guarda e ti... ».

La bambina scosse più volte, con forza, la testa. « Non è andata in cielo, » sillabò « è *paltita* con l'automobile e... e... » Tacque e fissò interrogativamente la zia, aspettando che fosse lei a proseguire e a ripeterle quel che suo padre le aveva a suo tempo spiegato.

Vuole la conferma dell'incidente dalla sola persona di cui si fida, Chiara pensò, pregando in cuor suo che la zia trovasse le parole giuste.

Fu con sollievo che la udì dire: « È partita con l'automobile e un camion grande le è andato addosso. La tua mamma ha avuto un incidente, piccola mia, ed è volata in cielo. Ma un giorno la rivedrai, il cielo è un posto bellissimo che si chiama paradiso e io, tu, il papà, Chiara, tutti un giorno ci ritroveremo lassù per giocare ed essere felici ».

« Oggi no? » Sara s'informò aggrottando le sopracciglia. Aveva seguito con interesse il discorso della zia, Chiara notò, e ora sembrava aspettare ansiosamente la risposta.

« Oggi no, Sara. È Dio che decide quando dobbiamo partire per il paradiso, e tu sei ancora piccolina. Il paradiso è un posto per i grandi, e tu devi crescere, e fare compagnia al papà e alla zia Egle. Non vuoi lasciarmi sola, vero, amore? »

Sara fece cenno di no. Poi, gli occhi illuminati di speranza, chiese ansiosamente: « Mi porti a casa tua, *dia*? ».

L'agghiacciante logica infantile, Chiara pensò. Visto che non doveva lasciarla sola, Sara si aspettava che la zia la portasse con sé. E benedisse in cuor suo l'intelligenza e la sensibilità di Egle, sentendola rispondere: « Certo che ti porto a casa mia, Sara. Ma non stasera. Stasera vado via da sola per comperarti il lettino e prepararti una bella stanza piena di giocattoli. E quando sarà pronta, tornerò a prenderti. Tu fai la brava e aspettami, intesi? ».

« Sì. »

Lo sguardo di Chiara cadde su Marco, e sul viso di lui lesse il suo medesimo sollievo. Si era quasi dimenticata della sua presenza, tesa com'era a osservare le reazioni di Sara, e ne provò rimorso. Per motivi diversi anche la figlia lo aveva ignorato, come se non lo vedesse, e il pensare alla solitudine e ai sensi di colpa in cui certo si dibatteva la riempì di pena. Era un sentimento che mai avrebbe pensato di provare per Marco, e nel momento in cui lo constatò vide riemergere dal passato, come in un flash, il compagno che un tempo aveva tanto amato, l'uomo che travolgeva, provocava, scherzava. Dov'erano finite la sua sicurezza e la sua forza? Provò un sentimento di perdita che la desolò e dovette distogliere lo sguardo da lui.

La zia Egle aveva estratto dalla borsa un regalino per Sara: un pacchetto avvolto nella carta colorata che ora la bimba stava rigirando tra le dita con una espressione che riportò in gran fretta Chiara al presente: era come se avesse paura di aprirlo, e nel suo viso c'erano curiosità, repulsione, incertezza. Incoraggiata dallo sguardo sorridente, ma perplesso, della zia, Sara si decise infine, cautamente, a sfilare il nastrino e rompere l'involucro.

Quando apparve un cerchietto per capelli con tante piccole farfalle colorate disposte a raggiera, emise un sospiro di sollievo che a Chiara apparve spropositato e inspiegabile. « Oh, che bello! » esclamò la bambina toccando le farfalle con le dita, estasiata.

« Ha sempre avuto la passione per i cerchietti » spiegò Egle rivolta al nipote. E, sorridendo, disse a Sara: « Chiara ti aiuterà a metterlo, così avrai i bei capelli pettinati e in ordine. Chiara è una mia amica e ti vuole molto bene, sai? ».

« Viene via con noi? »

« No, resta qui con te mentre io vado a prepararti la stanza. »

« Qui non mi piace. »

Chiara vide Marco abbassare gli occhi e incurvare le spalle. « Nemmeno a me, sai? » si intromise in fretta tra zia e nipotina. « Però dobbiamo restare qui fino a quando la stanza non sarà pronta. »

Egle aggiunse: « Proprio così. Ma voi due siete proprio sciocche, perché a me questo posto sembra bellissimo. Perché non mi porti a fare un giro, Sara? Voglio vedere se è davvero brutto oppure se ho ragione io ».

Fece cenno a Chiara e a Marco di aspettarla e, presa per mano la nipotina, si allontanò con lei.

Marco fu il primo a rompere il silenzio. « Tra poco, quando ce ne andremo, la bambina resterà malissimo » osservò.

«No, se avrà la sicurezza che la zia tornerà a prenderla. E non ho dubbi al proposito. Egle è una donna straordinaria e ha con Sara un ottimo rapporto.»

«Non credi che potremmo mandarla da lei a Padova? Tu stessa dicevi, e la bambina non lo nasconde, che rifiuta l'Istituto e non riesce ad adattarsi.»

«Purtroppo rifiuta molte altre cose. Anch'io mi sono chiesta spesso se non sarebbe stato meglio mandarla dalla zia, ma sono sempre arrivata alla conclusione che no, non è meglio. Sara ha bisogno, in egual misura, di amore e di cure, e queste cure può riceverle solamente al Puer.»

Marco la guardò negli occhi. «Tanti anni fa dicevano la stessa cosa di te, eppure lasciasti Villa Quiete» osservò con voce neutra.

Chiara ricambiò il suo sguardo. «È vero. Però, dopo che ci separammo, finii per entrare in un'altra clinica. E fu il solo modo per rimettermi in piedi» replicò pacatamente e con distacco, come se stesse raccontando di un'altra persona.

«Scusami. Nella mia vita non ho fatto che accumulare conti, e adesso li sto pagando tutti.» Era sconsolato.

Chiara gli posò una mano sul braccio. «Non devi più pensare a quello che è stato. Il tuo futuro è Sara, e devi aver fiducia: è molto piccola, si riprenderà.»

Egle e Marco se ne andarono due ore dopo, e come Chiara aveva previsto, la bambina reagì abbastanza bene al distacco dalla zia. Chiara la portò nel suo studio e se la prese sulle ginocchia: per la prima volta la bimba sembrava consapevole di quel contatto fisico e non lo respingeva. Chiara le chiese di mostrarle il cerchietto che stringeva tra le dita e, di ciascuna farfallina, le inventò una favoletta.

«Ancora» la piccola chiese quando le farfalle furono esaurite.

E Chiara ricominciò.

All'ora di cena telefonò alla vigilatrice pregandola di farle avere in studio un vassoio per la piccola Zambiasi; apparecchiò un angolo della scrivania e assistette alla cena di Sara, vincendo la tentazione di riprendersela in braccio e imboccarla.

«La mamma delle *fal*... farfalle è morta?» chiese Sara a un certo punto mentre Chiara le stava sbucciando una mela.

«È volata via, tesoro.»

«In cielo?»

«Sì, in cielo. È lassù con la tua mamma ed è molto contenta che le figlie farfalline stiano con te, tra i tuoi capelli.»

«E io dove sto?»

«Qui con me, Sara. E presto anche con il papà e la zia Egle.»

«La mia mamma è contenta?»

«Certo, perché sei una brava bambina. Come diceva la zia, dal paradiso ti guarda e ti vuole bene. E adesso finisci la mela, piccolina.»

Sara ne mise automaticamente in bocca un pezzetto, e Chiara ebbe l'impressione che stesse per chiederle qualcosa di molto importante. Invece tacque, la faccina assorta e la fronte aggrottata, evidentemente concentrata nello sforzo di darsi da sola la risposta. E non parlò più, né più tardi protestò quando Chiara l'accompagnò nella sua stanza e ve la lasciò, dopo averle dato il bacio della buonanotte.

Arrivò a casa che erano quasi le dieci. «È sempre peggio!» l'accolse sua madre. «Ormai ti manca di sposartelo, il tuo Istituto!» La seguì in bagno, mentre si lavava le mani, e poi in guardaroba, dove infilò le pantofole. «Ti avevo preparato gli gnocchi alla romana, ma ormai sono diventati una pappa!» brontolò.

«Non preoccuparti, mamma, saranno buonissimi ugualmente» la rassicurò. E quando fu in cucina, sua madre seduta di fronte a lei, attaccò gli gnocchi simulando un appetito che era ben lontana dall'avere.

«Prima ha telefonato Giovanna e aspetta che la richiami. Anche tua sorella dice che fai degli orari bestiali. Lavoro, lavoro, lavoro: che razza di vita è la tua?»

«Lavorare mi piace, mamma, e questa vita non mi pesa affatto.»

Glielo ripeteva pazientemente ogni giorno e la risposta di Lucia, sempre la stessa, arrivò implacabile: «Non ti pesa adesso perché sei giovane, ma non si è giovani per sempre. Dovresti pensarci finché sei in tempo, per non ritrovarti sola come un cane».

Chiara registrò, con un vago senso di allarme, che stavolta sua madre aveva parlato senza punti esclamativi. E difatti la stava fissando sinceramente preoccupata, senza la solita aria di burbera disapprovazione.

«Mamma, io sono *davvero* contenta della mia vita, devi credermi» si affrettò a rassicurarla.

Lucia fece un gesto sconsolato. «È questo il guaio. Ti sei votata a quei bambini e ti illudi che siano figli tuoi. Tu li curi e i loro genitori vengono a riprenderseli, ne arrivano altri e ricominci con lo stesso slancio. Ma un giorno, quando lascerai il Puer, di bambini non ce ne saranno più e tu sarai troppo vecchia per averne di tuoi. Hai quasi trentaquattro anni, Chiara: non ti resta molto tempo per ricostruirti una famiglia vera.»

«È che non ne sento il bisogno, mamma. Marito e figli non sono una vocazione obbligatoria, esistono donne serene anche al di fuori della famiglia.»

«Ma non tu! Non tu!» Lucia strillò.

La ricomparsa degli esclamativi non valse a tranquillizzare Chiara: sua madre stava facendo un discorso serio e non le dava tregua.

Abbassando la voce, Lucia proseguì: «Sei stata te stessa, e davvero felice, quando vivevi con Marco. *Avevi* la vocazione della famiglia, il tuo desiderio più grande era avere un figlio: e non credo che tu sia cambiata. Quel che è accaduto ti ha spaventata, tutto qui. Hai paura di soffrire di nuovo e ti sei convinta in malafede che il lavoro ti basti. E... e io non posso starmene qui impotente a vederti buttar via la tua vita». Tolse dalla tasca un fazzoletto e si soffiò rumorosamente il naso.

«Mamma...».

«Stai zitta! Non voglio ascoltarti! So bene perché voli in quel tuo Istituto all'alba e torni a casa a queste ore. C'è la bambina di Marco e chissà cosa ti sei messa in testa. Provo una gran pena per lei, ma mia figlia sei tu ed è per te che mi preoccupo. Prima o poi guarirà, e suo padre se la porterà via. Chiara, apri gli occhi! Marco ha quarant'anni e non può fare il vedovo a vita! Sicuramente si innamorerà e si sposerà di nuovo. Giovanna l'ha visto poco tempo fa al cinema con una ragazza. Non te lo dico per fare un pettegolezzo, ma perché *non voglio* che tu ti faccia illusioni.»

«Io non mi faccio nessuna illusione.» Chiara si accorse di aver alzato la voce, in tono sgarbato, e le dispiacque. «Mamma, non devi preoccuparti,» ripeté con dolcezza «Marco è per me solamente il papà di Sara. È probabile che si risposi, e certamente la bambina lascerà l'Istituto per riprendere un'esistenza normale. So bene che io ne sono esclusa, ma non ne faccio drammi. Recidere i cordoni ombelicali fa parte del mio lavoro...»

Lucia non raccolse quell'abbozzo di scherzo. «Vorrei crederti» replicò. «E in ogni caso anche tua sorella è preoccupata per te. Ricordati di telefonarle, aveva qualcosa di importante da dirti.»

La chiamò dieci minuti dopo, e Gio' venne a rispondere, affannata, dopo parecchi squilli. «Stavo allattando il pupo, scusami. E tu hai messo a nanna i tuoi pargoli?»

«Solamente Sara Zambiasi» Chiara precisò con tono intenzionalmente provocatorio. «Che cosa dovevi dirmi di tanto urgente?»

«Non mi sembri del tuo umore migliore» rise Gio', per nulla impressionata. Ma quando mai l'aveva presa sul serio?

«Ho avuto una piccola discussione con la mamma. Gnocchi collosi e predicozzo, non è stata una cena esaltante.»

«Ne so qualcosa! Ti ho telefonato per sapere se la notte di Capodanno hai degli impegni.»

«Oh, e questa sarebbe la cosa urgente?»

«Precisamente. Il mio grande capo organizza una serata per eletti, a casa sua, per festeggiare l'anno nuovo e il mio addio all'azienda. Devo dare a sua moglie, entro domani, l'elenco dei miei invitati e volevo sapere se sei libera.»

«Dovrei consultare il mio carnet» scherzò, tergiversando.

«Bene, hai tempo per scorrerlo fino a domattina. A ogni modo sappi che se non vieni me la lego al dito. Peggio ancora, mi dai un dispiacere. Dormici sopra, Ala. Ora scappo, Andrea Giacomo deve ancora fare il ruttino.»

Era impossibile tenere il broncio a sua sorella, Chiara pensò riattaccando. Ma perché era seccata con Gio'? Se lo chiese perplessa, non venendole in mente alcun motivo per cui dovesse avercela con lei. Eppure, benché la telefonata fosse terminata in modo affettuoso, continuava ad avvertire un oscuro senso di animosità nei suoi confronti.

Lo capì più tardi, rigirandosi nel letto in attesa del sonno che, ancora una volta, tardava ad arrivare. Gio' aveva visto Marco al cinema con una ragazza e si era affrettata ad andarlo a raccontare alla mamma. Chissà con quali parole e quali commenti. Era per questo che ce l'aveva con lei.

O non ce l'ho piuttosto con me stessa?, Chiara si interrogò onestamente. Suo malgrado si ritrovò a pensare a Marco. Era normale che frequentasse qualche ragazza. Magari una sola. Lei lo incontrava soltanto al Puer, e soltanto nel ruolo di padre, quando veniva a trovare Sara e il passato gli ricadeva sulle spalle con tutti i problemi non risolti. Ma era comprensibile che uscito di lì infelicità e rimorsi si dissolvessero. Aveva altri incontri, altri pensieri, un'altra vita e probabilmente tornava a essere l'uomo travolgente e sicuro che lei, sbagliando, aveva creduto scomparso.

XXIII

Da quanto tempo non andava a una festa? Chiara se l'era chiesto alla vigilia della serata dal gran capo di Gio': quando, aprendo l'armadio per fare un inventario di ciò che avrebbe potuto mettersi, aveva dovuto registrare tra l'afflitto e il divertito che i suoi pochi vestiti eleganti erano ormai importabili e fuori moda.

E ora, guardandosi allo specchio con la toilette di Armani acquistata all'ultima ora, dopo un faticoso tuffo nella caotica atmosfera degli acquisti natalizi, pensò che ne era valsa la pena. Era un impeccabile giacchino nero sotto cui si allargava una gonna dalla minuscola fantasia a rombi nero e argento. Aveva raccolto i capelli sulla testa, in un morbido chignon, lasciando ricadere sulla fronte una leggera frangia. E, osservandosi con attenzione, si compiacque per l'abilità con cui era riuscita a truccarsi.

Non sono poi da buttare, si disse allegramente, suo malgrado eccitata all'idea di veder gente e ritrovarsi in un clima di festa. Ma all'origine del suo buonumore, e ne era consapevole, c'era la telefonata che la zia Egle le aveva fatto poco prima: Sara stava bene, giocava con la neve, mangiava con minor svogliatezza e quel giorno aveva chiesto di lei, ma, quel che più contava, sembrava preparata a ritornare in Istituto una volta che la vacanza con la zia fosse finita.

Mandarla nella casa di San Zeno era stata una decisione che Chiara aveva preso dopo lunghe riflessioni, e non senza essersi consultata con Marco. Molti bambini, durante le feste di Natale, venivano temporaneamente rimandati a casa, e le due compagne di stanza di Sara erano tra questi. La piccola si sarebbe ritrovata sola e per di più senza Noemi, la sua vigilatrice, che aveva preso le ferie proprio in quel periodo. La soluzione di San Zeno, che Sara aveva sempre vissuto come un luogo di temporaneo soggiorno, era apparsa la migliore: le quotidiane telefonate della zia lo confermavano.

Al momento di uscire di casa, mentre si stava infilando la pelliccia, squillò il telefono: era sua madre, che era stata invitata ad aspettare la mezzanotte a casa di una vecchia amica e voleva evidentemente accertarsi che Chiara andasse realmente alla festa di Gio'. «Ancora lì?» chiese infatti in tono sospettoso. «Sono quasi le nove, come al solito arriverai per ultima!»

«Stavo giusto uscendo, mamma.»

«Ti sei messa il completo nuovo? E ti sei data un po' di trucco?»

«Non preoccuparti, sono uno splendore. Ma vedrai tu stessa, quando tornerò a casa.»

«Non metterti fretta! Almeno una volta all'anno divertiti!»

«D'accordo, mamma. A mezzanotte ti chiamerò per farti gli auguri. Divertiti anche tu, mi raccomando.»

Guido Guarducci, il capo di Gio', abitava in via Patroclo, a San Siro: la sua grande villa, illuminata a giorno e col giardino ricoperto dal biancore della neve, le apparve una via di mezzo tra Versailles e un presepe. Come accostò la macchina, uno dei due uomini di servizio davanti al cancello si avvicinò e, dopo averle chiesto chi era e dove andava, le indicò il viale che portava al parcheggio.

I "pochi eletti" di cui sua sorella le aveva parlato erano almeno una sessantina, Chiara valutò poco dopo, entrando in un affollatissimo salone. Restò per qualche istante sulla soglia non riuscendo a identificare né la padrona di casa né un solo gruppetto di persone conosciute verso cui dirigersi. Fu Gio' a scorgerla e a venirle incontro, togliendola dall'imbarazzo: indossava disinvoltamente un cortissimo e attillato tubino con il corpetto luccicante. Chi avrebbe detto, Chiara pensò guardandola, che quella magra e raffinata signora dall'aria sexy aveva partorito nemmeno tre settimane prima?

«Finalmente qui! Era da un pezzo che adocchiavo la porta» sua sorella la accolse. Poi, dopo averla percorsa da capo a piedi con un'occhiata amorevolmente critica, annuì soddisfatta: «Sei elegantissima e in gran beauté. Ma ora vieni, la padrona di casa è smaniosa di conoscere la famosa psicologa mia gemella: hai miracolosamente curato la figlia di una sua amica e ti sei fatta la fama della madonna di Lourdes».

Tenendola per un braccio la guidò verso il lato opposto del salone, scambiando saluti e battute al volo coi vari gruppetti disseminati qui e là.

A un certo momento si fermò, e con aria noncurante le disse: «Il mio capo ha invitato anche Marco e un paio di persone dell'agenzia Zambiasi. Spero che la cosa non ti secchi, e comunque io non ne sapevo niente. È stata una sorpresa anche per me, quando l'ho visto».

La signora Guarducci venne loro incontro e tese le mani ingioiellate a Chiara, con aria festosa. «Grazie di essere venuta, sua sorella le avrà detto quanto tenevo ad averla con noi.» Le presentò il marito e alcuni degli ospiti tra cui figuravano molti ex colleghi di Gio' e Chiara individuò nel salone, prima che le venissero presentati, personaggi noti tra i quali riconobbe lo stilista Gianni Versace, Pippo Baudo con la moglie Katia Ricciarelli e Mike Bongiorno con la moglie Daniela.

Guido Guarducci le porse una elegante flûte dalle frizzanti bollicine rosate e Chiara, portandola alla bocca, avvertì un delicato sapore di pesca e di champagne. Poco dopo un cameriere le passò accanto con il vassoio, e automaticamente, deposto il bicchiere vuoto, ne prese un altro.

Stava lentamente assaporando l'ultimo sorso quando vide venire verso di lei Paolo Lusardi. La baciò affettuosamente su una gota. «Sono felice di vederti, da qualche tempo sei sparita!» esclamò.

«Non mi risulta di aver ricevuto assidue telefonate di ricerca» replicò scherzando. «Sei qui con Linda?»

Paolo fece cenno di no. «È a casa con una brutta influenza, ma mi ha ordinato di venire a festeggiare tua sorella. Se hai bisogno di un cavalier servente per la serata, sono tutto tuo.»

«Ti prenoto subito! Gio' mi ha detto che tra due mesi ti sposi, sono molto contenta.»

«Forse anche prima» Paolo sorrise. «Pare che Linda aspetti un bambino» aggiunse.

Perché quella improvvisa assurda fitta di smarrimento e di tristezza? Chiara si impose di scacciarla. «Oh!» disse «è una splendida notizia che merita un brindisi.»

Un vassoio era miracolosamente a lunghezza di braccio e, dopo aver preso un bicchiere per sé, ne porse uno a Paolo.

Fu in quel momento che lo vide. Marco era sbucato da chissà dove e teneva per un braccio, confidenzialmente, una appariscente ragazza vestita di rosso. Li vide dirigersi verso un divano e sedersi.

Distolse in gran fretta lo sguardo. «Al bambino che nascerà» sorrise a Paolo sollevando la flûte «con l'augurio che non debba mai aver bisogno di me.»

«Ma, anche, con l'augurio che possa avere il tuo affetto e una piccolissima parte del tuo tempo.»

Le sembrò che la pesca avesse un sapore vagamente amarognolo, ma ancor più gradevole. Nel deporre il bicchiere vuoto pensò, ridendo, che in quella casa c'era sempre un vassoio a portata di mano. Chissà se gli eletti che abitavano lì avevano un vassoio anche per deporvi le tristezze e le preoccupazioni della vita. L'idea le mise allegria.

«Sei molto elegante e molto bella, stasera» Paolo le disse galantemente.

«Solamente stasera?» replicò con malizia. Aveva la testa piacevolmente leggera, e fu con galleggiante imperiosità che la sentì sfuggire al suo controllo e voltarsi verso il divano dove Marco si era seduto con la ragazza in rosso. La loro conversazione doveva essere molto interessante e, deposto il ruolo di padre afflitto, lui appariva sorridente e *charmeur*. Indossava un classico gessato: a quanto pareva, continuava a odiare lo smoking e ad amare le cravatte grigie.

Chissà se aveva imparato a scegliere le calze giuste, si trovò a pensare, divertita, abbassando lo sguardo verso i suoi piedi. Fu quasi sorpresa che i calzini fossero rigorosamente neri e non rossi o celestini. Rialzando gli occhi incontrò gli occhi di lui e le parve di leggervi perplessità e stupore. Da quanto tempo lo sto fissando?, si chiese con una risatella.

«Scusami un attimo» disse a Paolo. E lentamente, ma disinvoltamente, si diresse verso Marco. Lo vide alzarsi con una prontezza quasi goffa.

«Stai pure comodo, volevo soltanto salutarti» gli disse, consapevole di rivolgergli uno scintillante sorriso.

«Sto organizzando una campagna per Guarducci e mi ha

invitato per questo» Marco si giustificò, quasi. E, come ricordandosi della ragazza che era con lui, aggiunse: «Ti presento Giusi Lozza, la mia collaboratrice. Ma forse vi conoscete già».

Quel remoto giorno in agenzia. Lei che era corsa affannata per annunciare a Marco che aspettava un bambino, e Marco riunito con il suo staff per il lancio di un nuovo profumo. Attorno al tavolo, ora ricordava, c'era anche quella ragazza.

Si stupì di non provare alcuna tristezza. «Ricordo, sì» disse tendendo la mano a Giusi Lozza. Il suo sorriso era sempre smagliante e amichevole. «Scusate l'intrusione, torno subito dal mio cavaliere» disse.

Marco abbozzò un gesto di protesta. «Ma no, stavamo parlando della campagna Guarducci.»

«Vedo che non hai perduto il vizio di parlare sempre di lavoro» osservò soavemente. E scoppiò a ridere: un altro vassoio stava sfilando a due metri da lei. Il cameriere si avvicinò e Chiara prese un bicchiere chiedendosi perché mai Marco continuasse a fissarla con quello sguardo perplesso.

«Alla vostra campagna e a un anno di successi!» disse sollevando il bicchiere, registrando all'improvviso che era il quarto o quinto aperitivo che beveva in poco più di mezz'ora.

«Non l'avevo riconosciuta, sa?» le disse Giusi Lozza.

«Oh, sono così invecchiata in questi anni?»

«Tutt'altro» Giusi sorrise. «Non ricordavo che fosse così... così bella ed elegante» precisò amichevolmente.

Giusi Lozza mi piace, Chiara si disse euforica. Ha l'aria di essere una persona spontanea e leale. Il cameriere stava ritornando sui suoi passi e quando le passò accanto Chiara sostituì il bicchiere vuoto con un altro pieno. Il quinto? Il sesto?

«Non stai bevendo un po' troppo?» Marco osservò.

«Sicuramente sì. Ma una volta all'anno è lecito far follie» replicò. Si sentiva affascinante e sicura di sé. In quel momento sopraggiunse la padrona di casa. La cena era pronta e li invitò a recarsi a tavola. Li guidò verso il piano di sotto, in un altro salone pieno di tavoli rotondi, tutti apparecchiati in bianco e argento.

Il posto destinato a Chiara era tra Paolo Lusardi e Michele Guarducci, fratello del padrone di casa: un giovane avvocato molto intraprendente e spiritoso che, dopo aver apertamente chiesto se Paolo era il suo uomo, si buttò a farle una corte serrata. Marco era stato separato dalla Lozza, lei notò, ed era seduto non molto lontano, di fronte a lei, tra Daniela Bongiorno e una elegantissima signora sulla cinquantina.

Durante l'interminabile pranzo dovette sforzarsi di distogliere lo sguardo da lui, e allo scopo si concentrò nelle galanti schermaglie del suo vicino di tavolo stando allegramente al gioco. Paolo sembrava piacevolmente sorpreso dal suo buonumore, ma un paio di volte le fece cenno che stava bevendo troppo. In effetti l'avvocato continuava a riempirle premurosamente il bicchiere e lei a vuotarlo, sentendosi sempre più rilassata ed euforica.

Più volte si accorse che Marco la stava guardando fissamente e, anziché distogliere gli occhi, agitò la mano in festoso gesto di saluto, sadicamente contenta di vederlo in imbarazzo.

Alle undici e quaranta la cena finì e gli ospiti fecero ritorno nel salone al piano superiore.

Lungo una parete era stato nel frattempo approntato un tavolo pieno di bicchieri e di secchielli in argento dai quali spuntavano i colli neri delle bottiglie di champagne. Gli ospiti, improvvisamente, parlavano sottovoce.

C'era qualcosa di sospeso e quasi intimidatorio, Chiara pensò, in quell'attesa della mezzanotte. Come se per pochi, brevissimi istanti l'anno nuovo si dischiudesse minaccioso lasciando intravedere quali problemi e quali perdite avrebbe potuto capricciosamente infliggere a ciascuno.

Lei stessa avvertì, attraverso l'ovattato scudo dell'alcol, una fitta di malinconia e di sgomento. Signore, pregò tra sé, non levarmi la serenità che mi sono costruita con tanta fatica. Lasciami l'Istituto e i miei bambini, non togliermi l'amore di mia madre e di mia sorella, fa' che il mio nipotino cresca bene e che Sara guarisca...

Si fermò tremante, ricordando una lontana notte nella cucina di via Alberto Mario, un braccio teso verso l'armadietto e il sangue che scorreva portandole via la vita. *Signore, non togliermi il mio bambino*, aveva pregato. Invece glielo aveva tolto. E quando si era pietosamente deciso a gettare un occhio sulla sua solitudine, mandandole un altro figlio, era stata lei a respingerlo.

«Tre minuti a mezzanotte, preparate le bottiglie!» gridò qualcuno. Chiara sbatté gli occhi, accecata da un velo di lacrime. Ma dov'erano finiti Paolo e Gio'? La signora Guarducci aveva acceso il televisore sintonizzandosi sullo sgangherato chiasso di una festa in diretta. « Meno uno » strillò il presentatore.

Chiara si ritrovò una flûte in mano e il braccio dell'avvocato attorno alla sua vita.

« Mancano trenta secondi... dieci... nove... » diceva, sempre più eccitato, il solito presentatore e a lei parve il conteggio alla rovescia di un pauroso decollo verso l'ignoto. La stretta dell'avvocato si fece più intima e Chiara, con un movimento brusco, si divincolò e si fece largo tra la barriera degli ospiti.

Un coro di auguri e un'allegra cascata di note annunciarono l'ora zero. « Buon anno! » le disse uno sconosciuto signore riempiendole il bicchiere.

« Buon anno anche a lei » rispose meccanicamente. E si accorse che, ciecamente, stupidamente, stava correndo fuori dal salone. Tre camerieri stavano brindando nella stanza di fronte. Chiara posò il suo bicchiere su una cassapanca e s'infilò verso un corridoio. Vide una portafinestra e l'aprì: dava su un prato scintillante di luce e di neve, e respirò a fondo l'aria della notte, come se fosse scampata a un oscuro pericolo.

« Chiara... stai poco bene? »

La voce di Marco alle sue spalle. Curiosamente non ne fu stupita né spaventata. Si girò verso di lui, abbozzando un sorriso. « Sto bene, grazie. Aveva solo bisogno di un po' d'aria. »

« Dalla tua faccia non si direbbe. »

« Mi stai spiando? »

« Ti sto guardando, e da un bel po' » lui rispose semplicemente.

Evidentemente l'aveva vista scappare dal salone col bicchiere in mano. « Sono allergica ai brindisi di mezzanotte » sentì il bisogno di giustificarsi.

« Ricordo » Marco disse gravemente.

Il loro ultimo Capodanno felice, a Selva. La sua crisi di pianto nel momento in cui Marco aveva alzato il bicchiere, quasi avesse il presentimento che pochi mesi dopo la felicità, l'amore e il bambino che aspettava se ne sarebbero andati. Ebbe la certezza che anche lui stava ricordando lo stesso momento, e non osò guardarlo in faccia.

« Buon anno » lui disse dopo qualche istante.

« Buon anno anche a te. »

Vide Marco porgerle un fazzoletto e capì che, senza accorgersene, stava continuando a piangere. Si raddrizzò sulle spalle e lo guardò: aveva la faccia gentile e ansiosa dei lontani giorni del loro inferno, e si sentì percorrere da una furiosa ondata d'ira. Detestava la sua gentilezza, non sopportava che solo con lei assumesse quell'aria malinconica e compassionevole, le sembrava sacrilego che fosse lì a frugare nella tomba dei *suoi* ricordi.

« È meglio che torniamo di là » disse con voce strozzata restituendogli sgarbatamente il fazzoletto.

Gio' la stava cercando. « Ma dove ti eri cacciata? Volevo brindare con te e... » Vedendo Marco accanto alla sorella si interruppe, incapace di nascondere il suo stupore.

Qualche coppia aveva cominciato a ballare. L'avvocato adesso stava marcando una biondina dall'aria molto disponibile e Paolo, seduto su un divano, chiacchierava con la padrona di casa.

« Dovremmo telefonare alla mamma per farle gli auguri » Chiara disse girando le spalle a Marco.

« Anche per questo stavo cercandoti. Intanto auguri a te, sorellina! »

« Ti lascio in buone mani » Marco si congedò in fretta.

Quando ritornò nel salone con Gio', dopo aver parlato con sua madre, Chiara vide che si era unito a un gruppetto di invitati e stava conversando animatamente. Il mesto Jekyll aveva lasciato il posto al mondano Hyde, si disse con livore sedendosi su una poltrona.

Ora i camerieri si aggiravano distribuendo amari e liquori vari. Chiara prese dal vassoio il primo bicchiere che le capitò. Era whisky, e quando lo ebbe bevuto si sentì meglio.

Poco dopo ne prese un altro e si allungò sullo schienale sperando che nessuno si avvicinasse per i soliti convenevoli. Socchiuse gli occhi abbandonandosi alla voce di Sinatra. Adesso quasi tutti ballavano e lei aveva la sensazione di galleggiare in un acquario. Tristezza e furia erano scomparse lasciando il posto a una piacevole sensazione di leggerezza.

Sono ubriaca, pensò guardando Gio' ballare guancia a guancia col marito. Vide Paolo avvicinarsi a loro e poi venire verso di lei. « Io vado, Chiara. È quasi l'una e ho promesso a Linda di rientrare presto » la salutò. E, dopo averle dato un affettuoso bacio sulla gota, uscì dalla sala.

Era venuto alla festa perché voleva molto bene a Gio' oppure perché aveva impostato con la sua nuova donna un rapporto di coppia aperta a libertà e spazi autonomi? Chiara era troppo intorpidita per darsi una risposta, ma una cosa era certa: Linda era stata fortunata a innamorarsi di un uomo dolce e affidabile come Paolo. La vera fortuna, farfugliò tra sé, talvolta non è incontrare la persona giusta, ma riuscire a innamorarsene.

La musica tacque di colpo e Guido Guarducci, il capo di Gio', chiese alcuni minuti di attenzione. Le coppie si sciolsero e si disposero davanti a lui. Chiara si accorse che era l'unica a essere seduta e, faticosamente, si levò dalla poltrona per unirsi agli altri.

Guarducci stava improvvisando un informale e affettuosissimo discorso ricordando agli ospiti che in quella serata stavano non soltanto festeggiando l'anno nuovo, ma anche Giovanna Basile, una delle più preziose collaboratrici che lasciava l'agenzia per dedicarsi a un'altra appassionante carriera, quella di mamma. Nel ringraziarla per tutti gli anni di intelligente dedizione, Guarducci auspicava che la collaborazione di Giovanna con l'azienda potesse continuare e invitava tutti i colleghi presenti a farle il più caloroso degli applausi.

Vi furono parole commosse, abbracci, ringraziamenti, baci. Poi la musica ricominciò e Chiara si ritrovò sola tra le coppie che avevano ripreso a ballare. Fece per raggiungere la poltrona di prima, ma le gambe non la reggevano. Avvertì nuovamente la sensazione di galleggiare, ma stavolta con una sottile fitta di nausea. La poltrona, poco distante, le apparve un roteante e irraggiungibile traguardo.

Miracolosamente un premuroso braccio emerse dal nulla e la sorresse. «Oh...» esclamò confusa, accorgendosi che era Marco. In un barlume di lucidità tentò di divincolarsi, sentendo risvegliarsi il livore di poco prima, ma una nuova fitta di nausea la fece barcollare.

Si ritrovò in un bagno di marmo bianco, la testa curva sul water e una mano di Marco sulla fronte.

«Lasciami sola... Vattene, ti prego» biascicò tra un conato e l'altro.

«Non ci penso nemmeno» lui replicò, senza spostare la sua mano.

«Hai... continuato a spiarmi...»

«Sono un guardone che non resiste alle belle signore. E non le molla neppure nei momenti più delicati.»

In un soprassalto di dignità Chiara sollevò la faccia congestionata dal water. «Ho solo bevuto un bicchiere di troppo» disse pateticamente, tutto d'un fiato. E senza capire perché scoppiò a ridere. La nausea era passata e cominciava a sentirsi meglio. Vide che anche lui rideva, e ricominciò a ridere.

«È passata, grazie» disse alla fine.

«L'allegria o la sbronza?»

Invece di rispondere, Chiara si guardò allo specchio. «E io sarei la "bella signora"?» disse osservando con desolazione lo chignon disfatto e il trucco sbavato.

«Non sei mai stata così bella.»

Il tono di Marco era solo apparentemente scherzoso, e lei avvertì una familiare sensazione di pericolo. «Torniamo dagli ospiti» disse.

Ma come mosse qualche passo verso la porta, si accorse che la testa le girava e non si reggeva ancora sulle gambe. Marco le fece cenno di aspettarlo lì e scomparve. Lei si sedette sul bordo della vasca, le mani puntate lungo i fianchi per non cadere.

Tornò dopo pochi minuti, con addosso il cappotto e la sua pelliccia su un braccio. «Ti porto a casa, filiamocela via» disse porgendogliela.

«Ma non posso, devo salutare mia sorella e ringraziare la signora Guarducci...» protestò debolmente.

«Già fatto a tuo nome. E ho avvertito tua sorella che ti sto accompagnando a casa.»

Gio' doveva essersi non poco sorpresa, pensò sollevandosi in piedi e appoggiandosi al braccio che lui le stava offrendo.

Abilmente riuscì a condurla verso il portone d'ingresso senza che nessuno degli ospiti li vedesse. «Te la senti di fare due passi fino al parcheggio?» le chiese quando furono fuori.

«Sì. Un po' d'aria fresca mi farà bene.»

Il vialetto che portava ai garage era stato spalato e nonostante fosse in leggera pendenza Chiara riuscì a percorrerlo agevolmente. Marco continuava a sorreggerla, e benché quel contatto le desse confusamente fastidio realizzò di non poterne fare a meno. Le aprì la portiera e l'aiutò a sedersi. Infine poté mettere in moto; e dopo una breve sosta davanti al cancello, per aspettare che venisse aperto, presero la via di casa.

Occhi chiusi e capo reclinato sullo schienale, Chiara si sentiva di nuovo bene, ma non aveva voglia di parlare. Né Marco sembrava smanioso di conversazione. Sembriamo una felice coppia che comunica anche quando tace, si disse.

Aveva sempre pensato che il silenzio è una infallibile spia della salute di un rapporto, e c'è sempre qualcosa di incrinato o che non va se crea disagio o tristezza e se uomo e donna cercano con affanno qualsiasi cosa da dire per spezzarlo.

Suo malgrado il pensiero la riportò ad altri lunghi viaggi che lei e Marco avevano fatto nei loro anni felici. Percorrevano decine di chilometri senza dirsi nulla, in quel quieto e tenero silenzio che è tipico delle coppie unite. E all'improvviso, riprendendo a parlare, spesso si accorgevano che avevano appena finito di pensare alle stesse cose. E scoppiavano a ridere.

Emise un lieve sospiro e Marco si girò a guardarla. «Tutto bene?»

Si sentì improvvisamente come folgorata da una furia omicida. «Che razza di frase cretina è?» sibilò drizzandosi sulla schiena. «Ti sembra che *tutto* vada *bene*, nella tua o nella mia vita?»

«Mi riferivo alla tua sbronza.»

Quel tono tranquillo accrebbe, se possibile, la sua ira. «Non preoccuparti per me! Stai fuori dalle mie sbronze e... e dalla mia vita! E ora ferma questa tua maledetta macchina» aggiunse aggredendo la maniglia.

«Che diavolo vuoi fare, Chiara?» chiese rallentando.

Ancora quella insopportabile voce preoccupata. «Scendere e andarmene a casa con un taxi» replicò gelida.

«Sarà difficile trovarne uno, in questa zona e a quest'ora. Non ce la fai proprio a sopportarmi per altri dieci minuti?»

Si sentì ridicola e, peggio ancora, gli aveva stupidamente permesso di far leva nella sua vulnerabilità spingendola a comportarsi in modo infantile e isterico. «Purché non siano più di dieci minuti» rispose tra i denti. La frase era cretina, ma non gliene era venuta una migliore.

Adesso fu Marco a sospirare. «Non credevo che mi odiassi ancora tanto.»

«Non odio te! Odio che tu sia dolce e premuroso e che...» E che questo gentile rapporto di estranei sostituisca in qualche modo dieci anni di amore perduto, aggiunse rabbiosamente tra sé.

Marco accostò lentamente accanto a un marciapiede. Spense il motore e si girò verso di lei. «Sono dolce e premuroso perché è questo che provo per te» disse gravemente.

Chiara si irrigidì, sulle difensive. «Tutto quello che c'era da provare l'abbiamo esaurito molti anni fa» replicò con voce fredda.

«Non posso impedirmi di sentire per te molta dolcezza.»

«Fa parte della tua natura, se ben ricordo, non *impedirti* mai niente. Incurante di lasciarsi alle spalle sofferenze e distruzione» sillabò velenosamente, felice di sentirlo irrigidirsi.

«Hai ragione» Marco disse dopo una pausa che a lei parve eterna. Mise in moto e ripartì lentamente. «Non voglio farti ancora del male,» disse dopo un'altra lunga pausa «forse è meglio che non riporti più Sara in Istituto e sparisca dalla tua vita, come giustamente hai detto.»

Chiara gli afferrò un braccio con dita d'artiglio. «Non ti permetto di infierire su Sara! Riporterai la bambina al Puer perché ha bisogno di essere curata e non può continuare a subire le violenze e gli egoismi dei grandi» disse con furia.

«Ancora una volta hai ragione, scusami.»

Chiara distolse il braccio. «Scusami tu» replicò asciutta.

Erano arrivati in corso Buenos Aires e meno di dieci minuti dopo imboccavano viale Caldara. Marco fermò la macchina sotto al portone di casa Basile. «Siamo arrivati» disse. Scese e venne ad aprirle la portiera, tendendole una mano per aiutarla a scendere. Per qualche istante restarono dritti e rigidi, uno di fronte all'altra.

«Buon anno» lui sussurrò e, inorridita, Chiara sentì una carezza sul viso.

«Non dimenticherò mai quello che mi hai fatto, mi... mi hai spezzato la vita!» singhiozzò correndo verso il portone e frugando affannosamente nella borsetta per cercare le chiavi di casa.

XXIV

Sara tornò al Puer il 5 gennaio, accompagnata da Marco e dalla zia Egle. Non appena fu avvertita del loro arrivo, Chiara corse nel salotto d'attesa. Sara si lasciò silenziosamente abbracciare. Come se non la riconoscesse, come se lei fosse una gentile estranea di cui subire educatamente le effusioni. E c'era qualcosa di inquietante, Chiara pensò poco dopo, anche nella inerte docilità con cui acconsentì di essere accompagnata nella sua stanza dalla zia Egle.

« È tornata da San Zeno ieri sera » Marco disse quando rimasero soli « e stanotte si è svegliata due o tre volte urlando, come se avesse degli incubi. Ma stamattina, vedendo la zia preparare la sua roba, non ha protestato né fatto domande. Come se non le importasse niente separarsi da lei per far ritorno qui. »

La vacanza è finita e si è rimessa la corazza, Chiara si disse.

« Mi è insopportabile pensare all'infelicità che deve avere dentro » proseguì Marco.

Aveva l'aria affranta e lei annuì, a sua volta con tristezza.

« Ho l'abilità di rendere infelice chiunque entra nella mia vita » lui incalzò.

« Dove vuoi andare a parare, con questo atteggiamento? » reagì Chiara bruscamente, di colpo irritata. « I sensi di colpa non servono a nulla » aggiunse sforzandosi di essere più gentile. Ma l'atteggiamento di Marco continuava a irritarla.

Non era mai stata indulgente di fronte a certe furie autopunitive, perché le erano sempre parse un segno di narcisismo e superbia. Era dissennato ritenersi, come Dio, i soli responsabili di tutto. E per esperienza sapeva che spesso il monumento ai sensi di colpa era un alibi per deporre le armi e continuare in realtà a occuparsi solo di sé e delle proprie emozioni.

Ma, alzando gli occhi su Marco, capì che stava barando anche lei. Era irritata soprattutto con se stessa, per la pena che provava per lui, per la sua incapacità di aiutarlo. Era *davvero* lacerato dai rimorsi.

«Non puoi autoaccusarti di tutto» sentì l'urgenza di consolarlo «né ritenerti il solo responsabile di...»

Non la lasciò terminare la frase. «Ma lo sono. Come hai detto l'altra notte, ho lasciato alle mie spalle solamente sofferenze e distruzione.»

«L'altra notte ero ubriaca» Chiara replicò con violenza «e ho detto delle cose molto stupide e crudeli.»

«Hai detto semplicemente la verità. Dopo aver spezzato la tua vita, ho infierito su Margherita e su mia figlia. Una è morta e l'altra si rifiuta di vivere. La sola realtà è questa.»

Chiara fece di no con la testa. «Spesso l'infelicità è dentro di noi indipendentemente dagli altri» spiegò con un sospiro, cercando le parole giuste e pregando tra sé di riuscire a convincerlo. «Molte persone» proseguì «incolpano la coppia di insoddisfazioni e scontenti che sono solamente loro. E si aspettano da chi amano tutto quello che non riescono a darsi da sole. Forse Margherita era una di queste persone. E nei confronti di Sara ha avuto delle responsabilità più gravi delle tue: è doloroso dirlo perché è morta, ma certamente non era riuscita a creare un buon rapporto con sua figlia.»

«Ho delle giustificazioni anche per l'ignobile modo in cui mi sono comportato con te? Tradendoti e lasciandoti sola?»

Chiara si irrigidì. «Io non c'entro. E quel che è accaduto è acqua passata, non ha più importanza.»

Egle e Sara fecero ritorno in quel momento, mettendo provvidenzialmente fine a un colloquio che si stava facendo imbarazzante e insidioso. «Hai salutato le tue amichette?» chiese alla piccola.

Dovette ripetere la domanda. E fu la zia a rispondere, per lei: «Certo. Anche loro sono tornate da una bella vacanza, vero Sara?».

Nei giorni seguenti si accorse che la bambina la seguiva e la scrutava con una curiosità accigliata e ostile, quasi lei fosse un pericolo che soltanto tenendo sotto controllo avrebbe potuto scongiurare.

A metà settimana il direttore sanitario le affidò Roberta, una bambina di dieci anni che dall'oggi al domani, e senza alcun motivo, aveva smesso di mangiare. Era accaduto venti giorni prima, e in due settimane aveva perduto sei chili di peso. Dall'ospedale, su consiglio del primario, i genitori l'avevano portata direttamente al Puer. Chiara ebbe un lungo colloquio con loro e le parvero due ottime persone: la madre era intelligente e sensibile, il padre attento e tenero ed entrambi amavano chiaramente quella loro unica figlia.

Non esistevano carenze affettive o conflitti familiari che giustificassero quel precoce ed evidente caso di anoressia psicologica. Non all'apparenza, almeno, Chiara pensò dopo il primo incontro con Roberta: con l'avvilimento e lo sconcerto che sempre provava toccando con mano quante insidie potevano nascondersi nel rapporto tra genitori e figli.

Roberta era, per certi versi, un caso atipico. Benché piccola, si rendeva conto della gravità del suo stato e il suo rifiuto del cibo sembrava doloroso e involontario. Era penoso vederla diligentemente sforzarsi di mandar giù qualcosa, il volto contratto dalla nausea, e subito correre in bagno squassata da violenti conati. Era una piccola paziente collaborativa, impaurita e desiderosa di tornare al più presto a casa, dai genitori che adorava e dei quali parlava con nostalgia e amore.

I suoi rapporti con la maestra e le compagne di scuola erano ottimi; rispondendo alle caute domande di Chiara, in toni sinceri e senza alcuna resistenza, Roberta fece cadere l'ipotesi di un incontro o un episodio che l'avessero turbata al di fuori dell'ambiente scolastico e familiare.

Chiara brancolava nel buio e andò a rileggersi scrupolosamente tutto quello che poté sul morbo di Sheehan, ossia l'anoressia mentale. Ma non trovò nulla che già non sapesse. Non restava che continuare con pazienza: *qualcosa* aveva sicuramente scatenato l'improvviso rifiuto di Roberta ed era lì che lei doveva arrivare. Il solito mostro da stanare ed esorcizzare.

Benché continuasse a tener d'occhio e incontrare Sara, una sera dovette rendersi conto che il problema di Roberta l'aveva deconcentrata da lei, e che lei lo aveva immediatamente registrato.

Avvenne all'ora di cena. Da oltre un'ora stava chiacchierando con Roberta, nel suo studio, e a un certo punto, sorprendentemente, la bimba disse di aver fame. Chiara subito telefonò in cucina di far portare in studio la sua cena e per la prima volta, quando il vassoio arrivò, Roberta non diede segni di nausea alla vista del cibo. Guardandola portare alla bocca il cucchiaio, Chiara continuò a parlare con naturalezza come se il problema del cibo, e il cibo stesso, non esistessero.

E fu in quei circospetti momenti che udì al di là della porta la voce brusca e sollevata di Noemi, la vigilatrice. «Si può sapere che cosa fai lì? È da mezz'ora che ti sto cercando, Sara!»

Chiara corse ad aprire la porta. La bambina era lì davanti, accovacciata sul pavimento, le braccine incrociate sulle ginocchia e il viso chiuso. La prese in braccio. «Tesoro, cosa fai qui?» le chiese, come Noemi.

«Ti aspettavo.»

«Ma perché non sei entrata?»

Sara si strinse nelle spalle e indicò dentro. «C'è lei.»

Chiara fece cenno alla vigilatrice di andare pure. Poi, sempre tenendo Sara in braccio, rientrò nella stanza. «Questa bambina si chiama Roberta» le spiegò. «Non l'avevi mai vista?»

«Sì. Sta sempre con te.»

Roberta posò il cucchiaio. E fissando Sara disse: «Io la conosco, questa bambina. Ci viene sempre dietro, Chiara, e quando la guardo si nasconde».

Chiara la strinse a sé come se non avesse sentito. «Hai cenato, Sara?»

«Voglio *andale* via.»

«E dove vuoi andare, tesoro mio?» Le aveva sollevato il mento e la guardava teneramente.

La bambina sembrò voler rispondere qualcosa, ma di colpo abbassò gli occhi e scoppiò a piangere.

Roberta allontanò con violenza il vassoio da sé. «È un stupida mocciosa» disse indicando Sara. «E tu le dai ascolto.» La voce le si strozzò in gola in un singulto di rabbia. Ma il singulto si ripeté una volta, due volte, tre volte e Chiara capì che erano conati di vomito. Depose con dolcezza Sara e le andò accanto.

«Lasciami stare,» Roberta la respinse col volto congestionato «non ho bisogno di niente.»

«*Gomita*» Sara disse con voce stupita smettendo di piangere e fissando come ipnotizzata la bambina.

E Chiara vide che Roberta stava vomitando. Le posò una mano sulla fronte e con l'altra prese dal vassoio il tovagliolo per metterglielo davanti alla bocca.

«Non voglio un fratellino. E neppure una sorellina» Roberta singultò con rabbia.

Chiara avvertì l'ormai familiare sensazione delle antenne che si drizzavano e si accorse di trattenere il fiato.

«Adesso passa, respira a fondo» disse con voce naturale, fingendo di non aver sentito. Aveva la certezza di essere arrivata molto vicina al nodo del problema, ma sarebbe stato un grave errore, in quel momento, approfondire o fare domande: la piccolissima breccia si sarebbe immediatamente richiusa lasciandola ancora una volta di fronte a un impenetrabile muro. E sogguardando Roberta, poté leggere sul suo viso un'espressione di sollievo: poteva allentare le difese, si era lasciata andare ma non era successo niente.

Quella sera Chiara arrivò a casa che erano quasi le undici. Troppo tardi per telefonare ai genitori di Roberta.

Fu la prima cosa che fece al mattino dopo, non appena arrivò in Istituto. Ed ebbe la conferma di ciò di cui era dentro di sé certa: la mamma della piccola aspettava un bambino. Ne aveva avuto la conferma proprio in quei giorni, e apparve molto stupita che Roberta potesse già saperlo. Evidentemente aveva captato qualche frase, e il fatto che quella notizia le fosse stata nascosta l'aveva in ugual misura spaventata e ferita.

Indagando cautamente, nei giorni seguenti Chiara appurò che era accaduto esattamente questo. Una notte Roberta si era alzata per bere un bicchier d'acqua: non solo aveva sentito i genitori parlare del bambino che sarebbe nato, ma anche far programmi per l'acquisto di un appartamento più grande. Figlia unica, viziata e coccolata, abituata a sentirsi al centro dell'interesse e dell'amore dei genitori, aveva avuto una reazione violenta: il suo mondo, le sue sicurezze e la sua stessa identità vacillavano. Il rifiuto del cibo era stato un mezzo per imporre il suo potere: anche a se stessa. Senza volerlo, voleva dimostrare a sé e ai genitori di essere capace di dominare il proprio corpo al punto di cancellarlo, distruggerlo.

« Dov'è l'altra bambina? » Sara le chiese due giorni dopo che Roberta lasciò il Puer. Poiché Chiara esitava a rispondere, la piccola insisté: « Sì, l'altra. Quando viene? ».

E finalmente Chiara capì: Sara temeva che dopo Roberta un'altra piccola paziente sarebbe arrivata a portarle via attenzioni e cure. È gelosa di me, pensò commossa. La prese tra le braccia e la strinse a sé circondandole le magre spalle. « La mia bambina sei tu, amore mio. Ti voglio un bene grande grande. Solo a te. »

Con un sospiro di sollievo Sara appoggiò la testolina sulla spalla. Cosa ti hanno fatto, bambina mia?, Chiara si chiese accarezzandole i capelli. La riempiva di malinconia che una piccola bimba di quattro anni potesse avere una tale sete di rassicurazione e di amore. E, allo stesso tempo, respingerli furiosamente.

Continuando ad accarezzare i suoi lunghi riccioli neri, Chiara si chiese per l'ennesima volta che cosa poteva aver causato l'ostilità di Sara nei confronti di suo padre. Era ormai certo che lo associava alla morte della madre. Il rifiuto era iniziato dopo la tragedia, e ogni volta che Chiara aveva cautamente spinto la bambina a parlare dell'incidente, subito in qualche modo lei aveva fatto un riferimento al padre e sempre in toni inconsapevolmente ostili.

Quale parola, quale gesto poteva averla turbata e fuorviata a tal punto? A differenza di quanto era accaduto con Roberta, sapeva che *quello* era il groviglio da dipanare, ma non capiva come né dove cominciare.

Nei giorni seguenti le fu chiaro che Sara si stava legando a lei in modo sempre più profondo. Ma sbagliato: c'era qualcosa di titubante e ansioso nel suo cercarla, seguirla, aggrapparsi alla sua gonna o alle sue braccia. Non aveva mai legato con gli altri piccoli ricoverati, compagne di stanza comprese, ma adesso li ignorava completamente. E mostrava una violenta ostilità per quelli che erano affidati a Chiara. I giocattoli non la interessavano, né le piaceva saltare o correre o passeggiare.

Passava le giornate silenziosa e quieta, aspettando che Chiara si occupasse di lei. E assai spesso la vigilatrice la trovava accovacciata davanti alla porta del suo studio, con l'aria infelicissima.

Piera Berti la mise in guardia con franchezza. «Stai imboccando un vicolo cieco: la bambina ha instaurato con te un rapporto che non solo non l'aiuta, ma le crea altri problemi.»

«Il problema più grande è l'Istituto: se prima ne avevo il sospetto, adesso è una certezza. Non è qui che la piccola può guarire. Ciò di cui ha avrebbe bisogno è una persona cara interamente dedicata a lei.»

«L'ottanta per cento dei bambini che vengono al Puer ha lo stesso problema. Tu sei la loro psicologa, Chiara, e puoi solamente riparare i guasti di una figura materna distruttiva e assente. Non diventare la loro amorosa madre, come stai facendo con la piccola Zambiasi» Piera Berti obiettò.

«Sai bene che per me non è una paziente qualunque. Ho per lei, realmente, l'amore di una madre.»

«E questo è il guaio, perché *non è* tua figlia. Prima o poi dovrà lasciare il Puer: ma con quale sicurezza ed equilibrio potrà farlo, se persisterai nel proporti a lei come figura materna? Tornerà a casa lacerata da un distacco, e con il problema di dover recidere traumaticamente il cordone ombelicale con cui la stai legando a te.»

Chiara sapeva che la Berti aveva ragione, ma era una verità che accettava solo razionalmente. L'istinto la respingeva. Senza riuscire a spiegarsi perché, sentiva che nulla di male poteva venire a Sara dall'amore profondo che aveva per lei. Ad angosciarla era l'intima certezza che il ricovero in Istituto poteva solo nuocere alla piccola.

La sera del 20 gennaio Chiara lasciò il Puer alle sei. Il giorno dopo era il compleanno di Sara e voleva arrivare in centro prima della chiusura dei negozi, per comperarle un regalo. Le strade erano intasate dal traffico ed erano le sette passate quando, entrando a Milano, scorse la prima insegna di un negozio di giocattoli. Dopo aver parcheggiato l'auto nel solito fortunoso buco, entrò e scelse senza esitazioni un grande orso in peluche.

Arrivò a casa che erano quasi le venti e sua madre le aprì la porta ancor prima che suonasse. «Devi chiamare immediatamente l'Istituto» le disse affannosamente, senza neppure salutarla. «Sono tre volte che ti cercano, in un'ora.»

Sara. Era successo qualcosa a Sara. Corse al telefono e fece il numero con mano tremante. Le rispose uno dei due medici di guardia, che la pregò di restare in linea.

«È lei, dottoressa Basile?» La voce di Noemi, un paio di minuti dopo.

«Sì. Sono tornata a casa adesso e...»

«Sara è sparita. L'abbiamo cercata nella stanza da letto, nei salottini in refettorio, nei servizi, dappertutto. E adesso stiamo frugando nel parco.»

«Ma come è possibile? Io sono andata via alle sei e l'ho accompagnata in sala giochi. Affidandola *a lei*, Noemi.» Rabbia e angoscia le facevano tremare la voce e notò che sua madre la stava fissando torcendosi le mani.

«Lo so che l'ha affidata a me, dottoressa, ma ho altri dieci bambini da sorvegliare.» Nella voce di Noemi c'era una scoperta nota polemica. «Giusi e Carlino stavano bisticciando» spiegò «e l'ho lasciata sola tre minuti, non di più, per andarli a separare. Quando sono tornata da Sara, era sparita.»

«Vengo immediatamente» Chiara disse riagganciando.

«Io lo sapevo! Me lo sentivo!» la signora Lucia esplose con quell'espressione solenne che lei e Gio', da ragazzine, chiamavano scherzosamente "profetica":

«Che cosa, mamma?» chiese con durezza dirigendosi verso la porta. Non aveva alcuna voglia di scherzare, adesso.

«Che dagli Zambiasi ti sarebbero arrivati soltanto guai! Prima il padre e adesso Sara!»

Le stava venendo dietro affranta, ma non c'era tempo per consolarla né per fare polemiche. «Ne riparleremo, mamma» disse aprendo la porta. Ma ricordò all'improvviso, che forse Marco non era stato ancora avvertito e toccava a lei dirgli della sparizione della figlia.

Erano da poco passate le otto e probabilmente era ancora in agenzia. Dopo un numero di squilli che a Chiara sembrò interminabile rispose una voce femminile. No, spiacente, il signor Zambiasi non c'era. No, non era andato a casa, a quanto ne sapeva era andato a cena fuori. No, purtroppo non sapeva dove rintracciarlo. Poteva richiamare la sua segretaria all'indomani mattina?

Riagganciò senza neppure ringraziare. «Non aspettarmi, mamma, può darsi che stanotte non torni» avvertì chiudendo la porta alle sue spalle.

Il traffico era ancora intenso e impiegò oltre un'ora per arrivare al Puer. Infilando il viale d'ingresso notò che il parco era illuminato a giorno, e le si strinse il cuore. A quanto pareva, stavano ancora cercando Sara.

A mezzanotte l'amministratore, convocato telefonicamente, decise che se entro mezz'ora la bambina non fosse stata ritrovata si sarebbero dovuti avvertire i carabinieri. Mentre le inservienti continuavano a esplorare, per l'ennesima volta, ogni angolo dell'Istituto, Chiara si era unita al gruppo che metro per metro esplorava il giardino e il parco.

L'aria era gelida e la neve un bianco manto ghiacciato. Con un brivido pensò che Sara era scappata via senza neppure il cappotto. Ma perché? *Dove?* Era terrorizzata. A un certo momento, sia pure a malincuore, sospese le ricerche e rientrò per telefonare a Marco, sperando con tutta se stessa che nel frattempo fosse rientrato a casa.

Davanti al suo studio incontrò una vigilatrice. «Nessuna traccia di Sara,» le disse scuotendo la testa «abbiamo frugato anche nelle cantine.»

Chiara aprì la porta e accese la luce. Si diresse verso il telefono e formò il numero di Marco: ma fin dal secondo squillo ebbe la certezza che non avrebbe risposto. Gli squilli nelle case vuote sembravano avere un inconfondibile suono scoraggiante e dimesso. All'angoscia che cresceva di minuto in minuto si aggiunse un oscuro risentimento. Ancora una volta Sara aveva bisogno di suo padre e suo padre era assente.

Spostò la sedia e vi crollò, i gomiti puntati sulla scrivania e la testa stretta tra le mani. E se la piccola avesse attraversato il viale spingendosi fin sullo stradone? Forse in quel momento stava vagando alla cieca, spaventata e in pericolo. Avrebbe potuto essere investita da un'auto, raccolta da un maniaco, scivolata in un fossato... L'angoscia diventò panico. Un'ondata che la travolse togliendole il respiro.

"È sicura di volerlo? Ci ha pensato bene?" Lei sul lettino, l'anestesista pronto, la voce dubbiosa e addolorata di Ursi.

Chissà perché il ricordo di quell'angoscioso momento tornava all'improvviso. È perché sto provando lo stesso lacerante senso di perdita, Chiara si disse. Solo che stavolta non riuscirei a sopravvivere. Per la prima volta ebbe l'esatta misura del suo amore per Sara: era l'essere che più amava al mondo, e non c'era cosa che non avrebbe fatto per lei.

Riprovò a chiamare Marco: i soliti squilli a vuoto. Sto impazzendo, si disse. Bisogna avvertire la polizia, subito, fare qualcosa prima che sia troppo tardi. Si alzò con un movimento brusco, e la sedia cadde facendola sobbalzare.

Fu in quel momento che avvertì uno strano fruscio ai suoi piedi, come di un gattino che si muovesse. Al fruscio seguì un flebile, sonnacchioso lamento. Si inginocchiò sul pavimento e la vide: era rannicchiata nella nicchia della scrivania e la stava guardando con aria stranita. Il rumore della sedia l'aveva evidentemente svegliata di colpo.

Chiara allungò le braccia e la tirò fuori. Il sollievo era talmente grande che, nel tirarsi su, quasi barcollò. «Sara... bimba mia, cosa facevi lì sotto?»

«Ti aspettavo. Ma tu non venivi mai.»

Le coprì il visetto di baci. «Dovevi cenare e andare a nanna. Sai che tutte le mattine Chiara corre dalla sua bambina.»

La sentì irrigidirsi. «Non *vojo* stare qui. *Vojo* dormire con te.» Le aveva passato le braccine attorno al collo e la fissava: nei suoi occhi neri c'erano adorazione, tristezza, spavento, supplica.

Chiara non capì più nulla. La bambina stretta contro di sé, si precipitò fuori dallo studio come se fosse improvvisamente diventato una trappola mortale. E cominciò a correre verso l'uscita, ciecamente, le lacrime che le scivolavano sul viso.

A un certo momento vide Noemi davanti a sé. «L'ho trovata, e la porto con me» le gridò singhiozzando, senza fermarsi e senza neppure rendersi conto che in quel momento sembrava una pazza.

Fuori, fuori da quel maledetto Istituto. Incespicando, ma senza rallentare l'andatura, raggiunse il parcheggio.

L'auto era aperta e depose dolcemente Sara nel sedile accanto al suo. Si sedette a sua volta, mise in moto e infilò il viale d'uscita. Era senza cappotto e si accorse che non sapeva dove andare.

Negli anni che seguirono si sarebbe chiesta molte volte, senza trovare una risposta, in quale preciso momento, e perché, nella notte più terribile della sua vita decise di rifugiarsi con Sara nella casa sul lago d'Iseo.

Ma quella sera non si fece alcuna domanda: a un certo punto, quasi vi fosse stata spinta da una forza superiore, si ritrovò all'imbocco della Milano-Venezia e intuì, più che capire, di essere diretta lì, nella vecchia e quieta casa di pietra con le imposte celesti, da anni dimenticata.

Mentre guidava lentamente, sentendo fisso su di sé lo sguardo fiducioso di Sara, ricordò quanto Marco avesse insistito, ai tempi della separazione, perché la casa di Iseo restasse a lei. Era stato un grandioso presentimento? Un sapiente disegno del destino affinché tanti anni dopo una bimba infelice potesse trovarvi rifugio e tregua?

Fu soltanto al casello di Rovato che Chiara uscì da quella specie di ipnotica *trance*. Pagato miracolosamente il pedaggio, con due banconote da mille lire che si ritrovò nella tasca del cardigan e delle monete ragranellate frugando nel cruscotto, si rese conto che non aveva con sé né documenti né soldi. E neppure, quel che più contava, le chiavi della casa.

Decise che avrebbe svegliato Carlo Pozzani, l'uomo a cui da anni era stata affidata la custodia della villetta. Ogni sei mesi gli aveva spedito, regolarmente, un assegno affinché venisse arieggiata e pulita: ma nessuno si era mai preoccupato di controllare e ora sperò di non trovare impianti fuori uso, infissi sconnessi e telefono disattivato.

A un certo momento Sara l'afferrò per un braccio. «Non correre» disse con una strana voce supplice, e Chiara, furiosa con se stessa, si accorse che nell'ansia di arrivare aveva superato i centotrenta all'ora. Superata una curva, accostò a destra e fermò. «Scusami, piccola, ti prometto che non correrò più» la rassicurò dolcemente passandole un braccio sulle spalle. Come aveva potuto dimenticare che neppure un anno prima la piccola aveva visto sua madre morire in un incidente d'auto? Nel pensarlo, Chiara constatò quanto enorme doveva essere la fiducia che Sara aveva in lei: si era lasciata trascinare sulla sua auto, e aveva percorso decine di chilometri, senza dare alcun segno di turbamento o di paura. Ne fu profondamente intenerita. «Non correrò più» ripeté sfiorandole i capelli con un bacio.

«Dove andiamo?» Sara si decise, finalmente, a chiedere.

«In una casa bellissima, con le finestre azzurre, tanti alberi e un giardino bianco di neve.»

« È il *pada*... paradiso? » farfugliò, interessata.

« No, tesoro mio, però è un posto molto bello dove staremo insieme e io non ti lascerò nemmeno per andare a dormire. » Fino a quando?, aggiunse tra sé rimettendo lentamente in moto.

« E la mia mamma non c'è? » La vocina esitante di Sara.

Chiara le strinse una piccola mano. « No, non c'è. Però lo sai, vero, che dal cielo ti vuole bene e ti guarda? »

La bimba rifletté in silenzio qualche istante. Poi disse, come a se stessa: « Io però non la guardo ».

Voleva dire, era chiaro, che non la vedeva. Ma non fu necessario spiegarle: seguendo chissà quale filo di pensieri, Sara subito cambiò discorso e chiese: « Dove andiamo ci sono altri bambini? ».

« Oh, no. Ci siamo soltanto io e te. E giocheremo, faremo tante corse in giardino, ti porterò a vedere il lago. »

« Farò la buona » Sara disse in tono solenne.

« Ma tu sei sempre buona » Chiara le fece notare. Girandosi verso di lei, la vide scuotere energicamente la testa. « Io sono cattiva. »

Chiara si sentì stringere il cuore. « Non è vero, tu sei *sempre* buona » ripeté stringendole le dita.

Sara scosse di nuovo la testa, poco convinta. Poi, tirandola per un braccio, le chiese: « Se sono cattiva mi dai le botte? ».

« Mai, bambina mia. Non ti darò mai le botte. » Sentì le lacrime pungerle gli occhi.

« E non te ne vai in pa... paradiso? »

Chiara soffocò un singhiozzo. Signore, pregò tra sé, se esisti e sei buono, non permettere che Margherita guardi giù e veda il male che senza volere ha fatto a sua figlia. « No, Sara, » disse con voce ferma « io resterò sempre con te. Fra tanti, tanti anni andremo in paradiso insieme. »

La piccola le lasciò il braccio e con un sospiro si distese sul sedile. Pochi minuti dopo dormiva.

Chiara continuò a guidare lentamente. Tutta la stanchezza di quelle ultime ore le era cascata addosso e quando, dopo una curva, vide le dolci colline imbiancate stagliarsi di fronte a lei provò anche una tristezza infinita. Ricordi che credeva perduti riemersero nitidamente. Si rivide in quei posti tanti anni prima, impaurita e confusa. I giorni passati restaurando e arredando freneticamente la casa, le serate trascorse in una malinconica pensione, benedicendo la stanchezza perché le impediva di pensare.

Che cosa cercavo? Da che cosa mi difendevo?, si chiese in un soprassalto di lucidità. E Marco che telefonava ogni sera supplicandola di ritornare, con voce paziente o rabbiosa, rassegnata o piena di speranza. Mi chiedeva aiuto e non capivo: Chiara se ne rese conto solo in quel momento, e provò un affannoso senso di angoscia.

Ma udendo il lieve, regolare respiro di Sara subito si acquietò. La cecità e gli sbagli di quei tremendi mesi non erano stati inutili se avevano portato al concepimento e alla nascita di Sara. Noi adulti eravamo morti, pensò guardandola con struggimento, e questa bambina ci ha restituito la vita. Oh, se Mauro aveva ragione.

Si ritrovò alle porte di Iseo quasi senza accorgersene, e i ricordi, la tristezza, la commozione svanirono di colpo. Come trovare la via in cui abitava Carlo Pozzani? Il paese era addormentato, i bar chiusi, le strade deserte. Infilando un senso unico, si ritrovò sulla piazza del lungolago. E parcheggiando accanto al marciapiede, ormai rassegnata ad aspettare il mattino, scorse tre ragazzi sul lato opposto della piazza. Scese dall'auto e si diresse verso di loro.

XXV

«Che cosa fai lì impalato? Entra, mettiti in libertà.»

Marco si sfilò automaticamente il cappotto e sogguardò l'orologio: le tre del mattino. La sbronza era passata e desiderava soltanto buttarsi sul letto. Ma a casa sua. Solo. E invece si era lasciato trascinare nell'appartamento di questa Resy dopo aver girovagato da un locale all'altro bevendo come un idiota.

Seguendola in salotto si sentì, in ugual misura, furioso e ridicolo. La ragazza gli porse un bicchiere di whisky: «Ti farà compagnia mentre vado di là un attimo» disse maliziosamente, eclissandosi.

Marco lo posò sul tavolino come se scottasse. Nulla, all'inizio della serata, avrebbe lasciato supporre questo imbarazzante finale sexy. Era stata una normale cena tra colleghi. Solo che uno di loro aveva portato con sé un'amica e gliela aveva praticamente scaricata: Marco se l'era trovata seduta accanto. Estroversa, scollacciata, spiritosa. E molto abile nel gioco della provocazione. Si chiamava Resy, era sulla trentina e lavorava nell'ufficio stampa di una casa discografica.

Sentendo il gomito di lei sfiorarlo, e non una sola volta, gli era venuto da pensare che da più di un anno, e cioè da quando aveva lasciato Margherita in via Alberto Mario, non toccava una donna. Questa constatazione lo aveva immalinconito ma, stranamente, anche eccitato. Colpa del vino che ho continuato a bere per non sentirmi a disagio, si disse ora. Quando, alla fine della cena, Resy gli aveva proposto un goccetto "da qualche altra parte" era ormai troppo brillo per capire che si stava infilando dritto dritto in una strada che finiva con un letto.

Tra pochi minuti lei sarebbe rientrata in salotto, presumibilmente profumata e avvolta in un trasparente négligé, aspettandosi che lui si comportasse come tutti gli uomini si comportano in situazioni simili. Prima ancora di accorgersene, Marco stava dirigendosi verso la porta. All'indomani le avrebbe mandato dei fiori con un biglietto di scusa, si ripropose infilandosi giù per le scale.

Quando fu sulla sua macchina, al sicuro, si sentì vagamente ridicolo. Quella ragazza non si aspettava da lui una relazione o il matrimonio, ma una semplice avventura. Che cosa l'aveva spinto a ritrarsi? Sono un uomo solo e libero, si disse mettendo in moto, e ben altri erano i tempi in cui avrei dovuto farmi degli scrupoli.

"Non dimenticherò mai quello che mi hai fatto. Mi hai spezzato la vita!" La voce di Chiara la notte di Capodanno. Benché i rimorsi non gli avessero mai più dato pace, soltanto venti giorni prima aveva capito quanto a fondo la sua relazione con Margherita l'avessa violentata e sconvolta. In seguito si era quasi scusata, tentando di convincerlo che era stato l'alcol a farle dire certe cose, ma lui sapeva troppo bene che aveva detto la verità.

Era la mia donna e l'ho perduta, continuò a pensare. Non ho amato che lei, e Margherita lo ha sempre saputo.

«*Non mi hai mai detto "ti amo!"*» gli aveva urlato in una delle ultime liti. È vero, si disse con pena, per anni ho cercato di credere che il mio grande affetto per lei fosse amore, ma il ricordo di Chiara non mi dava tregua. Pensare, per qualche mese, che il mio amore per lei fosse finito ci ha perduti tutti: e Margherita ne è morta.

La sera di San Silvestro aveva accettato l'invito a casa di Guarducci solamente perché aveva saputo che ci sarebbe stata anche Chiara. Era la sola, irripetibile occasione per vederla fuori dal Puer. Come aveva potuto pensare di dirle ti amo ancora, dimentichiamo, dammi un'altra possibilità? *"Non dimenticherò mai quello che mi hai fatto!"* Chiara gli aveva urlato, e mai aveva visto su una faccia tanto dolore.

Sono il suo passato, si disse, e la sua serenità se l'è ricostruita seppellendolo. Tornando nella sua vita, libererei solo fantasmi e orribili ricordi. E così devo starne fuori per sempre.

Frenando davanti al cancello di via Alberto Mario provò un sentimento di perdita irreparabile, ancor più doloroso di quello che aveva provato subito dopo il divorzio, quando l'aveva vista allontanarsi con Paolo Lusardi.

Fu mentre apriva il portone d'ingresso che sentì squillare il telefono. Pensò subito a Sara e corse a rispondere.

«Mia figlia è lì da te?» Una domanda brusca e affannata.

Non sentiva quella voce da anni, eppure la riconobbe subito. E per una frazione di secondo fu talmente sbalordito che la madre di Chiara lo chiamasse, e a quell'ora, che non si rese conto di quel che le aveva chiesto.

«Chiara è venuta da te con la bambina?» Lucia Basile ripeté.

«No. Ma perché dovrebbe?...»

«Tre ore fa è sparita dall'Istituto con tua figlia. Si è diretta correndo come una pazza verso la macchina e nessuno sa dov'è andata!»

È un incubo, si disse Marco. Chiara come Margherita, lanciata con la bambina in una folle corsa sull'automibile. «Non è andata da Gio'?» chiese inebetito.

«Ho telefonato a tutti, a tutti! La mia ultima speranza eri tu. Ma non ti hanno telefonato dal Puer? Chiara era tornata a casa e l'hanno richiamata d'urgenza perché la vigilatrice non trovava più tua figlia.»

C'era un'impercettibile nota polemica, nella voce della sua ex suocera, ma Marco non la raccolse. «Vengo subito da te» disse.

La prima persona a cui Chiara avrebbe telefonato, per tranquilizzarla, era la madre. E Lucia era anche la prima persona che, Dio non volesse, sarebbe stata avvertita in caso di incidente, Marco pensò uscendo. Non si era ancora tolto il cappotto.

Lucia Basile venne ad aprirgli con aria frettolosa. «Sto telefonando, scusami.»

Facendogli cenno di seguirla, tornò all'apparecchio, e la sentì dire: «È arrivato Marco». Una brusca pausa e la donna aggiunse spazientita: «Certo, che razza di raccomandazioni mi fai? Non sono mica una selvaggia!».

Evidentemente, Marco pensò, stava parlando con Gio' e Gio' le aveva raccomandato di essere gentile con lui. Poi iniziò un elenco di nomi e cognomi, certo la verifica delle persone a cui avevano telefonato nell'inutile tentativo di aver notizie di Chiara.

Quando la telefonata finì, Lucia lo raggiunse. «Puoi sederti, visto che sei qui. Anche se avrei sperato di non vederti mai più in vita mia!» disse con malagrazia. E pur nella gravità del momento, a Marco venne da sorridere; la madre di Chiara era rimasta la stessa, impulsiva e cocciuta. La raccomandazione della figlia di comportarsi con gentilezza era stata disinvoltamente ignorata.

«Insomma, ti vuoi sedere? Mi metti il nervoso, non stiamo mica vegliando il morto!» lo aggredì.

«Scusami» lui fece dirigendosi verso il divano.

Lucia si sedette di fronte a lui, sul bordo della poltrona, tenendo la schiena rigida e fissandolo con aria ostile, in silenzio.

«Mi dispiace» Marco disse abbassando gli occhi.

«Troppo facile piangere lacrime di coccodrillo! Chiara era serena, felice, ma sei ricomparso tu e me l'hai fatta impazzire di nuovo! Se le è successo qualcosa...» Si interruppe torcendosi le mani.

«Non hai idea di dove potrebbe essere andata?» Marco era sconvolto.

«Sono quasi quattro ore che io e Gio' telefoniamo. Non ho più idee! E quando quella deficiente torna mi sente! *Se torna*» aggiunse con un breve singhiozzo.

Marco tacque.

«Piera Berti, la collega di mia figlia, dice di non preoccuparsi. Secondo lei Chiara si è talmente spaventata per la sparizione della bambina che, quando l'ha ritrovata, l'ha portata via.»

Era lui o se stessa che voleva tranquillizzare?

Tacque ancora.

«Tua figlia, a quanto pare, in Istituto stava malissimo! Non potresti dire qualcosa? Non è strano che Chiara non l'abbia riportata a casa tua, visto che sei il padre?»

Marco sospirò. «Sono stato un pessimo padre, Lucia. Al di fuori del lavoro, la mia vita è stata tutta un fallimento.»

La donna inghiottì a vuoto. «Mi dispiace,» borbottò dopo qualche istante «ma è per mia figlia che ora mi preoccupo. Come hai potuto lasciarla? Eravate così innamorati!» proruppe.

« Io lo sono ancora » lui disse piano.

« Gira alla larga da Chiara! Da voi Zambiasi le può venire soltanto male! » Lo fissava con sguardo come invasato, di nuovo ostile.

« Lo so, Lucia. Appena si farà viva, prenderò Sara e sparirò. Avrei voluto farlo già qualche settimana fa, ma Chiara non me lo ha permesso. »

« È impazzita per quella bambina! Neanche fosse figlia sua! Stasera... ieri sera era uscita due ore prima dal Puer per andare a comperare un regalo di compleanno. Non fa che preoccuparsi di lei, torna a casa solo per dormire e scappa via di primo mattino come se avesse il fuoco sotto ai piedi! »

Marco annuì con la testa. E pensò allo scatolone con la bambola dimenticato nel bagagliaio della sua auto: anche lui, nel pomeriggio, aveva fatto una scappata in un negozio di giocattoli per portare un regalo a Sara. Il cielo voglia che possa darglielo, pregò tra sé. E che Chiara stia bene.

Chiara telefonò alle sei e mezzo del mattino. Lucia si era da poco appisolata sul divano e fu lui a correre all'apparecchio. « Pronto? » disse col cuore in gola.

Un breve silenzio. « Chi parla? » La voce incerta di Chiara.

« Sono io, Marco. Dove sei? Che cosa è successo? »

« Va tutto bene, non preoccuparti. Sono nella vecchia casa di Iseo con Sara, e la bambina ora dorme. Non preoccuparti » ripeté. Non chiese perché lui fosse lì, quasi le sembrasse un particolare irrilevante.

Marco si sentì strappare il ricevitore dalla mano. « Chiara, che razza di modi sono questi? Vuoi farmi morire d'infarto? » Lucia strillò. E subito aggiunse: « Stai bene? ».

Chiara dovette essere molto persuasiva, perché il volto della donna si distese visibilmente. « Ti ripasso Marco » disse alla fine. « L'ho chiamato io, non sapevo più dove sbattere la testa. »

Marco prese il ricevitore che Lucia gli tendeva. « Chiara? Ti raggiungo subito, il tempo di... »

« No, ti prego. » L'amata, ferma voce. « Sono qui per Sara, e credo che in questo momento sia meglio per lei non vederti. Alle otto avvertirò l'Istituto che ho bisogno di un breve periodo di ferie. Resterò qui a Iseo con la bambina. Ti chiamerò io quando potrai raggiungerci, comunque in casa c'è un telefono funzionante e puoi chiamarmi quando credi. Abbi fiducia in me, sto facendo la cosa migliore per Sara.»

«Non ho dubbi,» Marco disse «ma vorrei aiutarti, starti vicino.»

Gli parve di vederla scrollare la testa. «Non ce n'è bisogno. Ora ti lascio, Marco. Puoi ripassarmi mia madre?»

«Avete bisogno di qualcosa?» insisté lui.

«Praticamente di tutto. Ma stamattina verrà a Milano, con una lista, l'uomo che in questi anni ha fatto da custode alla casa, e quello che manca potrò comprarlo qui.»

Lucia prese scrupolosamente nota di tutto quanto avrebbe dovuto consegnare al custode. Alla fine della telefonata appariva enormemente sollevata, ma perplessa. «Non capisco» osservò «come le è venuto in mente di andare a Iseo. Detestava quella casa, non ci aveva più voluto mettere piede...»

Marco capiva, invece. Tanti anni prima quella casa aveva rappresentato per Chiara il rifugio, la salvezza. E quando si era sentita di nuovo in pericolo, d'istinto era tornata a rifugiarsi lì. Ma Lucia non avrebbe potuto capire. «Adesso ti lascio» le disse. «Se hai bisogno di me, puoi trovarmi in agenzia o a casa.»

La donna scosse la testa. «Non avrò più bisogno di te» replicò con voce ferma. «Non ti avrei chiamato nemmeno stanotte se non avessi perso la testa!»

«So quanto deve esserti costato farlo» annuì malinconicamente dirigendosi verso la porta.

«Aspetta!» lo fermò la donna. «Ti faccio un caffè» aggiunse burbera.

Sparì prima che potesse replicare gentilmente che no, grazie, non desiderava un caffè.

Tornò cinque minuti dopo con un piccolo vassoio. «Siediti un attimo» disse porgendogli la tazzina. E lo guardò sorseggiare il caffè restando in piedi di fronte a lui.

«È molto buono» Marco le disse alzandosi e restituendole la tazzina vuota.

Lucia lo accompagnò alla porta. E nel momento in cui lui le tendeva cortesemente una mano, per salutarla, allungò le braccia e lo abbracciò, convulsamente. «Ti volevo tanto bene!» singhiozzò. «Come hai potuto farci questo?»

Alle otto era in via Alberto Mario. Fece una doccia, si sbarbò, preparò un altro caffè e alle dieci era in agenzia. Era troppo teso per avvertire la stanchezza, e la preoccupazione per Chiara gli impediva di concentrarsi sul lavoro. Il suo equilibrio era abbastanza solido da reggere a questo precipitoso ritorno al passato? Il soggiorno a Iseo non avrebbe risvegliato ricordi troppo dolorosi?

Lui stesso, soltanto ripensando a quella quieta casa bianca e celeste, si sentiva rimescolare da una confusa malinconia. Una lontana domenica era fuggito di lì per correre da Margherita: ed era stato l'inizio della rovina. Margherita era stata come una malattia, una febbre: solo che era guarito presto. Lo sbaglio era stato non capire la fragilità e l'insicurezza che si nascondevano in lei. Il pensiero di Margherita gli evocava tenerezza e rimpianto. E i soliti, giganteschi sensi di colpa: anche se era stato un compagno fedele e affettuoso, anche se aveva avvertito un grande senso di responsabilità nei suoi confronti.

L'avrei sposata e protetta, si disse. Ma era il suo amore che lei voleva: e quello purtroppo, non era riuscito a darglielo. Il pensiero ritornò a Chiara. Era una parte di lui, come una gamba o un braccio. Amava la sua dignità, il suo coraggio, il suo piccolo naso, i suoi inflessibili ma dolcissimi occhi celesti. Gli capitava spesso, negli ultimi tempi, di sognarla. E si risvegliava all'improvviso con uno struggente desiderio fisico di lei.

Dovrei trovarmi una Resy qualunque e sfogarmi, pensò con un pizzico di cinismo, non è normale a quarant'anni vivere come un monaco. Ma sapeva bene che non era la mancanza di sesso il suo problema, né era con qualche frettolosa avventura che si sarebbe sentito meno solo.

Vianello bussò alla sua porta e lo ripiombò nella realtà porgendogli un corposo fascicolo. «È il bilancio dell'anno passato» spiegò «e dovresti esaminarlo con calma. Il fatturato è molto alto, ma gli utili non sono all'altezza perché abbiamo avuto costi e spese di gestione pesantissimi.»

«Erano in bilancio» Marco osservò.

«Tutte le campagne sono uscite dal budget, purtroppo. E da quest'anno bisognerebbe porre dei limiti precisi, oltreché esercitare un controllo più severo. Tre fotomodelle su dieci, per fare un esempio, hanno lavorato con un cachet doppio rispetto alle loro tariffe.»

«Sai bene che le tariffe delle top sono piuttosto elastiche. E se vuoi averle a disposizione quando ti fanno comodo devi pagare di più.»

«La O'Toole ha fatto per noi sei video e la metà di tutti i suoi compensi le è stata pagata in nero. Sai cosa vuol dire, vero? Sono costi che non possiamo scaricare. E la O'Toole è solo un esempio.»

Vianello fece una breve pausa e riprese: «Scusa se ti annoio con queste dolenti note, ma abbiamo pagato in nero anche ottantadue milioni per noleggio di ville, giardini, abitazioni private eccetera. Se i padroni di casa si rifiutano di fatturare, sarà il caso che i nostri ripieghino sui teatri di posa».

«Non è la stessa cosa» obiettò Marco.

«Capisco le esigenze artistiche di verosimiglianza e calore, ma che la campagna del cliente più grosso abbia reso alla Zambiasi un utile di appena dieci milioni mi sembra inaccettabile.»

Suo malgrado, Marco ammirò la puntigliosa professionalità di Vianello. Era il più scrupoloso degli amministratori, e l'idea di associarlo, che aveva sempre respinto, per la prima volta lo tentò seriamente.

«A ogni modo» tagliò corto Vianello «qui c'è il bilancio e vedrai coi tuoi occhi. L'anno si chiude con duecento milioni di utile, che non sono obiettivamente pochi ma avrebbero potuto essere molti di più se si fosse controllata meglio la gestione.»

Marco incassò il sottinteso rimprovero. In effetti era stato un pessimo curatore dei propri affari, in quegli ultimi mesi. Ma la morte di Margherita, la malattia di Sara e tutto il resto l'avevano deconcentrato dal lavoro e l'agenzia era andata avanti in un clima di allegra autogestione.

«Capisco che non hai avuto un anno facile,» stava dicendo Vianello, quasi avesse intercettato i suoi pensieri, «ma spero che da ora in poi le cose cambino. Lo spero anche per te» aggiunse in tono gentile.

Dopo Vianello fu la volta di Giusi Lozza. L'entusiasmo con cui stava curando la prima campagna dopo il ritorno in agenzia ricordò a Marco la Margherita dei primi incontri, piena di fervore e di idee. E dopo la Lozza dovette risolvere un fastidioso problema di competenze, intervenendo d'autorità fra due segretarie rissose.

Alle tredici e trenta, finalmente, gli uffici si svuotarono e poté rilassarsi. Fu tentato di telefonare a Chiara, ma pensò che forse stava riposando e non volle disturbarla.

In quel momento, invece, Chiara non riposava. Era appena uscita dalla stanza da letto, dopo aver controllato che Sara dormisse regolarmente, e si era seduta in salotto riandando con la mente a tutti gli avvenimenti di quella notte. La sparizione di Sara, la scoperta del suo corpicino rannicchiato sotto la scrivania, la corsa a Iseo, la ricerca di Carlo Pozzani, la voce assonnata e diffidente dell'uomo mentre si affacciava alla finestra, le estenuanti insistenze per convincerlo, dalla strada, che lei era proprio Chiara Basile, la padrona di casa.

Erano quasi le quattro del mattino quando, giustificandosi e profondendosi in scuse, il custode aveva finalmente aperto la porta. A parte l'impianto del riscaldamento, che fu subito attivato, tutto era ordinato e funzionante. Era evidente che l'uomo si era scrupolosamente guadagnato la cifra pattuita per sorvegliare e mantenere abitabile la casa.

E se anche si era stupito per quella improvvisa incursione nel cuore della notte, non lo aveva dato a vedere. Aveva gentilmente acconsentito ad andare a Milano con una lista di quanto avrebbe dovuto riportare a Iseo e, quando lei gli aveva detto di aver dimenticato la borsetta, altrettanto gentilmente aveva insistito per prestarle dei soldi. Sempre senza far domande.

Sara le era rimasta aggrappata tra le braccia fino alle sei del mattino, svegliandosi e mettendosi a piangere ogni volta che tentava di deporla sul divano o sul letto. Alla fine era crollata. E adesso stava ancora dormendo. Tranquillizzata la madre, parlato con Marco, Chiara aveva telefonato all'amministratore dell'Istituto e al suo capo-struttura per spiegare ciò che era successo e avvertire che si sarebbe presa un periodo di ferie. Benché si fosse comportata in modo irresponsabile e poco professionale, portando via una piccola paziente nel cuore della notte, le reazioni alla sua telefonata furono neutre. Era risaputo che Sara rappresentava per lei un caso speciale, e fu eccezionalmente accettato che si fosse presa delle responsabilità che non le competevano.

Si riservò di precisare quando avrebbe ripreso servizio: dell'anno precedente le erano rimasti venti giorni di ferie non goduti, e di quelli poteva tranquillamente usufruire, tanto più che l'ufficio stipendi l'aveva già invitata a farlo e l'amministrazione premeva sempre perché non si accumulassero ferie pregresse. Ma dopo? Sarebbero bastati venti giorni per dare un aiuto concreto a Sara? Una cosa era certa: il Puer nel suo caso si era rivelato controproducente, ed era escluso che potesse tornarvi.

Raggomitolandosi nel divano, Chiara constatò con malinconica impotenza che in quasi quattro mesi era riuscita a fare ben pochi passi avanti. La bambina aveva vissuto la perdita della madre come una colpa, e cioè una punizione inflittale per essere stata "cattiva", ma non occorrevano certamente lunghe analisi per appurare questa reazione scontata, da manuale. L'irriducibile ostilità che aveva per il padre non poteva essere, nella sua piccola mente, un mezzo per espiare la sua colpa?

Sara non lo nominava mai, e non l'aveva fatto neppure durante il viaggio per Iseo: quasi che rifiutando, cancellando il padre, volesse privarsi di un conforto di cui si sentiva immeritevole. Benché fosse una interpretazione logica, Chiara, d'istinto, non ne era del tutto convinta. *Doveva* esserci un motivo più concreto e meno macchinoso. Ma quale?

Si accorse di essersi appisolata quando sentì la manina di Sara scuoterla. «Dove siamo?» la piccola chiese. Si era svegliata e subito l'aveva raggiunta.

«Nel bel posto di cui ti parlavo stanotte. Adesso ti preparo la pappa e poi andiamo a spasso. Lo sai che oggi è il tuo compleanno? Compi quattro anni. Così» le spiegò prendendole quattro dita e sollevandogliele.

Sara ripeté il gesto. «Quattro così» disse interessata.

Ancora una volta Chiara osservò che per certi versi era di almeno dodici mesi in ritardo rispetto alla sua età, soprattutto nel linguaggio e nel gioco. Era evidentemente disabituata a chiacchierare e a giocare, e pensò con tristezza a Margherita: di quante gratificazioni, di quanta felicità si era privata non dedicandosi alla figlia?

«E tu quanti anni hai?» Sara le chiese indicando la sua mano.

Chiara le agitò le dieci dita per tre volte e poi ne aggiunse quattro.

«Sono tanti!» la bimba cantilenò sorpresa.

«Tantissimi. E devi mangiare molta pappa per diventare grande come me. Sai che cosa facciamo? Dopo pranzo andiamo in un negozio e comperiamo insieme un bel regalo per il tuo compleanno.»

«Che cosa?»

«Quello che vuoi tu.» L'orsacchiotto di peluche era rimasto a Milano: rientrata a casa lo aveva buttato in terra per correre a telefonare in Istituto. Solo la sera prima, e le sembrava passata un'eternità dal momento in cui Noemi le aveva detto «non troviamo più Sara».

«La bambola no» stava dicendo, accigliata la piccola.

«Certo che no, se non ti piace. E adesso forza, a tavola.»

«Mi scappa la pipì.»

L'accompagnò in bagno e, aiutandola a sedersi sul water, pensò che quel pomeriggio avrebbe dovuto comperare alla piccola anche un cappotto, della biancheria e qualche vestito. Pozzani sarebbe tornato a Iseo nel primo pomeriggio, portandole, tra l'altro, il blocchetto degli assegni e dei contanti che aveva chiesto a sua madre.

«Ho finito» la piccola disse calandosi giù dal water. Chiara l'aiutò a infilare i calzoncini e la portò con sé in cucina.

Prima di partire, Pozzani aveva provveduto a fare qualche spesa: e mentre Sara dormiva, Chiara aveva preparato una minestra di verdura e uno sformato di formaggi. Poco dopo, guardandola mangiare, si disse che almeno il rifiuto del cibo era caduto: e non era poco.

Pozzani arrivò alle tre e un quarto, con due valigioni e una sacca stracolma. E a Chiara venne da ridere. Era tipico di sua madre caricarle di cose inutili ogni volta che lei e Gio' si allontanavano per una vacanza o un viaggio. Al motto di "non si sa mai" infilava in ogni angolo della valigia scarpe e indumenti che mai sarebbero serviti.

A giudicare da quel che le aveva mandato, Lucia doveva pensare che Iseo fosse uno strano luogo tra Polo Nord, landa isolata e centro di soggiorno dalla frenetica mondanità. Nella seconda valigia Chiara trovò un paio di stivali di gomma, tre confezioni di aspirine effervescenti e il completo da sera di Armani che aveva acquistato per la cena in casa Guarducci.

Quando ebbe appeso e sistemato tutto, con Sara che la osservava enormemente interessata, erano le quattro e mezzo. «Ora possiamo uscire» le disse.

La bimba rise nel vedersi avvolgere da una grande sciarpa. «Non fa freddo» osservò.

«Fuori sì. E adesso andremo a comperare un bel cappottino.»

«E il giocattolo?»

«Anche il giocattolo, tesoro!»

La caricò in macchina e in dieci minuti furono nel centro di Iseo. In un negozio sotto i portici trovò subito, senza bisogno di girare, tutto ciò di cui Sara aveva bisogno. Fu lei stessa a indicare eccitata, con la manina, i capi che le piacevano di più tra quelli che la commessa via via mostrava. Chiara notò che stranamente la piccola non degnava d'una occhiata gli indumenti rossi o gialli o a fantasie vistose, quelli insomma che i suoi coetanei generalmente preferivano. Le era sconosciuta anche l'allegria dei colori?

Finito l'acquisto dei vestiti, girarono l'angolo ed entrarono in un emporio di calzature. La bimba volle a tutti i costi un paio di scarponcini bianchi.

Il negozio di giocattoli era sull'altro lato della piazza. Sara, avvolta nel nuovo cappottino blu, continuava a rimirarsi i piedi e lei dovette quasi trascinarvela. Ma, appena dentro, l'eccitazione della bimba sparì di colpo. Sembrava improvvisamente a disagio e quasi spaventata, Chiara osservò con stupore.

Indicandole con un gesto circolare gli scaffali ricoperti di scatole, bambole, pupazzi e giochi vari le disse dolcemente: «Puoi scegliere quello che vuoi. Perché non fai un giro?».

Sara l'afferrò per il cappotto. «Andiamo via» la implorò con voce tremante. Era visibilmente terrorizzata, ora. Chiara la prese in braccio e uscì in fretta dal negozio senza neppure salutare la commessa. Probabilmente era solo stanca, e ancora turbata per gli avvenimenti di quelle ultime ventiquattr'ore. «Vuoi che torniamo a casa?» le propose.

«Sì» sussurrò la piccola. Ma quando fu davanti alla macchina si ritrasse con la solita espressione impaurita. Chiara aprì la portiera e, nel deporla sul sedile, sentì il piccolo corpo irrigidirsi.

« Ora andiamo a casa e sistemeremo nei cassetti tutti i tuoi vestitini nuovi » le disse mettendo in moto. « Mi aiuterai, vero? »

Sara non rispose. Si era curvata in avanti come se cercasse qualcosa. E poi, puntellandosi sulle ginocchia, si curvò verso i sedili posteriori. Chiara finse di non vedere e non le chiese nulla, ma notò l'ansia con cui la piccola cercava qualcosa. Qualcosa che doveva farle molta paura. E quando finalmente si sedette, sul suo viso apparve tutto il sollievo per non averla trovata.

"I bambini piccoli come Sara di solito focalizzano su un solo particolare i loro incubi." La voce della Valsecchi. E il primo spiraglio di luce. Un giocattolo, Chiara pensò eccitata. La reazione di Sara nel negozio di giocattoli è stata innaturale e le ha rimosso qualcosa. Forse un ricordo dell'incidente. Ma che collegamento poteva esserci tra l'incidente e un giocattolo?

Si impose di restare calma, ma le mani sul volante tremavano. Perché se ne accorgeva solamente ora? Durante i quattro mesi trascorsi al Puer Sara non aveva mai preso in mano un giocattolo benché la sala giochi fosse piena di bambole, bambolotti, trenini, puzzle. Ed era sempre stata alla larga dai bambini che giocavano. Il ricordo di Sara che calpestava violentemente una bambola emerse con la nitidezza di una gemma. *Una bambola*, pensò sobbalzando. Si impose, di nuovo, di restare calma. *"La bambola no."* La vocina cupa di Sara. L'eccitazione era incontenibile. Sentiva, sapeva di essere arrivata molto vicina alla verità.

Quando parcheggiò davanti a casa si accorse che Sara si era addormentata. La sollevò delicatamente dal sedile e riuscì a deporla sul letto senza che si svegliasse.

Le sfilò il cappottino, le tolse le scarpe e la coprì. Poi si mise su un fianco, accanto a lei e restò a guardarla, con preoccupazione e amore.

XXVI

L'urlo di Sara la svegliò di soprassalto. Accese la luce e si curvò su di lei. Scuoteva convulsamente la testa, i piccoli pugni sugli occhi, ed emetteva brevi, strazianti gemiti. «Sara... Sara» la chiamò scuotendola dolcemente per le spalle.

La bimba aprì gli occhi e la guardò senza vederla. «Sara, sono qui» la chiamò di nuovo mentre le spostava i lunghi, spettinati capelli dalla fronte.

La bambina emise un lungo, incerto sospiro, come per il sollievo di essere stata strappata da un misterioso inferno. «Chiara... sei tu?» disse con voce tremolante.

«Sì, amore. Hai fatto un brutto sogno, ma sono qui con te.» Raccolse tra le braccia il corpicino della piccola e rinchiuse la stretta premendolo contro il suo, e cullandola amorosamente.

«Non vai via?»

«No, non vado via.» Le sfiorò la fronte con un bacio. «Adesso dormi. Io sono qui e ti tengo stretta stretta. Domani mattina andremo in giardino e faremo un bellissimo pupazzo di neve. E poi, se ci sarà il sole, ti porterò in barca in un posto che si chiama Montisola.»

Il piccolo corpo si distese e si rilassò contro il suo. «Ora dormi, tesoro mio» le disse ancora. Pochi minuti dopo sentì il respiro della bimba farsi regolare. La sveglia sul comodino segnava l'una e dieci. Chiara liberò cautamente un braccio e lo allungò verso la lampada. Spense la luce e rimise il braccio attorno a Sara.

Il sonno le era passato, ma non desiderava riaddormentarsi. Stretta alla bambina si sentiva naufragare in un mare di dolcezza. Solo in questo momento, pensò, le mie frustrazioni, le mie sofferenze e la mia sete di maternità si sono realmente placate.

Provava un senso di liberazione e di appagamento infiniti, come se avesse appena partorito. Era Sara, e solo Sara la figlia che per quattordici anni aveva aspettato. Ed era valsa la pena di aspettare tanto a lungo per poter conoscere questo perfetto momento di appagamento e di pace. Non potrò mai più separarmi da lei, pensò. È mia. È come se stanotte l'avessi partorita io.

Dapprima non l'udì. Più precisamente, si rifiutò di registrare il fastidioso rumore. Ma il campanello, ora, stava suonando imperiosamente. D'istinto cacciò la testa sotto le coperte, come se vietandosi di registrarlo quel suono potesse smettere. Trattenne il fiato per qualche istante e il suono, infatti, smise. Forse ho sognato, pensò. Tese l'orecchio: silenzio.

Sara ebbe un impercettibile movimento e lei si accorse che la testolina era scivolata via dalla nicchia della sua spalla. Ve la rimise delicatamente e si rilassò ascoltando il piccolo respiro regolare.

Di nuovo il suono del campanello. Una volta, due volte, tre volte, con una intermittenza sempre più breve e imperiosa. Erano quasi le due di notte, chi poteva essere, a quell'ora? Si sciolse con dolce attenzione dal corpo di Sara e in punta di piedi, al buio, si diresse verso la porta.

Accese la luce dell'ingresso e sollevò il citofono collegato col cancello. «Chi è?» chiese. Si rese conto d'aver sussurrato e ripeté più forte: «Chi è?».

«Sono Marco, Chiara.»

Premette automaticamente il pulsante e aprì la porta, aspettandolo. Lo vide varcare il cancello e percorrere lentamente il breve tratto che lo separava da lei. Quando le fu davanti la fissò in silenzio, con un'espressione mortificata e stanchissima. «Scusami. Non ce l'ho fatta a restare a Milano» disse infine.

Lei fece di sì con la testa, un improvviso groppo alla gola. Era stupita, turbata, impaurita.

«Ho resistito fino a mezzanotte, poi ho preso la macchina e sono partito» lui aggiunse, con l'urgenza di giustificarsi.

Chiara fece di nuovo cenno di sì. E si accorse che stava tenendo il braccio allungato sulla porta, impedendogli di passare, lei dentro e lui fuori nel gelo della notte. Si fece da parte. «Entra» disse.

Marco entrò e lei, a testa bassa, richiuse la porta. Quando

alzò gli occhi vide che la stava guardando, immobile, il cappotto troppo largo che gli pendeva dalle spalle e lo faceva sembrare un rigido pupazzo. Gli indicò l'attaccapanni, muta, e lo vide girarsi, sfilarsi il cappotto e appenderlo con gesti goffi e lenti.

Poi si voltò di nuovo e alzò gli occhi su di lei. Per lunghi istanti restarono l'uno di fronte all'altra, le braccia irrigidite lungo i fianchi e a Chiara sembrò di udire il battito del proprio cuore. Come ipnotizzata vide le braccia di lui sollevarsi lentamente e protendersi verso di lei incerte e tremanti. Chiuse gli occhi e all'improvviso si ritrovò stretta in un abbraccio convulso. Lo sentì emettere un gemito simile a un singhiozzo e capì che era il cuore di Marco, e non il suo, a emettere quel sordo battito.

Restò immobile, trattenendo il respiro, sentendosi come sull'orlo di un precipizio. Lasciami andare, implorò spaventata dentro di sé. Ma esterrefatta si accorse che le sue mani stavano inesorabilmente sollevandosi, come se non le appartenessero più, fino a giungere sul viso di lui e sfiorarlo in una carezza lieve. Marco afferrò quelle mani e le baciò.

La sensazione di estraneità sparì di colpo. Queste mani sono mie, Chiara pensò affannata, e io lo desidero con ogni fibra del mio corpo. Si sentì come violentata quando Marco si ritrasse e le sue braccia l'abbandonarono per tornare a penzolare rigidamente.

«Scusami, non dovevo» sussurrò con voce arrochita.

«Io ti amo» Chiara disse con semplicità.

Sentì un gallo cantare in lontananza. E poi il respiro ansante di lui. «Ti amo» gli ripeté. Il suo volto risplendeva.

Marco la fissò incredulo, come se non osasse credere a ciò che aveva udito, ma finalmente capì e la riprese tra le braccia riempiendole il volto di baci. «Non voglio più farti male. Ti amo troppo, Chiara.»

Lei rideva, ora. «Non c'è niente di male in tutto questo» disse. Si sentì sollevare di peso e con incontenibile felicità, ridendo, sussurrò: «Nella nostra stanza no, c'è Sara».

Il piccolo letto era disfatto e vuoto. Chiara si sollevò bruscamente dal cuscino e per un breve istante pensò che era stato tutto un sogno. Ma tutto ritornò subito a posto. Infilò la vestaglia e andò in cucina. Marco era in piedi davanti al fornello e parve deluso di vederla. «Oh. Volevo svegliarti io, con un caffè.»

Gli volò tra le braccia. «Hai tutto il tempo del mondo per riparare» lo prese in giro. Poi, facendosi seria: «Devi vestirti in fretta e uscire, prima che si svegli Sara. Non è bene che ti trovi qui senza che io l'abbia preparata».

Avevano parlato a lungo di lei, allacciati in una stretta che non era solo passione, ma anche bisogno di complicità e di conforto. E per due volte, prima di addormentarsi, Chiara era andata in punta di piedi a controllare che il sonno della piccola fosse senza incubi.

«In dieci minuti sarò pronto» Marco la rassicurò. «Bevo il caffè e scappo a prepararmi.»

Ma non ne ebbe il tempo. Sara era sulla porta della cucina e lo stava guardando come se tutti i suoi incubi si fossero materializzati in lui. Fece per avvicinarsi alla figlia, ma Chiara lo fermò con un cenno. Fu lei a farsi vicina. Si accovacciò ai suoi piedi e le spiegò con voce ferma: «Il papà aveva voglia di vederti e ti ha fatto una sorpresa. Lo sai, vero, che ti vuole tanto bene?».

Sara lo sogguardò e strinse le labbra, senza rispondere. Dopo la breve reazione di paura era riaffiorata la solita ostilità. La desolazione che lesse nel viso di Marco strinse il cuore a Chiara. *Devo* capire, *devo* rimuovere questo blocco, si disse. Il suo arrivo improvviso, purtroppo, aveva reso la cosa più difficile. Gli fece un altro cenno, stavolta per fargli capire di uscire dalla stanza.

«Sara, tesoro, guardami negli occhi. Lo sai che il papà ti vuole molto bene?» ripeté quando restarono sole.

Silenzio.

«Rispondimi ti prego. È stato cattivo con te? Ti ha sgridato? Oppure picchiato?»

Dopo un attimo di esitazione, lei fece di no con la testa.

«E allora perché non vuoi mai andare vicino a lui? A me puoi dirlo, tesoro. Il tuo papà ti fa paura? Quando lo vedi, ricordi qualcosa che ti fa venire voglia di piangere?» Chiara incalzò.

Sto calcando la mano, si rimproverò, devo essere più cauta per non correre il rischio che si chiuda in se stessa come un riccio. Ma intanto aveva inchiodato gli occhi negli occhi della bambina.

Sara aprì e chiuse la bocca come se volesse dire qualcosa, ma tacque ostinatamente. Quante volte, e con quanti bambini, aveva vissuto questo momento di desolata impotenza?

« Devo dire al tuo papà di andarsene via? » chiese dolcemente.

« Sì » mormorò Sara con voce cupa.

« Devo dirgli di non tornare più? Di andarsene via per sempre? »

Sara ebbe un impercettibile sobbalzo e subito dopo sul suo viso apparve un'espressione perplessa. « Come la mamma? » chiese.

Chiara la sollevò e andò a sedersi mettendosela cavalcioni. Le prese il mento tra le dita e disse: « La tua mamma è andata in paradiso, ma non ti ha lasciata sola. Ti ha lasciata con il papà. Se però tu non lo vuoi, lo diciamo alla mamma e il papà andrà via. Dimmi, amore, vuoi che il papà se ne vada? ».

« Sì. »

« Però devi dirmi una cosa: perché vuoi che vada via? »

« È cattivo » Sara sillabò stringendo le labbra.

« Oh, non lo sapevo! » Di proposito non aggiunse nulla, sperando che la sua espressione ostentatamente incuriosita la spingesse a parlare.

E la bimba cadde nella trappola. « Anche io sono cattiva » disse inaspettatamente, e senza alcun nesso, con una strana vocina rassegnata.

« Ma non è vero, Sara! Non devi più dire queste cose. »

« È *velo*. Io piango sempre e faccio i *pacri*... capricci. Poi la mamma mi picchia e va via » spiegò corrugando i sopraccigli.

Anche lei ha eretto il suo piccolo monumento ai sensi di colpa, Chiara pensò ricacciando la voglia di piangere. Appoggiò la guancia sulla sua testolina. « Tutti i bambini fanno i capricci, amore mio. E tutte le mamme sono un po' nervose. Anche la mia mi picchiava, ma mi voleva molto bene. La tua mamma voleva restare con te, però ha avuto un incidente. C'eri anche tu, ricordi? Un camion grosso grosso è andato a sbattere contro la sua auto. La mamma è volata in cielo e tu ti sei fatta tanto male. Ti hanno portato all'ospedale e sei guarita. »

« Io volevo *andale* in cielo con la mamma » Sara disse gravemente.

«I bambini piccolini non vanno in cielo, tesoro. Ricordi che te l'ha detto anche la zia Egle? Tu sei restata con il tuo papà. Avresti voluto lasciarlo tutto solo?»

«Il papà è cattivo!»

«Non mi hai ancora detto perché, Sara» le disse dolcemente.

«Perché... perché sì.»

«I papà cattivi non vanno a trovare le loro bambine, non hanno voglia di vederle, non le abbracciano. Perché non facciamo la prova? Ora chiamiamo il tuo papà e vediamo insieme se ti vuole bene, se ti prende in braccio e ti dà tanti bacini come una volta. Io resto qui con te, e se vedo che è cattivo lo mando via. Vuoi che proviamo?»

Sara fece di sì con la testa, come se fosse troppo emozionata per parlare. Tenendola in braccio, Chiara si rialzò e si affacciò alla porta della cucina. «Adesso lo chiamiamo» le ripeté con voce complice, sfiorandole la testolina con un bacio. E, forte: «Marco, vuoi venire un momento dalla tua bambina?».

Era fermo sulla soglia del soggiorno e si mosse esitante verso di loro. Chiara lo fissò. Allunga le braccia e stringila forte, lo implorò muta. Non startene lì impaurito, hai solo questo istante per buttare fuori il tuo amore e togliere dal cuore di Sara il seme della paura.

Lo guardò avvicinarsi come col rallentatore. E sentì il corpo di Sara irrigidirsi contro il suo. Chiuse gli occhi e li riaprì. In un velo di lacrime vide Marco allungare le mani verso la piccola e toglierla dalle sue braccia con movimenti lenti e dolcissimi, come se fosse un fragile tesoro che aveva il terrore di rompere.

Ma quando l'ebbe, incolume, portata a sé, paura ed esitazione e delicatezza furono come travolti da un diga; e l'amore esplose in un abbraccio violento, in mille baci convulsi, nel nome della figlia mormorato con liberazione e affanno.

Alla fine il faccino di Sara emerse da quella frenetica stretta e Chiara vi lesse incredulità, sollievo, gioia. «Papà» disse con voce nitida, come se solo in quel momento lo riconoscesse.

«Sì, bambina mia?»

«Non *andale* via. Sarò buona.»

«Non andrò mai, mai via. Te lo prometto, amore mio.»

Il sollievo di Sara apparve smisurato. «Sarò buona» ripeté.

C'era una impercettibile nota d'ansia, nel suo piccolo tono solenne, e Chiara l'avvertì con un remoto segnale d'allarme che si faceva sempre più vicino, sempre più forte.

All'improvviso le sembrò di essere al centro della scena di un film muto, senza rumore né suoni. Inorridita, vide le labbra di Marco muoversi e sorridere, e le sue braccia deporre Sara.

Sapeva quel che lui stava facendo e avrebbe voluto fermarlo, ma la voce non le uscì. All'orrore subentrò una desolata curiosità. Come stregata, vide scena dopo scena l'implacabile svolgersi della catastrofe.

Marco prese per mano Sara e la condusse vicino al divano. C'era un grande pacco e lui glielo porse con un sorriso colmo d'amore, dicendole qualcosa che Chiara non udì. Come era accaduto nel negozio di giocattoli, Sara si ritrasse spaventata. Marco, ridendo, mosse di nuovo le labbra.

Chiara chiuse gli occhi. Adesso lui avrebbe aperto il pacco. E dal pacco avrebbe estratto una bambola. E l'avrebbe mostrata a Sara... Quando aprì gli occhi Sara urlò divincolandosi furiosamente dalle braccia del padre. La bambola era finita per terra.

Marco fissò Chiara con una straziante richiesta d'aiuto.

«Non capisco...» balbettò, mentre lei prendeva la piccola in braccio.

Ora, Chiara si disse, con la familiare sensazione di aver già vissuto quel momento e di *dover* ripetere parole e gesti noti. Ora, si disse per la seconda volta curvandosi a raccogliere la bambola.

Incurante dell'espressione inorridita della piccola, la costrinse a guardarla. «Sara,» le ordinò con voce ferma «questa è una bambola. Devi dirmi perché hai paura.»

«Non la *vojo*, buttala via» singultò.

Chiara si rivolse a Marco. «Ricordi se Margherita ha regalato una bambola a Sara? E in quale circostanza? È importantissimo che io lo sappia.»

«Credo il giorno dell'incidente.» Marco si concentrò, terreo. «Tra gli oggetti che mi consegnarono, dopo, c'era anche una grossa bambola...» Si interruppe. «Credi che la colleghi alla morte della madre?»

«Può darsi. Che fine ha fatto quella bambola?»

«Quando Sara riprese conoscenza, dopo molti giorni, gliela

portai in ospedale. Credevo che ne fosse felice... E invece scoppiò a piangere e cominciò a tremare.»

Ora Sara non tremava più. Stava immobile nella cerchia delle braccia di Chiara e ascoltava come se capisse. Signore, lei pregò, fai che capisca almeno quanto suo padre la ama.

«Marco, pensaci bene. Prima che le portassi la bambola in ospedale, o che gliela mostrassi, Sara come si è comportata con te?»

«Normalmente. Aveva ripreso conoscenza il giorno prima, e fui la prima persona che vide. Mi sorrise e mi tese le braccia, ricordo. E quella notte dormii su una poltrona con la testa appoggiata sul suo letto. Ogni tanto lei si svegliava e mi chiamava...»

Chiara annuì. Il tragico e misterioso puzzle si era ricomposto e il particolare di cui la Valsecchi le aveva parlato emergeva nitidamente. Sara aveva legato il ricordo della madre all'ultima bambola che aveva avuto in dono da lei, e quel giocattolo rappresentava per la bambina l'incidente, la perdita, la spaventosa convinzione che la mamma se n'era andata per punirla di essere stata cattiva.

Guardò Marco negli occhi. E si accorse che anche lui aveva capito. «Riportandole quella bambola,» disse infatti «Sara ha visto in me un nemico, il papà che le voleva ricordare quanto era stata cattiva e punirla.»

«E si è difesa rifiutandoti. I bambini hanno meccanismi di difesa prodigiosi, anche se a volte sono oscuri e terribili» Chiara aggiunse.

Stringeva ancora in mano l'altra bambola, quella che Marco aveva incautamente portato a Iseo. La sollevò verso Sara e di nuovo, con fermezza, la costrinse a guardarla. «La mamma, prima di andare in paradiso, ti ha regalato una bambola perché ti vuole bene» disse lentamente. «E *questa* te l'ha regalata il tuo papà perché anche lui ti vuole bene. La vedi? Ti sta sorridendo. È una tua amica e vuole giocare con te, dormire nel tuo letto, farti compagnia. Le mamme ogni tanto sono nervose e i papà lavorano sempre. Ecco perché regalano le bambole alle loro bambine, vogliono che le loro bambine abbiano un'amichetta. Guardala ancora, Sara. Ti pare che questa tua amica faccia paura? Io credo di no, credo che sia una brava bambina come te.»

Via via che Chiara parlava, gli occhi di Sara si soffermavano più a lungo sulla bambola, con uno sguardo in cui lei vide dapprima avversione e poi diffidenza, curiosità, interesse.

« Non fa mai capricci? » chiese allungando con circospezione una manina.

« Oh, sì, tutti i bambini fanno i capricci. Però è buona. Come te. »

« Anche la sua mamma è in *pad...* paradiso? »

« Posso confidarti un segreto, amore? Il tuo papà l'ha trovata sola sola nella sua macchina e te l'ha portata. Non sappiamo nulla di lei, neppure come si chiama. Vuoi darle un nome tu? »

« Dina. »

« Mi piace. E, se sei d'accordo, potremmo tenerla con noi. Dina non ha nemmeno una casa, sai? »

Sara, d'istinto, allungò un braccio e se la strinse contro. « Sì, *vojo* tenerla. »

Il sollievo di Marco, Chiara notò, era enorme. Curvandosi all'orecchio di Sara le sussurrò: « Non credi che dovresti ringraziare il papà? È stato lui a portarti Dina ».

Non vi fu alcuna esitazione nella piccola. Tenendosi stretta la bambola si liberò dalle sue braccia e si avvicinò al padre sollevando verso di lui due occhi amorosi e scintillanti. « Grazie, papà » disse.

Grazie, Signore, disse Chiara.

Epilogo

XXVII

Si sposarono il 16 aprile, alle otto e mezzo del mattino. Loro due soli, con Gio' e il marito che fecero da testimoni. Brindarono con un cappuccino e alle undici erano già di ritorno a Iseo. Marco faceva il pendolare ogni giorno e Chiara si era messa in aspettativa fino a giugno.

Il giorno dopo ritornarono a Milano con Sara, e si trasferirono provvisoriamente dalla madre di Chiara. Avevano deciso di mettere in vendita la villa di via Alberto Mario e di cercare una casa in cui cominciare una vita nuova, senza fantasmi né ricordi.

La villa era stata affidata all'agenzia di Giorgio, il marito di Gio', e l'appuntamento col primo dei tre visitatori interessati all'acquisto era fissato per la mattina dopo. I mobili erano già stati venduti, l'appartamento sommariamente ripulito, i servizi disattivati.

Arrivarono da Lucia all'una, giusto in tempo per il pranzo, e subito dopo Marco dovette scappare in ufficio.

Sara aiutò Lucia a spreparare la tavola e poi si sedette sul divano in braccio a lei, raccontandole che Dina era molto contenta di stare lì, che nella nuova casa ci sarebbe stata una stanza anche per la zia Egle e che dal giorno prima poteva chiamare Chiara "mamma" perché si era sposata col papà e la sua nuova mamma era diventata lei.

Lucia aveva visto per la prima volta Sara gli ultimi giorni di gennaio, durante una visita a Iseo, e tra lei e la piccola era nato un amore a prima vista. Sara era affascinata dai suoi punti esclamativi, dalle sue parole e dal suo brusco modo di strapazzare Chiara. «Non imparare da lei!» Lucia le diceva. «Era una bambina ribelle che stava sempre per strada!»

Seduta sul divano di fronte, adesso Chiara stava tentando di concentrarsi su un fascicolo di statistiche che le avevano inviato dall'Istituto. Ma era difficile, con quel cicaleccio.

A un certo punto sua madre la indicò dicendo ironicamente: «Stiamo disturbando la dottoressa!».

«La mamma lavora» la difese la piccola.

«Ma quale lavoro? Il suo lavoro sarebbe occuparsi della famiglia!»

«Cosa è la famiglia?» s'informò Sara.

«Tu e il tuo papà. Meno male che ci sono io!»

«Mi racconti la storia di Poci... Pollicino?»

«Te ne racconto una nuova, quella di Archimede pitagorico.»

Chiara depose il fascicolo e si allungò sul divano socchiudendo gli occhi. Dovrei essere felice, pensò ascoltando la voce di sua madre, ho avuto dalla vita tutto quello che sognavo. E invece si sentiva addosso una oscura malinconia, un assurdo e inafferrabile senso di perdita. Si alzò inquieta, incapace di rilassarsi.

Sua madre si interruppe: «Dove vai?».

«Ti dispiace se esco una mezz'ora? Ho bisogno di fare due passi» disse. Lo aveva deciso in quel momento.

Infilò il cappotto, prese la borsetta e uscì. Si ritrovò davanti alla sua macchina quasi senza accorgersene. Automaticamente aprì la portiera, si sedette e mise in moto. Fece un centinaio di metri a vuoto, poi prese una direzione a caso.

Non barare, si rimproverò. Sai bene dove ti stai dirigendo. E sapeva bene, ora, anche il motivo del suo struggente senso di perdita.

Accostò di fianco al marciapiede e scese dall'auto con le gambe tremanti, a testa bassa. Il cancello era aperto. Lo spinse ed entrò. I cespugli della forsythia erano una gioiosa pioggia gialla e le piante dell'ortensia un'esplosione di gemme. Girò attorno alla casa e si ritrovò, dopo anni, nel giardino di via Alberto Mario. Riconobbe ogni cespuglio, ogni pianta, ogni ciuffo d'erba.

Respirò a fondo e alzò gli occhi. La casa era lì, rassicurante e cordiale, e le imposte aperte del soggiorno le sembrarono due braccia maternamente spalancate. Vi si infilò quasi di corsa, e quando fu dentro ebbe la sensazione di essere rientrata nell'utero materno.

La grande stanza era vuota, eppure emanava intimità e calore. Era come se i divani bianchi, il vecchio tavolo, il quadro di Fiume fossero ancora lì. Come se tutta la casa l'avesse pazientemente aspettata. Sfiorò un muro con le dita e lo sentì solido e gentile.

Le parve che le altre stanze la chiamassero e lentamente passò dall'una all'altra sentendo una sensazione di pace allargarsi e crescere dentro di lei. Non c'erano fantasmi, in quella casa, ma allegria e tristezza, speranze e sconfitte, risate e lacrime. La storia di esistenze che vi si erano succedute e svolte, nel bene e nel male.

Lì lei era arrivata, quattordici anni prima, giovane e trepida sposa. Lì Margherita aveva consumato la sua giovane vita e le sue brevi speranze. Lì Sara era giunta, piccolissima, e aveva mosso i primi passi. E la casa, come il destino, era stata saggiamente a guardare sapendo che tutto sarebbe stato superato, dimenticato, risolto.

Margherita vi era uscita per morire, ma in qualche modo vi era rientrata e le mura ne custodivano un dolce, struggente ricordo.

Non posso scacciarla, pensò col volto rigato di lacrime, e non possiamo andarcene. I nostri ricordi e il filo delle nostre vite sono qui, e la casa sta aspettando che ritorniamo. Marco, Sara e io. Non possiamo andarcene, si disse di nuovo ed ebbe la sensazione, persino fisica, che i muri le circondassero le spalle in un abbraccio di approvazione e di conforto.

L'abbraccio si fece più stretto e udì mormorare il suo nome.

«Non possiamo andarcene» Chiara disse ad alta voce senza girarsi.

«Lo so» Marco rispose piano. «È la tua casa e non te ne sei mai realmente andata.»

Chiara si voltò piano. «È anche la casa di Margherita. E la tua casa. E la casa di Sara. Non sopporterei di perdervi.»

«Ti prego, Chiara, non piangere.»

«Non piangerò mai più» sorrise tra le lacrime, drizzando le

spalle. Non sopportava neppure quella voce piena di disperazione e di colpa. Gli prese una mano. « Dovremo comprare dei nuovi mobili. E forse cambiare la vecchia caldaia. »

« Chiara, ti amo. »

« Anch'io. Ma per qualche settimana dovrò sparire dalla tua vita per arredare la casa. E forse dovremo abbattere qualche muro perché ho promesso a Sara una stanza per quando la zia Egle verrà a trovarci. E... »

« Oh, no » lui gemette scherzosamente. « Non ti permetterò mai più di sparire dalla mia vita. »

« Vedremo. Intanto andiamo a controllare la caldaia. »

Lo trascinò con passo danzante. « I divani li rimetteremo allo stesso posto » disse passando attraverso il soggiorno.

Marco la costrinse a fermarsi. « C'è una cosa che da molte settimane volevo chiederti » disse.

« Uhm, che tono grave! »

« Chiara, la sera in cui scappasti via da qui avevi un pacchetto rosa. Un regalo per me che ti portasti via. Che cosa c'era dentro? »

Non glielo posso dire, decise fulmineamente. Non glielo dirò mai. Ci sono stati troppi fantasmi e troppi dolori nelle nostre vite.

« Un pacchetto rosa? » chiese scuotendo la testa. « Mi dispiace, me ne sono proprio dimenticata. »

SOMMARIO

ANNOTAZIONI

ANNOTAZIONI

ANNOTAZIONI

BUR
Periodico settimanale: 28 febbraio 2001
Direttore responsabile: Evaldo Violo
Registr. Trib. di Milano n. 68 del 1°-3-74
Spedizione in abbonamento postale TR edit.
Aut. N. 51804 del 30-7-46 della Direzione PP.TT. di Milano
Finito di stampare nel febbraio 2001 presso
il Nuovo Istituto Italiano d'Arti Grafiche - Bergamo
Printed in Italy

ISBN 88-17-11432-4